지식과
교양

지식과 교양

1쇄 발행 2018년 3월 15일 **2쇄 발행** 2018년 3월 30일

지은이 송용구
펴낸곳 글라이더 **펴낸이** 박정화
편집 박호진 **디자인** 디자인부 **마케팅** 임호

등록 2012년 3월 28일 (제2012-000066호)
주소 경기도 고양시 덕양구 화중로 130번길 14(아성프라자 6층 601호)
전화 070)4685-5799 **팩스** 0303)0949-5799 **전자우편** gliderbooks@hanmail.net
블로그 http://gliderbook.blog.me/
ISBN 979-11-86510-54-4 03800

이 도서의 국립중앙도서관 출판예정도서목록(CIP)은 서지정보유통지원시스템
홈페이지(http://seoji.nl.go.kr)와 국가자료공동목록시스템(http://www.nl.go.kr/
kolisnet)에서 이용하실 수 있습니다.(CIP제어번호: CIP2018004092)

글라이더는 존재하는 모든 것에 사랑과 희망을 함께 나누는 따뜻한 세상을 지향합니다.

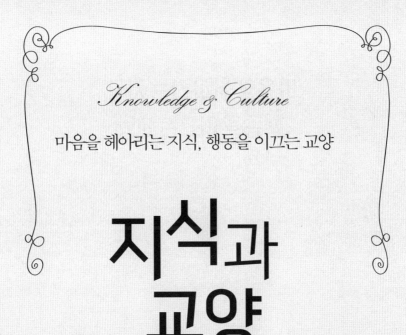

Knowledge & Culture

마음을 헤아리는 지식, 행동을 이끄는 교양

지식과 교양

송용구 지음

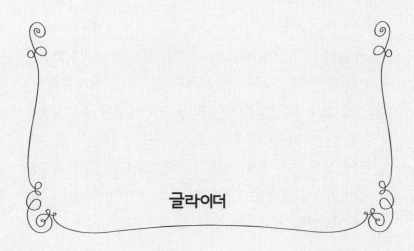

글라이더

마음을 헤아리는 지식,
행동을 이끄는 교양

♥

우리는 문명의 이기利器에 익숙해져 있다. 과학기술의 편리에 길들여져 있다. 그러나 이것이 우리에게 참된 행복을 안겨주는가? 우리는 편리하고 안락한 세상에 살고 있지만 인간다운 행복을 누리고 있다고 자부할 수 있는가? 컴퓨터가 진화하여 이제는 인공지능의 시대가 열렸다. 로봇들이 거의 모든 직종의 일을 맡아 인간의 노동을 대체하고, 인간의 감정까지도 입력 받아 애인과 배우자 역할을 대체하는 시대가 다가오고 있다. 반세기 전만 해도 공상과학 영화에서나 나올 법한 일들이 이제는 서서히 현실로 바뀌어 간다. 바둑 승부에서 알파고가 이세돌 9단을 4-1로 완파한 다음 날부터 인류의 가슴은 새로운 기대감으로 한껏 부풀어 올랐다. 바둑을 포함하는 다양한 분야에서 인공지능을 스승으로 삼아 '자기계발'의 성취도를 달성할 수 있게 되었기 때문이다.

스승과 제자 간의 예의라든가 선후배 간의 정신적 교감 같은 것에는 그다지 신경 쓰지 않는 시대가 되었다. 사회에서 인정하는 개인의 스펙을 얻기 위해서라면, 좀 더 많은 자본을 벌기 위해서라면, 빠른 속도로 능력을 소유하는 것이 급선무라고 생각하기 때문이다. 이렇게 과학기술과 자본이 인간을 지배하는 시대 속에서 인간성, 존엄성, 인격 같은 '가치'는 도대체 어디로 이주하였다는 말인가?

인간은 이성을 가진 존재가 아닌가? "이성을 가진 존재"인 인간은 "모두 목적 그 자체로서 존재하는 것이며, 단순히 이런저런 의지가 마음대로 사용하는 수단으로서 존재하는 것이 아니다"라고 말했던 칸트의 충고가 그리워지는 시대다. 그만큼 자본과 기술과 권력과 스펙을 소유하기 위해 인간을 아무 거리낌 없이 수단으로 이용하는 행동들이 우리 사회를 어둡게 만든다.(칸트Immanuel Kant의《도덕형이상학을 위한 기초 놓기》참조)

인간을 나무에, 인생을 땅에 비유해보자. 인간의 인격은 그 땅에 자리 잡은 뿌리다. '인격'의 뿌리에서 인간성의 줄기와 가지가 솟아난다. 그리고 가지 끝에서 '존엄성'이라는 열매를 맺는 것이다. '인간'이라는 나무! 이 나무는 칸트의 말처럼 "인격 안에 있는 인간성"을 목적으로 존중받을 때에 존엄성의 열매를 맺을 수 있다. 지금도 기계의 부품처럼 수단으로 이용당하다가 기능의 효용성이 떨어진다고 판단되면 언제든지 폐기물처럼 조직 사회에서 방출당하는 우리의 가족과 이웃과 동료들! 그들의 마음을 진심으로 이해하고 그들의 인격을 인간다운 가슴으로 따뜻하게 안아줄 수 있는 시대가 돌아오기를 간절히 바란다.

저자의 책《지식과 교양》은 문학, 철학, 역사학, 정치학, 인류학, 문명학文明學에 이르기까지 인문과학의 다양한 분야에 걸쳐 세계적인 고전으로 손꼽히는 명저 30권을 해설하고 있다. 빅토르 위고의《레미제라블》과 제인 오스틴의《오만과 편견》과 레프 톨스토이의《부활》같은 휴머니즘의 대작, 헨리크 입센의《인형의 집》과 아서 밀러의《세일즈맨의 죽음》같은 사회극社會劇, 에릭 홉스봄의《혁명의 시대》와 레비-스트로스의《슬픈 열대》와 에드워드 사이드의《오리엔탈리즘》처럼 인류의 역사와 문명의 실체를 밝혀주는 명저들이 이야기의 서클 속으로 들어와 있다.

　인문과학의 모든 분야들을 서로 연관시키는 '통섭'의 이야기가 독자들을 깊이 있는 교양과 풍부한 지식의 세계로 안내할 것이다.《지식과 교양》을 읽는 독자들이 인간의 마음을 헤아리는 '지식'의 힘을 바탕으로 인간다운 행동을 이끄는 '교양'의 길을 열어나가길 기대해본다.

2018년 2월 집필실에서

저자 송용구

차례

들어가는 말 _ 마음을 헤아리는 지식, 행동을 이끄는 교양 · 04

· 제1부 ·
인간의 마음을 헤아리는 지식

제1장: 모든 사람을 차별 없이 사랑하라
지행합일 속에 드러나는 참다운 인간의 모습_공자의 《논어》

《논어》는 공자가 쓰지 않았다? · 18

말들이 모여 책이 되기까지 · 19

인仁, 그것은 곧 '섬김'의 정치다 · 20

인간다운 인간, 공자가 말하는 군자의 길 · 24

제2장: 너 자신을 알라
소크라테스의 대화법으로 이해하는 학문의 길_아우구스티누스의 《고백록》

인간을 타락시키는 '교만' · 29

지식은 사람을 제압하는 무기로 오용될 수 있다 · 30

'칭찬' 받으려는 유혹이 교만을 자극한다 · 33

소크라테스에게서 계승받은 '겸손'의 길 · 35

제3장: 인간은 수단이 아니라 목적 그 자체다
휴머니즘의 길에서 만난 동양과 서양_칸트의 《도덕 형이상학을 위한 기초 놓기》

진정한 '도덕'이란 무엇인가? · 40

공자의 사상으로 이해하는 칸트의 도덕철학 · 43

제4장 : 자유가 국민의 주권이다
혁명을 이끈 한 권의 책_존 스튜어트 밀의 《자유론》

위정자의 권력을 제한하는 국민의 자유 · 49

권력의 주체는 국민이다 · 52

제5장 : 의심하라! 부정하라! 진실을 말하라!
더 나은 인간이 되기 위한 방법 4단계_르네 데카르트의 《방법서설》

해묵은 진실의 맹점을 비판하라 · 58

학문의 토대는 '참'이 아닌 것에 대한 안티다 · 60

학문의 토대를 강화하기 위해 안티의 근거들을 세분화하라! · 61

만인이 인정하는 근거로써 학문의 기둥을 세우라! · 62

제6장 : 우리는 공장의 부품이 아니다
'맘몬'의 지배를 거부하는 인간의 몸부림_프란츠 카프카의 《변신》

물질만능주의를 상징하는 맘몬들만의 세상 · 68

그레고르가 갈망하는 인간적 교류와 소통 · 70

제7장 : 남의 위에 서는 자도 노예일 뿐이다
민주주의 이론의 교과서_장 자크 루소의 《사회계약론》

자유를 포기하는 자는 아무것도 얻지 못한다 · 76

주권, 평등, 그리고 자유 · 79

제8장 : 다스린다는 것, 그것은 보살피고 기르는 것이다
어버이의 마음으로 백성을 보살피는 실학의 정치_정약용의 《목민심서》

위정자여, 백성을 자기 몸처럼 여기라 · 86

'측은지심'을 넘어 애민의 정치로 · 89

제9장 : 국가가 앓는 추악한 환부를 도려내라

인권의 해방을 돕는 문학의 힘_해리엇 비처 스토의 《톰 아저씨의 오두막》

미국 사회의 부패한 환부를 수술하는 작가의 메스 · 95

《톰 아저씨의 오두막》에서 읽는 유럽의 계몽사상과 자유주의 · 98

제10장 : 노동시간 단축이야말로 인간 발전의 근본조건이다

자본주의에 발사한 한 발의 탄환_카를 마르크스의 《자본론》

잉여노동이 불러일으킨 자본주의의 맹점 · 104

소수도 다수도 아닌 만인의 행복을 위하여 · 108

제11장 : 여자이기 전에 인간으로 살고 싶다

내면의 진실을 따르는 인간의 길_헨리크 입센의 《인형의 집》

정체성을 잃어버린 여성 '노라' · 113

페미니즘과 휴머니즘의 관점으로 바라본 《인형의 집》 · 118

제12장 : 완벽한 인간은 없다

인간다움의 아름다움을 발견한 현대문학의 고전_제인 오스틴의 《오만과 편견》

오해는 편견을 낳고, 편견은 관계를 단절시킨다 · 125

내면의 빛을 발견하려는 인간의 노력과 성의 · 129

제13장 : 사랑을 알게 된 그는 과거와 다를지니

소설로 승화된 체험적 고백록_톨스토이의 《부활》

톨스토이의 자전적 체험, 어떻게 변형되었나? · 136

휴머니즘과 기독교가 만난 문학의 코스모스 · 138

제14장 : 우리 모두 1달러짜리 인생일 뿐

자본주의 사회의 그늘에 던지는 외침_아서 밀러의 《세일즈맨의 죽음》

자본의 도구로 전락하는 인간의 존엄성을 회복하라 · 146

미국과 한국 사회, 이대로 괜찮을까? · 151

제15장 : 누가 문명인이고, 누가 야만인인가?
문화의 다양성을 존중하는 지성적 문화의식_레비-스트로스의 《슬픈 열대》

원주민은 야만인이 아닌 문화인이다 · 157

소수민족의 문화로부터 인간다움을 배우라 · 162

· 제2부 ·
행동을 이끄는 교양

제1장 : 세상이 나를 저주할지라도
결코 포기하지 않는 의지의 힘_호메로스의 《오디세이아》

서양문학의 근원으로 알려진 판타지의 원형 · 170

스토리텔링으로 읽는 오디세우스의 여정과 불굴의 의지 · 171

제2장 : 그곳에 산이 있다
조화 속에 드러나는 '생태주의' 철학_이백의 《이백 시집》

자연 속에서 자족自足하는 안빈낙도의 정신 · 179

데리다와 크로포트킨의 사상으로 이해하는 이백의 시세계 · 182

제3장 : 사느냐 죽느냐
'후마니타스'의 시각으로 바라보는 이성의 길_윌리엄 셰익스피어의 《햄릿》

성격극의 모델, 햄릿의 냉철한 응징의 길 · 190

중세의 권위적 세계관을 극복하는 햄릿의 '르네상스'적 세계관 · 198

제4장: 민중의 평등과 자유를 위하여

불평등과 부자유에 맞선 평등과 자유_세르반테스의《돈 키호테》

《돈 키호테》가 갖는 민중문학의 체험적 배경 · 206

칸트의 눈에 비친 돈키호테의 '도덕' · 208

아널드 토인비의 역사철학으로 이해하는《돈 키호테》· 211

제5장: 그때 하느님은 어디 있었는가?

여성지배와 민중지배의 사회구조 비판하기_토머스 하디의《테스》

테스! 사회적 약자로서 겪는 절망과 비련 · 218

머레이 북친의 '사회 생태론'으로 바라본 '테스'의 모순적 사회 · 224

제6장: 그 순간, 그곳이 바로 자신이 갈 곳임을 깨달았다

'한계'를 이겨내려는 인간의 의지_어니스트 헤밍웨이의《킬리만자로의 눈》

몸은 죽어도 정신은 죽지 않는다 · 230

하이데거의 '실존주의' 철학으로 이해하는《킬리만자로의 눈》· 232

제7장: 내가 할 수 있다고 말했잖아! 넌 할 수 있어

변화의 기적을 낳는 사랑의 힘_프랜시스 호지슨 버넷의《비밀의 화원》

사랑은 인간의 생명을 깨운다 · 237

부버의 '대화' 철학으로 이해하는《비밀의 화원》· 239

제8장: 여러분, 이것이야말로 저의 죄입니다

불평등한 사회를 바꾸는 개인의 용기_스탕달의《적과 흑》

혁명의 소용돌이에서 피어난 문학의 꽃 · 245

루소의 공화주의 사상으로 이해하는 쥘리엥의 위선과 용기 · 247

제9장 : 인간다운 인간들이 살아가는 나라다운 나라

공유재산제의 렌즈로 바라보는 공동체의 평등_토머스 모어의 《유토피아》

영국 사회에 대한 모어의 비판의식과 유토피아 · 258

존 스튜어트 밀의 《자유론》과 토머스 모어의 《유토피아》 · 261

공유와 나눔을 통해 경제적 평등을 누리는 사회 · 263

제10장 : 이것이 바로 우리 시대의 이야기야!

최초의 근대 사실주의 소설_대니얼 디포의 《로빈슨 크루소》

대중이 실화로 믿어버린 가짜 여행기 · 268

문학이 대중문화의 꽃으로 피어나다 · 270

《로빈슨 크루소》에서 얻는 대중의 지식과 교양 · 272

제11장 : 악을 이기는 최강의 무기는 사랑이다

사회의 구조적 모순을 고발한다_빅토르 위고의 《레 미제라블》

용서에서 시작되는 사랑 · 277

사랑은 변화의 기적을 낳는 모태 · 279

제12장 : 언어만 잘 간직한다면 감옥의 열쇠를 가지고 있는 것입니다

역사와 문화를 보존하는 모국어의 소중함_알퐁스 도데의 《마지막 수업》

주권의 상실과 모국어 교육의 폐쇄, 그 역사적 배경 · 287

알퐁스 도데의 《마지막 수업》과 윤동주의 《하늘과 바람과 별과 시》· 290

제13장 : 나는 세 살짜리 어린아이 그대로였으나 3배나 현명했다

비이성적 성장에 대한 이성적 비판_귄터 그라스의 《양철북》

오스카, 왜 성장을 멈추었는가? · 296

에리히 프롬의 사상으로 이해하는 《양철북》· 299

제14장 : 혁명은 세계를 어떻게 바꾸었는가?

유기체로 이해하는 세계의 역사_에릭 홉스봄의《혁명의 시대》

역사와 사회와 세계는 유기체적 시스템이다 · 305

이중혁명은 세계의 자본주의를 어떻게 발전시켰는가 · 307

자본주의가 낳은 제국주의에 대한 비판 · 310

제15장 : 허상을 넘어 실체를 직시하라

계몽과 해방에 대한 지극히 인간적인 소망_에드워드 사이드의《오리엔탈리즘》

서양중심주의를 어떻게 극복할 것인가 · 316

비극 <페르시아인들>과 영화〈300〉을 통한 오리엔탈리즘 이해 · 318

비판과 저항에서 열리는 휴머니즘의 길 · 323

참고문헌 · 328

후주 · 331

지식을 더하고 교양을 기르는 인류의 고전 100권 · 351

제1부

♥

마음을 헤아리는

지식

《논어》, 《고백록》, 《도덕 형이상학을 위한 기초 놓기》, 《자유론》

《방법서설》, 《변신》, 《사회계약론》, 《목민심서》, 《톰 아저씨의 오두막》

《자본론》, 《인형의 집》, 《오만과 편견》, 《부활》, 《세일즈맨의 죽음》, 《슬픈 열대》

1장

모든 사람을 차별 없이 사랑하라

지행합일 속에 드러나는 참다운 인간의 모습

_ 공자의 《논어》

정치와 교육의 아버지, 공자 (孔子: B.C. 551~479)

중국의 춘추시대春秋時代인 기원전 551년 노魯나라에서 태어난 공자. 그는 동양 사상의 핵심인 유학儒學의 시조始祖다. 사공과 대사구 같은 하급 관직을 맡은 적도 있지만, 벼슬에 연연하지 않았다. 미련 없이 관직을 버리고 14년 동안 여러 제후국을 순회하며 군주들에게 '인仁'과 '예禮'에 관한 가르침을 들려주었다. 인과 예는 훗날 유학의 근본 이념이 되었다. 불후의 명저 《논어論語》를 비롯한 그의 저서들은 노년에 고향에서 제자 양육에 헌신한 5년간의 결실이었다. 스승의 가르침을 제자들이 엮은 공자의 대표적 저서로는 《논어》 외에도 《시경詩經》, 《서경書經》, 《예기禮記》, 《악기樂記》가 있다.

사랑을 인간의 길로 제시한 책, 《논어》

《논어》는 공자의 사상을 집약한 책이며 유학의 경전인 사서四書 중 첫 번째 책이다. 《논어》와 함께 맹자의 《맹자 孟子》, 증자의 《대학 大學》, 자사의 《중용 中庸》이 사서다. 그러나 《논어》가 없었다면 《맹자》, 《대학》, 《중용》은 태어나지 못했을 것이다. 이 3권의 책은 모두 《논어》 속에 담겨 있는 공자의 사상을 근본으로 삼고 있다. 《논어》 속에는 공자의 말, 공자의 글, 공자의 행동, 공자와 제자들의 대화, 제자들의 언행이 담겨 있다. 《논어》를 읽는 사람이라면 누구나 공유하게 되는 확신이 있다. 그것은 공자의 사상과 말이 그의 삶으로 뚜렷이 나타난다는 것이다.

《논어》의 내용 중 가장 큰 비중을 차지하는 공자의 사상은 '인仁'이다. 그런데 공자가 제자들에게 가르친 '인'은 공자의 행동으로 뚜렷이 나타나서 그들을 감동시켰다. 제자들의 눈에 비친 스승은 '인'의 교리를 설명하는 설교자가 아니었다. 공자는 '인'이라는 정신의 꽃씨를 인생의 흙 속에 심어 '사랑'이라는 행동의 꽃을 피운 실천적 성인聖人이었다. 《논어》는 '인간다운' 생각과 생활이 무엇인지를 깨닫게 해주는 지행합일知行合一의 사상서이자 언행일치의 경전이라고 말할 수 있다. 《논어》가 서양세계에까지 동양사상의 빛을 밝혀주고 세계문화유산으로 유구히 전승될 수 있는 이유도 바로 이것이다.

《논어》는 공자가 쓰지 않았다?

《논어》는 공자가 세상을 떠난 후 그의 가르침을 후대에 길이 전하기 위해 제자들이 공을 들여 모으고 다듬은 책이다. 반고班固의《한서예문지漢書藝文志》에는 다음과 같이 기록되어 있다.

> "논어란 공자가 제자와 시인[1]에게 (그들의 질문에 대하여) 응답한 말과 제자들이 서로 말하고 또 선생님께 직접 들은 말들이다. 당시에 제자들이 각각 기록한 바가 있었는데 선생님께서 돌아가신 뒤에 제자들이 서로의 기록을 모아 가지고 의논·편찬하였으니 이 까닭에 논어라고 한다."[2]

이 설명에 따르면, 공자의 말을 제자들이 개별적으로 기록해둔 뒤, 공자가 세상을 떠난 다음 "제자들이 서로의 기록을 모아 가지고 의논하여 편찬한" 책이《논어》라는 것이다. '의논'의 '논論'과 말을 뜻하는 '어語'를 결합하여 이 책을 '논어'라고 부른다고 한다. 그러나 이 해석보다는 다음과 같은 해석이 더 일반적이다. 논어의 '논論'이란 공자가 제자들의 질문에 대답하면서 자연스럽게 그들과 함께 토론論한 이야기를 엮은 것이라는 해석이다.[3]

그리고 '논어'에서 '어語'란 공자가 제자들에게 전해준 가르침을 금언金言의 형태로 엮은 것이라는 해석이다. '질문과 대답'의 토론 방식으로 제자들을 가르쳤던 소크라테스의 대화법 교육과도 공통점이 있다. 독자의 입장에서 본다면 두 해석이 모두 그럴듯해 보인다.

말들이 모여 책이 되기까지

공자의 제자들이 《논어》를 엮은 것은 틀림없는 사실이다. 그러나 정확히 언제부터 기록하기 시작했는지, 기록의 주도적 역할을 담당한 사람은 누구인지, 또 전체적 편집은 얼마의 기간 동안 이루어졌는지……. 세상 사람들이 《논어》에 관해 갖고 있는 궁금증들은 명확히 해소되지 않고 있다. 어떤 고문헌古文獻이든 그 내력과 유래에 관한 유력한 설은 존재하게 마련이다. 《논어》도 마찬가지다. 《논어》가 책으로 첫 모습을 드러낸 때는 전한前漢 시대로 알려져 있다. 중국이 워낙 넓은 땅을 가진 나라인 까닭에 《논어》도 지역마다 각기 다른 판본板本이 전해져 왔다.

공자가 살던 춘추시대부터 전한시대까지는 수백 년의 차이가 있다. 시대가 흘러오는 과정에서 다수의 기록자에 의해 다양한 판본이 형성되었을 것이다. 전傳, 기記, 논論, 어語 등 제각기 다른 이름으로 불리다가 지금과 같이 '논어'라는 이름으로 불리기 시작한 때는 기원전 2세기라는 주장이 유력하다. 이 주장이 맞다면 '논어'라는 이름이 처음 생겨난 시기는 전한의 제6대 황제인 경제로부터 제7대 황제인 무제4로 이어지는 한漢나라의 황금기와 일치한다. 당시에는 동중서5와 같은 훌륭한 유학자가 무제를 도와서 유교와 유학을 한제국의 통치 이념으로 결정하는 데 기여했다. 그만큼 한나라는 공자의 가르침을 학문의 근본으로 삼고 정치철학의 바탕으로 삼은 것이다. 이러한 역사적 사실에 비추어 본다면 《논어》가 역사 무대에 본격적으로 등장한 때가 '전한' 시대라는 설은 객관적으로 타당하다.

다만《논어》의 내용이 지금과 같은 구조로 정리된 때는 후한後漢 시대로 알려져 있다.

《논어》의 기록에 주도적 역할을 한 인물은 누구일까? 아쉽게도 그 이름은《논어》에 명시되어 있지 않다. 예수 그리스도의 가르침을 기록한《신약성경》에는 그의 제자들인 마태, 마가, 누가, 요한이 각각 〈마태복음〉, 〈마가복음〉, 〈누가복음〉, 〈요한복음〉을 통해 자신들이 기록자임을 분명히 밝히고 있다. 그러나《논어》에서는 제1편〈학이學而〉부터 제20편〈요왈堯曰〉에 이르기까지 기록자의 이름을 찾을 수 없다. 후한 말기의 유학자 정현6의 주장에 따르면 "선생님의 말"을 기록한 제1세대의 기록자들은 자유子遊, 자하子夏, 중궁仲弓 등이라고 한다. 그러나 유종원7의 견해는 다르다. 공자의 가르침을 직접 받은 막내뻘 제자인 증자8가 세상을 떠난 후에 증자에게서 공자의 사상을 전수받은 유자와 민자 등이 제2세대가 되어《논어》의 상당 부분을 기록했다고 유종원은 주장한다.9 또한, '아성'10이라 불리는 맹자의 생존 시절 혹은 맹자의 타계 이후 누군가에 의해 기록이 보완되고 첨삭되었다는 설도 있다. 위의 견해들을 종합해보면《논어》는 공자의 제자들과 그들의 후학들에 의해 수백 년간 여러 시대에 걸쳐 기록되고 보완되는 과정을 거쳐 비로소 후한시대에 이르러서야 현재와 같은 내용과 형태를 갖추게 되었음을 알 수 있다.

인仁, 그것은 곧 '섬김'의 정치다

세계의 4대 성인聖人을(가나다 순으로 말하면) 공자, 석가모니, 소크라테스, 예수 그리스도라고 한다. 그런데 이 4인의 가르침은 모두 제자들에 의해 집대성되고 책으로 탄생하였다. 공자의 《논어》, 예수 그리스도의 가르침을 엮은 《신약성경》, 석가모니의 가르침을 모은 《불경佛經》, 소크라테스의 사상과 삶을 담아낸 플라톤의 《대화편》! 경전의 반열에 오른 이 책들은 '어떻게 사는 것이 가장 인간답게 사는 길인가?'라는 난해한 문제를 풀어줄 수 있는 가장 현명한 참고서다. 제자들은 스승이 제시한 '인간다움'의 길로 인류를 안내하기 위해 세상의 이익과 보상과는 상관없이 휴머니즘의 가이드북을 엮어 낸 것이다.

이제는 공자가 걸어갔던 발길을 따라가 볼까? 춘추시대의 여러 왕국들을 돌아다니면서 군주에게 인仁을 정치의 근본으로 삼으라고 충고하였던 성인 공자! 그가 가르침을 들려주었던 춘추시대의 나라들은 광匡, 송宋, 섭葉, 위衛, 정鄭, 제齊, 조曹, 진陳, 채蔡, 초楚 등이다. 공자는 각 나라의 왕들에게 백성을 위하고 백성을 돕는 정치의 길을 열어주려고 노력하였다. '위민爲民'의 정치는 제왕이 '인'과 '예'로써 백성을 대해야만 가능해진다는 것이 공자의 가르침이었다. 그러나 당시의 군주들은 다른 나라를 정복하기 위한 군사력 증대와 백성을 통치하기 위한 권력 강화에만 뜻을 두었다. 그들의 귀에 공자의 교훈은 '쇠귀에 경 읽기牛耳讀經'와 같았다. 그는 임금도 사람인데 어떻게 대화가 일방통행의 막다른 골목으로만 향하는지 매번 쓴웃음을 지을 수밖에 없었다.

각 나라의 왕들은 예의를 갖추어 공자를 맞이하고 음식 대접에 소홀함이 없었을 것이다. 그러나 정작 공자가 원하는 진정한 대화에는 동참하지 못했나 보다. 임금이 천하제일의 위치에 올라 있다는 생각을 버리고 스스로를 낮추어 백성을 섬기는 마음을 가질 때에 나라의 근본이 이루어진다는 인의 정치! 그것은 '군주君主'라는 낱말의 핵심을 이루는 '주인'이라는 생각을 바꾸어 군주가 스스로를 백성의 종從으로 여기는 '정신 혁명'이었다. 예수 그리스도가 "섬김을 받으려 함이 아니라 도리어 섬기려 한다"고[11] 자신을 낮추어 무릎을 꿇고 제자들의 발을 씻겨 주었듯이 백성을 임금의 가족처럼 아끼면서 사랑으로 돌보는 '섬김의 정치'를 공자는 꿈꾸었다.

그러나 드높은 자리에서 아래를 내려다보며 명령하고 지배하는 것이 정치의 길이라고 생각했던 춘추시대의 임금들에게 '인'이란 문자 안에만 갇혀 있는 이념일 뿐이었다. 임금들의 욕망이 너무 컸기 때문이다. 그렇다면 그들의 욕망은 어떤 것이었을까? "어떻게 하면 권력을 더 강하게 키울 수 있을까?" "흔들리지 않는 통치 기반을 든든히 구축하려면 어떤 신하들을 곁에 두어야 하는가?" "중원[12]의 패권을 차지하기 위해 각축을 벌이고 있는 이 춘추시대에 내 왕국의 패망을 막고 다른 나라들을 손아귀에 넣으려면 어떤 전략이 필요한가?" 그들이 공자에게서 얻고자 했던 것은 백성을 지배하는 데 필요한 이데올로기와 다른 나라들을 정복하는 데 필요한 책략이었다.

나관중의 《삼국지연의三國志演義》에 등장하는 제갈량이 떠오른다. 삼국시대[13]의 제갈량은 공자보다 약 600년 후의 인물이다. 그는 신묘한 책략으로 유비를 도와 '촉한蜀漢'이라는 제국을 세울 뿐만 아니라 강성한 '위' 나라를 대항해서도 촉한의 위용을 떨칠 수 있었다. 춘추시대의 임금들은 공자에게서 제갈량과 같은 책사[14]의 역할을 기대하지 않았을까? 서로 다른 시대를 비교하면서 한 인물의 인생을 상상해보는 것도 꽤 흥미로운 일이다.

왕들에게서 인의 정치를 기대하기 어렵다는 것을 깨달은 공자! 그의 또 다른 선택은 무엇이었을까? 그는 노나라로 돌아온 후에 자신의 남은 인생을 인재 양성에 바쳤다. 군주들을 변화시키는 것이 불가능함을 알았기 때문이다. 요순堯舜시대의 '요' 임금과 '순' 임금처럼 자비로운 마음으로 백성을 보살피는 어버이 같은 군주를 다시는 찾아보기 힘들다는 말인가? 공자가 당대의 임금들에게 실망을 금치 못한 것은 사실이다. 그러나 그들의 정치 행위가 저열했던 것은 교육의 토양과 학습의 자양분이 빈곤하기 때문이라고 진단한 공자! 그는 현실을 암울하게 만드는 근본적 원인을 냉철하게 파악하였다.

공자는 음악에도 조예가 깊을 정도로 높은 감성능력(EQ)을 지녔다. 그는 춘추시대의 정치 현실을 개탄했지만, 절망의 감옥에 갇히지 않았다. 물줄기가 보이지 않는 척박한 현실의 땅을 단꿀이 흐르는 옥토沃土로 바꿀 수 있다는 희망을 버리지 않았고, 그 희망의 빛을 제자들을 기르는 일에서 발견하였다. **지위고하**地位高下**에 상관없이 단 한 사람도 차별하지 않고 인간성을 존중하는 지식인!** 그렇게 인과 예를 갖춘 지식인을 정신적 자녀로 키워내는 것이 공자에게는 인생 후반기의 비전이 되었다. 지식과 인격을 조화롭게 겸비한 제자들이 정치의 세계로 나가 위정자에게 올바른 길을 제시한다면 '인의 정치'가 이루어지는 시대도 기대할 수 있지 않을까?

인간다운 인간, 공자가 말하는 군자의 길

　고향으로 돌아온 공자는 제자 양성에 남은 인생을 바쳤다. 그의
교육은 지식을 공급하는 일에 그치지 않았다. "아는 것이 힘"이라는
프랜시스 베이컨[15]의 주장을 실제로 증명하기에 적합한 사례가 공
자의 교육이다. 제자들에게 안겨준 지식이 그들의 인격으로 체화되
어 일상생활에서 실천의 힘을 발휘하기를 공자는 갈망하였다. 제자
들이 지행합일의 길을 걸어갈 수만 있다면 공자는 더는 바랄 것이
없었다. 공자에게는 '인간'이 가장 중요한 '목적'이었기 때문이다. 돈
도, 권력도, 명예도 공자에게는 인간을 위하는 도구이자 수단일 뿐이
었다. 춘추시대의 임금들이 백성의 행복과 평안보다는 권력과 영토
에만 집착하게 된 근본적 원인이 어디에 있다고 공자는 판단하였을
까? 첫째는 군주들의 세속적 욕망이 너무 강하여 인생의 궁극적 목
적을 '인간'에 두지 않기 때문이고, 둘째는 그들의 지식이 '아는 것'
에만 머물러 생활의 실천으로 이어지지 못하기 때문이라고 결론을
내린 것으로 보인다.

　**공자가 꿈꾸는 지행합일의 인생은 학문을 통해 얻은 지식으로 인간을
돕고 인간과 더불어 유익을 나누는 것이었다.** 제자들이 지행합일의 길
을 걸어가려면 무엇보다도 그들이 인仁의 정신을 가져야 한다고 공
자는 믿었다. 인은 공자가 가장 중요하게 생각하는 인간성의 정수이
며 '인간다움'의 또 다른 이름이다.《논어》의 모든 내용은 인의 개념
속에 집약되어 있다.《논어》는 인을 구체적으로 설명하거나 예증例
證하는 책이다. 그렇다면 도대체 인간이 갖는 어떤 정신, 어떤 생각

을 공자는 '인'이라고 부르는 것일까? 아쉽게도 공자는 인의 개념에 관하여 구체적으로 정의를 내리지는 않았다. 그러나 '인'이 무엇인지를 한 마디로 단언하긴 했었다.

> "번지樊遲가 인仁에 대하여 여쭙자, 공자께서 말씀하셨다. 사람을 사랑하는 것이다."
>
> -《논어》제12편 〈안연〉 중에서

제자 번지의 질문을 받은 공자는 인이란 '사람을 사랑하는 것'이라고 간결하게 말한다. 비록 구체적 표현은 아니더라도 이렇게 간단하게 규정하는 것은 그만큼 공자가 인의 의미를 확신하고 있다는 증거다. 공자의 말이 알려지기 이전까지 인은 은혜를 끼치거나 온정을 베푸는 것의 의미로만 이해되었다.[17] 그러나 '사람을 사랑하는 것'이라는 공자의 말이 전파된 후에는 인의 핵심이 곧 '애愛'가 되었다. 물론 이 애는 인간을 위한 사랑이고 인간을 향한 사랑이다.

인이란 민족, 인종, 지역, 신분, 성별性別, 학력, 재산, 용모 등의 조건을 초월하여 모든 사람을 차별 없이 사랑하는 박애의 정신이다.《논어》를 읽으면 '인'이 사람의 생활 속에서 어떤 모습과 어떤 행동으로 나타나는 것인지를 잘 이해할 수 있다. 어려운 처지와 불행한 상황에 놓여 있는 사람을 가엾게 여기고 그의 삶을 이해하면서 그의 무너진 마음을 위로하고 그가 일어설 수 있도록 아낌없이 도와주는 것! 이것이 인의 모습이자 '인'을 실천하는 행동임을《논어》에서 배울 수 있다.

'인'을 행동으로 옮겨서 다른 사람의 어려운 인생을 돕는 인간다운 지식인! 그를 공자는 '군자'라고 불렀다. 생각이 인의 상태에 도달할 뿐만 아니라 '인'을 실천하여 다른 사람들과 상생相生의 길을 열어가는 사람이 군자다. 그러므로 군자는 '인격적으로 완성된 삶의 경지'[18]에 오른 사람이다. 공자가 바라보기에 '인'의 경지에 오른 군자로서 존경받을만한 인물은 누구일까? 공자의 수제자 안연과 전설상의 태평성대를 이끈 요 임금과 순 임금이 그가 확신하는 군자의 모델이었다.[19] 요 임금과 순 임금은 사마천의《사기》에서도 백성을 자식처럼 사랑하여 백성의 삶을 돕기 위해 검소와 청빈을 몸소 실천했던 성인 군자聖人君子로 기록되어 있다.[20] 두 임금을 바라보는 공자와 사마천의 시각이 다르지 않다.

《논어》를 읽어갈수록 성현의 말씀을 기록한 경전이라는 인상이 조금씩 지워진다. 대중에게 인간다운 길을 제시하는 휴머니즘의 필독서라는 느낌이 점점 더 강해진다. 그러나 '인'의 길을 걸어가는 인간은 공자 같은 성인으로만 한정되지 않는다. 공자의 생각에 따르면 인간은 누구나 인을 실천할 수 있는 본성을 타고 났다는 것이다. 선한 본성에서 자라나는 생각을 이타적 행동으로 옮기려고 노력한다면 군자의 인생은 누구에게나 열려 있다. 인간다운 삶을 갈망하는 독자에게 가장 먼저《논어》읽기를 권유하는 이유가 여기에 있다.

 마음을 헤아리는 지식

"인이란 사람을 사랑하는 것이다."

- 공자의《논어》(김형찬 옮김, 홍익출판사) 중에서

2장

너 자신을 알라

소크라테스의 대화법으로 이해하는 학문의 길

_ 아우구스티누스의 《고백록》

신神과의 소통을 멈추지 않은 학문의 대가,

아우구스티누스(Augustinus: A.D. 354~430)

북아프리카 타가스테Tagaste에서 태어난 아우구스티누스. 그는 기독교의 역사에서 교부敎父 시대를 개막한 성자聖者이자 위대한 신학자였다. 그는 히포Hippo의 주교로 생활하는 동안 성직자의 귀감이 된 까닭에 교황청으로부터 '성聖 아우구스티누스'라는 칭호를 얻었다. 그러나 인류가 기억하는 아우구스티누스의 이미지는 성직자와 신학자에 국한된 것이 아니었다. 신학, 문학, 철학의 경계를 넘나드는 방대한 인문학의 지식체계를 갖춘 대학자였다. 또한, 인생의 교훈과 폭넓은 지식을 탁월한 수사학적 언어로 서술한 문필의 대가였다. 그의 대표적 저서로는 《고백록Confessiones》, 《행복론》, 《삼위일체론》, 《신국론》 등이 있다.

참회와 성찰을 인생의 교사로 삼은 책,《고백록》

아우구스티누스의《고백록》은 장 자크 루소의《고백록》, 레프 톨스토이의《고백록》과 함께 세계 3대《고백록》중 한 권으로 손꼽힌다. 한국의 기독교인들에게는《참회록》이라는 이름으로 더 많이 알려져 있다. 젊은 시절의 과오를 참회하는 이야기이기 때문이다. 그러나 아무리 무거운 죄와 잘못을 범하였다고 해도 그것을 뉘우치는 마음이 진실하고 새로운 인생을 살아가려는 의지가 확고하다면 누구든지 '인간다운' 사람으로 다시 태어날 수 있다는 '확신'을 고백하고 있으며, 그 내용에 비추어 볼 때 이 책의 제목은 '고백록'으로 번역되는 것이 옳다.《고백록》은 아우구스티누스가 '히포'의 주교로 서품을 받은 지 1년이 지난 서기 397년 집필을 시작하여 401년에 완성되었다. 전 13권 중 제1권부터 제8권까지는 회심悔心에 이르기까지의 과정을, 제9권부터 마지막 13권까지는 회심 이후에 세상을 바라보는 성직자의 생각과 기독교 세계관을 고백하고 있다. 그러나《고백록》은 기독교의 세계를 초월하여 무신론자들까지도 애독하는 명저다. 청춘 시절의 과오와 교만을 뉘우치고 새로운 인생의 길을 걸어가는 '진실'이 인류를 감동시켰기 때문이다.

인간을 타락시키는 '교만'

《고백록》에서 아우구스티누스는 육신의 감각적 쾌락을 탐닉했던 방종의 세월을 절대자 하느님 앞에서 깊이 뉘우치고 있다. 그의 뉘우침은 자기 생각과 의지만을 믿어왔던 '교만'을 반성할 때 더욱 진실한 빛을 발한다. 무엇보다도 그의 《고백록》은 한 인간이 '성숙'의 상태에 도달하려면 자기와의 싸움에서 이겨야만 한다는 것을 가르쳐 주는 인내와 극기克己의 교과서다. 이 '극기'의 길을 아우구스티누스와 함께 걸어보자.

술과 여자로 인생을 허비하면 흔히 '주색잡기'에 빠져 있다고 말한다. 젊은 날의 아우구스티누스가 그렇게 방탕한 사람이었다. 그는 술에 만취하여 상대방을 향해 주먹을 휘두르는 경우가 적지 않았다. 성적性的 타락도 일삼았다. "인류의 역사에서 대표적 성자 중 한 사람인 아우구스티누스가 어떻게 그런 망측한 인생을 살았을까?" 하고 의아해 하는 사람들도 많을 것이다. 그러나 그의 청춘 시절을 돌이켜 보면 명예에 대한 집착이 그를 욕망의 늪 속에 빠뜨리는 원인이었다는 것을 알 수 있다. 대중의 갈채와 만인의 존경을 받고 싶은 욕망! 이 명예욕이 청년 아우구스티누스를 교만의 길로 이끌었다. 언제나 남들보다 앞서 있고 남들 위에 서 있다고 생각하는 교만! 이 교만이 쾌락을 탐닉하는 방종의 늪 속에 그를 빠뜨리고 말았다. 남자와 여자를 인격체로 존중하기보다는 항상 '나보다 못한 존재'라고 생각하며 상대방을 무시하는 태도가 몸에 배어들었다. 그러다 보니 여자를 만날 때도 인격적 대화를 갖기보다는 여자를 소유물이나 부속물로 생각하는 습성이 자라난 것이다. 이것이 아우구스티누스의 성적 타락을 부추기는 결과를 가져왔다. 그렇다면, 그를 타락의 암굴 속에 가둔 근본적 원인은 '교만'이 아닐까?

지식은 사람을 제압하는 무기로 오용될 수 있다

아우구스티누스는 자신이 누구보다도 '똑똑하다'는 말을 듣는 재미에 푹 빠져 있었다. 사람들 앞에서 유창한 말솜씨나 능숙한 글솜씨를 보여주고 그들의 감탄과 칭찬을 듣는 데 꽤 익숙해졌다. 칭찬을 받지 못하는 날에는 자존심이 상해서 풀이 죽거나 마음이 뒤틀린 하루를 보냈다. '칭찬은 고래도 춤추게 한다'[21] 라는 말과 같이 적절한 칭찬은 상대방을 격려하고 용기를 북돋우는 긍정적 효과를 낳는다. 그러나 아우구스티누스는 칭찬에 지나치게 집착했다. 찬사를 받을수록 자신의 총명이 더욱 확실해지는 것을 느꼈기 때문이다. 그것으로도 부족했던지 아우구스티누스는 총명을 사람들 앞에서 증명하기 위해 친구들을 지적 능력으로 제압하는 것을 즐겼다. 특히 수사학修辭學 분야에서 뛰어난 재능을 가졌던 아우구스티누스! 그는 화려한 기교를 부리는 말과 글로 다른 사람의 기를 죽여버리는 행위를 주저하지 않았다.

이탈리아의 도시 '밀라노'는 로마제국 시절 제국의 문명과 문화를 상징적으로 보여주는 대표적 도시였다. 학문의 상아탑으로도 유명세를 떨쳤다. 아우구스티누스가 세상을 떠난 지 1천 년이 지난 르네상스 시대에는 인문주의의 찬란한 꽃이 피어난 도시이기도 하다. 그런데 북아프리카 출신인 아우구스티누스가 '밀라노 국립 수사학교'의 교수로서 로마제국의 청년들을 가르쳤다고 하니 이 얼마나 놀라운가? 그만큼 당대의 로마 학자들을 능가하는 학문적 능력을 보여준 인재가 아우구스티누스였다. 그런 까닭에 아우구스티누스의 교만은 하늘을 찌를 듯이 기고만장했다.

그림 형제[22]의 동화 가운데 가장 유명한 동화를 다섯 손가락으로 꼽으라면 〈백설공주〉, 〈재투성이 아가씨〉[23], 〈라푼젤〉, 〈헨젤과 그레텔〉, 〈개구리 왕자〉 등이 아닐까? 그 중에서도 〈백설공주〉는 넘버원으로 손색없을 것이다. 이 동화 작품에서 백설공주와 함께 이야기의 중심에 서 있는 인물은 백설공주의 계모이자 왕비다. 마법의 거울을 향해 왕비는 "거울아 거울아, 벽에 걸린 거울아! 온 나라에서 누가 제일 예쁘니?"[24]라고 날마다 물어보았다고 한다. 그런데 왕비는 왜 날마다 이렇게 똑같은 질문을 거울에게 던졌을까? 자신이 왕국의 모든 여인 가운데 가장 뛰어난 미모의 소유자임을 믿고 싶은 '자기 최면' 상태에 빠져든 것이 아닐까?

젊은 날의 아우구스티누스도 서재의 책꽂이에 빼곡히 꽂혀 있는 책들을 향해 "책들아 책들아, 온 세상에서 누가 제일 똑똑하니?"라고 물어보지 않았을까? 백설공주의 계모와 비슷한 심정으로 자신이 로마제국의 남자 가운데 가장 뛰어난 지성의 소유자임을 확인받고 싶은 욕망에 사로잡히지 않았을까? 이런 마음을 가지고 살아간다면 자신의 학문뿐만 아니라 교육에서도 큰 문제점이 나타날 수밖에 없다. 그 문제점은 수사학교의 교실에서 뚜렷이 드러나고 말았다. 그는 수사학의 능력으로 상대방을 제압하는 법을 제자들에게 가르쳐주었다. 개인의 우월감을 과시하는 길로 제자들을 이끌었다. 그의 교만이 어느 정도인가를 실감할 수 있다.

> "그 무렵 나는 수사학을 가르치고 있었는데, 그것은 스스로는 욕심에 굴복한 상황에서 말로 남을 이기는 재주를 파는 것이었습니다."[25]
>
> "나는 (하느님으로부터) 벌을 받을 만큼 충분히 받았습니다. 그럼에도 어느새 나는 지혜로운 자처럼 행세하기 시작했습니다. (아는 것보다는 모르는 것이 더 많았지만) 나의 무지無知를 안타깝게 여기기보다는 나의 지식을 우쭐대면서 자랑하고 있었습니다. (이렇게 교만에 빠져 있었으니) 겸손의 토대 위에 세워질 (하느님의) 사랑의 집이 과연 나에게 있었겠습니까?"[26]
>
> ─ 《고백록》(김광채 옮김, CLC)

말과 글의 능력으로 '남을 이기는 재주를 팔았던' 과오를 고백하는 아우구스티누스! 그의 고백을 가만히 들어보면 자신의 학문과 교육 속에 학생들을 향한 사랑이 부족했었다는 뉘우침의 목소리가 울려 나온다. 그는 '사랑'을 겸손의 토대 위에 세워지는 하느님의 집이라고 생각한다. 하지만 '무지를 안타깝게 여기기보다는 지식을 우쭐대면서 자랑하는' 교만에 사로잡히다 보니 '사랑'이라는 하느님의 집이 세워질 토대를 갖지 못했다. **교만은 진리의 푯대를 향해 나아가는 학문의 길에서 방향을 잃게 만드는 안개였다.** 교만은 제자들을 학자로 이끄는 교육의 항해에서 스승의 배를 좌초시키는 암초였다.

'칭찬' 받으려는 유혹이 교만을 자극한다

"인仁이란 무엇입니까?" 제자 번지의 질문에 공자는 "사람을 사랑하는 것"[27]이 인의 본질이라고 대답했다. 공자의 말을 되새겨 본다면 인의 단계에는 아예 접근조차 못 한 사람이 아우구스티누스였다. 교만에 빠져 있던 아우구스티누스는 사람을 사랑하는 일에는 관심이 없었다. 그러나 다행스러운 것은 그가 자신을 교만의 수렁에 함몰시키는 원인을 뒤늦게나마 깨달았다는 사실이다. 아우구스티누스는 교만이 점점 더 커지는 원인이 칭찬의 유혹에 있다고 보았다. 세상 사람으로부터 칭찬을 받는 것에 익숙해지면 자신도 모르게 점점 더 높아지는 우월감에 도취하기 쉽다. 세상 사람들의 갈채와 찬사는 일종의 마약과 같은 마력을 지니고 있다. 찬사가 쏟아질수록 더 큰 찬사를 더 많이, 더 오래 받고 싶어 하는 욕망이 독초처럼 마음에 뿌리를 내린다. 이 욕망을 절제하지 못하면 무슨 일을 하든 '인기'에 집착하게 된다.

하늘에 구멍을 뚫을 듯이 폭발적으로 분출하던 인기의 마그마가 솟아오르지 않고 잠잠해지면 우울과 허탈에 시달리기도 한다. 실제로 대중의 인기를 한몸에 차지했던 연예인들이 인기를 잃고 나서 우울증에 빠져 마약이나 알코올 중독자로 전락하는 사례가 많다. 최선을 다하는 것에 중요한 의미를 두기보다는 칭찬과 찬사에 집착했던 결과가 아닐까? 칭찬의 손짓과 찬사의 유혹! 이것은 호메로스의 서사시 《오디세이아》에서 오디세우스의 배를 난파시키려고 했던 세이레네스의 달콤한 노래와 같다. 이것은 연예인뿐만 아니라 아우구스티누스 같은 학자들을 비롯하여 이 세상의 모든 직업인이 경계해야 할 '내부의 적'이다.

아우구스티누스는 진리를 깨닫기 위해 학문을 탐구하는 과정에서 누구든지 걸려 넘어질 수 있는 칭찬의 올무를 경계하라고 다음과 같이 조언한다. 이 조언은 아우구스티누스 자신을 포함하여 '공부'라는 행위를 통해 지식을 쌓아가는 이 세상 모든 사람에게 들려주는 가르침이 아닐까?

> "주여, 내가 이 같은 종류의 시험에 대하여 당신께 무엇을 고백해야 합니까? 칭찬을 받으면 기쁘다는 것 외에 무엇을 내가 더 고백해야 합니까? 그러나 칭찬보다는 진리가 훨씬 더 좋은 것은 사실입니다. 그러므로 '허둥대며 모든 일에 실수를 하면서도 사람들의 칭찬을 받는 것이 좋으냐, 아니면 사람들의 비난을 받으면서도 진리에 굳게 서서 확신 있게 사는 것이 좋으냐?'는 질문을 내가 받는다면, 내가 무엇을 선택해야 할지 분명합니다. 그러나 나에게 어떤 좋은 점이 있어, 그에 대해 다른 사람이 칭찬을 해준다 해도, 그것으로 인해 내 기쁨이 커지지 않기를 바랍니다."[29]
>
> - 《고백록》(김광채 옮김, CLC)

'칭찬을 받는 기쁨'을 얻으려는 욕망을 흔히 명예욕이라고 한다. 학문의 길을 걸어가는 사람이 가장 경계해야 할 것은 바로 이 명예욕이다. 수많은 사람에게 기억되는 이름으로 남아 있고 싶은 욕망이다. 명예욕을 절제하지 않으면 칭찬을 받는 일에 관심을 집중하게 된다. 그럴수록 진리를 향한 관심이 점점 더 흐려지게 마련이다. 칭찬을 받는 기쁨에 사로잡히면 진리를 알려는 노력을 등한히 하게 된다. 다른 사람의 평가에 눈과 귀를 집중할수록 진리의 영역으로부터 멀어진다. 그러므로 아우구스티누스는 학문을 탐구하는 모든 사람에게 "칭찬보다는 진리를 더 좋아해야" 한다고 말한다. 칭찬보다 비난을 더 많이 받는다고 해도 "진리에 굳게 서서 확신 있게 사는 것"을 추구하라고 충고한다. 이렇게 칭찬보다 진리를 더 좋아하는 것이 학자의 인생이요, 명예보다 진리를 향해 더 가까이 다가가는 것이 학문의 길임을 아우구스티누스는 고백하고 있다. 진리의 푯대를 향해 나아가는 학문의 길이 '겸손'에서 시작된다는 중요한 의미가 그의 고백 속에 담겨 있다. 겸손은 진리의 문을 여는 열쇠다.

소크라테스에게서 계승받은 '겸손'의 길

서양 철학의 근원인 그리스 철학자 소크라테스[30]. 그는 플라톤의 스승으로 알려져 있다. 플라톤은 '아리스토텔레스'라는 대사상가를 제자로 길러냈다. 소크라테스 → 플라톤 → 아리스토텔레스로 이어진 그리스의 사상은 단지 인문과학뿐 아니라 자연과학의 발전에도 든든한 토대를 이루었다. 강의 흐름에 비유한다면 이 세 사람은 서양 정신사의 상류 역할을 했다고 말할 수 있다. 그렇다면 상류가 시작되는 정신사의 발원지는 소크라테스가 아닐까? 그는 제자들에게 질문을 하며 대답을 이끌어 내는 '대화법' 교육을 행하였다. '문답법' 교육 혹은 '산파술'이라는 이름으로 널리 알려진 소크라테스의 대화

법 교육은 플라톤의《대화편》에 자세히 설명되어 있다.[31]

"너 자신을 알라!" 소크라테스의 명언으로 알려진 이 명령문이 흘러나오기까지의 과정이 대화법 교육이다. 소크라테스는 제자와 마주보고 일대일로 질문과 답변을 주고받는다. 제자들 중에 아주 똑똑한 사람이 있다면 스승의 질문 두세 가지 정도에는 설득력 있는 답변을 들려줄 수 있다. 그러나 한 번쯤은 명쾌히 대답할 수 없어서 망설일 때가 있을 것이다. 이치를 파악하기 어려운, 네 번째쯤의 질문을 받고 우물쭈물하다가 고개를 설레설레 저으면서 "선생님! 잘 모르겠는데요"라고 자신의 무지를 털어놓는 순간이 올 것이다. 그 때를 기다린 스승 소크라테스의 입에서는 무슨 말이 흘러 나왔을까?

"너 자신을 알라!"[32]

명언 중의 명언으로 알려진 이 말 속에 담긴 뜻은 무엇일까? '모른다는 사실을 알라' 혹은 '아는 것보다는 모르는 것이 훨씬 더 많다는 사실을 알라'는 뜻으로 해석된다. 무지를 깨닫는 것이 곧 '자신을 아는 것'이라는 교훈을 배울 수 있다. 학문의 길을 걸어가는 사람은 모르는 영역이 아는 영역보다 우주처럼 광대하다는 것을 자각하고 언제나 겸손하게 진리를 탐구하는 태도를 잃지 말아야 한다.

아우구스티누스는 사도 바울의 사상을 더욱 발전시켜서 '칭의론稱義論'과 '은총론恩寵論'이라는 복음주의福音主義 신학의 토대를 구축한 정통 신학자였다. 그의 복음주의 신학은 15세기 체코의 얀 후스와 16세기 독일의 마르틴 루터에게 계승되어 종교개혁의 추진력으로 작용하였다. 1천 년의 세월이 지났음에도 종교개혁의 정신적 근원이 될 정도로 아우구스티누스의 신학은 《성경》의 본질에 토대를 두고 있다. 이와 같이 그는 기독교 교부 시대의 대표적 신학자이면서도 소크라테스, 플라톤, 아리스토텔레스로 이어져 내려온 그리스 철학의 해박한 지식을 쌓은 인문학자였다. 그런 까닭에 그리스 철학의 영향을 부인할 수 없는 현상들이 《고백록》에서 발견된다. 아우구스티누스가 고백한 것처럼 인간의 이성이 갖고 있는 한계를 자각하고 겸손한 마음으로 배우고 익히는 학문의 길은 소크라테스가 걸어왔던 길과 일치한다. '잘 익은 벼가 고개를 숙인다'라는 우리 민족의 속담을 가볍게 여기지 말자. **겸손은 진리의 산정**山頂**을 향한 산행 길의 첫걸음이다.**

 마음을 헤아리는 지식

"나에게 어떤 좋은 점이 있어, 그에 대해 다른 사람이 칭찬을 해준다 해도, 그것으로 인해 내 기쁨이 커지지 않기를 바랍니다."
– 아우구스티누스의 《고백록》(김광채 옮김, CLS) 중에서

3장

인간은 수단이 아니라 목적 그 자체다

휴머니즘의 길에서 만난 동양과 서양

_ 칸트의 《도덕 형이상학을 위한 기초 놓기》

인간 존중의 시대를 열었던 사상가,

이마누엘 칸트(Immanuel Kant, 1724~1804)

독일의 쾨니히스베르크Koenigsberg(지금의 러시아 칼리닌그라드)에서 출생한 이마누엘 칸트. 그는 서양 근대 철학의 대명사로 알려진 인물이다. 서양 철학을 바다에 비유한다면 이것을 이룬 두 줄기 강은 관념론과 유물론이다. 칸트의 철학은 '관념론'이라는 강의 상류에 위치하여 데카르트로부터 발원한 이성주의와 합리주의의 물줄기를 서양 철학의 대양으로 뻗어 나가게 했다. 특히, 칸트는 '인격', '인간성', '존엄성'이라는 개념을 서양의 정신세계에 깊이 각인시켰다. 이 개념들은 그가 전개한 계몽사상과 도덕철학의 키워드다. 칸트의 대표적 저서로는 《도덕 형이상학을 위한 기초 놓기 Grundlegung zur Metaphysik der Sitten》를 비롯하여 《순수이성비판》, 《실천이성비판》, 《판단력비판》 등이 있다.

**인간을 삶의 목적으로 올려놓은 도덕철학의 명저,
《도덕 형이상학을 위한 기초 놓기》**

칸트의 도덕철학을 가장 뚜렷하게 설명하는 책이다. 이 책에서 칸트는 '인간목적
론人間目的論'을 제시하고 있다. 인간은 '인격', '인간성', '존엄성'을 지닌 존재이기
때문에 결코 '수단'으로 이용되어서는 안 되며 언제나 '목적'으로 존중받아야 한다는
것이다. 인간의 존재가치를 인생의 목적으로 끌어 올린 칸트의 인간목적론은 존 로
크, 볼테르, 장 자크 루소를 통하여 전파된 '천부인권설'과 연대의식을 형성하였다.
그 결과로 유럽 대륙에 혁명의 바람이 휘몰아쳤다. 1789년 프랑스 대혁명을 주도
한 파리의 시민들이 계몽사상을 혁명의 정신적 원동력으로 삼은 것은 널리 알려진
사실이다. 대혁명이 지향하는 '자유와 평등과 박애'는 인간을 수단이 아닌 목적으로
존중하여 만인의 평등한 행복추구권 幸福追求權을 실현하려는 계몽사상의 열매다.
계몽사상의 중심이었던 칸트의 도덕철학이 인류의 정치와 사회를 봉건체제로부터
해방시키는 정신적 엑소더스의 역할을 했음을 기억하자. 존엄성 → 평등 → 자유 →
해방 → 박애로 이어지는 칸트의 정신세계를 이해하려면 무엇보다도 그의《도덕 형
이상학을 위한 기초 놓기》를 읽어야 한다.

진정한 '도덕'이란 무엇인가?

18세기 유럽의 대표적 계몽사상가이자 관념론의 대가였던 이마누엘 칸트. 그는 일상생활에서 누구를 만나든지 상대방의 인격을 존중하고 그 사람을 수단으로 취급하지 말며 '목적 그 자체'로 여기라고 말했다. 인간의 존엄성에 토대를 두고 '도덕철학'의 집을 지은 철학의 건축가! 그가 바로 칸트다.

> "인간은 그리고 일반적으로 이성을 가진 존재는 모두 목적 그 자체로서 존재하는 것이며, 단순히 이런저런 의지가 마음대로 사용하는 수단으로서 존재하는 것이 아니다. 그래서 인간과 이성적인 존재는 모두 자신에게 하는 행위든, 다른 이성적인 존재에게 하는 행위든 모든 행위에서 언제나 동시에 목적으로도 생각되어야 한다."[33]
> 　　　– 칸트의 《도덕 형이상학을 위한 기초 놓기》(이원봉 옮김, 책세상) 중에서

> "네 인격 안에 있는 인간성뿐만 아니라 모든 사람의 인격 안에 있는 인간성까지도 결코 단지 수단으로만 사용하지 말고 언제나 (수단과) 동시에 목적으로도 사용하도록 그렇게 행위하라."[34]
> 　　　– 칸트의 《도덕 형이상학을 위한 기초 놓기》(이원봉 옮김, 책세상) 중에서

일상생활에서 어떤 사람을 만나든지 그 사람의 '인격'과 '인간성'을 "수단으로만 사용하지 말고 목적으로도 생각하라"고 칸트는 우리

에게 권고한다. 인간은 누구나 예외 없이 '이성을 가진 존재'이고 '모두 목적 그 자체로서 존재하기' 때문에 인간은 차별 없이 인격과 인간성을 존중받아야만 한다는 것이다. 이러한 칸트의 인간존중 사상은 18세기 유럽 사회에서 인권을 신장시키고 시민의 자유와 평등을 가장 중요한 사회적 가치로 끌어올렸다. 군주제와 신분제의 올무에 묶여 봉건적 질서를 벗어나지 못하는 유럽의 정치 체제를 민주주의와 공화주의 체제로 변혁시키는 데 정신의 생명력을 불어넣은 사상가! 유럽의 민중이 정치적 자유를 억압당하고 경제적 기반을 착취당하던 불평등의 시대에 칸트는 만인의 '평등'을 실현함으로써 '자유'의 시대를 열어야 한다는 당위성當爲性을 각성시켰다.

칸트의 철학으로부터 가장 많은 영향을 받은 독일 작가 프리드리히 실러Friedrich Schiller의 시 〈환희의 송가An die Freude〉(1785) 중에서 "그대(환희)의 부드러운 날개가 머무는 곳에서 만인은 형제가 되리라"[35]는 문장을 주목해보자. 이 문장 속에는 칸트가 제시한 '세계시민'의 정신이 깃들어 있다. 지역과 문화권의 차이를 초월하여 '만인'은 신분의 차등 없이 '형제'처럼 동등한 주권을 가진 시민으로 살아가야 한다는 평등과 자유를 강조하고 있다. 이 시의 제목으로 쓰인 '환희'가 본래 '자유Freiheit'였다는 사실은 민중의 평등과 자유를 갈망했던 칸트의 정신세계를 비추어준다.

이성을 가진 존재이며 이성적인 존재, 즉 '인간'이라는 존재의 '본성은 고결하다'[36]는 것이 칸트의 생각이다. 환경과 상황에 의해 타락의 길을 걷기도 하지만 본래 인간은 선한 본성을 타고났다는 것이다. 칸트가 인간의 본성을 고결하고 선한 것이라 믿는 까닭은 무엇일까? 그것은 인간의 본성이 이성을 갖고 있는 '이성적인 본성'[37]이기 때문이다. 칸트는 이성적인 본성을 "인격"[38]이라 부른다. 본성 속에 존재하는 이성이 양심을 향해 인간다운 행위를 지시하고 명령하는 까닭에 인간의 "이성적인 본성(인격)은 목적 그 자체로 존재"[39]하며 결코 수단으로 이용당하거나 도구로 남용될 수 없다. 여기에서는 단 한 사람도 예외가 없다고 칸트는 믿고 있다. '인간은 결코 사물이 아니라'[40] 존엄성을 갖고 있는 이성적인 존재이기 때문이다.

> "인간은 결코 사물이 아니고, 따라서 단순히 수단으로만 사용될 수 있는 것이 아니다. 오히려 인간은 그가 무슨 행위를 하든 언제나 목적 그 자체로 간주되어야 하는 것이다."[41]
> – 칸트의《도덕 형이상학을 위한 기초 놓기》(이원봉 옮김, 책세상) 중에서

칸트의 말처럼 어떤 사람을 만나든지 '마음대로 사용하는 수단'으로 상대방을 가볍게 여기는 것이 아니라 그 사람을 목적 그 자체로 존중한다면 우리가 학문을 통해 얻은 지식은 생활 속에서 다른 사람을 돕는 선한 도구의 힘을 발휘하게 될 것이다. 다른 사람의 고단한 인생의 짐을 덜어주는 방향으로 지식을 사용해나간다면 그 지식은 많은 사람과 함께 행복을 나누는 인간다운 공동체의 길을 열어나갈 것이다. 칸트의 명저《도덕 형이상학을 위한 기초 놓기》에서 우리는 인간의 인격과 인간성과 존엄성을 존중하는 것이 진정한 '도덕Sitte'임을 알게 된다.

공자의 사상으로 이해하는 칸트의 도덕철학

서양과 동양의 철학을 산맥에 비유한다면 칸트와 공자를 양대 산맥이라고 말할 수 있지 않을까? 칸트가 때로는 권유하기도 하고 때로는 충고하기도 했던 그 '도덕'은 공자가 《논어》에서 말했던 '예'와 '인'과 너무나 닮았다. 칸트와 공자. 두 인물의 사상에 있어서 처음으로 포착되는 공통점은 인간의 본성을 선한 것으로 본다는 사실이다. 본성이 선하기 때문에 인간은 예를 통하여 인을 이룰 수 있다고 공자는 낙관적으로 생각하였다. 인간이 인격적으로 성숙한 군자의 길을 걸어가는 것이 불가능한 일은 아니라는 얘기다. 인간을 향한 낙관적인 믿음은 칸트의 경우도 마찬가지다. 인간은 이성적인 본성을 가진 존재이기 때문에 언제나 목적 그 자체로 대우받아야 하며 '이런저런 의지가 마음대로 사용하는 수단'으로 이용되지 말아야 한다. 바꿔 말하면, 인간은 자신의 본성 속에 간직된 이성의 힘으로 다른 인간을 목적 그 자체로 존중할 수 있고 또한 존중하는 길을 걸어가야만 한다.

공자는 예를 통하여 인을 이루는 사람을 가장 인간다운 인간으로 보아 '군자'라고 불렀다. 그런데 이러한 공자의 생각은 인간의 '인격 안에 있는 인간성'과 존엄성을 존중할 때에 만인을 평등하게 대우하는 박애의 길이 열린다는 칸트의 생각과 다르지 않다. 존엄성 존중 → 평등 → 박애로 이어지는 휴머니즘의 길은 칸트의 철학이 품고 있는 비전이었다. 여기에서 잠시, 제1장에서 읽었던 《논어》를 다시 펼쳐보자. 공자가 그토록 강조했던 인은 '사람을 사랑하는'[42] 마음과 생각이었다. 어려운 처지에 놓인 사람을 적극적으로 도우려는 '의지'라고도 인을 말할 수 있다. 그렇다면, '인'의 생각과 의지는 어떤 행동을 통해 열매를 맺는 것일까? 이 궁금증을 우리는 제자 안연과의 대화에서 알게 된다.

> "안연이 인仁에 대해서 여쭙자 공자께서 말씀하셨다. '자기를 이겨내고 예禮로 돌아가는 것이 인이다. 하루만이라도 자기를 이겨내고 예로 돌아가면 천하가 인에 귀의할 것이다. 인을 실천하는 것이야 자신에게 달린 것이지 다른 사람에게 달린 것이겠느냐?' 안연이 여쭈었다. '그 구체적인 방법을 여쭙고자 합니다.' 공자께서 말씀하셨다. '예가 아니면 보지 말고, 예가 아니면 듣지 말며, 예가 아니면 말하지 말고, 예가 아니면 움직이지 말아라.'"[43]
>
> -《논어》의 제12편 〈안연〉 중에서

공자는 인과 예 사이의 떼려야 뗄 수 없는 관계를 강조하고 있다. "자기를 이겨내고 예로 돌아가는 것"[44]이 인을 이루기 위한 필요충분조건이요, 인을 이루는 형태라는 것이다. 자기를 이겨내고 예로 돌아간다니? 도대체 무슨 말일까? 이 가르침 속에 담겨 있는 '인간다움'의 뜻은 무엇일까? '자기를 이겨내는 것'은 이기적 욕망을 절제하는 것을 의미한다. '예로 돌아가는 것'은 자신의 말과 행동을 겸손하게 하면서 다른 사람의 인격과 인간성을 존중하는 것을 뜻한다. 탐욕에서 벗어나 교만하지 않고 타인을 자신과 동등한 인격체로 받아들이는 것이다. 이렇게 '예로 돌아갈' 때 인의 길이 열린다고 공자는 말한다.

　한 어머니의 모태에서 태어난 형제와 자매처럼 정신적 DNA가 같은 예와 인! 바늘과 실 같은 인과 예의 관계를 우리는 칸트의 철학에서도 발견할 수 있다. 칸트가 말한 것처럼 모든 인간은 수단으로서 존재하는 것이 아니다. 모든 인간은 선하고 고결한 본성 속에 '이성'을 간직하고 있기 때문에 '모든 행위에서 언제나 동시에 목적으로도 생각되어야' 한다. 누구도 예외 없이 모두 목적 그 자체로서 존재하기 때문에 인격과 인간성을 존중받아야만 한다. 인간의 인격과 인간성을 존중하는 것이 공자가 말하는 "예로 돌아가는"[45] 길이다. 예로 돌아가는 것이 인이라는 공자의 말이 옳다면 우리가 일상생활에서 만나는 모든 인간의 존엄성을 존중하는 것이 사람을 사랑하는 인의 출발점이 될 것이다.

　칸트의 말처럼 "인간에게는 존엄성이 있는"[46] 까닭에 다른 사람의 존엄성을 지켜줄 때 그를 사랑하는 인의 길이 열린다. 인이라는 사랑의 내용은 다른 사람을 존중하는 예라는 형태로 실현된다.[47] 인이라는 사랑의 정신은 예라는 행동방식을 통해 바깥으로 드러난다. 존중과 배려는 생각만으로 머물러 있는 것이 아니다. 행동으로 표출되는 것이다.

　나의 장점과 능력으로 상대방의 부족한 부분을 채워줌으로써 그가 다시 일어설 수 있도록 아낌없이 도와주는 사랑! 이것은 칸트의 말처럼 인간을 수단이 아닌 목적으로 대우하는 행동이다. 그 행동을 공자는 '인의 실천'으로 보았다. 공자가 "인을 실천하는 것이야 자신에게 달린 것이지 다른 사람에게 달린 것이 아니다"라고 제자 안연에게 힘주어 말한 까닭은 무엇일까? 사랑이란 그 누구의 부탁이나 강요에 의한 것이 아니라 자발적인 것이요, 사랑이란 세상에 보여주기 위해 적당히 격식만 갖추어서 하는 것이 아니라 적극적으로 베푸는 것임을 강조하는 있는 것이다.

자발적이고 적극적이며 진실한 사랑! 칸트는 시대와 문화권의 장벽을 넘어 참된 인간이 걸어가야만 하는 '도덕'의 길을 공자의 가르침에 비추어 다음과 같이 말하지 않을까?

"욕망을 절제하라! 자신의 욕망을 채우기 위해 상대방을 수단으로 이용하지 말라! 상대방의 인격 안에 있는 인간성을 존중하라! 상대방을 소중한 목적으로 대우하라! 바로 그것이, '자기를 이겨내고 예로 돌아가는' 인의 길이다. 그것이 옛 성현 공자가 지금도 인류에게 당부하는 참된 '도덕'이다."

 마음을 헤아리는 지식

"인격은 어떤 목적의 수단이 될 수 없는 가장 높고
가장 궁극적인 목적이다."
– 이마누엘 칸트의 《도덕 형이상학을 위한 기초 놓기》(이원봉 옮김, 책세상) 중에서

4장

자유가 국민의 주권이다

혁명을 이끈 한 권의 책

_ 존 스튜어트 밀의 《자유론》

정치철학을 정치 발전의 원동력으로 선용한,

존 스튜어트 밀(John Stuart Mill, 1806~1873)

영국 런던의 '펜톤빌'에서 출생한 존 스튜어트 밀. 그는 철학자로서 사회학과 정치경제학에도 밝은 사상가였다. "최대 다수의 최대 행복"을 주장했던 제러미 벤담의 제자로서 그의 공리주의 사상을 발전시켰다. 존 스튜어트 밀의 철학 속에는 벤담으로부터 계승한 공리주의와 함께 19세기 유럽의 '자유주의' 사상이 조화를 이루고 있다. 밀은 벤담이 말했던 '최대 행복'의 개념 속에 국민의 주권과 자유가 실현되는 정치적 혁신의 의미를 담아냈다. 그러므로 그의 철학은 근대 민주주의의 발전에 크나큰 영향을 미치는 정치사상의 기둥으로 우뚝 섰다. 밀은 자신의 정치철학을 현실정치에 반영하기 위해 최선을 다한 정치가이기도 했다. 인권을 제약당하는 여성의 사회문제에 대해 깊이 고민했던 그는 1869년 영국 역사상 최초로 여성에게도 선거권을 부여해야 한다는 법안을 의회에서 발의하였다. 밀의 대표 저서로는 《자유론On Liberty》(1859)을 비롯하여 《논리학 체계》(1843), 《정치경제학 원리》(1848), 《여성의 종속》(1869), 《공리주의》(1861), 《대의정부론》(1861) 등이 있다.

주권과 자유의 통합적 실현을 제시하는 책,《자유론》

존 스튜어트 밀의 《자유론》은 장 자크 루소의 《사회계약론》과 함께 근대 민주주의의 발전에 지대한 영향을 준 정치철학의 명저다. 19세기 전반 유럽 각지에서 일어난 혁명의 열기를 타고 불어온 자유주의Liberalism의 폭풍! 이 자유주의 사상이 밀의 공리주의 사상과 결합하여 국민이 마땅히 누려야 하는 정치적 '자유'의 의미를 규정하게 되었다. 밀의 《자유론》은 국민의 정치적 자유를 철학적으로 정의한 책이라고 말할 수 있다. 무엇보다도 밀의 사상에서 중심을 이루는 것은 스승인 제러미 벤담으로부터 계승한 '공리주의'다. 《자유론》에서 밀은 위정자의 정치 권력과 국민의 주권 간 관계를 국민의 공리라는 관점으로 바라보고 있다. 벤담의 "최대 다수의 최대 행복"이라는 원리에 《자유론》을 비추어 본다면 '최대 다수'의 국민에게 '최대 행복'을 누리게 하는 정치가 가장 바람직한 정치임을 확신하게 된다. 권력의 주인은 국민이므로 국민이 자신의 주권을 합리적으로 행사하는 자유를 제약당하지 않도록 국민을 도와주는 정치! 위정자는 국민을 섬기는 국민의 공복公僕이며 국민의 대리자임을 다시 한 번 확인시켜 주는 정치철학의 고전이 《자유론》이다. 《자유론》과 함께 주목해야 할 또 한 권의 훌륭한 책이 있다. 그것은 《대의정부론》이다. 장 자크 루소의 《사회계약론》이 프랑스의 '직접민주주의' 발전에 이바지한 것처럼 밀의 《대의정부론》도 선거제도의 개혁을 통해 국민의 참정권 확대를 호소하여 영국의 정치를 직접민주주의 시대로 이끄는 가교 역할을 하였다.

위정자의 권력을 제한하는 국민의 자유

대통령제로 운영되든 의원내각제로 운영되든 국가 원수인 대통령과 수상은 국민으로부터 권력을 위임받은 자들이다. 국민 위에 군림하는 자가 아니라 국민의 대리자다. 그러나 헌법을 제정하고 헌법의 기본적 조항으로 '민주주의'를 명시한 공화국의 시대가 열린 이후에도 국민의 대리자인 위정자가 제왕처럼 무소불위의 권력을 휘두르며 국민을 지배해온 역사적 사례들이 적지 않다. 대통령의 권력 남용에 따른 '국정농단' 사태로 인하여 헌정사상 최초로 헌법재판소의 판결에 의해 대통령을 파면한 대한민국의 정치적 사건이 최근의 사례다. 국민으로부터 권력을 위임받은 위정자들이 권력의 근원이 누구인지를 잊어버릴 때 민주주의는 흔들리게 된다.

진리란 무엇인가? 수천, 수만 년이 흐르고 문화와 환경이 수백 번 바뀌더라도 결코 변하지 않는 진실이 진리가 아닌가? 그렇다면 정치의 진리란 무엇일까? 권력의 근원도, 권력의 주인도 '국민'이라는 불변의 법칙이 아닐까? 그러나 '주인'인 국민으로부터 빌려온 권력을 독점하여 개인적인 소유물로 삼는 반민주 행위가 위정자들에 의해 역사적 반복의 사슬로 이어져 왔다. 정치의 진리로부터 등을 돌려 봉건 시대로 회귀하려는 모든 반민주적 정치를 가차 없이 비판하면서 국민의 합리적인 이익과 정당한 행복인 공리를 창출하기 위한 민주정치의 길! 그 길을 제시한 책이 존 스튜어트 밀의 《자유론》이다.

국민이 위정자에게 권력을 위임한 근본적인 이유는 무엇일까? 그것은 국민의 행복과 이익을 실현해달라는 기대와 부탁이다. '최대 다수'의 국민이 '최대 행복'을 누리기 위해서는 합법적인 범위 안에서 국민의 자유가 보장되어야 한다. 국민이 대리자를 선출하여 그에게 권력을 맡긴 것은 국민의 행복과 이익을 추구하는 '자유'가 법의 보호 속에서 보장되도록 해달라는 염원의 표시다. 이렇게 존 스튜어트 밀은 국민의 자유와 국민의 공리 간의 떼려야 뗄 수 없는 상관성을 깊이 인식하고 있다. 밀은 국민이 주권자로서 보장받아야 할 자유에 관해 이야기를 풀어나가는 가운데 국민의 자유에 대하여 행사할 수 있는 위정자의 권력과 "공권력의 성질과 한계"[51]를 규정하고 있다. 공권력의 발동을 명령하는 자는 누구인가? 위정자다. 그렇다면 국민의 자유에 대하여 "정당하게 행사할 수 있는"[52] 위정자의 권력의 범위와 한계는 어디까지인가? 이 문제에 대하여 존 스튜어트 밀은 국민주권주의[53]의 원리에 따라 엄격하고도 객관적인 비판의 화살을 위정자들의 정치 과녁을 향해 쏘아보낸다.

물론, 밀이 살았던 19세기 후반과 지금 사이에는 약 150년이라는 시간의 차이가 있다. 그러나 천부인권[54]이라는 개념이 무색할 정도로 헌법에 보장된 행복추구권을 실현하려는 국민의 자유가 공권력에 억압당하는 사례들이 그때나 지금이나 반복되고 있다. 밀이 미래의 정치 현실까지도 내다보고《자유론》을 썼을까? 그는 위정자들이 정당한 한계를 벗어나 공권력을 부당하게 행사하여 국민의 공리 추구의 '자유'를 제약하는 영국의 정치 현실을 질타했다. 미래에도 계속될 여지가 충분해 보이는 위정자들의 권력 남용에 대해서도 경고의 메시지를 보냈다. 밀이 바라는 국민의 자유는 권력의 주인인 국민이 주인답게 권력을 행사하는 '자유', 국가의 최고 권력인 주권을 국민이 스스로 지켜내는 자유다. 그 자유는 위정자가 남용하는 권력을 견제하거나 제한하는 자유이기도 하다. 독점한 권력으로 국민을 지배하려는 위정자의 반민주적 권력 행사를 제한하지 않는다면 위정자는 국민의 대리자가 아니라 제왕으로 타락하며, 국가는 국민의 나라가 아니라 왕국으로 변질된다.

그러므로 국민으로부터 권력을 일임 받은 위정자가 자신의 이익만을 위해 권력을 사적으로 사용하는 것이 아니라 국민의 이익과 행복을 위해 사용하도록 위정자의 "권력에 제한을 가하는 것"이 국민의 주권을 스스로 지켜내는 숭고한 자유다. 밀은 그것이 정치공동체를 민주사회로 유지시키는 국민과 시민의 자유라고 다음과 같이 말한다.

"그러므로 애국자들의 목표는 지배자가 공동체에 행사하도록 되어 있는 권력에 제한을 가하는 것이었다.[55] 그리고 이 제한이 그들이 의미하는 자유였다."[56]

– 존 스튜어트 밀의 《자유론》(김형철 옮김. 서광사) 중에서

밀이 말하는 "애국자들"은 국가를 민주적 공동체로 보존하고 싶어하는 국민과 시민이다. 그런데 위정자가 전제군주처럼 제왕적 권력을 휘둘러서, 공동체를 민의가 수렴되고 반영되는 소통의 사회가 아니라 위정자의 생각만을 하달하고 관철시키는 '수직적 위계질서의 사회'로 만들어간다면 국민은 이에 어떻게 대응해야 하는가? 국민의 신임을 배반하고 국민의 권력을 개인적으로 독점하여 국민의 뜻과 단절된 일방통행로를 달려가는 위정자의 독재에 맞서 그의 "권력에

제한을 가하는 것"은 위정자에 대한 반역인가? 반역이 아니라 이것이 곧 국민의 진정한 "자유"임을 밀은 강조하고 있다.

위정자들의 권력 남용에 대하여 제동을 거는 국민의 비판적 여론이 생겨날 때마다 반민주적反民主的 수사법을 입버릇처럼 뱉어내는 위정자들이 적지 않다. "불순한 무리가 체제를 부정하여 체제 전복을 꾀하고 있다." 대한민국의 군부독재 30년간의 역사에서도 귀에 못이 박히도록 들어왔던 말이다. 이렇게 진실을 왜곡하여 국민의 비판적 여론을 잠재우거나 무마하려는 반민주적 작태가 통치의 관습으로 대물림되었던 것은 그만큼 위정자의 제왕적 권력을 제한하는 국민의 자유가 억압받았기 때문이다. 존 스튜어트 밀의《자유론》을 거울 삼아 대한민국의 정치적 암흑기를 비추어 보면 다음과 같은 교훈을 얻을 수 있지 않을까? 헌법의 토대 위에 세워진 민주국가에서 권력의 주인인 국민이 권력의 주체답게 위정자의 권력을 제한하는 "자유"를 행사할 때에 헌법에 명시된 국민주권의 가치를 실현하는 민주적 공동체로 국가를 세워갈 수 있다.

권력의 주체는 국민이다

반민주적 정치의 책임은 위정자에게만 있는 것이 아니다. 위정자의 제왕적 권력 행사를 제한하는 자유를 망각하거나 포기한 까닭에 국가를 파탄의 길로 몰고 갔던 국민의 반민주적 행위들이 세계사의 페이지마다 반복적으로 기록되어 왔다. 제2차 세계대전의 전범인 아돌프 히틀러Adolf Hitler에게 맹목적으로 복종했던 독일 국민들과 스탈린에게 굴종했던 소련 인민들이 뚜렷한 사례다. 정치심리학의 지평을 열었던 사상가 에리히 프롬[57]은 그의 저서 《자유로부터의 도피Escape from Freedom》에서 그 시대의 독일 국민과 소련 인민을 "자동기계"[58]이자 "자동인형"[59]이라고 비판하지 않았는가? 국민이 위정자의 잘못된 권력 행사에 제한을 가하는 자유를 잃어버리거나 "자유로부터 도피"할 때 국민은 스스로 주권을 포기함으로써 위정자의 권력 남용을 더욱 심각한 상황으로 치닫게 한다고 프롬은 경고하였다.

국민은 정당하고 합법적인 테두리 안에서 자신의 이익과 행복을 추구하는 자유를 누려야만 한다. 또한 헌법에 명시된 '표현'의 자유도 보장받아야만 한다. 이렇게 중요한 자유를 누려야만 하는 것은 헌법의 제1조 2항에 명시되어 있듯이 "국가의 주권은 국민에게 있고 모든 권력은 국민으로부터 나오기"[60] 때문이다. 그런데, 이익 및 행복 추구의 자유와 표현의 자유를 누리기 위해서는 위정자의 권력을 제한하는 '자유'를 국민 스스로 확고히 간직해야만 한다.

만일 위정자의 권력을 제한하는 자유를 국민이 억압당하거나 침해당한다면 국민은 권력을 위임한 주체로서 권력을 남용한 위정자에게 경고의 메시지를 보낼 수 있고 또 보내야만 한다. 그것이 주권자의 정당한 자유이기 때문이다. 정치의 페어플레이와 파울플레이를 판별하는 주심은 국민이다. 위정자의 반칙을 발견하는 즉시 옐로카드를 뽑아들 수 있는 심판도 국민이다. 국민으로부터 맡겨진 권력을 오용하거나 악용하지 말하는 뜻을 전달하는 '정치의 옐로카드'가 효력을 발휘하려면 국민은 주권자로서 어떤 정치적 행동을 전개해야만 하는가?

역사를 돌이켜보면 위정자의 제왕적 권력이 정치의 그라운드를 파울플레이로 오염시킬 때마다 국민은 '항거'라는 형태로 옐로카드를 내밀었다. 물리적인 폭력을 배제하고 평화적인 방법을 사용하는 한도 내에서 국민은 마땅히 위정자에 대해 항거를 보여줄 수 있고 또 보여주어야만 한다. **국민의 항거는 주권자로서 주권을 행사하는 자유이자 정치적 정당성의 표현이다.** 밀의 말을 들어보자.

> "(지배자 혹은 위정자의 권력에 대한) 그 제한은 두 가지 방법으로 시도되었다. 첫째, 지배자로 하여금 정치적 자유 혹은 권리로 불리는 일정한 면책 조항을 인정하게 만드는 것이었다. 이것을 침해하는 것은 지배자(혹은 위정자)가 의무를 파기하는 것으로 간주되었고, 만약 그가 침해를 했다면 (국민의) 국소적 저항 혹은 전반적 항거가 정당화되었다. 일반적으로 더 뒤에 강구된 방편인 두 번째의 방법은 공동체 혹은 그 이익을 대변하는 것으로 추정되는 집단(혹은 국민)의 동의가 지배 권력의 주요한 행사에 대한 필요조건으로 되는 헌법적 제약을 확립하는 것이었다."[61]
>
> – 존 스튜어트 밀의 《자유론》(김형철 옮김, 서광사) 중에서

존 스튜어트 밀은 고대 그리스의 폴리스 공동체로부터 시작되는 민주주의의 역사를 돌아보면서 국민의 '항거'가 민주주의의 발전에 정당한 영향력을 발휘했다는 것을 강조하고 있다. 밀이 분명히 제시했듯, 위정자의 권력 남용에 대해 국민과 시민의 항거가 '정당화'될 수 있는 합리적 근거가 있다. 바로 '헌법'이다. 위정자가 권력을 행

사함에 있어서 반드시 국민의 '동의를 필요조건'으로 삼아야 한다는 것을 국민과 위정자가 헌법을 통해 합의하고 이 헌법에 의해 위정자의 권력을 '제약'하지 않았는가?

위정자의 '주요한 권력 행사'가 국민의 동의를 벗어나서 헌법의 제약을 위반하고 헌법의 민주주의 가치를 훼손한다면 이에 대응하는 국민의 항거는 헌법에 의해 보장된다. '국가'라는 정치공동체가 헌법의 토대 위에 세워지는 까닭이 바로 여기에 있다. 위정자의 권력 행사가 국민의 '동의'라는 헌법적 한도를 벗어나지 않도록 하기 위한 것이다. 위정자가 이 한도를 벗어날 때마다 **국민은 위정자에게 권력을 맡긴 주권자로서 헌법에 근거하여 헌법이 지지하는 평화적 항거를 마땅히 전개해야만 한다.** 그것이 '민주공화국'[62]이라는 정치공동체를 구성한 국민이 권력의 주체로서 책임의식을 갖고 행사해야 할 '자유'가 아닌가?

 마음을 헤아리는 지식

"위정자들의 이익과 의사는 국민의 이익과 의사와 일치해야 한다."
– 존 스튜어트 밀의 《자유론》(김형철 옮김. 서광사) 중에서

5장

의심하라! 부정하라!
진실을 말하라!

더 나은 인간이 되기 위한 방법 4단계

_ 르네 데카르트의 《방법서설》

계몽사상과 합리주의의 아버지,
르네 데카르트(René Descartes, 1596~1650)

프랑스의 물리학자, 수학자, 철학자다. '근대 철학의 아버지'로 불리며 합리주의와 계몽사상의 원조 철학자로 알려져 있다. 중세의 기독교 세계관이 신神을 주체로, 인간을 객체로 바라본 것과는 반대로 데카르트는 세계와 문명과 역사를 움직이는 주체를 인간으로 보았다. 데카르트는 인간을 '자율적 주체'라고 생각했다. 태어날 때부터 인간은 이성을 가진 까닭에 이성의 힘에 의해 합리적으로 사고하는 '합리적 주체'라고 데카르트는 믿었다. 이 합리적 사고의 과정이 세계와 문명과 역사를 발전시키는 원동력으로 작용하며, 반면 합리를 배반하는 것은 역사와 세계를 퇴행시킬 수밖에 없다고 그는 생각했다. 계몽사상가들의 진보사관進步史觀은 데카르트의 합리주의 사상으로부터 얻어낸 보물이었다. 그의 대표 저서로는 《세계론》(1628), 《방법서설方法序說, Discours de la méthode》(1637), 《철학 원리》(1644), 《정념론》(1649)이 있다.

이성의 힘이 세계를 움직인다, 데카르트의 《방법서설》

데카르트의 대표 저서인 《방법서설》의 원제목은 《이성을 잘 인도하고, 학문에 있어서 진리를 탐구하기 위한 방법서설》이다. 제목에 나타나 있듯 데카르트가 이 책을 저술한 목적은 인간의 '이성'을 올바른 사유思惟의 길로 인도하여 스스로 진리를 깨닫게 하는 것이었다. 데카르트는 모든 인간이 이성의 능력을 평등하게 타고났다고 믿었다. 그러므로 인간의 내부에 본래부터 평등하게 갖춰져 있는 이성의 힘을 어떻게 이끌어 내고 어떻게 사용하느냐에 따라서 세계와 문명과 역사의 진행 방향은 달라지게 마련이다. 《방법서설》은 모든 현상의 옳고 그름을 합리적으로 판단하게 하는 이성의 힘을 모든 인간의 내부에서 바깥으로 공평하게 발현시키는 방법을 설명하는 책이다. 궁극적으로는 세계와 문명과 역사를 발전시키는 근원과 같은 '진리'를 인간이 스스로 발견할 수 있도록 인간의 이성을 단계적으로 이끌어가는 방법을 이야기한다.

해묵은 진실의 맹점을 비판하라

"'나는 생각한다, 그러므로 나는 존재한다'는 이 진리는 아주 확고
하고 확실한 것이고, 회의론자들이 제기하는 가당치 않은 억측으
로도 흔들리지 않는 것임을 주목하고서, 이것을 내가 찾고 있던
철학의 제일원리로 거리낌 없이 받아들일 수 있다고 판단했다."[63]

– 《방법서설》(르네 데카르트 지음, 이현복 옮김, 문예출판사) 중에서

　명제와 이론과 주장을 앞에 놓고서 '이것이 과연 논리와 이치에
합당한가?'라고 스스로 묻는 것이 합리적 사고의 출발점이다. 그 질
문에 대한 대답을 스스로 찾아가는 것이 곧 이성理性이 주도하는 합
리적 사고의 과정이다. 적어도 이렇게 생각하는 철학자가 르네 데카
르트다. 그 동안 알고 있었던 이론과 명제에 대하여 이치理致와 논리
에 합당하지 않다는 회의懷疑에 부닥친다면 어떻게 해야 할까? 그 때
는 비판적 사고의 과정 속으로 침투해 들어가라고 데카르트는 말한
다. 구체적인 근거들을 통해 '이 명제와 이론이 이치에 합당하지 않
은 이유'를 밝혀내고 비판함으로써 이치에 합당한 합리적인 명제를
새롭게 제시하기! 바로 이것이 데카르트가 주장하는 합리合理의 길
이다. 이러한 합리주의 사상을 대변하는 말이 '나는 생각한다. 그러
므로 나는 존재한다Cogito ergo sum'는 데카르트의 명언이다. 그의 대
표 저서 《방법서설》에 담겨 있는 이 명언은 17세기 이후 유럽의 계
몽사상을 낳는 뿌리가 되었다.

　"나는 생각한다, 그러므로 나는 존재한다"는 말 속에 담겨 있는 '합

리'의 의미는 무엇일까? 이성의 움직임에 따라 단계적으로 풀이해보자. '무엇이 진리인지를 생각하라. 그것이 진리라면 진리가 될 수 있는 근거들을 제시하라. 진리로 인정되어왔던 것도 과연 그것이 진리인지를 삐딱하게 의심하면서 생각하라.' 진리가 아닌 것으로 의심되면 왜 진리가 아닌지 그 이유들을 밝혀내라. 그 이유들을 합리적으로 증명할 수 있는 근거들을 찾아내라. 앞에 놓인 근거들을 통해 진리가 아니었던 가짜 진리를 비판하고 부정하라. 가짜 진리에 가려져 있던 '진짜' 진리가 무엇인지를 생각하라.' 이렇게 연속적으로 이어지는, 합리적인 '생각'의 과정은 학문을 비롯한 인간의 모든 영역에서 진리를 찾아나가고 진리를 깨달아가는 이성의 발전 과정이다. 데카르트는 그렇게 믿고 주장하였다.

특히, 데카르트는 학문을 연구하는 사람들의 태도에 대하여 쓴소리를 아끼지 않는다. 학문이란 진리와 진실과 사실을 탐구하는 세계다. 이 세 가지 대상을 하나로 묶어서 얘기한다면 '참眞'을 연구하는 정신세계가 학문이다. 학문의 주체인 학자는 '참'인 것으로 알려진 명제와 이론을 조상과 선배가 물려주는 대로 일방적으로 수용하기만 하는 수동적 태도를 버려야 한다고 데카르트는 조언한다. 학자는 다른 사람들이 '참'이라고 말하는 것을 똑같이 '참'이라고 인정해서는 안 된다는 것이다. 논리적으로 명쾌하게 증명하는 명증明證[64]의 작업을 통하여 스스로 '참'이라고 인정한 것만을 '참'으로 받아들여야 한다는 것이다. 타인에 의해서가 아니라 자신이 직접 명증한 것만을 옳은 것으로 인정하여 '참'의 서클 속에 가입시켜야만 한다는 것이다. 이것이 바로 데카르트가 제시하는 학문의 집을 건축하는 규칙이다. 데카르트는《방법서설》의 제2부 〈방법의 주요 규칙들〉[65]에서 학문의 체계를 세우는 '네 가지 규칙'[66]을 자세히 설명하고 있다. 저자는 이 네가지 규칙을 '학문 건축법'이라 명명해본다.

학문의 토대는 '참'이 아닌 것에 대한 안티다

이제부터는 무엇이 '참'인지를 밝혀내고 규정하는 학문의 체계 세우기 4단계를 살펴보기로 하자.

'학문 건축법'의 첫 번째 규칙인 제1단계에서 데카르트는 "명증적으로 참이라고 인식한 것 외에는 그 어떤 것도 참된 것으로 받아들이지 말라"[67]고 주장한다. 관습에 의해서 '참'이라고 믿어왔던 진리와 진실과 사실을 조건 없이 '참'으로 수용하는 태도는 사실과 진실과 진리를 왜곡해온 관습에 동조하는 결과를 낳을 수 있다. 인류의 역사를 돌이켜 보면 '참'이 아닌 것을 참인 것으로 물려받아 종교적 신앙처럼 떠받들어 왔던 대중의 목각인형 같은 태도가 역사의 발전을 정체시키는 가장 큰 원인이었다. '나'보다 앞서 태어난 무수한 사람들이 '이것은 참이니까 믿어야 돼'라는 입장을 강요한다고 해도 그 강요에 굴복하는 것이 아니라 '이것이 참이 될 수밖에 없는 논리적 근거를 찾자'라는 주체적 태도가 꼭 필요하다고 데카르트는 당부한다.

만약에 참이 되기에는 논리적 근거가 불충분하다는 결론에 도달하게 된다면 이성을 가진 인간의 주체적 태도는 어떤 단계로 나아가야 할까? 그다음의 단계는 참이라고 믿어 왔던 것이 참이 되기에는 근거가 매우 부족하다는 것을 명확하게 증명하는 작업이다. 그렇다면 그것이 참이 아님을 증명할 만한 또 다른 근거들을 연구하고 찾아서 제시하는 일이 필요하다. 이렇게 '명증'을 위한 근거들을 제시할 때에 비로소 참이 아닌 것에 대하여 "이것은 참이 아니었다"고 비판하면서 최종적으로 부정하는 안티의 행동을 완결할 수 있다. 이 첫 번째 규칙을 '명증성의 규칙'이라고 부르는 까닭이 여기에 있다. '명증적으로 참이라고 인식한 것 외에는 그 어떤 것도 참된 것으로 받아들이지 말라'는 학문 건축법의 첫 번째 규칙은 '안티'라는 이성적 비판과 부정의 행위다. 안티의 작업은 학문이라는 집의 토대가 된다.

학문의 토대를 강화하기 위해 안티의 근거들을 세분화하라

데카르트가 말하는 학문의 체계 세우기 두 번째 규칙은 무엇일까? 그것은 '검토할 어려움을 각각 잘 해결할 수 있도록 가능한 한 작은 부분으로 나누라'[68]는 것이다. 집이 튼튼하려면 토대가 강해야 한다. 참이 아닌 것을 명확하게 증명하는 '명증'의 단계에 도달해야만 비로소 참이 아닌 것에 대한 안티도 완결될 수 있다. 그러기 위해서는 명증에 필요한 논리적 근거들이 충분하고 구체적이어야 한다. '어려움들을 잘 해결할 수 있도록 작은 부분으로 나누라'는 데카르트의 말에 귀를 기울여보자. 참이 아니라는 것을 증명하기 위해 제시한 근거들을 세분화할 필요가 있다는 것이다.

참이 아니라는 것을 증명할 만한 한 가지 근거를 찾아냈다고 해도 그 한 가지에 만족해서는 안 된다는 뜻이 데카르트의 말 속에 담겨 있다. 하나의 단일한 근거 속으로 파고 들어가서 그 '근거'를 다양한 성격별로 분류하고 그 근거를 형성한 다수의 재료들이 무엇인지를 분석하여 밝혀내야 한다는 것이다. 이것이 바로 데카르트가 말한 '작은 부분으로 나누는' 분할과 분석[69]의 작업이다. 이 작업이 구체적으로 이루어질 때 비로소 참이 아닌 진리와 진실과 사실에 대하여 '그것은 참이 아니었다'는 것을 명확히 증명하게 된다. 참이 아닌 것을 최종적으로 부정하는 안티의 작업이 완결되어 마침내 학문의 집을 세울 수 있는 토대가 강해진다.

만인이 인정하는 근거로써 학문의 기둥을 세우라

학문의 체계를 세우기 위한 '학문 건축법'의 세 번째 규칙은 무엇일까? 그것은 집의 토대 위에 기둥을 세우는 작업이다. 데카르트는 이 세 번째 규칙을 "내 생각들을 순서에 따라 이끌어 나아갈 것, 즉 가장 단순하고 가장 알기 쉬운 대상에서 출발하여 마치 계단을 올라가듯 조금씩 올라가 가장 복잡한 것의 인식에까지 이르라"[70]고 말한다. 참이 아닌 것에 대한 명확한 증명, 즉 '명증'이 이루어져 학문이라는 집의 토대가 이루어졌다면 그 위에 세우는 기둥은 무엇일까? 이번에는 스스로 참이라고 인식한 것에 대하여 그것이 어째서 참일 수밖에 없는지를 증명하는 작업이다. 즉 참이 아닌 것을 부정하는 '안티의 명증'을 토대로 삼아 참인 것을 논리적으로 증명하는 '긍정의 명증'을 학문의 기둥으로 세우는 일이다. 이 작업을 위해서는 '내가 참이라고 인식한 것'을 누구든지 참이라고 고개를 끄덕이며 인정할 수밖에 없도록 객관적 근거들을 '종합'[71]해야 한다.

'아! 예전엔 미처 몰랐지만 저 학자가 참이라고 새롭게 주장하는 것이 이제 보니 정말 참이네'라고 모든 사람이 수긍하게 되려면 그것을 참이라고 믿을 만한 근거가 '단순하고 알기 쉬워야' 한다. 대중에게 처음부터 복잡하고 어려운 지식을 근거로 제시한다면 그것을 수긍하기를 기대할 수는 없다. 아이작 뉴턴Isaac Newton[72]이 만유인력의 법칙[73]을 불변의 진리로 제시하고 증명하는 출발점은 무엇이었을까? 그것은 사과가 땅으로 떨어지는 단순한 자연현상이었다. 이와 같이 당연하다고 생각되는 자연현상처럼 대중에게 가장 단순하고 가장 알기 쉬운 대상을 학자는 명증의 근거로 제시해야 한다. 그렇게 하면서 '계단을 올라가듯 조금씩 올라가 가장 복잡한 대상'의 근거에 이르기까지 조금씩 어려워지는 근거들을 점층적으로 연결시켜 모든 근거들을 전체적으로 종합해야 하는 것이다. 학문의 체계를 세우는 학문 건축법의 세 번째 규칙을 '종합의 규칙'[74]이라 부르는 까닭이 여기에 있다.

만유인력의 법칙을 조금 더 구체적으로 이야기해보자. 뉴턴은 사과가 대지로 떨어지는 가장 단순하고 가장 알기 쉬운 자연현상을 증명의 '대상'으로 삼아 '조금씩' 인식의 강도를 강화하는 '계단을 올라'간다. 뉴턴의 생각은 지구와 사과 사이에 서로 상대를 끌어당기는 인력이 작용하고 있다는 '인식의 단계'[75]로 조금 더 발전한다. 그러나 뉴턴은 여기에 만족하지 않았다. 그는 '끌어당김'의 현상이 왜 발생하는지 그 원인에 대하여 스스로 생각을 유도한다. 뉴턴은 자신의 이성理性 안에서 이루어지는 생각의 유도 과정을 단계적으로 밟아가면서 사과와 지구라는 두 물체 사이에 끌어당김을 발생시키는 자연법칙의 내용을 인식하는 단계로 올라간다.

인식의 밀도를 치밀하게 강화시킨 뉴턴은 마침내 만물을 지배하는 '인력'이라는 자연법칙의 내용이 무엇인지를 구체적으로 파악하는 인식의 정점에 도달하였다. '조금씩 인식의 계단을 올라가던'[76] 뉴턴의 생각은 '만유인력의 법칙'이라는 자연과학적 진리를 밝혀내는 '가장 복잡한 대상의 인식' 단계에 이른 것이다. 우주의 만물 사이에는 서로의 질량을 곱한 값에 비례하고 거리의 제곱에는 반비례하는 인력의 법칙이 반드시 작용하며 이 자연법칙은 결코 변하지 않는 진리임을 명확하게 증명하였다. 데카르트가 궁극적으로 바라면서 강조하고 있는 '긍정의 명증'이 이루어진 것이다. '가장 단순하고 가장 알기 쉬운 대상에서 출발하여 계단을 올라가듯 조금씩 올라가 가장 복잡한 것의 인식에 이르라'고 했던 학문 건축법의 세 번째 규칙은 만유인력의 법칙을 명증해낸 뉴턴의 단계별 인식의 과정으로 또 한 번 명증되었다.

마지막으로, 학문의 체계를 세우기 위한 학문 건축법의 네 번째 규칙은 '아무것도 빠트리지 않았다는 확신이 들 정도로 완벽한 열거와 전반적인 검사를 어디서나 행하라'[77]는 것이다. 누구도 부인할 수 없는 법칙을 명확하게 증명하여 인류의 역사책에 '진리'로 기록하기 위해서는 인식한 대상에 대하여 폭넓은 재검토가 필요하다는 것을 데카르트는 강조하고 있다. 학자의 생각은 신중해야 하기 때문이다.

"나는 생각한다. 그러므로 나는 존재한다"는 데카르트의 명언은 제도권의 학교 교육을 조금이라도 받아본 사람이라면 누구나 알고 있는 말이다. 데카르트가 말한 '생각'이란 무엇일까? 세상 사람들이 '진리'라고 믿고 있는 것의 옳고 그름을 스스로 판단하여 그것이 진리인지 아닌지를 명확히 구별하고, 진리가 아닌 것을 비판하고 부정하며, 진리로 밝혀진 것을 그것이 왜 진리인지 합리적으로 명증하라는 당부가 아닐까? 지금까지 함께 이야기했던 학문 건축법의 4가지 규칙과 4단계 과정이 데카르트가 강조한 '생각' 속에 함축되어 있다.

고대에서부터 중세에 이르기까지 수천 년 동안 인류가 진리로 신봉해왔던 천동설. 태양을 비롯하여 우주의 모든 천체가 지구를 중심으로 돌고 있다는 이론이다. 천동설은 로마 가톨릭교회의 법전에 명시될 정도로 절대적 신앙의 대상이었다. 이 이론에 대하여 이의를 제기하거나 상반된 이론을 제기하는 과학자[78]는 이단으로 종교재판에 회부되어 화형을 당할지도 모른다는 위협에 시달렸다. 그러나 1543년 《천체의 회전에 관하여》라는 책을 발표하여 천동설을 부정하고 지구가 태양 주변을 돌고 있는 자연법칙을 진리로 명증하였던 니콜라우스 코페르니쿠스Nicolaus Kopernicus의 지동설 이론은 뉴턴의 만유인력의 법칙과 함께 데카르트의 학문 건축법으로 지을 수 있는 훌륭한 집의 모델로 손꼽힌다. 데카르트의 철학보다 약 100년 앞선 이론이었지만 코페르니쿠스의 지동설은 전통적 관습에 의해 신봉되어 왔던 '가짜 진리'를 비판하고 부정하는 과정을 거쳐 만인이 인정할 수밖에 없는 '참'의 진리를 합리적으로 명증해냈기 때문이다.

 마음을 헤아리는 지식

"좋은 정신을 지니는 것만으로는 충분치 않으며,

그것을 잘 사용하는 것이 더 중요하다."

-《방법서설》(르네 데카르트 지음, 이현복 옮김. 문예출판사) 중에서

6장

우리는 공장의
부품이 아니다

'맘몬'의 지배를 거부하는 인간의 몸부림

_ 프란츠 카프카의 《변신》

인간 존엄성의 수호자, 프란츠 카프카(Franz Kafka, 1883~1924)

그가 1883년 체코 프라하의 유대인 가정에서 출생했던 당시에 체코는 '오스트리아-헝가리 제국'의 영토였다. 오스트리아 제국의 국어가 독일어인 까닭에 카프카는 독일어와 체코어, 2종의 언어에 능통했고 '프라하 독일어'로 문학작품을 창작하였다. 그는 20세기 전반기 독일문학을 대표하는 작가로 평가받는다. 1906년 프라하 대학교에서 법학박사 학위를 받을 정도로 법학의 전문가였지만 그는 인생의 첫 번째 의미를 '창작'에 두었다. 친구 막스 브로트Max Brod에게 자신의 사후에 모든 작품 원고를 불태워 폐기해달라는 유언을 남겼지만 브로트는 카프카의 유언과는 달리 출판사를 섭외하여 원고들을 출간하는 길을 열었다. 문학을 사랑했던 절친의 결단이 카프카를 오늘날 세계적인 작가로 올려놓는 계기가 된 것이다. 프란츠 카프카의 대표 작품으로는 《변신 Verwandlung》을 비롯하여 《성 城》, 《심판》, 《선고》 등이 있다.

《변신》의 독일어 판 표지. 사람이었던 그레고르 잠자의 육체가 등껍질이 딱딱한 갑충으로 변신할 수밖에 없는 사회적 상황을 형상화하였다.

인간의 소외를 갑충의 알레고리로 고발하는 《변신》

직장 생활을 그만두고 집에서만 생활하게 된 그레고르 잠자가 어느 날 아침 잠에서 깨어나 보니 '갑충甲蟲'으로 변신되어 있었다는 이야기는 다양한 해석과 논란을 불러일으켰다. '의미와 교훈을 직접 말하지 않고 다른 사물에 빗대어 넌지시 비추는 기법'을 알레고리 혹은 우의寓意라고 한다. 주인공을 딱정벌레로 알려진 갑충에 비유하여 메시지를 전하고 있기 때문에 《변신》은 알레고리 소설 혹은 우화寓話소설이라고 말할 수 있다. 물질과 기술에 최우선의 가치를 부여하는 20세기 초의 시대 상황 속에서 '인간'이라는 존엄한 존재가 인간 이하의 기계부품처럼 도구적인 물건으로 전락하는 '인간소외' 현상! 자본의 힘에 예속된 인간의 집단적 죄악이 만들어 낸 이 기괴하고 비극적인 현상을 《변신》보다 더 충격적인 알레고리 기법으로 표현한 유례를 찾아보기 힘들다.

물질만능주의를 상징하는 맘몬들만의 세상

카프카의 소설은 프랑스의 현대문학을 대표하는 알베르 카뮈Albert Camus와 장 폴 사르트르Jean Paul Sartre에 의해 '실존주의' 문학의 모델로 추앙받아 그들에게 큰 영향을 주었다. 특히, 카뮈는 카프카의 문학을 심도 있게 연구한 '카프카 전문가'로 알려져 있다. 카프카는 유럽의 자본주의가 빠른 속도로 발전하면서 생겨난 물질만능주의와 기술만능주의로 인해 인간이 물질과 기술의 도구로 이용당하는 인간성의 '소외' 현상을 고발하였다. 위기의 벽에 부닥친 인간의 '실존' 문제를 탁월한 상징적 기법으로 표현한 카프카. 그의 소설이 갖는 최고의 문학적 가치는 인간의 '실존'을 위한 정신적 투쟁이다. 그 투쟁이란 무엇일까? 인간의 존엄성과 '인간다움'을 지켜내기 위한 항거다.

"책은 우리 안의 얼어붙은 바다를 부수는 도끼여야 한다네."

1904년 친구 오스카 폴라크에게 보내는 편지에서 카프카가 던진 의미심장한 말이다. 좋은 책이라면 모름지기 독자의 '얼어붙은' 고정관념을 부숴버리는 새로운 충격의 메시지를 주어야 한다는 뜻이다. 그렇게 날선 도끼 역할을 1백 년이 넘도록 톡톡히 해내고 있는 책이《변신》이다.《변신》은 주인공을 갑충에 비유하여 비판적인 메시지를 전하고 있다.《변신》처럼 '알레고리' 기법을 사용한 우화 소설로는 또 어떤 작품을 손꼽을 수 있을까? 조지 오웰의 소설《동물농장》이 떠오른다. 오웰이 작중인물들을 동물에 비유한 까닭은 인민들을 억압하고 착취하는 스탈린의 독재 정치를 고발하고 그의 사이비 '사회주의' 체제에 '자동인형'[79]처럼 복종하는 인민들을 비판하기 위한 것이었다. 그렇다면 카프카는 주인공 그레고르 잠자를 어째서 세상 사람들이 '벌레'라고 부르는 갑충에 비유한 것일까? 카프카가 살았던 20세기 초 유럽 대륙은 물질만능의 풍조에 휩싸여 있었다. "나는 생각한다, 그러므로 존재한다"는 데카르트의 명언을 "나는 소유한다, 그래야만 존재한다" 혹은 "나는 소비한다, 그러니까 존재한다"로 바꿔도 어색하지 않은 상황이었다.

1910년대 유럽 사람들의 관심사는 정신적인 세계보다는 '소유'와 '소비'라는 물질적인 영역에 쏠려 있었다. 물신주의 혹은 물질만능주의를 상징하는 맘몬[80]에게 세뇌당한 듯이 "더 풍요롭게, 더 윤택하게, 더 편리하게!"를 외치며 자본의 황금탑을 향해서만 앞만 보고 질주하는 모습이 그들의 자화상이었다. 전투기와 탱크를 앞세워 엄청난 폭발력과 파괴력으로 유럽 대륙을 살육의 도가니로 몰아넣었던 제1차 세계대전.[81] 19세기의 전쟁 양상과는 비교조차 되지 않을 정도로 참혹했던 이 유혈의 아수라는 더 많은 물질과 더 빠른 기술을 소유하기 위한 탐욕의 결과물이었다.

작가가 살았던 시대 상황의 거울에 비추어 보면 그레고르 잠자를 갑충으로 그려낸 의도를 헤아릴 수 있다. 맘몬이 지배하는 사회 속에서 자본의 성城을 쌓아 올리기 위한 수단으로 전락해가는 인간의 슬픈 현실을 풍자하려는 작가의 마음이 읽혀진다. **물신物神의 숭배자들에 의해 돈을 버는 기능의 라벨만을 인격에 부착당한 채 존엄성을 잃어가는 인간! 그의 소외를 비판하려는 작가의 의지가 느껴진다.**

그레고르가 갈망하는 인간적 교류와 소통

'인간다움'의 의미를 내동댕이치는 물질만능의 시대에 정면으로 맞서 인간의 존엄성을 지켜내기 위해 정신적 투쟁을 포기하지 않았던 작가 카프카. 창작은 그의 정신적 투쟁 과정이었다. 법학 박사였지만 대학에서 법학 교육에 종사하지 않고 보험회사에서 1년, '노동자 재해 보험국'에서 14년간 일했던 카프카. 1915년 12월 '쿠르트 볼프' 출판사에서 출간된《변신》에는 그의 보험 업무 경험이 반영되어 있다.《변신》의 주인공 그레고르 잠자가 회사의 '출장 영업 사원'으로 등장하는 것도 카프카의 보험회사 생활에서 비롯된 체험적 픽션이다. 소설《변신》의 첫 페이지를 열어보자.

> "어느 날 아침 그레고르 잠자가 불안한 꿈에서 깨어났을 때 그는 침대 속에서 한 마리의 흉측한 갑충으로 변해 있는 자신의 모습을 발견했다. 그는 철갑처럼 단단한 등껍질을 대고 누워 있었다. 머리를 약간 쳐들어 보니 불룩하게 솟은 갈색의 배가 보였고 그 배는 다시 활 모양으로 휜 각질의 칸들로 나뉘어 있었다. 이불은 금방이라도 주르륵 미끄러져 내릴 듯 둥그런 언덕 같은 배 위에 가까스로 덮여 있었다. 몸뚱이에 비해 형편없이 가느다란 수많은 다리들은 애처롭게 버둥거리며 그의 눈앞에서 어른거렸다."[82]
> -《변신》(프란츠 카프카 지음, 김재황 옮김, 문학동네) 중에서

"흉측한 갑충으로 변해 있는 자신의 모습을 발견했다"는 화자의

말에 귀를 기울여보자. 우리는 그레고르가 자신이 직면한 현실을 직시하고 있다는 것을 알 수 있다. 그레고르는 인격과 인간성을 가진 인간이다. 그래서 인간의 본래 모습을 되찾기 위해 회사의 수익률을 높여주는 수단의 기능을 그만두려 한다. 그러나 바로 그 순간부터 그레고르는 인간이 아니라 '갑충'과 같은 인간 이하의 대상으로 취급당한다. '불룩하게 솟은 갈색의 배'가 '다시 활 모양으로 휜 각질의 칸들로 나뉘어 있는' 갑충의 형상은 그레고르가 회사의 관계자들에게 더는 인격을 가진 인간으로 보이지 않는다는 사실을 말해준다.

인간으로 존중받지 못하는 것은 회사뿐만 아니라 가정에서도 마찬가지다. 그레고르는 존엄성을 가진 인간임에 틀림없다. 그래서 그는 지금부터 '인간'으로서의 정체성을 되찾기 위해 부모와 여동생의 지갑에 지폐를 채워주는 도구의 역할을 멈추려 한다. 그러나 바로 그 순간부터 그레고르는 가족이 아니라 '철갑처럼 단단한 등껍질'의 벌레로 취급받을 뿐이다. 이 냉혹한 현실을 그레고르는 냉철하게 깨닫는다. 가정에서도 인간의 존재 가치를 전혀 느낄 수 없는 소외감이 철갑처럼 그레고르의 몸과 마음을 짓누르고 있다.

'몸뚱이에 비해 형편없이 가느다란 수많은 다리들이 애처롭게 버둥거리는' 상황에서는 그레고르가 무언가를 호소하고 있다는 느낌을 받는다. 회사의 매출액 그래프 눈금 속에 갇혀 있는 자신의 육체를 해방시켜 달라는 호소처럼 들려온다. 영업의 기능성과 수익의 효용성만으로 측정되는 자신의 정신을 인간성의 향기가 피어나는 인간의 화원으로 돌려보내 달라는 애원처럼 들려온다. 그레고르의 호소와 애원이 가족에게 보내는 것이라면 상황은 더욱 애처롭다. 가족과의 소통은 이제 기대하기 어렵기 때문이다.

그레고르의 몸이 가족에게 갑충으로 보이는 것은 가족과의 소통이 이미 단절되었다는 것을 의미한다. 특히, 부모와 여동생은 갑충으로 변한 그레고르의 말을 전혀 이해하지 못한다. 그저 벌레가 사그락거리는 소리로만 감지할 뿐이다. 그레고르를 존엄성을 지닌 인간으로 존중해줄 마지막 기대주는 가족이 아닌가? 그런데 회사의 사장과 영업의 상대뿐만 아니라 가족마저도 그레고르와의 '인간적 교류'[83]가 불가능해졌다. 이보다 더 참담한 소외가 또 어디 있는가? 가족과의 인간적 교류가 '진실하게 이루어질 수 없는'[84] 까닭은 무엇일까? 수필가이자 영문학자인 고故 장영희 교수의 해설을 들어보자.

"그저 타성처럼 살아가며 정말 내 삶이 단지 그냥 한 마리 벌레보다 나은 게 무엇인지 간혹 섬뜩한 공포로 다가온다. 그런 맥락에서 카프카의 《변신》은 단지 기괴한 이야기만은 아니다. 인간 실존의 허무와 절대 고독을 주제로 하는 《변신》은 바로 이렇게, 사람에서 벌레로의 '변신'을 말한다. 《변신》은 벌레라는 실체를 통해 현대 문명 속에서 '기능'으로만 평가되는 인간이 자기 존재의 의의를 잃고 서로 유리된 채 살아가는 모습을 형상화한다. 그레고르가 생활비를 버는 동안은 그의 기능과 존재가 인정되지만 그의 빈자리는 곧 채워지고 그의 존재 의미는 사라져 버린다. 인간 상호 간은 물론, 가족 간의 소통과 이해가 얼마나 단절되어 있는가를 말하고 있는 것이다."

- 《변신》(프란츠 카프카 지음, 김재황 옮김, 문학동네)의 장영희 교수 해설

그레고르가 부모와도, 여동생과도 인간적 교류를 기대할 수 없는 것은 그들이 회사의 사장과 다를 바 없이 효용의 잣대로만 인간의 존재 가치를 측정하기 때문이다. 자신들의 호주머니를 채워주는 도구라는 물질적 기능을 발휘하지 못하는 그레고르는 이들에게 '존재 의미'가 없는 존재다. 그들의 시야에 들어온 그레고르는 '쓸모'가 바닥나버린 물건과 다를 바 없다. 그들의 뇌리에 새겨진 그레고르는 효용지수의 눈금이 '제로'를 가리키는 갑충에 불과하다.

《변신》에서는 정신이 물질에게 예속되어 있는 가족의 의식구조가 드러난다. 그레고르의 가족을 지배하는 힘은 '맘몬'이다. 정신보다는 물질을, 교류와 소통보다는 소유와 소비를 인생의 '궁극적 목적'[85]으로 추구하는 물질만능주의적 가치관이 그들의 몸과 마음을 사로잡고 있다. 이것이 그레고르를 가족 아닌 '물건'[86]으로 추락시키고 인간 아닌 갑충으로 바꿔놓은 근본적인 원인이 아닐까? '고개가 자신도 모르게 아래로 떨어지는' 죽음의 순간에도 그레고르가 손에서 놓지 않으려고 애썼던 마지막 재산은 '가족들에 대한 사랑'[87]이었다. '마지막 숨이 힘없이 흘러나오는'[88] 순간에도 그레고르는 인생의 궁극적 목적을 '사랑'에 두고 있었다.

 마음을 헤아리는 지식

"어느 날 아침 그레고르 잠자가 불안한 꿈에서 깨어났을 때 그는 침대 속에서 한 마리의 흉측한 갑충으로 변해 있는 자신의 모습을 발견했다. 그는 철갑처럼 단단한 등껍질을 대고 누워 있었다."
- 《변신》(프란츠 카프카 지음, 김재황 옮김, 문학동네) 중에서

7장

남의 위에 서는 자도 노예일 뿐이다

민주주의 이론의 교과서

_ 장 자크 루소의 《사회계약론》

혁명의 정신적 아버지,

장 자크 루소(Jean Jacques Rousseau, 1712~1778)

스위스의 제네바에서 출생한 프랑스의 계몽사상가 장 자크 루소. 그는 공화주의 사상과 직접민주주의 사상을 유럽 대륙에 확산시킨 정치사상가이기도 하다. 만인의 '평등'과 '자유'를 주장했던 그의 사상은 '프랑스 대혁명'의 정신적 원동력으로 작용하여 절대왕정을 무너뜨리고 공화주의 사회를 탄생시키는 길잡이였다. 루소가 제시한 '인민주권론'과 '사회계약론'은 민주주의 이론의 교과서가 되었다. 그의 대표 저서로는 《인간 불평등 기원론》(1755), 《사회계약론 Discours de la méthode》(1762), 《에밀》(1762), 《고백록》(1782) 등이 있다.

민주주의 청사진을 제공한 책, 장 자크 루소의 《사회계약론》

'정치적 권리의 여러 원리'라는 부제를 갖고 있는 루소의 《사회계약론》. 이 책은 1762년 네덜란드에서 출간되었다. 같은 해 비슷한 시기에 프랑스에서는 루소의 자연관과 교육철학이 담겨 있는 소설 《에밀》이 출간되어 큰 반향을 일으켰다. 《에밀》이 독일의 괴테와 실러 등 '질풍노도' 문학에 영향을 미쳐 '자연적 자유'의 이상을 심어주었다면, 《사회계약론》은 프랑스를 비롯한 유럽 각국의 시민들에게 정치적 자유의 비전을 안겨주었다. 물론, 시민의 정치적 자유가 실현될 때에 '자연으로 돌아가는' 자연적 자유도 이루어진다는 것이 '자유'에 관한 루소의 포괄적 인식이다. 인간은 '자연 상태'에서 본성적으로 자유롭고 평등한 존재로 태어났지만 자연 상태를 벗어나 문명의 발전 과정에 접어들어 불평등과 부자유의 사슬에 얽매이게 되었다고 루소는 주장한다. 《사회계약론》은 본래 인간이 갖고 있었던 평등과 자유를 회복하기 위한 사회적 해법을 제시하고 있다. 이 책은 신분제, 절대왕정체제, 전제군주제 등 전통적인 봉건질서를 혁파할만한 총체적 이론을 담고 있는 역사상 최초의 '정치혁명' 사상서다.

자유를 포기하는 자는 아무것도 얻지 못한다

《사회계약론》은 프랑스 대혁명을 추진시킨 정신적 액셀러레이터였다. 이 책은 로베스피에르가 이끄는 자코뱅 당을 비롯한 혁명 세력의 교과서 역할을 했다. 1789년 파리에서 대혁명이 일어났던 때는 루소가 고인이 된 지 10년도 넘은 시기였다. 따라서 혁명의 리더가 되어 시민을 이끌거나 혁명의 지침을 전수하는 '혁명 참여' 행위는 그에게 없었다. 그러나 《사회계약론》은 그가 세상을 떠난 빈자리를 채우고도 남을 정도로 혁명의 원동력이 되었다. 현대 민주공화국의 국민들에게는 아주 익숙한 '주권'과 '평등'과 '자유'와 같은 개념이 루소의 《사회계약론》에서 생겨났다. 세계의 모든 민주공화국의 헌법에서 기본 조항을 이루는 핵심어들을 낳았다는 것을 인정한다면 이 책을 '민주주의의 모태'라 불러도 틀린 말은 아닐 것이다.

루소는 '인간'을 어떤 존재라고 생각했을까? 그는 인간이 본성적으로 자유롭게 태어났으며 인간의 '자유'는 누구에게나 '평등'하게 부여된 권리라고 주장하였다. 평등과 자유가 자연권自然權으로 인간에게 주어졌다는 것이다. 인간은 '자연 상태'에서는 평등한 존재였다. 그러나 자연 상태를 벗어난 문명의 발전 과정에서 권력에 의해 지배하는 인간과 그에게 예속되는 인간으로 인위적인 '불평등'의 사회구조가 형성되었다는 것이 루소의 역사 인식이다. 이러한 그의 인식체계를 서술한 저서가 《인간 불평등 기원론》이다. 그렇다면 루소가 믿고 있는 것처럼 본래부터 '자연권'으로 인간에게 부여된 평등과 자유를 회복하기 위해서는 어떤 대안이 필요한가? 루소는 사회구조의 변혁과 개혁을 대안으로 제시하고 있다. 그 변혁의 과정과 개혁의 방식을 체계적으로 서술한 책이 《사회계약론》이다.

18세기 절대왕정 시대에 왕족과 귀족이 읽기에는 혐오감을 불러 일으킬 정도로 젊은 패기의 정신이 느껴진다. 제1편에 속한 제1장의 첫 문장을 읽어보자.

"사람은 자유롭게 태어났다. 그러나 도처에서 사슬에 묶여 있다. 자기가 남의 주인이라고 생각하고 있는 자도 실은 그 사람들 이상으로 노예이다."[89]

– 《사회계약론》(장 자크 루소 지음, 최석기 옮김, 학원출판공사) 중에서

인간이라면 누구나 예외 없이 태어날 때부터 '자유로운' 존재였다고 루소는 단언한다. 그러나 군주와 귀족이 움켜쥐고 있는 권력의 '사슬에 묶여' 그들의 지배와 착취를 감수할 수밖에 없는 '자유'의 박탈 상태가 오랫동안 굳어져 왔다는 사실을 부각시키는 루소. 그는 인간이 마땅히 누려야 할 천부적天賦的 자유를 인간에게 되돌려 주기 위해서도 자유를 억압하는 위계질서의 사슬을 끊어야 한다고 선포한다. 그렇게 해야만 지배와 착취로 뒤얽힌 탐욕의 '사슬'에 묶여 있는 왕족과 귀족도 '자연 상태'의 본성적인 자유를 되찾고 인간의 본래 모습으로 돌아갈 수 있다는 것이다. 피지배자의 자유와 함께 지배자의 자유까지도 해방시키는 출구를 열어야 한다는 루소의 주장으로부터 우리는 만인의 평등을 지향하는 그의 정치의식을 볼 수 있다.

17세기 계몽사상의 시대를 열었던 영국의 존 로크John Locke가 처음

주장한 천부인권설은 18세기 프랑스의 계몽사상가 볼테르Voltaire와 루소에게 계승되어 더욱 발전하였다. 인간의 권리는 태어날 때부터 하늘로부터 부여받은 것이며 그 권리는 누구에게나 평등하다는 사상이다. '천부인권' 사상은 봉건질서를 전복시키는 혁명의 촉매 역할을 했다. 계몽사상가들이 주장하는 인권이란 루소가 《사회계약론》에서 말하고 있는 '자유'를 의미한다. 그가 주장한 것처럼 '인간은 자유로운 존재로 태어난' 까닭에 모든 인간은 행복을 추구할 '자유'의 권리를 차등 없이 부여 받았다는 것이다. 그러므로 인간이 자유를 포기한다면 그것은 곧 행복추구권을 포기하는 것과 마찬가지라고 루소는 생각하였다.

> "자기 자유의 포기, 그것은 인간으로서의 자격, 인류의 권리 및 의무까지 포기하는 일이다. 누구든지 모든 것을 포기하는 사람에게는 아무런 보상도 주어지지 않는다."[90]
>
> - 《사회계약론》(장 자크 루소 지음, 최석기 옮김, 학원출판공사) 중에서

본성적으로 자유롭게 태어난 인간은 마땅히 자신의 행복을 추구할 '자유'와 행복을 누릴 '자격'을 동등한 '권리'로 갖고 있다. 단 한 사람도 예외 없이 이 평등한 권리를 행사하는 것이 인간의 본성을 따르는 자연법칙임을 루소는 위와 같이 강조하고 있다. 이렇게 자연의 상태에서 타고난 자유의 권리를 박탈당하거나 침해당하지 않도록 법의 힘으로 지켜주는 것이 '사회계약'을 맺어야 할 이유이자 목적이라고 루소는 말한다. 인간의 자유가 위정자의 권력에 의해 억압당하거나 빼앗길 수 없는 천부적 '권리'라는 루소의 주장은 프랑

스뿐만 아니라 유럽의 각국과 대서양 건너 미국에까지 전파되었다.

《사회계약론》에 처음 기록된 '인간의 권리'라는 말이 봉건적 질서를 뜻하는 신분제, 전제군주제, 절대왕정을 전복시키는 엄청난 개혁의 힘을 발휘하게 될 줄은 루소 자신도 미처 예측하지 못했다. 그러나 그가 이 책에서 강력하게 주장한 '자유'와 '권리'라는 화두는 인류의 정치사에서 본격적으로 공화주의 시대를 앞당기는 혁명의 신호탄이자 혁명을 추진시키는 엔진 역할을 하였다. '권리'와 '자유'라는 개념은 신분의 위계질서를 해체하는 평등의식의 산물이기 때문이다.

주권, 평등, 그리고 자유

루소는 개인이 천부적 자유의 권리를 보장받기 위해서는 모든 시민이 법률의 구속력에 의해 합의하는 합법적 '사회계약'을 맺어야 한다고 주장했다. 이 합법적 사회계약에 의해 탄생한 공적公的 공동체가 '국가'다. 루소의 사상에 따르면 국가는 이 공동체의 구성원인 시민들의 자유와 행복추구권을 보호하는 단체다. 18세기 후반 독일의 대문호이자 사상가 프리드리히 실러는 〈리쿠르고스와 솔론의 입법〉에서 다음과 같이 말했다.

"국가 자체도 수단이 되어 섬겨야 할 최선의 가치가 있다. 그 최선의 가치를 위해서만 모든 것은 희생되어야 한다. 그러나 그 최선의 가치가 희생되어서는 안 된다. 국가 자체는 목적이 아니다. 국가는 인간성이 갖는 목적이 실현될 수 있는 조건을 만들어준다는 의

미에서만 중요할 뿐이다. 이러한 인간성이 갖는 목적이란 인간이 가질 수 있는 모든 힘을 길러주는 것과 발전시켜 주는 것이다."[90]

－《사회계약론》(장 자크 루소 지음, 최석기 옮김, 학원출판공사) 중에서

국민이 국가를 위해 존재하는 것이 아니라 국가가 국민을 위해 존재하는 것이 국가 성립의 이유임을 실러는 시사하고 있다. 정치의 '목적'이자 '최선의 가치'는 국가가 아니라 국민이기 때문에 국민의 발전, 국민의 행복, 국민의 자유, 국민의 권리를 위해 국가는 정치적 '수단'이 되어야 한다는 것이다. 실러의 정치사상은 루소의 국가관을 비추어준다. '개인'으로서의 국민이 '자유'라는 권리를 지키고 유지하기 위해 국민 전체의 합의하에 계약을 맺어 만들어낸 정치적 결합체가 곧 '국가'다. 주권자인 국민의 합리적 필요에 의해 개개인의 연합된 계약으로 생겨난 공동체가 국가인 까닭에 국가는 그 구성원의 이익, 권리, 자유를 위해 존재해야만 하는 것이다. 그러므로 국민은 자신들이 사회계약을 통해 형성한 '국가'라는 합법적 사회 기구에게 주권을 양도하는 것이 아니라 단지 권력을 양도할 뿐이라고 루소는 주장한다. 무엇을 위한 양도인가? 그의 말을 들어보자.

"각 구성원의 신체와 재산을 모든 공동의 힘을 다하여 수호할 수 있는 결합의 한 형태를 발견하는 것, 그리고 그것으로 자기가 모든 사람과 결합하면서(위정자에게 복종하는 것이 아닌 오직)자기 자신에게만 복종하며(권력을 양도하기)이전과 마찬가지로 자유로울 것."[92]

－《사회계약론》(장 자크 루소 지음, 최석기 옮김, 학원출판공사) 중에서

국민은 모두의 합의가 담겨 있는 '사회계약'이라는 방식을 통해 정치적 '결합의 한 형태'인 국가를 이룬다. 그 국가라는 형태로 '모든 사람과 결합하면서' 국가에게 국민의 권력을 '양도'해야 한다. 이 양도 행위를 통해 국가로부터 국민의 '신체'와 '재산'을 포함한 포괄적 권리를 보호받아야 한다. 양도의 목적은 분명하다. 모든 국민의 모든 권리를 '수호'하는 것이다. 이 때 비로소 국민은 '평등'의 사회구조 속에서 본래적인 자유를 누릴 수 있게 된다. 무엇보다도 루소는 '자유'를 국가의 구성원들이 침해당할 수 없는 불가침의 절대적 권리로 강조하고 있다.

  루소의 견해에 따르면 국민의 주권은 어느 경우에도 양도할 수 없는 불가침의 영역이다. '국가'라는 공동체를 정치적으로 운영하는 위정자들은 이 공동체 구성원들의 대리자다. 그 구성원들을 '국민'이라고 부른다면 위정자들의 권력은 국민의 주권에서 나온 것이다. 그러므로 위정자들이 국민으로부터 양도받은 권력은 국민들이 맺은 '사회계약'의 법적 통제와 제한을 받을 수밖에 없다. 국가의 이익이나 위정자의 이익은 국민의 이익에 반反할 수 없다. 국가는 국민 모두의 사회계약에 의해 성립되었고 위정자는 국가를 만든 국민으로부터 양도받은 권력의 힘으로 국가를 이끌고 있기 때문이다. 위정자는 자신이 행사하는 권력의 근원이 국민의 주권임을 망각하지 않고 주권자인 국민의 자유를 포함한 포괄적 권리를 보장해줄 의무를 갖게 된다. 결국 위정자는 국민 모두를 위하여 '국가'라는 공동체의 정치적 기능을 수행하는 대표자일뿐이다. 위정자도 '일반의지'의 지도를 받는 공동체의 구성원이기 때문이다.

"우리는 저마다 신체와 모든 힘을 공동의 것으로 하여 일반의지의 최고의 지도 아래 둔다."[93]

―《사회계약론》(장 자크 루소 지음, 최석기 옮김, 학원출판공사) 중에서

루소가 사회계약의 핵심 개념으로 가장 강조하는 '일반의지'라는 개념은 무엇일까? 일반의지는 위정자의 뜻이 아니라 국민의 뜻이다. '국가'라는 정치적 결합 형태를 만든 국민 개개인의 개인적 의지를 결합시킨 민중의 뜻이며 인민의 뜻이다. 바로 이것이 국가를 성립시키는 사회계약의 절대적 조건이 된다. 위정자를 포함하여 국민 개개인이 단 한 사람도 예외 없이 '일반의지의 최고의 지도 아래' 놓여 있다는 루소의 말은 국가의 모든 구성원이 국민의 뜻을 위배해서는 안 된다는 것을 의미한다. 국민의 뜻인 '일반의지'를 글로써 명문화시킨 것이 헌법을 비롯한 법이다. 그러므로 국가의 모든 구성원은 '법'을 준수할 의무를 갖는다. 국가를 만들어 국가에게 권력을 양도한 국민 모두의 뜻을 모은 '일반의지'의 합의 규칙이 '법'이기 때문이다. 국가의 모든 구성원이 법 앞에 평등할 수밖에 없는 것도 누구나 예외 없이 '일반의지'에 결속되어 있기 때문이다.

정부도 일반의지에 종속되어 일반의지를 따르며 일반의지를 수행한다. 일반의지는 국민의 주권과 같은 개념이다. 국가의 모든 공적 기관이 주권에 종속되어 있다. 그들이 양도받은 권력은 국민의 주권에서 나온 것이다. 행정부를 이끄는 위정자와 각 기관장들은 국민의 주권과 일반의지를 총체적으로 표현한 '법'의 테두리 안에서만 그들의 권리와 권력을 행사할 수 있다. 그 테두리를 벗어나는 월권행위의

장본인들은 '법'의 제약을 받아 국민의 소환에 직면하게 된다. '법'은 위정자 자신도 국민의 자격으로 개인의 뜻을 담아 동의했던 국민의 '일반의지'를 명시한 규칙이다.

루소가 《사회계약론》을 통해 제시한 주권론을 '인민주권론'이라 부른다. 사회계약을 맺어 국가를 성립시킨 구성원들이 인민이며, 인민은 국가의 법률에 복종함으로써 '국민'이라 불린다.[94] 그러므로 인민은 국민의 또 다른 이름이다. 그의 인민주권론을 국민주권론 혹은 국민주권주의로 이해해도 좋을 것이다. 민주주의를 위협하는 심각한 도전이 역사적으로 반복될 때마다 우리는 루소로부터 물려받은 정신적 유산을 기억해야 한다. 개개인이 '사회계약'이라는 일반의지의 총화總和를 통하여 평등한 사회구조를 확립하였다는 사실을 잊지 않을 때 '자연 상태'의 본성적 자유를 회복할 뿐만 아니라 주권자로서 정치적 자유까지도 지켜낼 수 있다는 교훈을.

 마음을 헤아리는 지식

"자기 자유의 포기, 그것은 인간으로서의 자격, 인류의 권리 및 의무까지 포기하는 일이다. 누구든지 모든 것을 포기하는 사람에게는 아무런 보상도 주어지지 않는다."

－《사회계약론》〈장 자크 루소 지음, 최석기 옮김, 학원출판공사〉 중에서

8장

다스린다는 것, 그것은 보살피고 기르는 것이다

어버이의 마음으로 백성을 보살피는 실학의 정치

_ 정약용의 《목민심서》

조선의 문명 개혁자, 정약용(丁若鏞, 1762~1836)

다산 정약용은 영조 38년인 1762년 경기도 광주 마현에서 출생했다. 그는 조선 정조대왕 시대를 풍미한 실학자로서 '실학'을 바탕으로 조선의 근대 문명을 발전시키려고 헌신했던 대사상가였다. 조선 후기를 대표하는 천재 학자답게 그는 인문학뿐만 아니라 자연과학과 공학에도 조예가 깊었다. "다산 한 사람에 대한 연구는 곧 한국사의 연구요, 한국 근세사상의 연구요, 한국 심혼心魂의 밝음과 그늘짐, 더 나아가 한국의 성쇠盛衰 존망存亡에 대한 연구이다." 저명한 국문학자 위당 정인보가 정약용을 두고 한 말이다. 그의 평가에서 알 수 있듯이 한국 근세의 정치, 경제, 사회, 문화 등 모든 분야를 알기 위해서는 정약용의 사상과 학문을 살펴보아야 한다. 그의 대표 저서로는 《목민심서牧民心書》외에도 《흠흠신서》, 《경세유표》 등이 있다. 《여유당전서與猶堂全書》는 그의 모든 저서와 글을 수록한 문집이다.

위정자의 본분과 도리를 일깨운 정치의 교과서《목민심서 》

다산 정약용을 이름표처럼 따라다니는 책이《목민심서》다. 이 책에는 그의 학문과 사상이 총체적으로 집약되어 있다. 정약용의 인생 비전은, 나라를 올바르게 경영함으로써 백성의 삶을 편안하게 하는 안민安民과 백성의 생계를 부족함이 없게 하는 후생厚生을 이루는 것이었다. '안민'과 '후생'을 위해 지방 행정관이자 목민관인 고을 수령들이 어떤 마음가짐과 어떤 행동방식으로 백성을 다스려야 하는지를 총 12편 72개 조항의 가르침으로 권면하는 책이《목민심서》다. 제목의 뜻을 있는 그대로 풀이하면 '목민관이 백성에 대하여 가져야 할 마음을 적어놓은 책'이다. 이 책은 정약용의 문집《여유당전서》16~20권으로 편성되어 있다.

위정자여, 백성을 자기 몸처럼 여기라

다산 정약용. 그는 백성의 실생활을 향상시키려는 실학의 근본 취지에 맞는 연구와 정치 활동을 병행한 지식인이다. 대한민국의 역사에서 지행합일의 귀감으로 손꼽힐 수 있는 대표적 사상가다. 이러한 역사적 사실을 증명할만한 사례가 '여전론餘田論'과 '정전론井田論'으로, 정약용이 제시한 토지 정책 이론이다. 토지의 공동 소유와 토지 안에서 이루어지는 공동 노동과 산물의 공동 분배가 이 정책들의 핵심이다. 정약용이 이와 같은 혁신 정책을 내놓은 목적은 농민들이 양반에게 착취당하는 불평등과 불이익의 구조를 개선하기 위한 것이었다. 오늘날의 도르래 역할을 하는 '활차녹로'와 이를 토대로 하여 발명한 '거중기' 등의 발명품도 백성의 어려운 살림을 돕고 나라의 문명을 발전시키려는 실학의 비전에서 창조된 것이다.

《목민심서》의 '목민'이라는 개념은 목민관에서 나온 것이다. 조선 시대의 고을 수령 혹은 사또를 '목민관'이라 불렀다. 양을 치는 목자牧者처럼 백성을 돌보고 보살피는 관리를 의미한다. 그런데《목민심서》를 읽으면 조선 후기 목민관들의 부패가 얼마나 참담했으며 백성들의 애환이 얼마나 무거웠는지를 실감할 수 있다. 백성의 삶을 어렵게 만드는 근본적인 원인은 목민관이 본분을 잊고 도리를 상실했기 때문이라고 판단한 정약용은 지방 관리들로 하여금 '목민'의 의미에 합당한 정치와 행정을 실행하도록 일깨우기 위해 이 책을 저술하였다.

1818년(순조 18년)에 저술을 시작하여 1821년 유배지인 전라도 강진의 다산초당茶山草堂에서 완성한 이 책은 일종의 행정지침서로 분류된다.[95] 그러나 '이용후생利用厚生'이라는 실학의 근본 취지에 꼭 알맞은 저서이기도 하다. 백성의 생계에 부족함이 없도록 하는 '후생'을 이루기 위해서는 고을 수령이 백성의 편에 서서 자신의 임무를 수행해야 한다는 것을 강조하기 때문이다. 《목민심서》의 내용은 총 12편으로 이루어져 있다. 고을에서 백성을 다스리는 지방 행정관 혹은 위정자에게 12개의 커다란 지침을 부여하는 구조다. 각 편마다 6조로 나뉘어져 모두 72조항의 가르침이 담겨 있다. 우선, 제1편부터 제10편까지의 내용을 개괄적으로 살펴보자.

제1편 '부임육조赴任六條'부터 제4편 '애민육조愛民六條'까지는 지방 행정관의 기본적인 본분이 무엇인지를 강조하고 있다. 정약용은 백성의 신뢰를 받는 덕성을 갖춘 인물이 관리로 임명받아야 한다고 힘주어 말한다. 그래야만 공명심과 부정축재를 멀리할 수 있기 때문이다. 자신의 명예에 집착하여 백성의 삶에는 관심조차 없고 고을의 공적 재산을 자신의 사유재산으로 바꾸기 위해 백성을 수단으로 이용하는 탐관오리의 출현을 막기 위해서는 관리의 임명과 '부임'에서부터 백성의 입장을 고려해야 한다는 것이다. 부임한 목민관은 행정과 정치의 목적을 '백성'에게 두고 백성을 섬기는 자세로 봉사해야 한다는 것도 강력하게 권면하고 있다. 지방 행정관이 백성을 섬기는 사람이라면 그는 한양의 중앙 관리에게 백성의 생각과 고충을 가감 없이 전해 올려야 한다는 조언도 들려준다.

정약용이 권면하는 것처럼 고을 수령이 백성의 편에 서서 공명정대하고 솔선수범하는 '목민'의 길을 걸어가는 출발점은 무엇일까?

그것은 백성을 가족처럼 사랑하는 마음이다. 제4편의 제목 '애민'[96]이 암시하듯 양을 사랑하는 목자의 마음이 올바른 정치와 깨끗한 행정의 시작임을 훈육하고 있다. 그러나 제4편 '애민'에서는 목민관이 백성을 어떻게 사랑해야 하는지 그 방법에 관해서도 자세히 논하고 있다. 목민관의 마음뿐 아니라 백성의 삶을 도울 수 있는 목민관의 정치 방법론까지도 조언하고 있는 것이다.

제5편 '이전육조吏典六條', 제6편 '호전육조戶典六條', 제7편 '예전육조禮典六條', 제8편 '병전육조兵典六條', 제9편 '형전육조刑典六條', 제10편 '공전육조公典六條'는 조선의 법전인《경국대전經國大典》을 모델로 삼아 지방 행정관이 고을에서 집행해야 할 정책들을 구체적으로 논하고 있다. 현대인들도 잘 알고 있는 명칭 '사또'. 이것은 고을의 수령들을 통틀어 지칭하는 이름이다. 고전 소설《춘향전》의 주인공 '이몽룡' 하면 떠오르는 아랫사람의 이름이 '방자'인 것처럼 '사또' 하면 떠오르는 부하의 이름은 이방吏房이다. 그러나 본래 '이방'이라는 말은 사람 이름이 아니라 지방 관아의 부서 명칭이다. 우리가 사또의 비서처럼 알고 있는 그 사람은 '이방'에 속하여 인사 및 비밀문서 업무를 맡아보던 구실아치다.[97] 중앙 행정의 원수인 임금이 이조, 호조, 예조, 병조, 형조, 공조의 6조六曹를 관장한다면 지방 행정의 책임자인 사또는 이방, 호방, 예방, 병방, 형방, 공방의 6방을 관장한다. 정약용은《목민심서》제5편부터 제10편까지 6방의 정책에 대한 개혁의 설계도를 제시하고 있다.

목민관이 관장하는 6방의 정책이 부실하거나 목민관이 감독해야 할 각 방의 아전들이 청렴하지 못하면 결국 이것이 원인이 되어 백성의 살림은 흔들리다가 무너지고 만다. 정약용은 자신의 목민관 경험을 바탕으로 사또와 그 휘하 아전들 간의 조직적 부패를 방지하고 백성의 생계를 안정된 기반 위에 올려놓을 수 있는 합리적 방안들을 권면하고 있는 것이다. 이러한 내용을 살펴볼 때《목민심서》는 단지 '행정 지침서'로 평가받기에는 아까운 책이다. 지방 행정의 가이드북 역할을 할 뿐만 아니라 더 나아가서는 나라를 올바르게 경영하여 백성의 살림을 편안하게 하는 '경국안민經國安民'의 비전을 실현할 수 있는 정치사상서로도 손색이 없다.

'측은지심'을 넘어 애민의 정치로

정약용의 학문과 정치 활동에서 나타나는 가장 큰 공통점은 정신주의와 실용주의 간의 절묘한 조화다. '정신주의와 실용주의 간의 조화로운 통합'이라는 다산의 정치적 이상理想을 꽃피운 사상의 화원花園을《목민심서》에서 만날 수 있다. 그곳은 제4편 '애민'이라는 이름의 화원이다. 여기에 피어난 여섯 송이의 꽃, '애민육조'[98]의 꽃향기를 마셔보자.

제1조, 목민관은 고을의 모든 노인을 공경하고 빈곤한 백성을 구휼하는 '양로養老'[99]의 의무를 반드시 지켜야 한다. 제2조, 돌보고 보살피는 대상은 성인成人만이 아니다. 목민관은 고을의 모든 백성에게 자신들의 자녀를 양육하는 일뿐만 아니라 버려진 아이를 구제하여 어버이의 마음으로 기르는 '자유慈幼'[100]의 의무까지도 수행하도록 가르쳐야 한다. 제3조, 목민관은 궁핍한 상태에 처해 있는 홀

아비와 과부와 고아와 무의탁 노인을 구제하는 '진궁振窮'[101]의 도리를 다해야 한다. 제4조, 목민관은 상喪을 당한 가정의 남자들에게 '요역徭役을 면제해주어'[102] 상을 당한 백성을 위로해주는 '애상哀喪'[103]의 도리도 지켜야 한다. 제5조, 목민관은 병을 앓고 있는 환자에게 의무적인 노동을 면제해줌으로써 고을의 병자를 돌보아 주는 '관질寬疾'[104]의 아량을 베풀어야 한다. 제6조, 목민관은 고을의 자연재해를 예방하는 데 힘써야 하며 재해가 발생했을 때는 이재민들의 피해상황을 살피면서 최선을 다해 그들을 구제하는 '구재救災'[105]에 힘써야 한다.

'애민육조'의 가르침을 통하여 정약용은 양 떼와 같은 고을의 백성을 유복하고 편안한 삶의 초원으로 이끄는 목자의 지팡이를 목민관에게 쥐어주고 있다. 목민관은 백성을 위하는 실용적인 정책과 방법을 연구하는 것을 게을리하지 않고 위민爲民의 정책을 통하여 기존의 잘못된 관행을 개혁하면서 백성의 실생활을 향상시키려는 부단한 노력을 기울여야 한다는 정약용의 소신이 '애민육조' 속에 담겨 있다. 이와 같이 목민관이 펼쳐야 할 올바른 정치의 청사진을 제시하는 정치사상서가 《목민심서》다. 33세에 경기도 암행어사로 연천漣川 지역을 순회하면서 백성의 비참한 생활상을 목격하였고 36세에는 곡산 부사府使로 고을을 다스리다가 그곳 백성의 천연두 치료를 위해 《마과회통麻科會通》을 저술하는 등 정약용 자신이 직접 겪은 목민의 체험이 이 책의 저술에 긍정적 영향을 끼친 것도 사실이다.

정약용은 조선 사대부의 전통 학문인 유학의 한계를 극복하면서도 유학의 근본 이념인 인仁과 의義의 정신을 실학에 반영하고 있다. 유학의 정신주의와 실학의 실용주의가 절묘한 하모니를 이루고 있는 것을 《목민심서》에서 볼 수 있다. '북학파'의 구성원들인 박제가, 박지원, 홍대용, 이덕무 등과 다산 정약용은 정조대왕과 협력하여 문명의 발전과 정치의 개혁을 도모했던 실학자들로 알려져 있다. 이들은 '이용후생'을 추구하기 때문에 백성의 실생활에 현실적인 도움을 주지 못하는 공자와 맹자의 사상을 멀리하는 것으로 많은 사람이 오해해왔고 지금도 잘못 알고 있다. 그러나 실학은 유학을 배척하는 학문이 아니다. 실학 사상은 유학 사상과 상극의 관계가 아님을 《목민심서》에서 배울 수 있다.

유학의 가르침을 백성의 실생활에 반영하여 백성이 유익하게 살 수 있는 방법들을 연구한 학문이 실학이다. 정약용을 비롯한 실학자들은 공자의 인과 예에 관한 사상[106]과 이를 계승한 맹자의 인의[107]의 사상을 자신들의 진보적 학문 속으로 수용하였다. 전통 사상을 배척한 것이 아니라 전통 사상 중의 훌륭한 가치를 계승한 것이다. 특히 공자의 사상을 이어받아 발전시켰던 맹자의 '민심은 천심'이라는 가르침과 왕도정치 사상은 실학의 비전인 이용후생과 밀접한 관련성을 갖는다. 위정자가 백성의 뜻인 민심을 정치의 좌표로 삼아야만 민생이 안정된다는 것은 사필귀정이 아닌가?

지방의 행정관이자 위정자인 수령은 백성의 생각(民心)을 하늘의 뜻(天心)으로 받들어 어진 마음(仁)으로 백성을 양처럼 보살피는 자애로운 목자牧者가 되어야 한다. 또한 백성의 어깨에 얹힌 근심의 짐을 덜어주고 백성의 가슴에 맺힌 억울함의 체증을 풀어주기 위해 언제나 공평무사한 행정을 펼치는 정의로운 위정자가 되어야 한다. 그것이 정약용을 비롯한 실학자들이 바라는 목민관의 형상이다. 정약용이 꿈꾸는 목민관의 정치는 공자의 애인(愛人, 사람을 사랑하는 것)[108]과 맹자의 인의仁義로부터 출발하는 것이다. 《목민심서》 제4편 '애민'의 가르침도 공자의 애인 사상에 뿌리를 두고 있다.

그러나 목민관이 백성의 이용후생을 실현하는 정치의 길을 걸어가려면 선하고 의로운 마음을 갖는 것만으로는 부족하다. 실제적 정치의 능력이 필요한 것이다. 정약용이 유학의 정신주의를 토대로 삼아 백성을 위하는 '위민 정치'의 집을 짓기 위해 실학의 실용주의를 기둥으로 세운 이유가 바로 여기에 있다. 정치의 윤리와 함께 정치의 능력마저도 상실한 위정자들의 모습을 바라보며 오랜 세월 동안 씁쓸함을 곱씹어 왔던 대한민국의 국민에게 《목민심서》는 '국민을 위한 정치'의 시대를 비추어주는 희망의 등불로 타오르고 있다.

 마음을 헤아리는 지식

"백성을 다스린다는 것(治民)은, 백성을 보살피고 기르는 일(牧民)이다."

－《목민심서》(다산 정약용 지음, 이을호 옮김, 현암사) 중에서

9장

국가가 앓는 추악한 환부를 도려내라

인권의 해방을 돕는 문학의 힘

_ 해리엇 비처 스토의 《톰 아저씨의 오두막》

흑인을 가족으로 끌어 안은 휴머니스트,

스토 부인(Harriet Beecher Stowe, 1811~1896)

1811년 미국 코네티컷 주 리치필드에서 출생한 해리엇 비처 스토는 목사였던 부친의 엄격한 기독교 교육을 받으면서 성장하였다. 1836년 신학자 캘빈 엘리스 스토와 결혼한 이후 7남매를 출산하였다. 1852년에 발표한 소설《톰 아저씨의 오두막 Uncle Tom's Cabin》을 통하여 '노예 제도'의 부당함을 부르짖어 센세이션을 일으켰다. 이 소설은 노예 제도를 고수하는 남부(노예주)와 이에 반대하는 북부(자유주) 사이의 대립을 격화시키는 불씨가 되었다. 스토 부인은 남부 미국인들에게 '공공의 적'이 되었지만 북부 미국인들로부터 열렬한 지지를 받았다. 유럽의 각국을 방문하여 강의를 통해 노예 제도에 대한 비판적 입장과 자신의 문학세계를 널리 알리기도 했다. 특히 영국에서는 노예제 폐지론자들로부터 뜨거운 환영을 받았다. 스토 부인의 대표 작품으로는《톰 아저씨의 오두막》을 비롯해《오르 섬의 진주》와《올드 타운 사람들》등이 있다.

민주주의의 물줄기를 끌어 올린 문학의 마중물, 《톰 아저씨의 오두막》

《톰 아저씨의 오두막》은 스토 부인에게 세계적 명성을 안겨준 소설이다. 대중에게 동화로 잘못 알려지기도 했지만 제1권과 2권으로 나뉘어 무려 45장으로 구성된 장편소설이다. 이 소설의 창작 동기는 1850년에 반포된 '도망 노예 단속법'이었다. 그러나 단지 이 법의 시행을 저지하기 위한 것이 집필의 궁극적 목적은 아니었다. 밤마다 7남매를 재워놓고 소설의 창작에 혼신의 정열을 쏟아 부은 궁극적 목적은 노예 제도가 인간의 땅에서 완전히 사라져야 한다는 당위성을 알리려는 데 있었다. 《톰 아저씨의 오두막》은 미국 문단에서 사실주의 문학의 시대를 본격적으로 연 작품으로 평가받고 있다. '노예 제도'를 화두로 삼아 정치, 사회, 문화 등 미국의 모든 현실문제 속으로 미국인들의 관심을 집중시켰기 때문이다. 이 소설의 발표가 계기가 되어 노예 제도를 놓고 미국의 남부와 북부 사이에 찬반 양론이 팽팽히 맞서더니 결국 양자 간의 대립은 '남북 전쟁'으로 이어졌다. 특히 이 소설은 미국의 제16대 대통령 에이브러햄 링컨이 주도하는 '노예 해방' 운동과 노예 제도 폐지에 큰 영향을 미쳤다. 《톰 아저씨의 오두막》은 흑인의 자유와 인권을 가장 중요한 정치적 문제로 부각시켜, 어둠의 지층 속에 가라앉아 있던 '민주주의'의 물줄기를 끌어 올린 마중물이 되었다.

미국 사회의 부패한 환부를 수술하는 작가의 메스

19세기 초 미국 중동부 켄터키 주에 위치한 '셸비' 농장. 농장의 주
인인 백인 셸비 씨 부부는 흑인 노예들에게 인정을 베푸는 선한 사
람들이다. 그러나 약삭빠르지 못한 탓에 사업에 실패하여 토지를 차
압 당할 위기를 맞는다. 셸비는 거액의 부채를 해결하기 위해 정들
었던 흑인들을 어쩔 수 없이 노예 상인에게 팔아넘긴다. 매매의 대
상은 셸비에게 변함없는 충성으로 신뢰를 얻은 남자 노예 '톰'과 혼
혈 여자 노예 '엘리자'의 아들 '해리'였다. 불과 다섯 살밖에 되지 않
은 해리를 떠나보내야 한다는 사실을 알게 된 엘리자는 어린 아들
의 손을 잡고 북쪽으로 도주한다. 엘리자는 해리의 친아버지인 백인
조지 해리스를 통해 퀘이커 교도를 만나 노예 제도가 없는 캐나다에
발을 딛는다. 조지 해리스는 흑인들과 운명의 멍에를 함께 짊어지기
로 결심한다. 그는 흑인들의 고향인 아프리카를 '영광스러운 땅'이
라 부르며 귀향하는 심정으로 아프리카에 정착해서 그곳의 흑인들
을 존귀하게 여기리라 결심한다.[109] 이 결심을 친구에게 밝히는 조지
해리스의 편지를 읽어보자. 노예 없는 세상에서 살기를 열망하는 스
토 부인의 이상을 만날 수 있다.

"나는 노예 상태로 억압당하고 있는 아프리카 종족과 내 운명을
함께할 거야. 나의 솔직한 소원을 말해보라고 한다면, 내 피부 색
깔이 지금보다 한 단계 더 희어지기보다는 두 단계 더 검어지기
를 바란다고 말하겠네.[110] (…) 유럽이 자유 국가들의 대 연합체

가 되고, 농노제도와 불공정하고 압제적인 사회 제도가 모두 철폐되고, 또 유럽 국가들이 프랑스와 영국이 그렇게 한 것처럼 우리 국가를 인정해준다면, 우리는 호소할 수 있고, 노예 신분으로 고통 받는 종족의 대의를 제시할 수 있어. 그렇게 되면 자유롭고 개명된 미국은 국가의 얼굴에서 노예제의 얼룩을 닦아내려고 할지 몰라. 노예제는 국가들 사이에서도 창피한 일이고, 노예들뿐만 아니라 미국이라는 나라 자체에도 하나의 저주니까 말이야."[111]

– 《톰 아저씨의 오두막》(해리엇 비처 스토, 이종인 옮김, 문학동네) 중에서

조지 해리스, 그는 유럽 대륙의 '불공정하고 압제적인 사회 제도'를 날려버릴 듯이 휘몰아치는 자유주의의 열풍이 대서양을 건너 미국 땅에도 상륙하여 '노예제의 얼룩'을 깨끗이 닦아 주기를 염원하고 있다. 미국을 '저주'로 옭아매고 있는 노예제의 올무를 모조리 끊어서 불태워버리려는 의지가 결연하다. 조지 해리스의 기개는 남성 같은 단호한 결단력을 가졌던 스토 부인의 언행을 연상시킨다.

한편, 노예 상인에게 넘겨진 톰은 흑인에게 가혹하기로 유명한 남부의 루이지애나 주로 향하고 있었다. 그러나 배를 타고 강을 내려가던 도중에 배 안에 함께 타고 있던 소녀 승객 '에반젤린 세인트클레어'를 위기에서 구출한다. 에반젤린의 목숨을 구한 것이 인연의 끈이 되어 소녀의 아버지 '오거스틴'에게 팔려간 톰은 그의 집에서 에반젤린과 인간적인 사랑을 주고받으며 마치 셸비 씨의 가정에 돌아온 것처럼 행복을 누린다. 톰을 포함하여 가정의 모든 흑인 노예들을 우호적으로 보살피는 에반젤린의 손길. 그 소녀는 톰에게 지상으로

강림한 천사처럼 보였다. 하지만 톰을 '아저씨'라고 부르며 그를 가족처럼 따뜻하게 품어주었던 에반젤린은 하늘이 무심하다는 생각이 들 정도로 병약해진 몸을 가누지 못한 채 톰의 곁을 떠난다.

에반젤린의 아버지 오거스틴 세인트클레어는 딸과 마찬가지로 사랑이 넘치는 사람이었다. 그는 아무 조건 없이 톰에게 자유의 길을 열어주겠노라고 굳게 약속하였지만 죽음의 사자는 딸에 이어 아버지도 데려가고 만다. 셸비 씨 가족에 이어 에반젤린의 가족과도 눈물의 이별을 할 수밖에 없었던 톰에게 불행 중의 불행을 안겨줄 새로운 주인이 다가온다. '사이먼 리그리'라는 백인 노예 상인이다. 노예 제도의 악랄함과 잔인함이 어떤 것인지를 보여주기 위해 지옥의 끝까지라도 쫓아올 악마의 화신이다. 그에게 팔려간 톰은 드넓은 목화밭에서 이루 말할 수 없는 학대와 폭력에 시달린다.

톰을 비롯한 흑인 노예들의 피눈물이 거의 매일 같이 목화송이의 하이얀 살결을 붉게 물들였다. 톰은 그와 함께 고통의 짐을 나눠지던 노예 '에멀린'과 '캐시'가 더는 인내할 수 없는 지경에 이르렀다고 판단하여 그들에게 탈출의 길을 열어주었다. 그리고 그 인간다운 '작전'[112]이 사이먼 리그리에게 발각되어 모진 '복수'[113]의 채찍을 맞고 유명을 달리하게 된다.

언제나 톰을 그리워하여 톰과 다시 만나겠다는 일념을 버리지 않았던 셸비 씨의 아들 조지 셸비. 에반젤린의 마음을 닮은 그가 거액을 주고서라도 톰을 되찾아 예전과 같이 형제애를 나누며 살고자 찾아왔지만 그의 죽음을 막을 수는 없었다. 함께 켄터키로 돌아가려 했던 간절한 소망을 톰의 싸늘한 시신과 함께 흙 속에 묻어야만 했다.

집으로 돌아와 톰의 희생을 알리고 집의 노예들을 해방시키는 조지 셸비의 결단이 톰에게 베풀 수 있는 유일한 선물이었다. 켄터키 옛 집에 남아 있던 흑인들의 해방을 곧 자신의 해방으로 받아들이며 기뻐할 사람이 톰이라는 것을 조지는 잘 알고 있었다.

《톰 아저씨의 오두막》에서 읽는 유럽의 계몽사상과 자유주의

"여러분은 이제 자유인이 되었어. 나는 여러분과 합의한 대로 여러분에게 임금을 주겠어. 자유민의 좋은 점은, 내가 빚을 지거나 죽게 되더라도 팔려갈 염려가 없다는 거야" (…) "한 가지 더 말해줄 것이 있어." 조지가 흑인들의 감사 인사를 진정시키며 말했다. "여러분은 우리의 선량한 친구 톰 아저씨를 기억하지?" 조지는 톰이 죽어가던 장면과 농장 사람들에게 사랑을 담아 전해준 작별 인사를 짧게 말해주었다. 그리고 이렇게 덧붙였다. "여러분, 나는 톰의 무덤에서 결심했어. 모든 노예를 해방시켜주고 단 한 명의 노예도 소유하지 않겠다고. 나 때문에 흑인들이 가족과 친구들과 헤어져서 톰 아저씨처럼 외롭게 죽어가는 일이 없게 하겠다고."[114]

– 《톰 아저씨의 오두막》(해리엇 비처 스토, 이종인 옮김, 문학동네) 중에서

스토 부인은 인간의 존엄성을 짓밟아버리는 19세기 미국의 비인간적 사회구조를 외과의사처럼 날카로운 비판의 메스로 도려냈다. 톰의 비참한 죽음은 흑인의 삶이 지옥보다 더 고통스러운 현실의 족

쇄에 얽매여 있음을 폭로하는 문학적 메시지이기도 하다. 미국의 진정한 발전을 위해서는 '노예 제도'라는 암 덩어리를 수술해서 제거해야 한다는 작가의 충언이 '조지 셸비'의 입을 통해 모든 미국인에게 선포되고 있다. 그렇다면, 스토 부인은 노예제를 인류의 땅에서 추방해야만 하는 정당성을 어디에서 찾았을까? 인도주의는 두 말 할 필요조차 없다. 하지만 스토 부인이 작가임을 감안한다면 노예제 폐지를 부르짖는 작가의 정신적 항거에 추진력을 불어넣은 사상은 위에서 우리가 읽은 조지 셸비의 선언과 조지 해리스의 편지 속에 인간의 심장처럼 살아 꿈틀거리는 '자유주의'가 아닐까? 각혈하듯이 토해내는 톰의 절규 속에 절절히 배어 있는 자유주의의 힘을 느껴보자.

> "제 영혼은 나리의 것이 아닙니다. 나리는 제 영혼을 사지 않으셨고 살 수도 없습니다! 제 영혼은 그것을 지켜주실 수 있는 분(하느님)에게 이미 팔려가 그 값을 치렀습니다. 어떤 경우에도, 그 어떤 경우에도 나리는 저의 영혼을 건드릴 수 없습니다!"[115]
>
> ―《톰 아저씨의 오두막》(해리엇 비처 스토, 이종인 옮김, 문학동네) 중에서

여자 노예를 채찍으로 다스릴 것을 강요하는 리그리의 명령을 따를 수 없다고 거부하다가 오히려 더 가혹한 채찍질을 당하는 톰. 그의 몸이 '쇠가죽 채찍'을 견디지 못하고 망가진다 해도 그의 정신만큼은 진리를 증언하고 있다.《톰 아저씨의 오두막》을 대중의 뇌리에 선명하게 각인시킨 수많은 말 중 하나다. 톰이 증언하는 진리, 그것은 인간이 태어날 때부터 '하느님'으로부터 부여받은 자유와 인권의

평등이다. 루소가 말한 것처럼 인간은 본성적으로 자유롭게 태어나지 않았는가?[118] 루소를 비롯한 계몽사상가들이 적극적으로 주장했던 천부인권의 의미를 기억해보자. 그것은 다름 아닌 자신의 행복을 추구하고 향유할 자유의 권리를 하늘로부터 평등하게 부여받았다는 가르침이 아닌가?

"제 영혼은 나리의 것이 아닙니다. 나리는 제 영혼을 사지 않으셨고 살 수도 없습니다!"라는 톰의 말 속에는 18세기 유럽의 계몽사상가들을 통해 북미 대륙에 전파되었던 자유, 평등, 천부인권과 같은 혁명적 개념들이 녹아 있다. 톰은 그 누구에게도 빼앗길 수 없고 억압당할 수 없는 '천부인권'으로서의 자유와 평등을 호소한다. 그의 말 속에는 누군가의 소유물이 될 수 없는 인간의 존엄성이 빛나고 있다. "글도 제대로 읽지 못하는 톰 아저씨가 평생 학문[119]을 연구해 온 나보다 더 깊이 있게 신神의 뜻을 이해하고 또 그것을 실천한 것을 보고, 나는 깊은 부끄러움을 느꼈다"는 독일 시인 하인리히 하이네의[120] 고백이 떠오른다.

작가 해리 비처 스토는 18세기 유럽의 계몽사상으로부터 파생되어 19세기 미국의 사상계에 뿌리를 내린 인권사상과 평등의식과 자유주의를 환기시킨다. '톰'이라는 흑인 노예의 희생을 통해 스토 부인이 미국인들에게 비추어 주고 싶었던 미래의 미국 사회는 흑인과 백인 간의 차별이 없고 백인과 흑인이 단 한 사람도 예외 없이 자유를 누리고 인권을 보장받는 평등한 사회였다. 그 실현은 미국 땅에서 노예제가 사라질 때만 가능하다. 톰의 죽음을 목격하고 켄터키의 집으로 돌아온 조지 셸비가 농장의 모든 노예에게 해방을 선포한 것은 '노예제의 폐지'가 미국을 민주국가로 변화시키는 촉매 역할을 하게 될 것을 예시하고 있다. 조지 셸비의 결단으로부터 미래의 미국 사회를 전망하는 작가의 선지자적 혜안을 읽을 수 있다.

셸비 씨 가족과 세인트클레어 씨 가족이 톰을 가족처럼 보살피던 손길은 스토 부인의 비전을 보여주는 문학적인 상징이다. 존엄성의 뿌리에서 평등의 줄기가 솟아나고 자유의 가지가 뻗어 나가며 모든 가지 끝에서 인권의 열매가 알알히 영글어가는 민주주의의 거목으로 미국이 거듭나기를 작가는 염원하고 있는 것이다. 톰이 백인 조지 셸비와 에반젤린과 함께 인간적인 온정을 나누고 흑인 엘리자와 캐시와 에멀린을 조건 없이 돕는 장면들은 스토 부인이 소망하는 미래의 미국을 축소시킨 '민주사회의 모형'이다. 한 해가 다르게 다문화 가정의 숫자가 증가하는 대한민국도 민족 및 인종 간의 차별을 완화하고 세계시민[121]의 화합이 이루어지는 글로벌 민주사회의 모델로 도약하기를 꿈꾸어본다. 그 비전을 이루기까지《톰 아저씨의 오두막》은 시대와 문화권의 차이를 뛰어넘어 한국인들에게 충실한 카운슬러가 되어줄 것이다.

 마음을 헤아리는 지식

"나(백인 조지 해리스)는 노예 상태로 억압당하고 있는 아프리카 종족과 내 운명을 함께할 거야. 나의 솔직한 소원을 말해보라고 한다면, 내 피부 색깔이 지금보다 한 단계 더 희어지기보다는 두 단계 더 검어지기를 바란다고 말하겠네."

-《톰 아저씨의 오두막》(해리엇 비처 스토, 이종인 옮김, 문학동네) 중에서

10장

노동시간 단축이야말로 인간 발전의 근본조건이다

자본주의에 발사한 한 발의 탄환

_ 카를 마르크스의 《자본론》

노동자들의 권익을 옹호한 사상가,

카를 마르크스(Karl Heinrich Marx, 1818~1883)

1818년 프로이센(지금의 독일)의 트리어Trier에서 유대인 변호사의 아들로 태어난 카를 마르크스. '본 대학교'와 '베를린 대학교'에서 철학, 법학, 역사학을 공부하고 프랑스 파리에서 망명 생활을 하던 중 1848년 2월의 사회주의 혁명이 실패로 돌아가자 영국 런던으로 망명지를 옮겼다. 프랑스의 기조Guizot 내각과 프로이센 정부가 의논하여 마르크스의 추방을 결정한 것이다. 그 후 마지막 망명지인 런던에서 타계할 때까지 경제학 연구와 국제 노동 운동에 헌신하였다. 1857년 10월부터 1858년 3월까지 집필한 《경제학 비판 요강》, 1859년 6월에 출간된 《정치경제학 비판》, 그리고 1867년에 제1권으로 선을 보인 《자본론》은 런던 망명 시절에 인생을 바친 경제학 연구의 결실이었다. 마르크스는 "만국의 노동자여, 단결하라!"로 널리 알려진 《공산당 선언》(1848)을 비롯하여 《자본론Das Kapital》에 이르기까지 자본주의 사회의 사유재산제를 부정하고 생산도구와 재화의 공동 소유를 주장하는 '사회주의' 사상을 확립하였다.

정직한 땀의 결실을 지켜주는 정치경제학 고전 《자본론》

《자본론》에는 '정치경제학 비판 Kritik der politischen Ökonomie'이라는 부제가 붙어 있다. 카를 마르크스가 집필하고 동료 사상가인 프리드리히 엥겔스가 편집한 저서다. 마르크스의 독일어 원고가 1867년에 제1권으로 출간되었고, 그의 타계 후에 엥겔스가 유고들을 편집하여 2권(1885)과 3권(1894)을 세상에 내놓았다. 부제가 암시하듯 1859년에 출간된 마르크스의 저서 《정치경제학 비판》 속에 담겨 있는 마르크스의 사상을 더욱 구체적으로 깊이 있게 논설한 책이다. 제1권은 '자본의 생산과정', 제2권은 '자본의 유통과정', 제3권은 '자본주의적 생산의 총과정'이라는 부제를 갖고 있다. 노동자들이 자본가에게 시간과 임금과 노동력을 착취당할 수밖에 없는 자본주의 사회의 구조적 모순을 집중적으로 비판하면서 이러한 사회구조를 해체해야 할 당위성을 설파하고 있다. 마르크스는 이 책에서 자본주의 사회를 해체하고 극복할 수 있는 대안 사회로 '사회주의'적 사회를 제시하였다. 《자본론》을 '사회주의의 성서聖書'라 부르는 까닭이 여기에 있다.

잉여노동이 불러일으킨 자본주의의 맹점

《자본론》에서 비판의 대상이 된 자본주의 사회는 영국 사회다. 마르크스는 첫 번째 망명지인 파리에서 추방당하여 런던에서 평생을 보냈다. 산업혁명 이후 부르주아 계급과 프롤레타리아 계급 사이의 대립이 악성 종양처럼 깊게 뿌리 내린 곳이 영국이었다. 그 대립의 현장에서 마르크스는 실제로 노동 운동을 펼치면서 자본주의 사회의 병폐들을 직접 체험할 수 있었다. 《자본론》에서 읽을 수 있는 자본주의 경제학에 대한 '비판'은 마르크스의 노동 운동을 통하여 근거들을 얻고 있다.

공장에서 노동자들은 모두 분업의 형태로 물건을 생산한다. 생산되는 물건은 모두 '상품'이라는 형태로 가공되어 공장 밖으로 나와 매매의 대상이 된다. 상품은 정도의 차이는 있겠지만 어느 하나 예외 없이 소비자의 필요에 의해 소모되는 효용성을 지닌다. 그렇기 때문에 효용성의 가치가 가격을 매기는 데 영향을 미친다. 그러나 상품의 가격은 효용성에 좌우되지 않는다. 가격을 결정하는 조건에 있어서 효용성보다 훨씬 더 큰 비중을 갖는 조건은 그 상품을 만드는 데 노동자들의 노동 시간이 얼마나 소요되었는가 하는 점이다. 그러므로 노동 시간과 상품의 가격은 거의 비례하게 마련이다.

'상품'에 속하는 것은 공장에서 생산한 물건만이 아니다. 화폐에도 상품의 기능이 있다. 금과도 맞바꿀 수 있는 것이 화폐이고, 그 어떤 상품과도 맞바꿀 수 있는 역할을 하는 것이 화폐이므로 넓은 의미에서는 화폐도 상품이다. 화폐를 상인에게 주고 화폐와 상인의 상품을 맞바꾼다는 것은 상품을 만든 인간의 노동과 화폐를 맞바꾼다는 것을 의미한다. 여기에서 인간의 노동조차도 상품이 되는 자본주의 경제 법칙이 형성된다.

공장에서 상품을 만드는 인간을 노동자라고 한다. 노동자는 기계와 재료 등에 해당하는 '생산 수단Werkzeug'[122]을 소유하지 못한 인간이다. '생산 수단'을 소유한 인간은 공장의 주인인 자본가다. 생산 수단을 갖지 못한 노동자는 자본가에게 고용되어 노동력만을 제공할 뿐이다. 여기에서부터 자본가와 노동자 사이에 지배와 종속의 위계질서가 만들어진다. 노동자가 가진 것이라고는 자신의 몸과 노동력밖에 없다. 생산 수단을 소유하지 못한 까닭에 다른 인간을 노동자로 고용할 수 없고 오로지 자신이 노동자가 될 수밖에 없다.

노동자의 몸에서 나오는 노동력은 정신적 능력과 육체적 능력으로 구성된다. 노동자는 자신과 가족의 생계를 유지하기 위해 자본가에게 자신의 노동력을 팔 수밖에 없다. 자본가는 노동자에게 임금을 주고 '노동력'[123]이라는 상품을 산다. 노동자는 노동력이라는 상품을 자본가에게 팔아 임금을 얻는다. 이것을 마르크스는 "노동력의 매매"라고 불렀다. 노동자가 판매한 '상품으로서의 노동력'[124]은 노동자가 받는 임금으로 매겨진다. 노동자의 임금은 그의 노동력, 즉 정신적 능력과 육체적 능력을 생산하기 위한 가치와 비용이 얼마나 되는가에 따라 정해진다.

노동자의 노동력을 산출하기 위해 자본가가 들이는 비용은 노동자 가족의 생계비와 같다. 그런데 자본가는 노동력을 자신의 자본으로 사들였다고 생각한다. 자본가에게 노동자의 노동력은 상품이 되는 것이다. 이 상품을 소유한 주인이 바로 자신이라고 생각하는 까닭에 자본가는 상품을 자신의 목적에 따라 활용하게 된다. 자본가는 '노동력'이라는 상품을 구매하는 데 들인 비용, 즉 노동자의 임금에 해당하는 돈을 다시 거둬 들이기 위해 노동자에게 노동을 부과한다. 그런데 자본가의 목적은 노동자의 노동력에 지불한 비용을 회수하는 것이 아니라 그 이상의 이익을 거두는 것이다. 그러므로 노동자의 임금 수준을 뛰어넘는 무리한 노동 시간을 요구하거나 강요하는 경우가 허다하다. 여기에서 자본주의 경제 구조의 폐단이 생겨난다.

노동력을 구매하는 데 들인 비용(임금)을 회수할 만큼 노동자에게 부과하는 노동을 마르크스는 "필요 노동"이라 불렀다. 그리고 그 비용을 거둬들이는 수준을 초월하여 노동자에게 부과하는 노동을 마르크스는 "잉여 노동"이라 불렀다. 마르크스가 영국 망명 시절에 국제노동운동에 뛰어들어 조금이라도 완화하고자 애썼던 것이 바로 이 '잉여 노동'이다.[125]

> "자본은 그것에 상응하는 사회적 생산과정에서 일정량의 잉여 노동을 직접적 생산자(혹은 노동자)로부터 뽑아내는데, 이 잉여 노동은 자본이 아무런 등가물 없이 거두어들이는 것으로서, 그것이 아무리 자유로운 계약상 합의의 결과로 나타난다 할지라도 본질적으로는 여전히 강제노동이다. 이 잉여 노동은 잉여가치로 나타나고, 이 잉여가치는 잉여 생산물 속에 존재한다."[126]
>
> ─《자본론》(카를 마르크스 지음, 강신준 옮김, 도서출판 길) 중에서

자본가는 노동자의 임금으로 지불한 비용을 상회하는 노동 시간을 '강제적으로' 부과하고 노동력을 활용한다. 그럼에도 이 초과 노동에 대하여 별도의 초과 임금을 지불하지 않는다. 자본가는 노동자의 '잉여 노동'을 통하여 그의 노동력에 지불한 비용 이상의 값을 벌어들인다. 초과 노동에 대한 초과 임금을 지불하지 않는 현상을 마르크스는 "착취"라고 규정하였다. 우리의 귀에 익숙한 '착취'라는 개념이 여기에서 나왔다. 마르크스의《자본론》출간 이후에 경제학 용어로 굳어진 것이다.

마르크스는 노동자의 잉여 노동에 의해 만들어진 상품의 가치를 "잉여가치"라고 명명하였다. 잉여 노동에 대한 대가를 노동자에게 지급하지 않은 상태에서 잉여 노동에 의해 산출된 생산성, 즉 '잉여가치'를 극대화하려는 것이 자본가의 목적이다.

자본가는 노동자의 노동력을 착취하는 행위에 의해 노동자의 임금보다 몇 배나 더 많은 이익을 거두고 자본을 축적해 나간다. 마르크스는 바로 이것이 자본주의 경제 시스템이 안고 있는 불합리한 모순임을 맹렬히 비판한다. 자본가는 노동자의 노동력을 헐값으로 구매하여 헐값의 임금을 그에게 지불한 후에 임금의 수준을 몇 배 더 초월하는 노동의 에너지와 노동의 시간을 요구하여 '잉여 노동'을 만들어낸다. 그리고 이러한 초과 노동에 대해 정당한 값을 지불하는 과정을 생략한 채 초과 생산된 상품들의 잉여가치를 통하여 막대한 자본적 이득을 챙기는 것이다.

소수도 다수도 아닌 만인의 행복을 위하여

이와 같이 불합리한 생산 시스템을 꿰뚫어 본 마르크스는 자본주의 사회를 거대한 착취 구조의 사회로 규정하였다. 그가 파악하는 자본가와 노동자 간의 관계 또한 착취의 관계 그 이상도 그 이하도 아니었다. 자본가가 노동자를 고용하는 궁극의 목적은 잉여가치를 극대화하기 위한 것이기 때문이다. 노동자에 대한 착취의 강도가 강화될수록 자본가가 얻는 잉여가치는 증대하게 마련이다. 자본가는 이 '잉여가치' 중의 일정한 부분을 따로 떼어내서 상품을 생산하는 생산수단, 즉 기계들과 재료들의 구입 비용으로 전환한다.

자본가가 생산 수단을 보강하는 쪽으로 잉여가치의 일정 부분을 투자하는 것은 노동자의 잉여 노동을 통해 잉여가치의 생산성을 극대화하려는 목적을 이루기 위해서다. 이 때, 잉여 노동에 대한 대가를 지불하지 않기 때문에 자본가는 '잉여 노동의 길이'에 대해서는 문제 의식을 갖지 않는다.

> "사회의 현실적 부나 사회의 재생산 과정의 부단한 확장 가능성은, 잉여 노동의 (시간의) 길이에 달려 있는 것이 아니라 그것의 생산성에 달려 있고, 그것이 수행되는 생산 조건이 어느 정도 풍부한가에 달려 있다."[127]
>
> - 《자본론》(카를 마르크스 지음, 강신중 옮김, 도서출판 길) 중에서

노동자의 대가 없는 잉여 노동이 전개되는 순간부터 자본가의 관

심은 잉여가치의 '생산성'에만 집중된다는 것을 마르크스는 위와 같이 지적하고 있다. 잉여가치의 생산성이 이루어지는 '생산 조건을 풍부하게' 갖추려고 자본가는 기계와 재료 등의 생산 수단을 강화하는 비용을 늘린다. 생산 수단의 양을 늘리거나 질을 높이는 데 투자하는 비용이 증가할수록 자본가는 노동자의 노동력을 구매하는 데 들이는 비용(임금)을 줄여나간다. 그러면서도 잉여 노동에 의해 잉여가치를 증대하는 구조를 더욱 확대한다. 착취의 악순환과 잉여가치의 재생산이 지속적으로 반복됨에 따라 자본적 이익의 그래프 꼭지점은 상승하며, 노동자의 임금 그래프 꼭지점은 하강한다.

노동력에 대해 지불하는 임금의 비중이 저하되고 상대적으로 잉여 노동에 의한 잉여가치의 비중이 높아짐에 따라 개별적 사업장의 노동자 수는 늘어날 수밖에 없다. 싼값으로 고용한 노동자 수를 늘리는 대신 그들의 잉여 노동에 대한 값을 지불하지 않을수록 잉여가치를 극대화할 수 있다는 자본가의 계산이 자본주의 사회의 경제 운영 방식으로 고착되고 말았다. 자본가의 호주머니가 불룩해질수록 노동자의 지갑은 야위어간다. '빈익빈 부익부' 현상이 만연된 것은 자본주의 경제 시스템이 안고 있는 구조적 모순 때문이라고 마르크스는 지적한다.

마르크스가 《자본론》에서 냉철하게 비판했던 '착취 구조'를 개선하지 않는 한, 인간의 존엄성을 가진 노동자를 자본적 이익을 위한 도구로 악용, 남용, 오용하는 악습의 굴레는 사라지지 않을 것이다. 노동자가 흘리는 건강한 땀방울로 정당한 결실을 수확하여 노동자의 가정을 행복의 보금자리로 가꾸기 위해서도 경제구조와 생산 시스템에 대한 대대적 수술은 불가피하다. 만인이 함께 행복을 나누기 위해서도 사회변혁은 꼭 필요하다.

마르크스가 꿈꾸었던 것처럼 자본가와 노동자가 기계와 재료 등의 생산 수단을 공유하는 것은 현실적으로 어려운 일이다. 그러나 그 생산 수단을 가동하여 상품을 제조하고 판매하는 과정을 통해 거둬들인 재화만큼은 노동자의 노동력과 노동 시간에 대한 합리적인 대가를 지불하는 데 쓰여져야 한다. 노동자의 '삶의 질'과 함께 산업의 질이 조화를 이루며 발전의 길을 동행하기를 소망해본다. 노동자가 흘리는 땀방울이 노동자의 행복 지수와 비례하는 사회를 갈망할수록 《자본론》을 집필했던 마르크스의 마음을 조금이나마 헤아릴 수 있지 않을까?

 마음을 헤아리는 지식

"노동일(시간)의 단축이야말로 바로 그것(인간의 힘의 발전)을 위한 근본조건이다."

－《자본론》(카를 마르크스 지음, 강신준 옮김, 도서출판 길) 중에서

11장

여자이기 전에
인간으로 살고 싶다

내면의 진실을 따르는 인간의 길

_ 헨리크 입센의《인형의 집》

페미니즘 문학의 선구자, 헨리크 입센(Henrik Ibsen, 1828~1906)

노르웨이 항구 도시 '시엔'에서 태어난 극작가 입센. 약국 견습생을 거쳐 의과대학 진학을 준비했으나 대학 입시의 실패로 의사의 길을 포기하였다. 그러나 문학 작품을 읽고 쓰는 일은 멈추지 않았다. 베르겐에 설립된 '노르웨이 극장'의 전속 작가와 무대 감독을 겸직하면서 본격적으로 연극의 현장에 뛰어들었다. 1864년 노르웨이를 떠날 때까지 다수의 희곡 작품을 발표했으나 대중의 호응을 얻지 못했다. 그 후 1891년까지 이탈리아 로마와 독일 드레스덴, 뮌헨 등에서 체류하였다.《사회의 기둥》,《인형의 집 Et dukkehjem》,《유령》,《민중의 적》,《들오리》,《로스메르스홀름》,《바다에서 온 여인》등 1878년부터 1888년까지 발표한 사회극社會劇들로 인하여 입센의 문학은 세계문학사에서 확고한 위치를 갖게 되었다. 이 작품들은 여성 문제, 사회적 인습에 맞서는 개인의 인간성, 진실을 은폐하는 언론 조작의 문제 등을 심도 있게 파헤쳤다. 이 중에서도 1879년에 발표된 희곡《인형의 집》은 페미니즘 문학의 개척자이자 전범典範으로 평가받고 있다. 문학의 영역을 넘어 '여성 해방'이라는 페미니즘적 사회운동에도 큰 영향을 미친 입센의 대표작이다.

인간의 집으로 안내하는 희곡,《인형의 집》

《인형의 집》은 3막으로 이루어진 희곡이다. 1879년 12월 덴마크 코펜하겐에서 연극으로 초연初演되었다. 한국 무대에서는 1925년 '조선배우학교'가 이 작품을 초연하였다. "아내이자 엄마이기 전에 하나의 인간으로 살고 싶다." 남편의 행복을 위한 도구로서, 남자의 뜻을 이루기 위한 방편으로서 살아왔던 노라는 자신이 '인형의 집'에 갇혀 기계와 같은 삶을 살아왔다고 판단한 뒤 가출을 선택한다. 노라의 행동은 19세기말 유럽 사회에 엄청난 논란을 불러일으켰다. 당시는 여성이 선거권을 부여받지 못할 정도로 여성의 지위와 인권이 열악한 시대였다. 여성은 여전히 남성의 지배를 받고 남성의 영향력에 따라 인생이 좌우되었다. 노라는 남성 중심의 가부장적 사고방식에 젖어 있던 유럽인들에게 비난의 뭇매를 맞았다. 남편과 아이를 버림으로써 도덕과 윤리를 상실했다는 것이 이유였다. 그러나 노라는 자신만의 행복을 추구할 자유와 권리를 찾아서 주체적 인생의 길을 걸어간 현대 여성의 전형이 되었다. 노라와 더불어 입센의《인형의 집》은 억압당하는 여성의 인권을 신장시키려는 '여성 해방' 운동, 즉 '페미니즘' 운동을 상징하는 모델로 거듭났다.

정체성을 잃어버린 여성 '노라'

《인형의 집》의 시간 배경은 단순한 편이다. 플롯[128]이 크리스마스를 전후하여 단 3일 동안 펼쳐지기 때문이다. 본래 희곡이란 연극 공연을 전제로 삼아 창작되기 때문에 독자는 무대의 공간을 연상하면서 희곡을 읽어야만 참맛을 느낄 수 있다. 그런데 공간도 시간 배경과 마찬가지로 단순하다. 여주인공 '노라'의 남편 헬메르 토르발의 집이 유일한 공간이기 때문이다. 부부의 가정인데도 헬메르의 집이라고 단언할 수밖에 없는 까닭이 있다. 노라는 헬메르의 부인이지만 법적으로만 배우자일 뿐이다. 사실은 남편의 행복을 위하여 일방적으로 헌신해야만 하는 남편의 부속물이다.

결혼한 지 8년이나 지났고 세 아이를 두었지만 아내로서 언제나 남편에게 복종하고 어머니로서 언제나 아이들의 편의에 맞춰야 한다. 물론, 외관상으로 보면 노라는 남편에게 사랑받는 아내다. 헬메르는 노라를 '종달새' 혹은 '다람쥐'[129]라는 애칭으로 부르며 애정을 보여준다. 그러나 남편의 사랑 속에는 인격적인 존중이 결여되어 있다. 노라는 헬메르의 소유물일 뿐이다. 어여쁨으로 남편의 정서를 만족시키고 육체로 남편의 성욕을 충족시키며 고상함으로 남편의 품위를 유지시켜 주는 기능인機能人이다. 노라는 아이들의 봉사자일 뿐이다. 정성으로 아이들의 식욕을 채워주고 포근함으로 아이들의 마음을 안정시키며 섬세함으로 아이들의 성장을 이끄는 '섬김이'다. 노라는 주체적으로 계획하고 자율적으로 주도하는 인생을 살지 못한다.

노라를 조선 사회의 양반댁 안방 마님에 비유할 수 있다. 지체 높은 대감의 정실 부인이라고 해도 여필종부[130]라는 유교 사회의 계율을 거스를 수 없다. 남편의 뜻을 받들어 그를 섬기는 일에만 인생을 바치는 것이 양반댁 부인의 숙명이었다. 이것과 크게 다르지 않은 것이 노라의 삶이다. 조선 사회는 봉건시대의 한계를 벗어날 수 없었기 때문에 여필종부의 인생도 어느 정도는 이해되는 일이다. 그런데《인형의 집》이 발표된 19세기 후반의 유럽 사회는 이미 근대화의 과정을 거치지 않았는가? 산업혁명과 프랑스 대혁명[131]을 거치면서 근대 문명의 가도를 질주해왔던 유럽 사회가 20세기 문명사회를 눈앞에 두고도 여전히 여성 문제에 있어서는 전근대적前近代的 잔재를 떨쳐버리지 못했으니 어처구니없는 현상이라고 말할 수 있다.

노라의 남편 헬메르 토르발. 변호사로서 활동해왔던 그는 부유한 가정을 이루지는 못했으나 새해부터 은행 총재로 취임하여 풍족한 살림을 꾸려나갈 것으로 기대하고 있다. 가정에도 만족하고 있다. 아름다운 아내 노라가 언제나 순종적 태도로 남편을 받들기 때문이다. 노라의 순종은 아내의 생각과 자유를 지나치게 통제하는 남편의 가부장적 사고방식에 따른 것이다. 부드러운 목소리에 애정을 담아 노라를 '종달새'와 '다람쥐'로 부르지만 사실은 이 애칭이 남편과 아내 간의 수직적 위계질서를 뚜렷하게 명시하는 이름이다. 일반 대중이 알고 있는 종달새와 다람쥐의 이미지는 어떤 것인가? 지극히 온순한 동물의 형상이 아닌가? '다람쥐'와 '종달새'라는 이름 속에는 남편의 주장과 명령을 온순하게 수용하기만 하는 수동적인 아내의 형상이 각인되어 있다. 물리적 폭력을 행사하지는 않지만 아내의 생각과 행동을 지배하려는 독재형 남편의 통치 방식을 드러내고 있다.

아내의 순종을 강요하는 헬메르의 태도는 가정 생활에서 뚜렷이 증명된다. 노라는 가정용 우체통의 열쇠조차도 갖지 못한다. 어디서 누구에게 보내온 편지인지를 헬메르가 먼저 확인하고 나서야 노라는 자신에게 온 서신을 전달받을 수 있다. 아내는 남편의 유희 욕구를 충족시켜 주기 위해 노래를 부르고 춤을 추어야 한다. 헬메르가 노라에게 붙여준 '노래하는 종달새'[132]라는 별명 속에는 언제나 자신의 기분을 흐뭇하게 해달라는 의무가 부과되어 있다. 남편은 아내를 통하여 즐거움을 만끽하지만 아내는 남편의 통제와 억압 때문에 깃털만한 기쁨도 누리기 어렵다.

크리스마스를 맞이하여 장식용 트리와 물건들을 구입한 노라를 보고 헬메르는 스스럼 없이 '낭비꾼 작은 새'[133] 혹은 '작은 낭비꾼'[134]이라 부른다. 조금이라도 '빚을 지면 안 되는'[135] 까닭에 돈을 함부로 쓰지 말 것을 강조하며 아내의 마음을 압박한다. 유럽 사람들에게 가장 큰 명절은 크리스마스가 아닌가? 노라처럼 가정에 장식할 '크리스마스 트리'[136]를 준비하고 가족을 위한 선물 '상자들'[137]을 준비하는 것은 그들의 일반적 관습이 아닌가? 남녀의 구분을 떠나서 노라도 수많은 유럽인들 중 한 사람이다. 유럽의 문화적 의례조차도 유럽인으로서 마음 놓고 행할 수 없도록 제동이 걸린다면 이것은 정상적인 유럽인의 생활이 아니다.

그러나 입장을 바꿔서 생각해보자. 만일 헬메르가 퇴근길에 장식용 크리스마스 트리와 선물 꾸러미를 들고 집 안에 들어왔다면 그의 행동에 안티를 걸 사람은 아무도 없을 것이다. 오히려 노라는 환한 미소로 남편을 맞이하면서 고마운 마음으로 그를 반겨주었을 것이다. 헬메르의 머릿속에는 가정과 관련된 모든 것이 그의 소유물이라는 고정관념이 뿌리 박혀 있다. 남편이 벌어다 주는 돈은 그의 소유물이므로 소유권이 없는 아내가 돈을 마음대로 소비해서는 안 된다는 것이 헬메르의 생각이다.

> "당신은 정말 딱한 아이야. 당신 아버지가 그랬던 것처럼 말이지. 당신은 돈을 손에 넣으려고 온갖 노력을 다하지. 하지만 돈이 생기면 그 돈은 바로 당신 손가락 사이로 빠져나가."[138]
>
> ─《인형의 집》(헨리크 입센 지음, 안미란 옮김, 민음사) 중에서

　일 년 중 가장 중요한 절기를 준비하기 위하여, 그것도 가족과 오붓한 행복을 나누기 위하여 적절한 돈을 사용했던 노라는 사회적 행동을 통제하는 남편의 옐로카드와 함께 집안의 내력을 거론하는 인격 모독의 보너스까지 받고 있다. 이보다 더 서글픈 비련의 크리스마스 선물이 또 어디 있는가? 더욱 안타까운 것은 헬메르처럼 가부장적 사고방식으로 아내의 생각과 행동을 지배하는 태도가 19세기 유럽 남성들에게서 거의 공통적으로 나타나는 사회문제였다는 점이다. 독재자처럼 아내의 인격을 훼손하고 인권을 억압하는 남편들의 폐습적 행태는 당시 유럽 사회의 일반적 현상이었다. 노라의 집 안에서 일어나는 다음의 사건은 그것을 비추어 주는 슬픈 거울이다.

　헬메르: 당신은 오늘, 음, 음, 뭐라고 할까? 수상해.
　노라: 그래요?

헬메르: 음, 정말 그래. 내 눈을 똑바로 봐.

노라: (헬메르를 본다) 어때요?

헬메르: (손가락으로 위협하며) 군것질쟁이가 오늘 시내를 뜯어 먹고 다니지는 않았겠지?

노라: 아니요. 왜 그런 생각을 해요?

헬메르: 군것질쟁이가 정말로 과자 가게에 안 들렀다는 말인가?

노라: 예, 토르발. 정말이에요.

헬메르: 잼을 조금 맛보지도 않았고?

노라: 안 그랬어요.

헬메르: 마카롱을 한두 개 먹지도 않았고?

노라: 안 먹었어요, 토르발. 정말이에요.

헬메르: 그래, 그래, 내가 허튼 소리를 하는 거겠지.

노라: (오른쪽 탁자로 간다) 내가 어떻게 당신을 거역하겠어요.[139]

　　　－《인형의 집》(헨리크 입센 지음, 안미란 옮김, 민음사) 중에서

"내가 어떻게 당신을 거역하겠어요"라는 대답에서 드러나듯이 노라는 과자도 먹을 수 없다. 남편이 금지 조항으로 정해놓았다. 이유는 두 가지다. '군것질'로 돈이 낭비되는 것을 염려하기 때문이고, 과자를 사먹는 모습이 지인들에게 포착될 경우에 남편의 품위가 손상될까 두렵기 때문이다. 자신의 재산과 체면만을 챙기는 지극히 이기적인 남편의 뻔뻔한 독재 행위다. 그러므로 과자를 먹는 사소한 행동조차도 남편의 부재를 틈타지 않으면 안 된다. 노라는 법적으로는 헬메르의 배우자이지만 실제로는 하녀이자 장난감이다. 수평적 평등 구조

가 아니라 수직적 식민 구조 속에 갇혀 있는 노라. 그녀는 남편이 줄을 매달아 조종하는 목각인형에 지나지 않는다. 작가 입센이 노라의 가정에 '인형의 집'이라는 문패를 붙인 것은 아주 적절한 선택이다.

페미니즘과 휴머니즘의 관점으로 바라본《인형의 집》

극중 인물 린데 부인이 등장하여 노라와 대화를 나누던 중에 지금까지 노라가 숨겨왔던 비밀이 드러난다. 헬메르가 중병을 앓고 있을 때 노라는 남편을 살리기 위한 비용을 마련하느라 변호사 크로그스타드에게 거액을 차용한다. 빚을 지는 것을 죽기보다 더 싫어했던 남편에게 이 사실을 알릴 수는 없었다. 서명을 위조하여 보증인란에 아버지의 이름을 올리는 불법을 저질렀기 때문에 사회적 체면을 중요하게 생각하는 남편에게 사정을 말하기란 더욱 어려운 일이었다. 그러나 노라의 입장에서는 남편의 생명을 구하기 위한 어쩔 수 없는 선택이었다. 자신의 문제가 아닌 남편의 병환 때문에 지게 된 빚을 혼자서 갚기 위해 소비를 최대한 줄이고 돈을 모으는 데 골몰하였다. 남편의 건강, 남편의 생활수칙, 남편의 명예를 종합적으로 고려하는 노라의 헌신은 지배와 종속의 수직적 상하관계를 뚜렷이 보여준다.

굴종을 감수하면서도 남편과 자녀들을 위해서만 인형처럼 살아왔던 노라에게 '인형의 집'을 떠날 수밖에 없는 사건이 발생했다. 노라에게 돈을 빌려준 크로그스타드로부터 협박을 받으면서부터 문제가 불거진다. 변호사직을 그만두고 헬메르가 은행총재로 부임할 은행에서 일하고 있던 크로그스타드는 대규모 인사 이동을 맞아 신임

총재에 의해 해임될 위기에 처했다. 직장의 자리를 지키기 위해 그는 노라가 거액을 차용했다는 사실과 함께 아버지의 서명을 위조한 죄를 남편에게 알리겠노라고 협박한다. 남편에게 자신을 해고하지 않도록 조치를 취해서 자리를 지켜주기만 한다면 비밀을 폭로하지 않겠다는 것이다. 불안에 시달리던 노라는 어쩔 수 없이 헤르멜에게 그를 해고하지 말아 달라고 부탁한다. 그러나 가부장적 남편인 헤르멜이 아내의 부탁을 들어줄 리 없다. 신임 총재에 의해 해고가 결정된 크로그스타드는 앙심을 품고 헤르멜에게 편지를 보내 비밀을 속속들이 알려준다.

그러나 노라는 헤르멜이 크로그스타드를 상대로 문제를 깨끗이 해결해줄 것이라 기대한다. 남편의 생명을 구하기 위해 막다른 골목에 몰린 심정으로 빚을 낸 것이므로, 돈을 차용한 것도 아버지의 서명을 위조한 잘못도 모두 덮어주리라 희망을 가졌던 것이다. 하지만 예측은 빗나가고 말았다. 헬메르는 끓어오르는 분노를 참지 못한다. 자신의 '행복을 부서뜨렸고 모든 미래를 망가 뜨렸다'[140]면서 노라에게 원망 섞인 비난을 퍼붓는다. 자신의 건강 때문에 벌어진 일이므로 남편으로서 마땅히 포용해야 함에도 헬메르는 아내에게 죄인의 올무를 씌운다. '당신 아버지도 언제나 그런 식이었다'[141]며 노라의 아버지를 모욕한다. 아이들과의 만남도 막으려 한다. 그러면서도 노라와 이혼할 생각이 없다. 그녀가 집을 떠나는 것도 허용하지 않는다. 아내의 가출과 이혼을 원하지 않는 이유는 단 하나다. 자신의 명예에 흠집이 날까 두려운 것이다.

상황의 반전을 가져오는 사건이 일어났다. 크로그스타드로부터 두 번째 편지가 왔다. 크로그스타드는 옛 애인이었던 린데 부인의 설득으로 마음이 변하여 노라의 빚을 탕감해주고 차용증서를 돌려보내며[142] 다시는 이 문제를 거론하지 않기로 약속했다. 그제야 헤르멜의 태도는 달라진다. 노라를 죄인 취급하던 그는 아내를 용서하면서 그것을 남편의 미덕으로 내세운다. 아내의 잘못을 용서하는 것이 은총을 베푸는 것과 다르지 않다는 듯이 말한다.

"아, 노라, 당신은 남자의 마음을 몰라. 자기 아내를 용서했다는 걸 마음속에 품고 있는 건 남자에게는 말로 표현할 수 없을 정도로 달콤하고 만족스러운 일이지. 자기 아내를 전심으로, 거짓 없이 용서했다는 것 말이야. 그럼으로써 여자는 두 배로 그의 소유물이 되니까. 그는 아내를 이 세상에 다시 낳아준 거야. 아내는 어떻게 보면 그의 아내이면서 그의 아이이기도 하지. 힘없고 무력한 존재인 당신은 앞으로 나에게 그런 존재가 될 거야."[143]

-《인형의 집》(헨리크 입센 지음, 안미란 옮김, 민음사) 중에서

용서를 명분으로 삼아 아내에 대한 지배와 소유를 더욱 강화하는 헤르멜. 그는 빚을 탕감받고 차용증서를 돌려받음으로써 외적 문제가 제거되자 겨우 용서의 카드를 내민다. 돈을 갚지 않아도 된다는 안도감과 사회적 체면을 지키게 된 뿌듯함이 그에게 인위적인 용서를 만들어주었다. 용서를 남편이 베푸는 특혜로 부각시키면서 아내에게 또 다른 마음의 빚을 얹어주고 이전보다 더욱 '소유'를 강화해 나가는 헬메르. 그는 노라에게 환멸의 대상으로 낙인찍힌다. 노라는

헬메르에게 철없는 어린애[144], 장난감 인형, 소유물 그 이상도 이하도 아니었다는 것을 똑똑히 깨닫는다. 자신이 집에 머무는 것도 남편이 만들어놓은 지배구조 속에서 살아야만 하는 정신적 식민이었다는 것을 뚜렷이 직시한다. 노라는 더 늦기 전에 남편의 사회적 지위와 명예를 장식해주는 액세서리의 나날들을 청산한다. 자신만의 정체성을 찾아 자유의 문을 연다. 헬메르의 부속물이 아닌 '노라다운 노라'의 주체적 여정을 시작한다. 자신의 인격과 인생을 가장 중요한 목적으로 삼는 인간의 길을 걸어간다.

> "토르발, 잘 들어요. 내가 지금 하는 것처럼 아내가 남편의 집을 떠나면 남편에게는 그 여자에 대해 아무런 책임이 없다고 들었어요. 어쨌건 나는 당신을 모든 책임에서 풀어줄게요. 아무 데에도 매여 있다고 느낄 필요가 없어요. 내가 아무 데에도 매이지 않은 것처럼 말이에요."[145]
>
> ─《인형의 집》(헨리크 입센 지음, 안미란 옮김, 민음사) 중에서

《인형의 집》이 여성주의 혹은 페미니즘 문학의 모델로 손꼽히는 데엔 그만한 이유가 있다. 억압당하는 여성의 인격과 인권을 해방하고 차별 없는 성평등을 사회적으로 실현하려는 작가의 비전을 읽을 수 있기 때문이다. 남성 중심의 가부장적 사회구조에 종속되어 있는 여성의 삶을 해방하여 남성과 동등한 위치로 격상시켜야 한다는 테마가 선명하게 드러나기 때문이다. 남성 중심의 가부장적 사회를 축소한 모형이 헬메르의 가정이다. 여성 집단의 구성원인 노라는 남성

집단의 구성원인 헬메르로부터 남성의 가치관에 의해서만 판단하고 행동할 것을 강요당한다. 남성 집단의 가치관이 만들어낸 관습을 사회 전체의 도덕으로 정해놓고 이것을 모든 여성에게 강요하는 정신적 지배 현상이 《인형의 집》에서 질타를 받고 있다. 《인형의 집》은 페미니즘 문학의 선두 주자로서 손색없는 작품이다.

그러나 《인형의 집》을 페미니즘의 틀에 가둔다면 작품을 바라보는 렌즈의 시야는 좁아진다. 노라는 여성 집단의 구성원이기 전에 '인간'으로서의 개인이 아닌가? 개인의 자아를 집단의 잘못된 관습에 예속시키고 개인의 인간성을 집단의 권력으로 지배하는 사회의 부패한 환부가 《인형의 집》에서 클로즈업 된다. 청산해야 할 인습과 악습을 사회의 규범으로 정해놓고 그 규범의 척도에 의해 개인의 자유를 억압하는 비인간적 문화가 비판의 대상이 된다. 《인형의 집》은 여성의 인권과 함께 개인의 인간성을 해방하려는 포괄적 사회개혁의 비전을 밝혀준다.

 마음을 헤아리는 지식

"토르발, 나는 내가 지난 팔 년 동안 여기서 모르는 사람과 함께 산 것 같은 생각이 갑자기 들었어요. 그리고 나는 아이 셋을 낳았죠. 아, 그 생각을 하면 도저히 견딜 수가 없어요! 나는 나 자신을 갈가리 찢고 부술 수 있을 것 같아요!"(노라의 말)

-《자본론》(카를 마르크스 지음, 강신준 옮김, 도서출판 길) 중에서

12장

완벽한 인간은 없다

인간다움의 아름다움을 발견한 현대문학의 고전

_ 제인 오스틴의 《오만과 편견》

영국의 10파운드 지폐에 새겨진 제인 오스틴(Jane Austen, 1775~1817) 1775년 영국 햄프셔 주 스티븐턴에서 목사 조지 오스틴의 딸로 태어났다. 가정 형편이 어려워지자 11세에 학교를 그만두고 독학으로 독서의 세계에 깊이 빠져들었다. 12세인 1787년부터는 가족 이야기를 중심으로 펼쳐지는 서간체 소설을 쓰기 시작했다. 평생을 독신으로 살았고, 1805년 부친의 타계 이후 일정한 주거지 없이 친척 집을 옮겨 다니며 생활했다. 가난으로 인한 떠돌이 생활은 작품 활동에도 악영향을 주었다. 이 기간 동안 창작의 펜을 움직일 수 없었던 것은 그녀에게 최대의 시련이었다. 34세 되던 1809년 '초턴'에 정착한 후에야 비로소 창작의 불꽃을 되살린 그녀는 병으로 세상을 떠날 때까지 이곳에서 작품 활동에만 몰두했다. 제인 오스틴의 소설은 가족 이야기를 통해 영국의 사회상을 비추어 준다. 재치와 유머가 넘치는 묘사를 통해서는 인간의 정신과 행동을 섬세하게 이해하고, 풍자의 기법을 통해서는 인간의 속물근성과 영국 사회의 비인간적 모습을 날카롭게 비판한다. 제인 오스틴의 대표 작품으로는 《오만과 편견 Pride and Prejudice》(1813)을 비롯하여 《분별력과 감수성》(1811), 《맨스필드 파크》(1814), 《에마》(1815), 《노생거 수도원》(1817), 《설득》(1817) 등이 있다.

진실을 볼 줄 아는 인간의 눈빛을 심어주는 소설,《오만과 편견》

1813년에 발표된 이 장편 소설은 영국 국민이 제인 오스틴을 영국 작가 중 가장 좋아하는 여류 작가로 손꼽는 이유가 된 작품이다. 제인 오스틴은 1797년 서간체 소설《첫인상》을 완성하여 런던의 한 출판사에 출간을 의뢰했지만 거절당했다. 16년 만인 1813년에 '오만과 편견'으로 제목을 바꾼 뒤에야 이 소설은 빛을 보았다.《오만과 편견》은 출간 직후에 누구도 예상하지 못한 폭발적 반응을 얻었고 지금까지도 영미문학 최고의 고전으로 부동의 문학사적 지위를 고수하고 있다.

개작 이전의 제목 '첫인상'이 암시하듯 소설의 주인공인 엘리자베스와 다아시는 외적 인상과 사회적 조건을 보고 '오해'를 거쳐 '편견'에 빠져든다. 엘리자베스는 다아시의 오만해 보이는 이미지에 실망하여 그를 멀리하고, 다아시는 엘리자베스의 모친과 여동생들을 속물로 보고 그녀의 집안을 싫어한다. 오해와 편견은 쌍방 간 상호 관계를 가로막는 장벽이 된다. 관계의 단절과 불통이 생기는 원인은 무엇일까? 개인이 범한 판단의 잘못 때문이다. 그러나 제인 오스틴은 유머러스한 묘사로 작중인물들의 실수와 오류를 포용한다. 무엇보다 이 소설은 잘못된 판단과 편견의 장벽을 뛰어넘어 상대방의 본모습과 진면목을 발견하기 위해 인격적인 노력을 기울이는 행동을 보여줌으로써 '인간다운 아름다움'이 무엇인지를 일깨워준다.

오해는 편견을 낳고, 편견은 관계를 단절시킨다

영국 하트포드셔의 롱본에서 다섯 명의 딸과 함께 살아가는 베넷 부부. 그들의 가정은 1년에 2천 파운드 정도 수입을 얻는 중류층에 속했다. 베넷 씨는 딸들에게 재산을 물려줄 수 없었다. 19세기 초 영국 사회에서는 딸들에게 상속권을 부여하지 않았기 때문이다. 토머스 하디의 소설 《테스》와 헨리크 입센의 희곡 《인형의 집》에서 보았듯이 20세기 이전의 유럽 사회에서 남녀 간 불평등은 여성에게 크나큰 '시련을 주는 사회문제'[146]였다. 이것 또한 영국의 역사학자 아널드 토인비가 지적한 것처럼 역사의 발전을 가로막는 '도전' 중 한 가지였다고 말할 수 있다. 여하튼 딸들에게 상속권이 없는 까닭에 베넷 씨의 재산은 캐서린 귀부인의 관리에 따라 그들의 사촌인 목사 콜린스에게 부여되는 것으로 법적 효력을 갖게 되었다.

그리고 이야기는 '찰스 빙리'라는 청년이 베넷 일가 근처의 네더필드로 이사 오면서 본격적으로 전개된다. 베넷 부인은 빙리에게 호감을 느꼈다. 그는 상류층 신사로서, 1년에 벌어들이는 수입이 적어도 4천 혹은 5천 파운드나 되는 부자였기 때문이다. 베넷 부인은 그를 딸들의 신랑감으로 염두에 두고 남편에게 빙리와 가까이 지낼 것을 부추긴다. 베넷 씨는 아내가 바라는 대로 빙리의 네더필드 저택을 방문하고 며칠 후에는 '빙리의 답방'[147]을 받는다. 그러나 빙리는 단 10분 정도만 서재에서 베넷 씨와 간단한 대화를 나누고 갔을 뿐이다. 빙리와 딸들의 만남이 성사되지 않자 베넷 부인은 안달이 났다. '우리 애가 행복하게 네더필드로 시집가는 걸 볼 수만 있다면 더

이상 바랄 게 없다는'[148] 욕심 때문에 조바심을 못이긴 어머니는 빙리를 저녁 식사에 초대한다. 그러나 런던에 가야 할 일이 있어 초대에 응할 수 없다는 연락을 받고 풀이 죽는다.

런던에 다녀온 빙리는 자신의 대저택에서 무도회를 개최한다. 빙리는 '누이동생 둘, 큰 누이의 남편, 또 다른 젊은 남자'[149]와 함께 무도회장에 들어섰다. 데리고 온 젊은 남자는 빙리의 친구 다아시였다. 그는 '훤칠한 키와 잘 생긴 용모, 품위 있는 태도로 모든 사람들의 관심을 끌었고 무도회장에 들어선 지 5분도 안되어 1년 수입이 1만 파운드나 된다는'[150] 소문이 여기저기서 터져 나왔다. 빙리를 능가하는 재력가였던 것이다. 베넷 부인의 최대 관심사인 딸들의 결혼은 무도회장에서 실마리를 찾는 듯했다. 빙리와 딸들과의 대면이 이루어졌기 때문이다. 빙리는 첫째 딸 제인에게 마음이 끌려 그녀와 춤을 두 번이나 추었다. 두 사람의 첫 만남은 사랑으로 발전한다.

소설의 주인공인 피츠윌리엄 다아시와 엘리자베스 베넷. 다아시는 빙리의 절친이자 캐서린 귀부인의 조카였다. 베넷 씨의 둘째 딸인 엘리자베스도 언니 제인 못지 않은 아름다움과 기품을 겸비한 처녀였다. 그러나 그녀에게 비친 다아시의 오만한 이미지가 사랑의 훼방꾼이 되었다. 그의 행동은 가식 없는 순수한 마음에서 우러나오는 것이었지만 그녀의 눈에는 '순수의 빛'이 보이지 않았다. 다아시가 빙리의 누이 동생들과 한 번씩 춤을 추고는 베넷 가문의 딸들에게는 춤을 요청하지 않는 태도도 엘리자베스의 오해의 불씨를 당겼다. 불씨는 편견의 불꽃으로 번져갔다.

엎친 데 덮친 격이라는 말이 어울린다. 다아시에 대한 엘리자베스의 불신과 편견을 더욱 키운 사건이 일어났다. 현역 장교인 조지 위컴이라는 청년이 엘리자베스에게 다아시의 인간 됨됨이를 말하는 가운데 그에게서 인격을 무시당하는 비인간적 대우를 받았다고 얘기하는 것이 아닌가? 위컴은 다아시 집안을 관리하던 집사의 아들인 까닭에 엘리자베스는 그의 말을 신뢰할 수 있는 상황이었다. 다아시에 대해 오만한 청년이라고 눈살을 찌푸리던 엘리자베스의 판단은 확신으로 변해갔다. 사랑에 빠진 빙리와 제인의 사이도 오래 가지는 않았다. 다아시와 빙리의 두 누이는 제인과 빙리를 갈라서도록 만든다. 베넷 가문이 명망 높은 가문이 아닐뿐더러 베넷 부인과 딸들이 교양 없는 속물이라는 것이 이유였다. 엘리자베스와 그녀의 언니 제인을 제외한 세 명의 동생 메리, 키티, 리디아가 어머니를 쏙 빼닮은 저속한 인간이라고 다아시는 판단한 것이다.

베넷 가문의 상속자가 된 콜린스는 엘리자베스에게 청혼했다가 거절당하자 그녀의 친구인 샬럿 루카스를 아내로 맞아들인다. 샬럿은 콜린스에게 매력을 느끼지도, 그를 사랑하지도 않으면서 미래의 생계만을 위해 이미 갑부의 자리를 예약한 그와 결혼한 것이다. 엘리자베스와는 인생의 가치관이 다른 여자다. 엘리자베스는 친구의 신혼집을 방문한다. 콜린스와 샬럿의 이웃집은 다아시의 이모 캐서린 귀부인의 집이었다. 엘리자베스는 때마침 이모를 뵈러 왔던 다아시와 우연히 만나게 된다. 무도회에서 처음 본 순간부터 엘리자베스에게 매력을 느꼈던 다아시는 그녀를 향한 사랑을 마음속 깊이 키워왔다. 이보다 더 좋은 기회가 어디 있겠는가?

그녀와 재회한 다아시는 주저 없이 청혼을 하지만 그녀에게 이미

'오만한' 사람으로 낙인찍힌 그는 단번에 거절당하고 만다. 다아시에 대한 조지 위컴의 부정적 평가를 신뢰하고 있던 엘리자베스는 그에게 저질렀던 다아시의 비인간적인 행동을 힐책한다. 그것만이 아니었다. 언니 제인과 빙리를 갈라서게 만든 데 대해서도 책임을 추궁하였다. 작심한 듯이 비난의 포화를 퍼부은 것이다. 다아시는 무언가 단단히 잘못되었음을 느낀다. 엘리자베스가 위컴으로부터 들은 자신에 관한 얘기는 진실이 철저히 왜곡된 것이기 때문이다.

다아시는 엘리자베스가 오해의 덫에 걸려 있고 편견의 올무에 묶여 있다는 생각이 들었다. 그녀로 하여금 진실을 마주 보게 해야 한다는 일종의 의무감을 느낀 다아시는 편지 속에 솔직하고 순수한 마음을 담아 그녀에게 보낸다. 그녀가 믿고 있는 조지 위컴은 진실성이 없는 남자이며 쾌락만을 위해 여자들을 노리개로 삼는 플레이보이에 불과하다는 것을 일러주었다. 자신은 엘리자베스가 알고 있는 것처럼 그렇게 비인간적인 사람은 아니라는 것을 암시해주었다. 엘리자베스가 짊어지고 있는 편견의 멍에를 벗겨주려고 진심을 다하는 다아시. 그러나 그의 순수한 정성조차도 엘리자베스의 마음에는 구차한 변명으로 들렸던 모양이다.

엘리자베스는 남자의 사회적 조건보다는 인간성을 더욱 중요하게 생각했다. 그녀에게 결혼의 첫 번째이자 마지막 조건은 '사랑'이었다. 사랑하는 남자와 결혼할 것이라는 소망을 버리지 않는 그녀에게 다아시는 품격 미달이었다. 가문의 사회적 지위와 재산과 외모를 내세워 일상생활에서 만나는 사람들을 오만하게 내려다보며 냉기 어린 시선을 보내는 그 남자를 어떻게 사랑할 수 있단 말인가?

그의 훤칠한 키, 절도 있는 신사의 매너, 잘생긴 얼굴을 떠올리다가도 그의 오만한 표정이 클로즈업되면서 이내 고개를 설레설레 흔드는 것이 엘리자베스의 현주소였다. 그런 까닭에 조지 위컴의 인간 됨됨이 대한 다아시의 평가도 그녀에겐 신빙성이 없는 소리에 지나지 않았다. 그러나 다아시가 오만하고 차가운 남자라는 것은 그녀의 오해이자 편견이었다. 오해가 불신을 증폭시켜 편견을 키운 것이다. 진실한 삶, 진지한 생각, 인정이 넘치는 따뜻한 마음의 소유자로서 '소작인이나 하인들로부터도 칭송을 받는'[151] 청년이 다아시였다. 겉모습만 오만해 보일 뿐이었다. 편견의 먹구름이 엘리자베스의 인생의 하늘에서 지워질 날이 언제쯤 올까?

다아시의 오만한 이미지가 엘리자베스로부터 받을 수 있는 사랑을 가로막는 장애물이 되었다면 그녀의 편견은 다아시를 사랑하지 못하게 만드는 관계의 장벽을 두텁게 쌓아놓았다. 그러나 자기중심적인 생각의 밀실에서 벗어나 이중 삼중으로 꼬여버린 관계의 실타래를 풀어나가는 두 사람의 진심 어린 노력이 기다리고 있다.

내면의 빛을 발견하려는 인간의 노력과 성의

엘리자베스는 외삼촌 가드너 씨와 외숙모와 함께 영국 북부 '더비셔'로 여행을 떠났다. 더비셔의 '유명한 곳을 모두 둘러보고 나서'[152] 그들은 외숙모가 예전에 살았던 '램턴이라는 작은 마을'[153]로 향했다. 램턴에서 5마일 떨어진 곳에 있는 펨벌리 저택에 다시 한 번 가보고 싶다는 외숙모의 열망과 이에 동의하는 외삼촌에게 이끌려 엘리자베스는 그곳을 방문한다.

그녀는 본래 큰 저택에는 그다지 관심이 없었다. 더욱이 펨벌리의 주인이 다아시인 까닭에 그곳에 가는 것이 마음에 내키지 않았다. 그러나 외숙모의 열망을 외면할 수 없었던 엘리자베스는 마침 그 집의 주인이 부재중이라는 말을 듣고는 마음 놓고 저택 안으로 들어섰다. 그러나 낙관적인 예측은 빗나가고 말았다. 이 집의 주인이 "내일 친구분들과 함께 오실 것"[154]이라는 하녀장의 말과는 달리 다아시는 바로 그날 펨벌리에 도착하여 '마구간으로 통하는 길목에서 불쑥 나타나'[155] 엘리자베스와 마주쳤다.

엘리자베스와 외삼촌 부부는 다아시로부터 진심 어린 환영을 받는다. 그녀는 다아시로부터 위컴이 철없고 충동적인 동생 리디아를 데리고 도주하였다는 소식을 듣게 된다. 낭비벽이 심해 파산 지경에 몰린 위컴은 위기를 벗어나기 위해 도피를 선택한 것이다. 그는 리디아를 사랑하지 않았다. 그러나 자신을 일편단심으로 사랑하기 때문에 떨어지려 하지 않는 그녀를 떨쳐버릴 이유는 없었다. 빈털터리인 그에게 중류층 가정의 여자가 따라붙는 것도 물질적으로 도움이 될 수 있다고 판단한 것이다. 데리고 다니다가 자신을 부자로 만들어줄 새로운 여자를 만나 결혼을 예약하고 '한몫'[156]을 챙기는 즉시 리디아를 버리면 그만이라는 비인간적인 생각이 위컴의 머릿속을 꽉 메우고 있었다.

위컴이 누구인가? 진실한 사랑과는 거리가 멀고 여자를 쾌락의 도구로만 갖고 놀았던 또 다른 카사노바가 아닌가? 리디아를 유혹하여 마음을 사로잡은 것도 평소의 기질과 생활방식이 낳은 결과였다.

위컴의 인간 됨됨이를 잘 알고 있는 다아시는 앞으로 리디아에게 닥칠 위험이 매우 염려되었다. 사랑하는 여인의 동생이기에 더욱 마음이 쓰였다. 다아시는 위컴이 위험한 인물임을 처음부터 엘리자베스에게 알려주지 않았던 책임을 통감하면서 사태의 수습을 위해 최선을 다한다. 리디아가 위컴에게 농락당한 다른 여자들과 똑같은 불행을 경험하는 것만큼은 막아야 했기 때문이다. 엘리자베스는 가족에게 단 한 마디의 상의도 없이 도주한 두 사람을 끝까지 쫓아가서 붙든 다음에 결혼에 이르도록 언니의 역할을 다한다.

다아시는 위컴의 변심과 배신을 방지하고 리디아를 지키기 위해 두 사람이 가정의 보금자리를 꾸밀 수 있도록 자신의 재산을 아낌없이 보태주었다. 게다가 자신의 선행을 엘리자베스의 외삼촌이 주도한 것처럼 꾸며 놓았다. "오른손이 하는 것을 왼손이 모르게 은밀히 하라"[157]는 성경의 말과 같이 다아시의 선행은 엘리자베스와 그녀의 가족조차 모르게 이루어졌다. 그것은 자신에게 가장 소중한 여자의 가정을 진심으로 도와주는 사랑의 조력이었다. 베일에 가려져 있던 다아시의 감동적인 도움은 엘리자베스에게 보낸 외숙모의 편지를 통해 밝혀졌다. 리디아를 곤경에서 구한 사람이 외삼촌이 아닌 다아시라는 사실을 알게 된 엘리자베스는 '마음이 들뜨고 두근거릴'[158] 정도로 벅찬 감동을 받았다.

"다아시 씨가 위컴 씨를 어떻게 도와줬는지 너도 잘 알고 있겠지. 내 생각에는 1천 파운드가 넘는 빚을 갚아주었고, 리디아가 집에서 물려받는 재산에다 1천 파운드를 더 보태주고, 장교직도 돈을 주고 산 모양이다. 다아시 씨가 이 일을 혼자 책임지고 떠맡은 이유는 내가 앞에서 말한 것과 같단다. 위컴 씨가 지금처럼 사람들과 어울리면서 좋은 사람이라고 인정받게 된 것은 그의 본성을 다른 사람들이 잘 모르기 때문인데 그게 다 자기 책임이라는 거야. 자기가 진실을 말하지 않은 잘못이 크다는 거지."(9월 6일 그레이스 처치가에서 엘리자베스에게 보낸 외숙모 가드너 부인의 편지)

–《오만과 편견》(제인 오스틴 지음, 북트랜스 옮김, 신경렬 펴냄, 북로드) 중에서

펨벌리 저택에서 다아시를 다시 만난 후부터 엘리자베스의 눈에 들어오는 그의 말과 행동은 '오만'과는 거리가 멀어 보였다. 외숙모의 편지가 보증하듯이 그의 온유하고 너그럽고 사려 깊은 성품이 엘리자베스의 마음에 젖어 들었다. 어머니를 닮은 철부지 동생 리디아의 문제를 해결하기 위해 발 벗고 나서면서도 자신의 선행을 숨긴 것은 그가 얼마나 순수하고 고상한 사람인지를 깨닫게 해주는 본보기가 되었다. 자신을 음해했던 위컴의 죄에 연연하지 않고 '오로지 엘리자베스만을 생각하며'[160] 최선을 다했던 남자이기에 다아시는 그녀에게 '자랑스러운'[161] 사람이 되었다. 엘리자베스의 두 눈을 가렸던 편견의 어둠이 걷히고 다아시의 내면에 빛나고 있던 진실의 빛은 그녀의 마음의 눈을 밝히는 보석이 되었다.

엘리자베스의 친구 샬럿을 비롯한 주변의 여자들은 남자의 경제적 능력만을 좇아서 자신의 인생을 의탁하려고 했다. 그들과는 다르게 엘리자베스는 진심으로 사랑하고 진정으로 존경하는 남자와 결혼하고 싶다는 소망을 이루어냈다.[162] 물론, 다아시는 1년 수입이 1만

파운드에 달할 정도로 왕족에 버금가는 상류층의 갑부였다. 그러나 엘리자베스가 소망의 결실을 맺은 것은 남자의 경제적 능력보다는 훌륭한 성품에 더욱 높은 가치를 부여했던 인간다운 정신의 승리다.

다아시에 대한 편견이 그에게 줄 수 있는 엘리자베스의 사랑을 단절시키는 가시덤불이 된 것은 사실이다. 본의와는 다르게 비쳐 나오는 다아시의 오만한 표정이 그녀로부터 받을 수 있는 사랑을 훼방하는 방해물이 된 것도 사실이다. 그러나 인간은 신이 아니다. 판단과 행동에서 완벽한 인간은 이 세상에 단 한 사람도 없다. 그렇다면 《오만과 편견》의 주인공 두 사람으로부터 본받을 점은 무엇일까? 판단의 잘못과 행동의 오류를 깨끗이 인정하고 상대방의 외적 조건과 겉모습 너머에 있는 내면의 빛을 바라보려는 인간다운 노력이다. 두 사람이 오해와 편견의 거친 파도를 넘어 평화로운 사랑의 해안에 인생의 배를 정착시킨 비결이 있다. 그것은 자기중심적인 생각의 무인도를 떠나 상대방의 본모습과 진면목을 발견하려는 인간다운 성의誠意다.

 마음을 헤아리는 지식

"엘리자베스는 다아시에 대해 좋지 않은 감정을 품었던 것이나 주제넘게 험한 말을 내뱉었던 것을 마음 깊이 뉘우쳤다. 그녀의 자만심은 한풀 꺾였지만 동정을 베풀고 명예를 지키기 위해 개인적인 감정을 극복한 다아시가 자랑스러웠다."

–《오만과 편견》(제인 오스틴 지음, 북트랜스 옮김, 신경렬 펴냄, 북로드) 중에서

13장

사랑을 알게 된 그는 과거와 다를지니

소설로 승화된 체험적 고백록

_ 톨스토이의《부활》

민중의 권익을 옹호한 러시아 문학의 대부,

레프 톨스토이(Граф Лев Никола́евич Толсто́й, 1828~1910)

1828년 러시아 남부 야스나야 폴랴나에서 출생한 소설가이자 시인이다. 톨스토이는 러시아의 대문호로서 사실주의 문학의 기둥이었다. 또한 러시아 현대문학과 정치, 사회, 문화에 지대한 영향을 미친 러시아 국민의 정신적 아버지였다. 그는 방대한 사상을 바탕으로 사회개혁을 추구한 혁명적 지식인이었다. 백작 가문의 넷째 아들이었던 그는 일찍 부모를 여의고 친척 집에서 성장하였다. 카잔 대학교에서 법학을 전공하던 중 대학교육이 자율성과 창의성을 억압한다는 이유로 중퇴하였다. 군복무 중 창작을 시작하여 본격적으로 작가의 길을 걸어갔다. 그는 역사적 상황과 사회적 환경이 인간의 정신과 마음을 어떻게 움직이는 지를 날카롭게 포착하여 개인의 심리를 사실적으로 재생하였다. 인간의 허위의식을 비롯한 비인간적 속성들과 함께 인생의 진실을 구체적으로 폭넓게 묘사함으로써 사실주의 문학의 완성도를 높였다. 그는 백작이었지만 재산을 독점하는 귀족 계층을 비판하고 가난에 시달리는 민중의 권익을 옹호하여 '레닌'이 주도한 볼셰비키 혁명에도 긍정적 영향을 주었다. 톨스토이의 대표 작품으로는 《부활Воскресение》(1899)을 비롯하여 《전쟁과 평화》(1869), 《안나 카레니나》(1877) 등이 있다.

러시아 사실주의 문학의 전범 典範, 《부활》

톨스토이가 10년간의 창작 과정을 통해 인생 만년에 발표한 장편 소설이다. 《전쟁과 평화》,《안나 카레니나》와 함께 그의 문학을 대표하는 3대 걸작 중 하나다. 작가의 철학, 종교, 예술관, 사회의식 등이 언어예술 속에 농밀하게 녹아 있다. 이 소설에서 읽게 되는 톨스토이의 언어는 예술적이면서도 사실적이다. 그를 러시아 사실주의 문학의 본보기로 평가할 만한 객관적인 표본이《부활》이다. 네흘류도프와 카추샤. 두 남녀 주인공의 생각과 행동은 사회적 상황과 환경에 의해 좌우된다. 그들을 타락시킨 원인은 사회적 현실에 있었다. 소설의 주인공 네흘류도프는 반성과 속죄를 통해 인간성을 회복하려고 노력하면서도 사회의 모순과 부조리를 개혁하려는 의지를 키운다. 그 개혁의 방법은 사랑을 실천하는 일이다. 네흘류도프는 하나님과 예수 그리스도의 사랑을 받아들이고 나서 그 '사랑'을 만인에게 실천하는 '필생의 사업' 계획을 세운다. 이를 통해 소설《부활》은 기독교의 정신이 자연스럽게 휴머니즘 속에 용해되는 문학적 화해와 조화를 이루고 있다.

톨스토이의 자전적 체험, 어떻게 변형되었나?

소설《부활》속에는 톨스토이가 젊은 날에 범했던 죄를 참회하는 마음이 담겨 있다. 백작의 넷째 아들로 태어난 그는 어려서부터 문학을 좋아해서 시를 즐겨 암송하는 아이였다. 카잔 대학에서 법학을 공부하고 페테르부르크 대학 법학사 자격시험에 합격하는 등 법학 전문가의 길을 준비하기도 했다. 그러나 타고난 창의적 기질이 억압당하는 것을 못 견뎌 대학을 중퇴하고 말았다. 대학 시절 그는 적성에 맞지 않는 학업을 팽개쳐두고 술과 도박과 여색을 탐닉했다. 전기 작가 비류코프에게 고백한 말에 따르면 "결혼 전에 몇몇 소작인 여자와 관계를 가졌고, 또한 숙모 댁에서 일하던 '가샤'라는 하녀를 건드렸는데 순결한 처녀인 가샤는 전적으로 내가 유혹하여 관계를 가졌기 때문에 숙모님 댁에서 쫓겨나 평생의 신세를 망쳐버렸다"는 것이다. 톨스토이의 성적 방종으로 인해 피해를 입은 가샤는 소설《부활》의 주인공 카추샤로 변형되었다.**163**

톨스토이는 성적 타락으로 성병에 걸려 인생살이에 큰 지장을 받았다. 그러나 참회를 통하여 인생의 방향을 전환한 것이 작가의 길을 걸어가는 결정적 계기가 되었다. 반성과 속죄의 진심은 1850년 6월 11일부터 쓰기 시작한 일기에 잘 나타나 있다. 그가 포병대에 입대하여 사관후보생으로 군복무를 시작한 것도 젊은 날의 죄를 참회하고 새로운 인생의 길을 가야겠다는 의지의 표명이었다. 군복무 중 톨스토이는 소설 창작에 시동을 걸었다. 글쓰기는 속죄의 몸짓이자 부활의 신호였다. 포병대 장교로 제대한 후에 창작에 몰두하여 작가로서의 정체성을 확고히 세운 톨스토이는 변호사이자 작가인 '코니'에게서 '로자리아'의 이야기를 듣게 된다.

별장지기의 딸 로자리아는 별장을 찾은 전도유망한 어느 청년에게 현혹되어 순결을 잃고 아이를 갖게 되었다. 그러나 이것을 용납할 수 없었던 주인에게 쫓겨나 창녀가 되었다. 톨스토이와 숙모댁 하녀 가샤 사이에 일어난 사건과 유사하다. 별장에서 추방된 로자리아의 삶은 네흘류도프의 고모 댁에서 쫓겨난 카추샤의 인생으로 변형된다. 코니의 말에 따르면 로자리아는 페테르부르크 센나야 광장 인근의 창녀촌에서 살아왔다. 어느 날 손님의 100루블을 훔친 죄로 기소되어 4개월의 금고형을 선고받았다고 한다. 코니는 이 재판에서 로자리아를 기소한 검사였다. 공교롭게도 재판을 맡은 배심원석에 로자리아를 농락했던 옛날의 젊은 남자가 앉아 있었다. 한눈에 로자리아를 알아본 그는 교도소에 수감된 그녀를 찾아가 용서를 구하고 정식으로 청혼했다. 그 배심원 남자는 청혼을 거절하던 로자리아를 날마다 찾아가서 사랑의 고백과 함께 끈질기게 구혼했다. 결국 그녀의 응답을 받았지만 결혼식을 준비하던 과정에서 로자리아는 발진티푸스의 발병으로 세상을 떠났다. 남자의 진심과 사랑이 수용된 것은 다행이지만 참으로 안타까운 일이었다. 그 이후 배심원 남자의 소식은 완전히 끊겼다고 한다.

변호사 코니가 소설가인 까닭에 로자리아의 이야기를 소설로 옮길 가능성도 있었다. 그러나 이 사건을 픽션으로 다루지 않겠다는 코니의 약속을 받아낸 후에야 톨스토이는 로자리아의 이야기를 소설로 쓰기 시작했다. 1889년부터 창작하기 시작한 소설의 본래 제목은

'코니의 이야기'였다.[164] 10년 동안 이어진 창작의 진통 끝에 마침내 1899년 '부활'이라는 이름의 소설이 태어났다. 남자 주인공 네흘류 도프는 별장지기의 딸 로자리아를 농락한 죄를 뉘우치고 사랑의 길로 선회한 배심원 남자의 변형이다. 숙모댁 하녀 가샤의 인생을 망쳐버리고 나서 참회의 길을 걸어간 톨스토이의 변형이기도 하다. 네흘류도프는 두 남자를 복합적으로 결합시킨 작중인물이다. 부활의 꽃 카추샤는 가샤와 로자리아의 인생이 결합된 복합체라고 할 수 있다.

독일의 대문호 요한 볼프강 폰 괴테Johann Wolfgang von Goethe가 친구 케스트너의 약혼녀 샬로테 부프를 사랑했던 자신의 체험과, 유부녀를 사랑했으나 이루어질 수 없는 사랑 때문에 권총 자살을 선택한 '예루살렘'이라는 청년의 이야기를 문학적으로 변형시킨 소설 《젊은 베르테르의 슬픔》이 떠오른다.[165] 톨스토이의 《부활》도 괴테의 소설처럼 작가의 직접적 체험과 타인의 실제 이야기를 절묘하게 조화시켰다. 문학은 체험의 산물이다.

휴머니즘과 기독교가 만난 문학의 코스모스

소설 《부활》의 이야기를 따라가 보자. 공작 네흘류도프는 '마슬로바'라는 여자의 재판에 배심원으로 참석한다. 그곳에서 살인죄로 기소된 피의자 '예카테리나 미하일로바 마슬로바'는 다름 아닌 카추샤, 고모 댁에 잠시 체류하던 젊은 시절에 만난 여자였다. 그녀는 형식상으로는 고모의 양녀로 살고 있었지만 실제로는 그 집의 모든 허드렛일을 담당한 하녀이자 식모였다. 카추샤의 미모에 마음을 빼앗긴 네흘류도프는 고모 댁을 떠나기 바로 전날 밤에 정욕을 절제하지 못하고 그녀의 육체를 소유하였다. 그의 정신적 자아가 동물적 자아에게 제압당한 것이다.[166] 물론, 카추샤는 그를 사랑했고 네흘류도프도 그녀를 사랑한 것은 사실이었다.[167] 그러나 그는 자신의 '동물적 애욕'을 채운 뒤에 사랑을 잊고 카추샤를 버렸다. '추악하고 비열하고 무자비한 짓'[168]임을 스스로 잘 알고 있었지만 귀족의 신분으로 창창한 앞날을 행복하게 누려야 한다는 생각에 자신의 과오를 합리화하고 양심의 가책을 바람 속에 흩어버렸다. 세월이 흘러 고모 댁을 다시 방문한 네흘류도프에게 고모들은 카추샤의 소식을 전해주었다. '그가 떠나고 얼마 지나지 않아 그녀는 해산을 하기 위해 집을 나가 어디에선가 해산을 했고, 그 후로 그녀는 완전히 타락해 버렸다'[169]는 것이다.

그러나 카추샤는 제 발로 집을 떠난 것이 아니었다. 고모들이 임신 사실을 눈치채자마자 그녀를 쫓아낸 것이다. 네흘류도프의 아이는 카추샤의 몸에서 태어나자마자 죽고 말았다.[170] 의지할 곳 없는 카추샤는 생계를 위해 매음굴에 몸을 던져 창녀로서 살아가다 시베리아에서 왔다는 상인 스멜리코프의 독살 사건에 연루되어 피의자로 기소된다.[171] "은화 2천5백 루블에 해당하는 스멜리코프의 돈과 반지를 훔치고 범행을 숨기기 위해 계획적으로 상인 스멜리코프에게 독약을 먹여 살해한 죄가 인정된다"는 것이 기소장의 내용이었다. 살인자로 오인받아 법정에 선 카추샤의 판결을 뜻밖에도 네흘류도프가 심의하게 되었으니 이처럼 기이한 인연은 드물 것이다. 카추샤가 어떻게 살아왔는지를 알게 된 그는 자신의 참담한 죄로 인해 그녀가 타락의 수렁에 빠져들었다고 확신한다. 네흘류도프의 속죄가 시작된다. 그것은 숙모 댁의 하녀 가샤의 인생을 파괴한 톨스토이의 참회였다. 교도소 면회실로 카추샤를 찾아가 용서를 구하는 네흘류도프의 진심을 만나보자.

> "〈그래 나는 지금 해야 할 일을 하는 거야. 회개하는 거라고〉 네흘류도프는 이렇게 생각했다. 생각이 여기에 미치자 그는 눈물이 핑 돌았고 목이 메었지만 손가락으로 철망을 부여잡은 채 눈물을 애써 참았다. (…) 「당신에게 용서를 빌러 왔소.」 그는 교과서를 낭독하듯 큰 소리로 말했다. 이렇게 외치고 나서 그는 부끄러움에 주위를 둘러보았다. 그러나 그 순간, 부끄러운 건 당연한 일이니 차라리 마음껏 부끄러워하는 편이 더 낫다는 생각이 들었다. 그래서 계속 「날 용서해주오. 내가 정말 잘못했소…….」 그는 다시 소리쳤다."[172]
>
> -《부활》상 (톨스토이 지음, 이대우 옮김, 열린책들) 중에서

카추샤에게 용서를 비는 만남에서부터 네흘류도프의 속죄는 인생 전반으로 확대된다. 그는 지금까지 욕망과 쾌락 속에서 방탕하게 살아왔던 비인간적인 인생을 뼈저리게 뉘우친다. 그의 참회는 개인의 인생에서 사회 전반으로 확대된다. 자신과 같은 귀족 계층의 구성원들은 그 동안 농민들이 땀흘려 일한 노동의 대가와 그들의 생계를 몰인정하게 착취하면서 자기 배를 불려오지 않았는가? 네흘류도프는 하층 민중의 삶을 도탄에 빠뜨린 착취자 중 한 사람이었다. 애통

한 심정으로 자신의 사회적 죄를 반성하면서 자신이 속한 지주와 귀족 집단에 대하여 비판의식을 갖게 된다. 비판만으로 그친 것이 아니다. 그는 잘못된 사회구조를 개혁하는 것이 마땅하다는 변혁의 의지를 다져 나간다. 톨스토이는 지주와 귀족에 대한 비판의식과 개혁의 비전을 네흘류도프를 통해 내비치고 있다.

안타깝게도 카추샤는 4년의 징역형을 선고받는다. 판사도, 검사도, 변호사도, 배심원들도 평민을 피의자로 다루는 재판에서 보여주는 법조인의 무성의한 관례대로 형식적인 판결을 내린 것이다. 그러나 카추샤의 결백을 확신한 네흘류도프는 부지런히 감옥을 오고 가면서 피의자 마슬로바의 석방을 위해 탄원 운동을 벌인다. 그는 카추샤를 구명하기 위해 감옥을 부지런히 출입하던 중에 새로운 사실을 알게 된다. 그녀 외에도 죄 없는 평민들이 단지 신분이 낮고 가난하다는 이유로 법률의 공정한 적용을 받지 못한 채 죄인의 명에를 벗지 못하고 있었다. 카추샤뿐만 아니라 무고한 다른 사람들도 석방하기 위해 최선을 다하는 네흘류도프. 동분서주하는 그의 발길에서 진실한 속죄의 빛과 부활의 전조가 비쳐 나온다. 지성이면 감천이라는 한국의 옛말처럼 네흘류도프의 정성은 죄인으로 갇혀 있던 몇 사람을 해방시키는 감격의 순간을 맞이한다.

공작으로서 소유하고 있던 영지에 내려가서는 농노들에게 자유를 안겨주고 모든 땅을 그들에게 분배한다. 카추샤의 석방을 위해 분투했지만 그녀가 유형 판결에 의해 시베리아로 떠나게 되자 남은 인생을 그녀와 함께하기로 결심하고 유형길을 따라간다. 네흘류도프의 소망과는 달리 유형지에서 카추샤는 혁명주의자 시몬손을 결혼의 상대자로 선택한다. 그러나 그 선택은 카추샤가 그에게 안겨줄 수 있는 마지막 사랑의 선물이었다. 그녀는 '네흘류도프가 자신과 결합하면 그의 인생을 망칠 거라고 생각했던 것'[173]이다. 그에게 '자유를 주는 것을 기뻐하면서도 그와의 이별을 괴로워하는'[174] 카추샤의 상반된 감정에서 그를 향한 사랑의 진실을 실감하게 된다.

그녀와 이별한 뒤 여관으로 돌아온 네흘류도프는《신약성서》중 〈마태복음〉18장을 읽으며 가난하고 소외된 사람들을 향해 조건 없이 '자비'[175]를 베풀어야 한다는 것을 깨달았다. 그는 원수를 미워하거나 그들과 다투지 않고 오히려 그들을 사랑하고 도와주며 봉사하는 것[176]이 참된 사랑이라는 것을 확신한다. 마침내 그는 음지에서 고통스럽게 눈물 흘리는 모든 사람에게 사랑을 실천[177]하는 일을 필생의 사업[178]으로 추구하기로 결심한다. "너희는 먼저 하나님의 나라와 하나님의 의義를 구하라"[179]는 예수 그리스도의 가르침을 곰곰이 생각하던 네흘류도프는 지상에 하나님의 나라를 건설하는 길은 사랑의 실천 밖에 없다는 결론에 이른다. 사랑의 실천은 '과거와는 완전히 다른 의미를 지닌'[180] 네흘류도프의 '새로운 생활 조건'[181]이 되었다.

《신약성서》에서 부활의 주인공은 예수 그리스도이지만 톨스토이의 소설에서 부활의 주인공은 네흘류도프와 카추샤다. 〈마태복음〉을 포함한 4권의 복음서에는 예수가 인간의 죄를 대속代贖하기 위해 십자가에 못 박히는 형벌을 받고 죽었다가 사흘 만에 다시 살아난 부활의 사건이 기록되어 있다.[182] 기독교 교리에 따르면 예수의 부활은 성부聖父 하나님과 동일한 위치에 있는 성자聖子 하나님의 부활이다. 《신약성서》에서 예수는 영靈과 생명의 부활을, 톨스토이의 소설에서 카추샤와 네흘류도프는 인간성의 부활을 경험하였다. 그러나 두 남녀 모두 예수 그리스도의 가르침을 받아들이지 않았는가? 두 사람의 내면에서 죽어버렸던 선한 인간성을 부활시킨 정신적 원동력은 예수의 사랑과 자비였다. 기독교적 의미를 지닌 예수의 부활이 톨스토이의 소설 속에서 두 사람을 인간다운 인간으로 부활시키는 휴머니즘의 마중물이 되었다. 톨스토이는 자신의 소설 속에서 인간성의 회복을 지향하는 휴머니즘의 의미와 기독교의 종교적 의미를 조화시키는 문학의 코스모스를 탄생시켰다.

 마음을 헤아리는 지식

"다섯째 계율(마태복음 5장 43절~48절).

사람은 원수를 미워하거나 그들과 다투어서는 안 되며, 그들을 사랑하고 도와주며 봉사해야 한다.

네흘류도프는 타오르는 램프의 불빛을 응시하며 미동도 하지 않았다. 그는 우리 삶의 추악한 모습을 떠올린 후, 만일 세상 사람들이 이런 규율들을 바탕으로 살아간다면 삶이 어떻게 될 것인지 상상해 보았다. 그러자 한동안 느낄 수 없었던 환희가 그의 영혼을 사로잡았다. 마치 오랜 고뇌와 고통 끝에 문득 평온과 자유를 발견한 기분이었다."

-《부활》상 (톨스토이 지음, 이대우 옮김, 열린책들) 중에서

14장

우리 모두 1달러짜리 인생일 뿐

자본주의 사회의 그늘에 던지는 외침

_ 아서 밀러의《세일즈맨의 죽음》

미국 사회의 문제점을 경고한 작가,

아서 밀러(Arthur Asher Miller, 1915~2005)

1915년 미국 뉴욕에서 태어난 아서 밀러는 20세기 미국의 현대 희곡 및 연극을 대표하는 극작가다. 지식과 문학이 사회적 행동과 일치하는 면모를 보여줌으로써 '행동하는 미국 지성인'이라는 평가를 받을 만하다. 미시간 대학에서 연극학을 전공했고 학부를 마친 후에는 희곡 창작에 몰두하였다. 전쟁과 물질만능주의 등 인간성을 말살하는 정치문제와 사회문제를 비판하여 미국 사회에 경종을 울렸다. 미국 내 일각에서 반反 미국적 작가라는 공격을 받을 정도로 그의 희곡은 미국 사회의 잘못된 방향성에 대한 거침없는 비판과 개혁의 비전을 표방하였다. 아서 밀러의 희곡 및 연극이 사회극社會劇의 모델로 평가받는 것도 이와 같은 문학의 경향에 의한 것이다. 물론, 그의 희곡과 문학이 추구하는 궁극의 가치는 인간성의 회복과 인간다움의 실현이었다. 1956년 세계적 여배우 마릴린 먼로와 결혼하였다가 5년 만에 이혼한 인생 경력으로도 유명하다. 아서 밀러의 대표 작품으로는《세일즈맨의 죽음 Death of a Salesman》(1948)을 비롯하여《행운을 잡은 사나이》(1944),《모두 내 아들》(1947),《시련》(1953) 등이 있다.

자본주의 사회의 병리현상을 진단한 사회극社會劇《세일즈맨의 죽음》

1949년에 발표된 희곡《세일즈맨의 죽음》은 1949년 2월 브로드웨이 연극 무대에서 초연되어 그 해에 뉴욕 비평가상과 퓰리처상을 수상하였다. 아서 밀러를 20세기 미국의 희곡 및 연극을 대표하는 극작가로 올려놓은 작품이다.

작가로 성공을 거둔 아서 밀러 앞에 어느 날 세일즈맨으로 일하는 친척 아저씨가 나타나서 자신의 아들도 인생의 성공가도를 달리고 있다고 허풍 떨며 자랑을 늘어놓았다고 한다. 이 일상적 사건이 희곡을 쓰게 된 모티브가 되었다고 작가는 자서전에서 밝힌 바 있다. 희곡의 주인공 윌리 로먼이 변호사로 성공한 이웃 청년 버나드 앞에서 자기 아들 비프도 '서부에서 굉장히 큰 사업을 하고 있다'고 거짓말로 허풍 치는 장면은 이 사건의 변형이다.《세일즈맨의 죽음》이 시사하는 포괄적이면서도 핵심적인 메시지는 '인간 소외'의 문제다. 경제 대공황 이후 미국 사회는 자본의 축적이라는 목표를 향해 전속력으로 질주하는 '성장제일주의' 열풍 속에 휩싸였다. 세일즈맨 윌리 로먼은 이러한 사회적 환경의 코드가 요구하는 자본적 도구의 기능과 효용을 더는 충족시킬 수 없는 단계에 이른다. 그는 사회와 가정으로부터 '쓰레기통으로 들어가는' 녹슨 기계부품처럼 소외당한다. 미국 사회를 비롯한 모든 자본주의 사회에서 결코 간과할 수 없는 사회문제가 무엇인지를 예리하게 해부하여 고발한 사회극의 전형이다.

자본의 도구로 전락하는 인간의 존엄성을 회복하라

희곡《세일즈맨의 죽음》은 1930년대를 시대적 배경으로 전개된다. '경제 대공황'으로 미국의 경제 사정은 열악한 상태였다. 가족의 생계를 위해 일생을 바친 '세일즈맨' 윌리 로먼. 그는 아내 린다와의 사이에 큰아들 비프와 작은아들 해피를 두었다. 윌리는 한때 회사의 사장과도 개인적으로 돈독한 친분을 유지할 정도로 성공한 회사원이었지만 60세의 나이에 이른 지금은 초라한 신세다. 대공황과 함께 찾아온 극심한 불황의 여파가 회사의 경영을 어렵게 만든 동시에 윌리의 회사 내 입지를 약화시키고 지갑의 두께를 갈수록 얇아지게 만든다. 갚아야 할 빚은 많은데 이제는 몸도 말을 안 들어 툭 하면 피로가 몰려오고 무력감에 빠져든다. 게다가 정신도 온전하지 않아 잊을 만하면 환각에 사로잡힌다. 인생의 희망이었던 큰아들 비프는 34세에 이르도록 실업자 신세를 면하지 못했고 작은아들 해피는 본인만의 철없는 '행복'을 탐닉하느라 방탕의 굴레를 벗어나지 못한다.

이런 상황에서 오랫동안 집을 떠나 있던 비프가 돌아온다. 귀향한 후에 예전에 다니던 회사의 사장 올리버를 찾아가 다시 일할 수 있게 해달라고 부탁해보지만 올리버는 비프를 기억하지 못한다. 엎친 데 덮친 격으로 비프는 해묵은 도벽이 발동하여 올리버의 만년필을 훔쳐 도주한다. 한편, 직장에 복귀하겠다는 큰아들의 말에 힘을 얻은 윌리는 바깥으로만 돌아다니는 세일즈맨 생활이 너무도 힘겨운 탓에 사장 하워드에게 내근직 사원으로 자리를 옮겨달라고 부탁한다. 그러나 이제는 그만둘 때가 되었다는 사장의 권고와 함께 해고의 날벼

락을 맞는다. 30년 동안 몸과 마음을 바쳐 일했던 직장이건만, 헌신에 따른 두둑한 보상은커녕 폐기물처럼 버려지는 신세가 된 것이다.

비프의 귀향과 재취업 그리고 자신의 내근직 근무는 가정을 침체기에서 끌어 올려 재도약시킬 수 있는 발판이었다. 그러나 해고와 함께 윌리는 인생의 격랑에 휩쓸린다. 비프는 근사한 사업을 일으켜 보란 듯이 성공해보고 싶었지만 아버지와 가정의 현실적 상황을 생각해보면 바랄 수 없는 일이었다. 게다가 예전에 다니던 회사로의 복귀조차도 실패로 돌아갔다. 돌파구가 보이지 않을수록 아버지에 대한 불만과 원망이 커져만 갔다. 현실적 여건을 잘 알고 있을 뿐만 아니라 자신감마저도 상실해버린 비프에게 아버지는 이제 옛날처럼 존경할 수 있는 사람이 아니었다. 윌리에게 마지막 희망의 보루였던 비프. 가장 사랑하는 큰아들마저도 자신의 꿈을 이룰 수 없었던 탓을 아버지에게 돌리며 원망 섞인 한恨의 포화를 퍼붓는다. 절망의 막다른 골목에 몰려 있는 부자 간의 대화를 들어보자.

윌리: 그래. 그게 내 잘못이란 말이지!

비프: 전 고등학교 이후 다닌 직장마다 도둑질 때문에 쫓겨났어요!

윌리: 그래, 그게 누구 잘못이란 말이냐?

비프: 그리고 아버지가 저를 너무 띄워 놓으신 탓에 저는 남에게 명령받는 자리에서는 일할 수가 없었어요! 그게 누구 잘못이겠어요!

윌리: 알아들었다!

린다(윌리의 아내): 그만해, 비프!

비프: 이제 진실을 아셔야 할 때예요. 전 금방이라도 사장이 되어

야만 했지요. 이젠 그런 것들을 끝내려는 거예요!

윌리: 그러면 나가 죽어라! 아비에게 반항하는 자식아, 나가 죽으라고!

비프: 아뇨! 아무도 나가 죽지 않아요. 아버지! 전 오늘 손에 (올리버 사장의) 만년필을 쥐고 11층을 달려 내려왔어요. 그러다 갑자기 멈춰 섰어요. 그 사무실 건물 한가운데에서 말이에요. 그 건물 한복판에 멈춰 서서 저는, 하늘을 봤어요. 제가 세상에서 가장 사랑하는 것들을 봤어요. 일하고 먹고 앉아서 담배 한 대 피우는 그런 시간들을요. 그러고 나서 만년필을 내려다보며 스스로에게 말했죠. 뭐 하려고 이 빌어먹을 놈의 물건을 쥐고 있는 거야? 왜 원하지도 않는 존재가 되려고 이 난리를 치고 있는 거야? 왜 여기 사무실에서 무시당하고 애걸해 가며 비웃음거리가 되고 있는 거야? 내가 원하는 건 저 밖으로 나가 내가 누군지 알게 되는 그때를 기다리는 건데! 전 왜 그렇게 말하지 못하는 거죠, 아버지? (윌리의 눈을 자신에게 돌리려 하지만 그는 멀리 떨어져 왼쪽으로 간다.)

윌리: (증오심에 가득 차 협박하듯이) 네 인생의 문은 활짝 열려 있어!

비프: 아버지! 전 1달러짜리 싸구려 인생이고 아버지도 그래요!

윌리: (통제할 수 없이 격앙하여 비프에게 돌아서서) 난 싸구려 인생이 아냐! 나는 윌리 로먼이야! 너는 비프 로먼이고!

(비프는 윌리에게 다가서려 하지만 해피가 가로막는다. 격한 나머지 비프는 거의 아버지를 칠 듯한 기세다.)

비프: 저는 사람들의 리더가 되지 못하고, 그건 아버지도 마찬가

지예요. 열심히 일해봤자 결국 쓰레기통으로 들어가는 세일즈맨일 뿐이잖아요. 저는 시간당 1달러짜리예요! 일곱 개의 주를 돌아다녔지만 더 이상 올려 받지 못했어요. 한 시간에 1달러! 무슨 말인지 아시겠어요? 저는 더 이상 집에 상패를 들고 들어오지 못하고 아버지도 그런 건 기대하지 말아야 해요!

윌리: (비프에게 대놓고) 악에 받친 개 같은 자식![183]

                        - 《세일즈맨의 죽음》(아서 밀러 지음, 강유나 옮김, 민음사) 중에서

비프는 아버지나 자신이나 세상 누구도 알아주지 않고 초라하기 짝이 없는 '1달러짜리 싸구려 인생'일 뿐이라고 독설을 쏘아 댄다. '아버지가 저를 너무 띄워 놓으신 탓'이라는 말처럼 아들을 과대평가한 나머지 과도한 기대와 헛된 욕망을 불어 넣은 것이 오히려 자신을 실패의 수렁 속에 빠뜨리고 말았다고 비난한다. 도벽의 습관이 생긴 것도, '사장'으로서 사업에 성공하고 싶었던 비전이 좌절된 것도 모두 다 아버지에게 근본적인 책임이 있다는 것이다. '결국 쓰레기통으로 들어가는 세일즈맨일 뿐'이라고 아버지를 모욕하는 비프에게 '악에 받친 개자식'이라는 욕설로 되받아치는 윌리. 아버지의 인격을 짓밟는 아들에게 욕을 퍼붓지 않을 아버지가 어디 있겠는가? 윌리의 말처럼 비프는 악에 받쳐 이성을 잃은 모양이다. 절망의 극한 상황에 이르러 자신의 감정을 절제하지 못한 것이다.

그러나 비프는 곧 아버지를 붙잡고 울음을 터뜨린다. 아버지에게 지나치게 대들었던 자신의 행동이 후회스럽기도 하고, 가정의 극단적 불화를 만든 자신이 원망스럽기도 했나 보다. 큰아들이 터뜨린 눈

물을 아버지를 향한 변함없는 '사랑'[184] 으로 받아들인 윌리는 비프가 '훌륭한 사람이 될 것'[185] 이라는 기대의 끈을 끝까지 부여잡는다. 그는 큰아들의 성공을 도와줄 수 있는 길은 마지막으로 보험금을 안겨주는 것밖에 없다고 생각한다. 그래서 자동차에 시동을 걸고 죽음의 문을 향해 전속력으로 질주한다. 쾌속의 질주와 함께 '폭주하던' 음악 소리는 어느새 장송곡으로 바뀐다. 희곡의 2막은 〈레퀴엠〉으로 전환된다. 윌리의 무덤 앞에서 린다는 남편이 실제로 앞에 앉아 있는 것처럼 흐느껴 울며 말한다.

> "여보. 오늘 주택 할부금을 다 갚았어요. 오늘 말이에요. 그런데 이제 집에는 아무도 없어요. (린다의 목구멍에서 흐느낌이 솟아오른다.) 이제 우리는 빚진 것도 없이 자유로운데. (더 큰 흐느낌이 풀려나온다.) 자유롭다고요. (비프가 천천히 린다에게 다가온다.) 자유롭다고요. 자유……."[186]
>
> ─《세일즈맨의 죽음》(아서 밀러 지음, 강유나 옮김, 민음사) 중에서

린다가 끝내 말을 맺지 못한 채 되풀이하던 '자유'라는 낱말 속에는 많은 의미가 녹아 있다. 쓰레기통으로 들어가는 폐기물처럼 회사에서 버려지는 날까지도 자본의 계기판에 숫자를 더하기 위해 최선의 기능을 다했던 인간, 윌리! 자본의 제단 위에 그의 인생을 송두리째 제물로 바치고 물신物神으로부터 부여 받은 축복이 가족의 자유가 되었는가? 린다가 읊조리는 '자유'에서 평생 동안 자유를 회사와 가족에게 저당 잡힌 채 살아왔던 한 인간의 '소외'의 아픔이 묻어 나온다.

미국과 한국 사회, 이대로 괜찮을까?

희곡《세일즈맨의 죽음》은 1949년 브로드웨이에서 첫 공연을 마친 후 미국 내에서만 2년 동안 742회 공연을 이어가면서 미국 현대 희곡과 연극의 대명사가 되었다. 1983년 아서 밀러는 덩샤오핑이 이끄는 공산주의 체제의 중국 베이징 인민극장에서 이 희곡을 직접 연출하여 무대 위에 올려 중국 관객들의 열렬한 환호를 받았다. 덩샤오핑이 개방 정책을 실행하던 시점이었고 미국과 중국 간의 관계가 해빙기에 접어들었던 정치적 요인도 작용했겠지만, 그보다는 이 작품에서 자본주의 사회가 안고 있는 모순과 폐단을 비판하는 성격이 큰 공감을 불러일으켰던 것이다.《세일즈맨의 죽음》은 지금도 세계 각국의 연극 무대에서 현대 사회의 병리 현상과 비인간적 문제를 비판하는 사회극의 모델로 관객들의 애호를 받고 있다. 1950년대 공연의 첫 테이프를 끊었던 대한민국에서의 인기는 특별하다. 매년 공연될 뿐만 아니라 다양한 연출기법에 의해 실험되고 있다.

극의 구조는 단순하다. 세일즈맨으로 평생을 일해 왔던 윌리 로먼의 가정이라는 단일한 공간 안에서 24시간 동안 사건이 진행되기 때문이다. 〈레퀴엠〉을 제외한 제1막과 2막의 사건 진행이 그러하다. 예술형식의 면에서 이 작품은 전통 드라마의 형식을 보여준다. 아리스토텔레스의《시학》에서 예시되고 있는 그리스 비극의 '3일치의 법칙'을 수용하고 있는 것이다. 그러나 내용은 전통 드라마와 확연히 다르다. 전통 드라마 혹은 고전드라마는 관객의 연민과 공포를 자극하여 극중 인물의 말과 행동에 관객을 감정적으로 동화시키는 과정을 거쳐 카타르시스의 효과를 유발한다.[187] 현대 연극의 관점으로 비평한다면 전통 드라마는 사회와 현실을 향한 관객의 비판적 시선을 방해하거나 마비시키는 역효과를 가져온다.

《세일즈맨의 죽음》에서는 독일의 극작가 베르톨트 브레히트Bertolt Brecht가 보여준 서사극의 내용적 요소들이 풍부하게 발견된다. 즉 관객이 객관적 거리감을 갖고 연극을 관람하면서 극중 인물 혹은 배우의 대사와 행동을 이성적으로 관찰하고 판단하는 것이다. 극중 인물이 처한 상황에 감정적으로 휩쓸리거나 동조하는 것도 아니고, 연극무대 위에서 보여주는 사회의 구조와 상황을 긍정적으로 받아들이는 것도 아니다. 오히려 극중 인물의 대사와 행동에서 간파되는 비인간적 모습과 성향들을 숨김없이 비판한다. 극중 인물이 속해 있는 사회적 상황과 환경이 인간의 존엄성, 인격, 인권, 자유 등을 억압하는 것이 발견되거나 사회의 구조적 모순이 드러나면 관객은 가차 없이 연극의 과녁을 향해 비판의 화살을 쏘아보낼 수 있는 것이다.[188]《세일즈맨의 죽음》은 현대 연극의 전형인 서사극의 특징을 선명하게 노출하고 있다.

프란츠 카프카의 소설《변신》의 주인공 그레고르 잠자처럼《세일즈맨의 죽음》의 주인공 윌리 로먼도 회사에서 돈을 버는 기계로 전락한다. 36년 동안 충실하게 회사를 위해 헌신했던 윌리는 자본을 축적하는 기능을 더는 만족스럽게 발휘하지 못하는 성능 저하의 기계로 판정을 받는 즉시 '해고'라는 폐기 처분을 당한 다. 대공황이 가져온 경제불황이라는 특수한 상황을 어느 정도는 이해할 수 있지만 윌리의 사회적 방출과 매장은 단지 그 시대에 국한된 현상이 아니다. 미국과 한국을 비롯한 자본주의 사회의 회사 조직에 몸담았던 수많은 사람들이 지금도 겪고 있는 비인간적 비극이 아니겠는가?

회사원들은 '회사'라는 기계의 시스템을 가동시키는 인간 배터리인가? 가정만 집이 아니다. 회사도 하나의 집이며 제2의 집이다. 남성들은 인생의 절반 이상을 이 제2의 집에서 '일'을 매개로 하여 생활한다. 그들은 회사 속에 자신들의 젊음, 능력, 생각, 감정, 사랑, 비전을 쏟아부으며 살아오지 않았는가? 그렇다면 회사도 남성들에게는 부인할 수 없는 또 다른 집이다. 그 집의 텃밭에 인생의 뿌리를 내리고 인생의 나무를 키워왔기 때문이다. 그런데 인생의 열매를 수확할 시기에 남성에게 돌아오는 것은 지주가 소작농을 쫓아내듯이 제2의 집인 회사의 텃밭에서 쫓겨나는 비극이란 말인가? 쓸모없는 배터리처럼 폐기 처분을 당하는 것이 자본주의 사회에서 살고 있는 회사원들의 일반적 관습이 되었다. 도대체 회사는 인간의 존엄성을 기대할 수 없는 집이란 말인가?

개인의 인간성조차도 돈을 버는 기능과 효용의 척도에 따라 평가받으며 소외의 아픔을 겪는다. 얼마나 더 많이 자본의 획득과 축적에 기여하는가에 따라서 도구의 등급이 매겨지고 그 등급에 따라 활용되다가 효용 지수가 등급에 대한 기대치를 밑도는 즉시 폐기물처럼 버려진다. 이렇게 개인의 인격이 물질의 가치에 종속되는 비인간적 현상이 미국 사회를 병들게 하는 원인임을 《세일즈맨의 죽음》이 고발하고 있다. 이 작품에서 우리는 희곡의 시대적 배경인 1930년대를 뛰어넘어 제2차 세계대전 이후의 미국 사회에 대한 작가의 비판의식까지도 읽을 수 있다.

제2차 세계대전에서 연합국의 리더 역할을 맡아 승리를 거둔 후

서방세계의 넘버원 자리를 확보한 미국은 자본주의 시장경제 체제를 더욱 강화해나갔다. 자본의 획득을 통한 부의 축적은 국가와 개인이 공통으로 지향하는 목표였다. 1940년대 후반, 대공황의 위기를 겨우 이겨낸 시점에서 경제적 안정의 기반을 든든히 구축해야겠다는 일념으로 국가와 국민은 공감대를 이룰 수 있었다. 미국 사회가 이렇게 자본과 물질 중심의 사회적 방향성을 추구하게 되자 많은 문제점이 속출하였다. '병리현상'이라고 단언할 수 있는 문제는 인간보다 돈을 더 우선시하고 돈을 거머쥐기 위해 인간을 기계의 부속품처럼 이용하는 현상이었다. 주인공 윌리 로먼의 죽음을 가져온 시대는 1930년대이지만 아서 밀러가 문제작들을 본격적으로 발표하던 시대는 1940년대였다. 《세일즈맨의 죽음》이 1949년에 발표되었다는 사실로 미루어 볼 때 물질적 고도성장의 푯대를 향해 쾌속으로 질주하는 '미국' 특급 열차에 대한 작가의 비판의식을 간과할 수 없다.

 마음을 헤아리는 지식

"그렇지만 그이는 한 인간이야. 그리고 무언가 무서운 일이 그에게 일어나고 있어. 그러니 관심을 기울여 주어야 해. 늙은 개처럼 무덤 속에 굴러 떨어지는 일이 있어서는 안돼. 이런 사람에게도 관심이, 관심이 필요하다고. (…) 소시민도 위대한 사람들처럼 지치긴 마찬가지야. 이번 3월이면 회사에서 일한 지 서른여섯 해가 돼. 그동안 새로운 지역을 개척해서 회사의 노른자로 만들어 놨더니, 이제 늙으니까 봉급을 안 주는구나."

- 《세일즈맨의 죽음》(아서 밀러 지음, 강유나 옮김, 민음사) 중에서

15장

누가 문명인이고, 누가 야만인인가?

문화의 다양성을 존중하는 지성적 문화의식

_ 레비-스트로스의 《슬픈 열대》

문화의 가치 패러다임을 바꿔놓은 인류학자,

클로드 레비-스트로스(Claude Lévi-Strauss, 1908~2009)

1908년 벨기에 브뤼셀에서 태어난 유대계 프랑스인 클로드 레비-스트로스. 그는 프랑스가 자랑하는 지식의 거장이다. '구조인류학'의 대표 학자로 알려졌지만 인류학뿐 아니라 민족학, 사회학, 문화학, 언어학, 철학, 역사학 등을 섭렵한 인문과학의 대가였다. 고교 시절에 파리로 와서 파리 대학에서 철학을 전공하였고, 23세에 철학교수 자격시험의 최연소 합격자가 되었다. 1935년 브라질 상파울루 대학 사회학 교수가 된 것은 그의 인류학 연구를 발전시키는 이정표가 되었다. 브라질에 체류하던 시절에 내륙지방의 원주민 부족들을 탐방하여 그들의 고유한 문화를 상세히 기록하고 연구한 결과물이 《슬픈 열대》다. 이 책은 인류학, 민족학, 문화학의 연합으로 창조된 3중 학문의 결실이었다. 제2차 세계대전에서 프랑스가 독일에 패배하자 유대인 박해를 피해 미국 망명길에 올랐다. 8년 동안 뉴욕의 '신사회조사연구원'에서 연구하면서 미국의 인류학자들과 교류하였고, 구조주의 언어학의 대가 로만 야콥슨을 만나 그에게서 '구조언어학'의 방법론을 수용하였다. 망명 시절은 그의 인류학을 '구조인류학'으로 발전시킨 창조적 시간이었다. 대표 저서로는 《슬픈 열대 Tristes Tropiques》(1950)를 비롯하여 박사학위 논문을 책으로 펴낸 《친족의 기본구조》(1949), 《신화학》(제1부~4부)(1964~1968), 《구조인류학》(1973) 등이 있다.

문명의 횡포를 경고하고 문화 간의 상생을 일깨운
선지자적 저서《슬픈 열대》

《슬픈 열대》는 레비-스트로스가 브라질 상파울루 대학 교수로 재직하던 1935년
과 대학을 그만둔 1938년에 브라질 내륙지방의 4개 원주민 부족을 탐방한 내용을
토대로 저술된 인류학적 민족지民族誌 혹은 민족학적 문화학 저서다. 책은 모두 9
부로 구성되어 있다. 내용의 중심은 4~8부이다. 4부는 브라질 원주민 지역을 탐사
하기 이전의 준비과정으로 답사 내용을 담고 있다. 5~8부에서는 카두베오 족, 보로
로 족, 남비콰라 족, 투피 카와이브 족 등 4개 부족의 고유한 생활방식과 풍습을 관
찰하고 분석하며 설명한다. 원주민들의 지혜와 철학과 관습을 상세히 기록하고 소
개함으로써 그들이 야만인이라는 서양인들의 편견을 깨고 그들에게서 풍부한 지식
과 문화적 장점들을 수용할 수 있다는 것을 일깨워주었다. 기행과 탐방의 성격이 강
하다는 점에서는 기행문학으로도 볼 수 있고, 문명과 문화에 대한 대학자의 학문적
에세이라고도 볼 수 있다. 구조주의에 토대를 둔 인류학적 관점으로 서술되었다는
점에서는 '구조인류학' 및 '구조문화학' 저서라고도 말할 수 있다. 저서가 방대한 만
큼 이 책 속에 녹아 있는 관점들도 다양하다. 저자가 탐색한 부족들의 다양한 문화
적 색깔에 어울리는 다채로운 지적 특징들을 갖고 있는 책이다.

원주민은 야만인이 아닌 문화인이다

1935년 상파울루 대학의 사회학 교수로 부임한 레비-스트로스는 같은 해 휴가를 내서 3~4개월에 걸쳐 브라질 내륙지방의 카두베오 족과 보로로 족의 문화를 탐방하였다. 1938년에는 대학을 떠나 1년 동안 남비콰라 족과 투피 카와이브 족을 찾아가 그들의 사회와 문화를 집중적으로 조사하고 연구하였다. 원주민들의 일상생활, 풍습, 계율, 의식구조 등을 면밀히 파악할 수 있었다. 민족학의 관점으로 본다면 소수민족들의 문화를 탐구한 것이다. 하지만 레비-스트로스의 소수민족 탐방기는 15년 뒤에야 저서로 출간할 수 있었다. 제2차 세계대전 중 프랑스가 독일에 패배하자 나치의 유대인 박해를 피해 미국으로 망명길에 올랐기 때문이다. 그러나 망명 기간에 레비-스트로스는 자신의 글을 무의미하게 묵혀두지 않았다. 탐구한 기록들을 자신의 학문적 관점에 의해 깊이 있게 연구했을 뿐만 아니라 야콥슨, 라캉, 소쉬르, 알튀세르 등에 의해 현대적 학문으로 입지를 다진 구조주의를 자신의 인류학과 결합시켰다. 이 기간 동안 그의 학문은 더욱 확대, 심화되었다. 이른바 '구조인류학'이라는 창의적 학문의 체계 속에서 그의 소수민족 탐방기는 인류학 및 문화학의 새로운 학문적 길잡이가 되었다.

오지의 원주민 부족 또한 하나의 '민족'이다. 민족과 인종과 환경과 문화권의 차이를 초월하는 '인간의 본질'을 깊게 이해하기 위해서 레비-스트로스에게 가장 필요했던 것은 민족에 대한 탐구였다. 소수민족 구성원들의 인간성과 인간 정신을 이해하는 것이 무엇보다도 필요했다. "오지의 원주민들에게 무슨 인간성과 인간 정신을 기대할 수 있다는 말인가?"라는 반문들이 쏟아져 나왔다. 그러나 이러한 의문은 서양 문명이 동양과 제3세계 지역의 문명보다는 우월하므로 마땅히 서양 문명의 힘으로 다른 지역을 충분히 지배할 수 있다는 문화제국주의[189] 혹은 오리엔탈리즘[190]의 발상이다.

레비-스트로스는 오로지 문명의 시각으로만 타지역의 인간을 평가하려는 집단적 편견을 극복하고자 했다. 문명이란 인간의 생활을 윤택하고 편리하게 만드는 정신과 기술이다. 그러나 편리하고 윤택한 삶을 가능케 하는 기술과 지식이 없다고 해도 유구히 전승되어온 고유한 문화를 갖고 있는 부족 공동체와 소수민족들이 무수히 존재하지 않는가? 이 객관적 사실에 레비-스트로스는 가치를 부여하였다. 문화란 한 지역에 살고 있는 그 지역주민들의 고유한 생활방식이다. 그들의 생활방식 속에는 오랜 세월 동안 그들의 삶을 지탱해준 정신과 철학과 예법이 담겨 있다. 그들이 영위하는 문화의 면면을 헤아려본다면 '인간'이라는 존재가 갖고 있는 보편적 인간성을 발견할 수 있다는 것이 레비 스트로스의 생각이다.

서양의 기술 문명은 어떤 사고방식에 의해 어떤 과정을 거쳐 오늘날처럼 첨단의 단계에 이르렀는가? 15세기 말 콜럼버스가 신대륙을 발견한 이후, 유럽인들은 아메리카 원주민들이 수천 년 동안 간직해왔던 다양한 문화, 다양한 사물, 다양한 생각들을 이해하려고 하지 않았다. 모든 원주민을 그저 '신세계'에 집단적으로 서식하는 동물처럼 취급하였다. 그들을 미개인과 야만인으로 규정하면서부터 그들의 땅을 서둘러 정복하고 개발하였다. 그리고 그들의 문화적 터전을 유럽인들의 문명 세계 속에 통합해버렸다. 유럽인들이 '인디언'이라 부르는 원주민들에게 아메리카의 땅은 어머니의 모태와 같이 사랑스럽고 신성한 곳이었다. 그러나 영국인들, 프랑스인들, 에스파니아인들, 포르투갈인들에게는 인디언의 땅이 기술 문명의 힘으로 정복되고 개발되어야 할 대상일 뿐이었다.

"백인은 죽어서 별들 사이를 거닐 적에 그들이 태어난 곳을 망각해 버리지만, 우리가 죽어서도 이 아름다운 땅을 결코 잊지 못하는 것은 여기가 바로 우리 인디언의 어머니이기 때문이다. 우리는 땅의 한 부분이고 땅은 우리의 한 부분이다. 향기로운 꽃은 우리의 자매이다. 사슴, 말, 큰 독수리, 이들은 우리의 형제들이다. 바위산 꼭대기, 풀의 수액, 조랑말과 인간의 체온 모두가 한 가족이다. (…)"[191]

– 두와미쉬 수쿠아미쉬 족의 추장 시애틀의 글 중에서

"백인들은 나에게 대지를 갈아엎으라고 한다. 그렇다면 나보고 칼을 들고 어머니의 가슴을 찢으라는 말인가? 그렇게 한다면 내가 죽을 때 어머니는 나를 사랑하는 마음으로 품어 주지 않을 것이다. 백인들은 나에게 굴을 파서 금광을 찾으라고 한다. 그러면 대지의 뼈를 훔쳐 내기 위해 나보고 그 피부에 구멍을 내라는 말인가 (…)?"[192]

– 네즈 페르세 족의 워보카의 글 중에서

"작은 형제여, 너를 죽여야만 해서 미안하다/ 그러나 네 고기가 필요하단다/ 내 아이들은 배가 고파 먹을 것을 달라고 울고 있단다/ 작은 형제여, 용서해다오"[193]

– 어느 무명 인디언의 시 〈죽임을 당한 사슴에게〉 중에서

자연과의 관계를 노래하고 있는 아메리카 원주민의 글을 읽어 보면 서양인들이 야만족이라고 업신여겨 왔던 그들에 대한 편견이 완전히 깨져버린다. 그들은 대지를 '어머니'라 부르며 어머니로 사랑한다. 그들은 자신들을 자연의 '일부'로 생각하며 자연을 자신들과 일체라고 믿는다. 생명을 가진 모든 식물을 '자매'라 부르며 동물을 '형제'로 존중한다. 그들은 자신들과 더불어 살아가는 모든 생물을 '가족'으로 받아들인다. 그들은 조상으로부터 필요한 양만큼만 사냥을 해야 하며 결코 재미를 즐기기 위해 사냥해서는 안 된다고 교육받았다. 자연과 생명을 존중하는 가르침을 전수받은 까닭에 그들은 동물을 '형제'라고 부르면서 사냥을 할 수밖에 없는 이유를 말하고 양해를 구했다. 참으로 이성적이고 인격적인 태도가 아닌가?

하지만 대조적으로 백인의 문화는 어떠했는가? 대지를 소유물로 여기고 자본을 얻기 위해 '갈아엎어야 할' 물질로 이용해오지 않았는가? 인디언들에게는 이것이 어머니의 가슴을 찢는 폭력이었다. 백인들은 황금을 캐내기 위해 처녀의 정조를 유린하듯 무분별하게 대지의 굴을 파헤쳤다. 아메리카 원주민들에게는 이것이 어머니의 피부에 구멍을 뚫는 만행이었다. 가위로 탯줄을 잘라버리듯 어머니의 자식들인 나무들을 무절제하게 벌목하는 것이 백인 문화의 일부분

이 아니었던가? 레비-스트로스 역시 《슬픈 열대》에서 서양 백인들의 자연파괴 행위를 비판적 시각으로 바라보고 있다.

"인간과 대지와의 관계에서, 구세계에서는 몇천 년 동안이나 상호작용을 통해 유지해온 친밀한 관계의 바탕이 되는 저 세심한 상호관계가 이곳에서는 일찍이 이루어진 적이 없었다. 이곳 브라질의 땅은 약탈당하고 파괴되어버렸다. 농업이라는 것도 신속하게 이익을 얻기 위해 땅을 강탈하는 것이 되어버렸다. 사실 100년도 못되어 개척자들의 활동 영역은 상파울루 주를 가로지르며, 천천히 타오르는 불길처럼 처녀지를 잠식하면서 이곳을 폐허화시켜 버렸다."[194]

　　　　-《슬픈 열대》(C. 레비-스트로스 지음, 박옥줄 옮김, 한길사) 중에서

　　과연 누가 이성의 힘으로 살아가는 지성인이고 누가 이성의 힘이 결여된 야만인이란 말인가? 총과 대포를 동원해 그들을 학살하고도 모자라서 '땅'까지 강탈하고 파괴하여 '폐허화'시키는 백인들이 야만인 아니었던가? 아메리카 원주민들은 결코 야만인이 아니었다. 그들은 자연의 만물을 지배와 정복의 대상으로 보지 않았다. 그들은 조상 대대로 자연과 함께 상생하면서 자연친화적 생태문화를 향유해온 이성적인 문화인들이었다. 그들의 인간다운 성향이 뚜렷이 인식될수록 서양 개척자들에게 짓밟힌 그들의 땅이 레비-스트로스의 시야에는 슬프게 다가오고 있었다. '슬픈 열대'라는 책의 이름처럼.

소수민족의 문화로부터 인간다움을 배우라

레비-스트로스는 구조인류학, 민족학, 문화학의 관점에서 원주민 문화의 가치를 옹호하고 서양인들의 문명적 편견을 비판하고 있다. 예를 들어,《슬픈 열대》제5부에 등장하는 카두베오 족의 고유한 예술에 대해 레비-스트로스는 다음과 같이 독창성을 높이 평가하고 있다.

> "카두베오 족의 도안 양식을 주의 깊게 연구해보면 그것이 지닌 독창성은, 차용된 것이라기보다는 창안된 것이라고 하기에 충분할 만큼 단순한 모양의 기본적인 유형에 있는 것이 아니라 이들 최초의 유형들의 상호 조합으로 완성된 작품에 존재하는 것임을 깨닫게 될 것이다. 그러나 이러한 조합의 구성방식은 너무나도 체계적이고 세련된 것이기 때문에 르네상스 시대의 유럽 예술이 인디언들에게 제공해주었을지도 모를, 그 분야의 어떤 암시보다도 훨씬 능가하고 있다. 출발점이 무엇이었든지 간에 이 발전은 아주 놀랄 만한 것이었기 때문에, 오직 원주민 자신들의 독자적인 이유로써만 설명될 수 있다."[195]
>
> -《슬픈 열대》(C. 레비-스트로스 지음, 박옥줄 옮김, 한길사) 중에서

레비-스트로스는 카두베오 족의 예술 양식이 콜럼버스의 신대륙 발견 이후 남아메리카의 인디언들에게 전파되었을 가능성이 있는 르네상스풍의 예술 양식조차도 따라올 수 없는 독창적인 것이라고

칭찬한다. 그들의 예술은 '독자적인' 발전과정을 거쳐 고유한 경지에 도달했다는 것이다.

또한 레비-스트로스는 카두베오 족에 이어 보로로 족을 탐방한 이후 남비콰라 족을 찾아간다. 그들의 언어를 세심하게 분석한 내용으로부터 구조언어학의 전문가다운 풍모를 볼 수 있다. 그는 "남비콰라어가 동사에 붙는 접미사 외에도, 또 다른 10여 개의 접미사를 사용하여 어떤 존재와 물체들을, 그만한 수준의 범주로 구분한다는 사실도 깨닫게 되었다"[196]고 말한다. 남비콰라어는 '중앙아메리카의 한 어족語族과 남아메리카 북서부의 한 어족인 치브차어의 남방 후예'[197]로 판단되는데, 치브차어는 서양의 침략을 받기 전에 지금의 콜롬비아 지역에서 찬란히 번성했던 '거대한 문명에서 태어난 언어'[198]라는 것이다. 이 중요한 사실을 근거로 하여 레비-스트로스는 남비콰라 족이 '미개인일 가능성은 희박하다'는 결론을 내린다. 서양 중심의 시각으로 남비콰라 족의 겉모습과 기술 문명의 부재 현상만을 보고 그들을 미개인으로 평가해서는 곤란하다는 것이다.

원주민 문화에 대한 옹호와 서양인들의 문명적 편견에 대한 비판은 《슬픈 열대》의 제9부에서 더욱 명쾌하게 나타난다. 가장 주목할 만한 것은 형벌에 대한 레비-스트로스의 견해다. 서양세계에서 범죄자의 '죄에 따른 형벌'[199]은 그를 사회로부터 격리시키거나 단절시키는 데 목적을 둔다. 그러나 레비-스트로스는 이에 대한 비판적 대안으로 '북아메리카 평원지대의 인디언'[200]의 사례를 제시한다. 아메리카 원주민 사회에서 죄인에게 형벌을 가하는 궁극적 목적은 '사회적 유대와의 단절'[200]이 아니라 죄인의 갱생과 회복이다.

"그 부족의 법률을 위반한 인디언은 모든 그의 소유물 – 텐트와 말 – 의 파괴라는 선고를 받는다. 그러나 이 선고와 동시에 경찰은 그 인디언에 대해 빚을 지게 되며 그 인디언이 당한 고통의 피해에 대해 보상해줄 것을 요구받는다. 여기에 대한 손해배상은 그 범죄자가 다시 한 번 집단에 대해 빚을 지게 만들어, 그는 일련의 증여물들을 제공함으로써 경찰을 포함한 전 공동체가 그(범죄자)가 살아나가는 것을 도와줄 것이라는 점을 인식해야만 한다. 이 같은 교환은 증여물과 대증여물을 통해 범죄와 그것에 대한 징벌에 의해서 생긴 처음의 무질서가 완전히 완화되어 질서가 되찾아질 때까지 계속되었다."[202]

- 《슬픈 열대》(C. 레비-스트로스 지음, 박옥줄 옮김, 한길사) 중에서

죄에 대한 형벌은 범죄자를 감옥에 유폐시켜 공동체로부터 격리시키는 것이 아니다. 범죄자의 '소유물'을 파괴함으로써 소중한 것들을 잃게 만든다. 이러한 처벌의 형식을 통하여 다른 사람에게 피해를 입히는 것이 얼마나 큰 잘못인가를 스스로 깨닫게 한다. 그렇게 상실감을 겪게 만든 다음에 인디언 공동체는 가진 것들을 잃고 나락에 떨어진 그 죄인이 삶의 기반을 갖추어 재기할 수 있도록 물질적 보상의 단계를 밟아나간다. 처벌당한 죄인에 대한 보상은 모든 부족민들의 연대책임이다. 공동체 전체로부터 보상의 차원에서 도움을 받은 그 죄인은 부채와 다름 없는 엄청난 신세를 지는 것이기에 앞으로는 모든 부족민들을 위해 기여하는 새로운 삶의 길을 걸어갈 수 있다. 레비-스트로스는 "이같은 관습들은 우리들(서양인들) 자신의

관습들보다 더 인간적"[203]이라고 말한다. 그의 견해에 따르면 인디언 부락의 문화는 지극히 이성적이고 사려 깊은 생각의 토대 위에 형성된 것이다. 형벌에 관한 인디언의 사례야말로 서양인들도 충분히 인정할만하고 또 인정할 수밖에 없는 인간 정신의 반영이 아니겠는가?

인류학, 민족학, 문화학의 관점으로 볼 때 가장 우려되는 것은 소수민족의 문화를 서양 문명의 시각으로 판단하거나 평가하려는 태도다. 그것은 인간 정신을 이해하는 데 있어서 위험한 장애물이다. 서양중심주의, 서양우월주의, 문화제국주의의 잣대를 버리는 것이 필요하다. 원주민들의 생활방식, 즉 그들의 문화를 통해 그들의 정신과 생각을 이해하려는 성의가 필요하다. 소수민족인 원주민 부족의 사회와 문화를 이해하려고 노력할수록 편견의 장벽에 가려진 '슬픈 열대'의 어둠을 뚫고 흘러오는 '보편적인 인간성'의 빛을 만나게 될 것이다. 지역과 민족과 문화의 차이를 초월하는 인류 공통의 보편적인 인간성을 찾아내는 것이 레비-스트로스의 비전이었음을 기억하자.

 마음을 헤아리는 지식

"인류의 박애정신이란 가장 빈곤한 부족사회에서 우리 자신의 모습을 재확인하고, 또 우리 사회가 겪은 수많은 경험에다가 덧붙여서 이 빈곤한 부족사회의 경험을 교훈으로 소화시킬 수가 있을 때 비로소 그 진정한 뜻을 알 수 있게 된다."

-《슬픈 열대》(C. 레비-스트로스 지음, 박옥줄 옮김, 한길사) 중에서

제2부

♥

행동을 이끄는
교양

《오디세이아》,《이백 시집》,《햄릿》,《돈 키호테》,《테스》
《킬리만자로의 눈》,《비밀의 화원》,《적과 흑》,《유토피아》
《로빈슨 크루소》,《레 미제라블》,《마지막 수업》
《양철북》,《혁명의 시대》,《오리엔탈리즘》

1장

세상이 나를 저주할지라도

결코 포기하지 않는 의지의 힘

_ 호메로스의 《오디세이아》

전설의 음유 시인, 호메로스(Homeros, B.C. 900~800?)

호메로스는 기원전 약 900년에서 800년 사이에 생존한 것으로 전해지는 그리스의 음유 시인이다. 실존인물인지의 사실 여부조차도 증명되지 않을 만큼 그의 인생에 관해 기록한 문헌이나 자료는 거의 없다. 영어권에서는 그를 호머Homer라고 부른다. 그리스의 대大역사가 헤로도토스는 호메로스가 방랑 시인이며 걸인에 가까운 장님이었다고 주장하지만 이것 또한 사실로 입증되지 않았다. 그리스 민간 지역에서 만들어낸 가공의 인물이라는 견해도 만만치 않다. 대서사시 《일리아스》와 《오디세이아Odyssey》도 그리스 백성에 의해 구전된 민담民譚을 호메로스가 가공하고 확장하여 서사시로 승화시킨 것일까? 아니면 그가 음유 시인으로서 민간 지역에 전한 이야기가 시대의 흐름과 더불어 구전되는 동안 스토리가 가감되면서 민담의 형태로 바뀐 것일까? 그 어떤 것도 명확하지 않다. 다만, 인류가 호메로스를 《일리아스》와 《오디세이아》의 저자로 믿고 있는 것은 부인할 수 없는 '사실'이다.

난파의 위기에서도 포기하지 않는 인생의 항해, 《오디세이아》

광활한 바다를 중심으로 펼쳐지는 《오디세이아》는 '웅장하고 장엄한 스펙터클'이 실감 날 정도로 서사시의 위용을 뽐내고 있다. 《일리아스》에서 10년 동안 두들겨도 무너지지 않던 트로이의 '일리온' 성城을 '트로이의 목마' 지략으로 함락하고 그리스 왕국의 연합군에게 승리를 안겨준 오디세우스. 그는 그리스 여러 왕국 중 하나인 '이타카'의 국왕으로 지혜와 용맹을 겸비한 장군 중의 장군이었다. 그가 자신의 부하들이자 이타카의 백성인 선원들을 이끌고 조국으로 돌아오는 바닷길에서 만난 괴물 요정 '세이레네스'와 식인 거인족 '퀴클로페스'로부터 겪었던 위기의 장벽과 한계의 파고波高를 헤쳐 나오는 과정은 모험 소설처럼 스릴 만점의 재미를 안겨준다. 인생이라는 배를 타고 '세상'이라는 바다를 항해하는 우리들에게, 시시각각으로 휘몰아치는 '한계'의 풍랑에 굴하지 않고 승리의 해안에 도달하는 날까지 항해를 포기하지 않는 오디세우스의 불굴의 의지는 《오디세이아》로부터 물려받아야 할 값진 유산이다.

서양문학의 근원으로 알려진 판타지의 원형

세계적 명배우 커크 더글라스가 오디세우스 역할을 맡았던 영화 〈율리시즈〉[204]는 잊혀져 가던 서사시《오디세이아》에 대한 대중의 관심을 촉발시킨 영화다. 24권의 책을 2시간 분량의 영상에 담아내기는 역부족이지만 괴물 요정 세이레네스와 거인 폴뤼페모스와 벌이는 오디세우스의 싸움은《일리아스》에서 오디세우스가 경험한 트로이 전쟁보다 몇 배나 더 아슬아슬한 위험의 전율을 느끼게 해준다. 오디세우스의 모험은 생사의 경계를 몇 번이고 넘어본 사람만이 전할 수 있는 감동적인 '판타지'다.

《오디세이아》는《일리아스》와 함께 서양문학의 근원으로 알려진 그리스의 영웅 서사시敍事詩다. 1만 2,110행 24권으로 구성되어 있어 1만 5,693행 24권으로 구성된《일리아스》만큼이나 방대하다. 문학사가文學史家들과 문학이론가들이《오디세이아》를 이야기할 때도 언제나《일리아스》와 연결하는 것을 잊지 않는다. 그러나 이제는《오디세이아》를《일리아스》의 속편이나 부속물로 여기는 문학의 고정관념을 탈피해야 한다.

《오디세이아》는 모험소설 혹은 판타지 소설의 원형이다.《일리아스》에서 찾아보기 힘든 신기한 모험과 환상적인 이야기로 가득하다. '오디세우스의 노래'라는 뜻을 지닌《오디세이아》는 '트로이 목마' 작전으로 '일리온' 성을 함락시키고 그리스 연합군에게 승리를 안겨준 이타카의 국왕 오디세우스가 자신의 병사들을 이끌고 이타카로 귀향하기까지 지중해 곳곳을 편력하면서 겪은 모험의 파노라마를 노래하고 있다.

오디세우스는 무려 20년 동안 바다에서 인생을 보낸다. 해신 포세이돈의 미움을 받아 징벌을 당한 것이다. 그런데 《오디세이아》의 이야기는 20년의 떠돌이 생활이 막바지에 접어드는 시점부터 시작되어 이타카로 돌아가기까지 약 40일 동안 펼쳐진다. 손에 땀을 쥐게 하는 위험천만한 사건들이 촘촘한 그물코로 이어지듯 짧은 시간의 환상 속에 집중적으로 응결되었다가 파열하듯이 터져 나온다.

스토리텔링으로 읽는 오디세우스의 여정과 불굴의 의지

《오디세이아》를 읽는 독자는 오디세우스의 배에 승선하여 모험의 항로를 동행하게 된다. 바다의 요정 칼립소와 지내던 오기기아를 떠나 이타카로 귀향하기까지 지중해의 해류를 따라 편력하는 오디세우스의 모험담 속에 몸을 실어보자. 환상적인 여정을 끝내고 조국으로 돌아와 왕좌를 되찾고 왕위에 복귀하는 인간 승리의 현장에도 함께 참여해보자.

8년 동안이나 아름다운 섬나라 '오기기아'에서 요정 칼립소와 행복하게 지냈던 오디세우스는 만족한 삶을 살면서도 고향을 향한 그리움의 열병을 앓는다. 오디세우스의 향수를 잘 알고 있는 여신 아테나는 그의 아들이자 왕자인 텔레마코스를 직접 방문하여 아버지를 찾아 귀국길을 도우라고 힘주어 말한다. 텔레마코스는 국민의회 의원들인 귀족들의 거센 반대를 뿌리치고 부왕을 찾아 바닷길로 향한다. 오디세우스의 아들은 스파르타의 국왕 메넬라오스를 비롯한 아버지의 절친들을 찾아가 아버지의 발자취를 수소문한다. 비어 있는 오디세우스의 왕위와 함께 왕비 페넬로페를 차지하려는 탐욕에 사로잡혀 있던 국민의회 소속 88명의 귀족들은 텔레마코스가 돌아오는 길을 지키고 있다가 그를 해치우려는 음모를 국민의회에서 공식적으로 결정한다. 귀족 연합세력을 견제하기에 왕비 페넬로페의 권력은 역부족이었다.

　오디세우스의 귀향을 강렬하게 희망하는 여신 아테나가 주도하여 올림포스 신들의 회의에서 그의 귀국이 결정된다. 신들의 든든한 후원을 받으며 뗏목을 타고 이타카로 향하는 오디세우스. 그러나 그때까지도 분노가 풀리지 않은 해신 포세이돈의 손놀림에 의해 해류 속에 고립되었다가 다행히 또 다른 섬나라 파이아케스에 닿는다. 바닷가에 지쳐 쓰러져 있는 오디세우스는 그 나라의 공주 나우시카에 의해 발견되어 국왕 알키노스를 알현한다. 오기기아에서와 마찬가지로 파이아케스에서도 오디세우스는 우호적인 대우를 받는다. 그곳의 백성들은 오디세우스에게 성대한 잔치를 베풀어주고 음유 시인들을 초청하여 트로이 전쟁에 관한 노래를 부르게 한다. 시와 멜로디에 젖어들던 오디세우스는 잠시 잊었던 자신의 고달픈 인생 항로가 새록새록 떠올라서 터져 나오는 울음과 함께 신비로 가득한 자신의 모험담을 들려준다.

　외눈박이 식인食人 거인족 '퀴클로페스'[205]와 그들 중 하나인 '폴뤼페모스'[206]를 만나서 다수의 동료들을 잃었지만 지략으로 폴뤼페모스를 속이고 위기를 벗어났던 이야기, 마녀 키르케의 마법에 의해 동료들이 돼지로 변한 이야기, 신비한 노래로 선원들을 유혹하여 파멸의 수렁 속으로 함몰시키는 괴물 요정 '세이레네스'[207]를 따돌리고 난파의 고비를 가까스로 넘긴 이야기 등이 환상의 파노라마로 펼쳐진다. 공주 나우시카를 비롯한 파이아케스 주민들로부터 융숭한 대접과 따뜻한 보호를 받으며 지내다가 환송의 선물을 한아름 안고 귀국길에 오르는 오디세우스. 그는 이타카의 바닷가에 배를 대고 궁궐로 향한다.

탐욕스런 88명의 귀족 의원들을 퇴치하기 위한 작전을 여신 아테나로부터 부여받은 오디세우스는 작전에 따라 거지로 위장한다. 아테나가 직접 변화시켰으니 누구나 감쪽같이 속을 수밖에 없다. 신들과 소통하는 신령한 목동 에우마이오스의 은신처에 머물며 때를 엿보던 오디세우스는 아버지를 찾아 나섰다가 아테나의 명령을 받고 스파르타로부터 돌아온 텔레마코스와 해후한다. 왕비에게 혼인을 간청하면서 왕위를 노리고 있는 88명의 귀족 의원들을 처단하기 위해 두 사람은 의기투합한다.

얼마 전까지 바다에서 몸으로 겪었던 판타스틱 어드벤처는 신기루처럼 사라지고, 이제는 오디세우스의 눈 앞에 현실의 가시밭길이 놓여 있다. 거지로 변장하고 도성으로 들어온 국왕을 전혀 알아보지 못하는 백성들로부터 폭행과 조롱을 당하는 오디세우스. 그에게는 오히려 이것이 다행스럽다. 알아보는 사람이 많아질수록 위험도 순식간에 찾아오지 않겠는가? 거지는 왕비 페넬로페에게 국왕의 생존을 암시해주지만 남편이 이미 죽은 것으로 단정해버린 페넬로페는 남편인 오디세우스를 알아보지 못한다.

의회의 결정에 따라 내일 자신에게 청혼한 88명의 귀족들 중 한

명을 선택할 수밖에 없는 페넬로페. 그녀는 눈물로 밤을 지새운다. 다음 날 왕궁의 연회장에서 왕비의 새 남편을 정하는 행사가 열렸다. 선택의 권한을 가진 페넬로페는 '오디세우스의 활'[208]을 제시하면서 오직 이 활의 '시위를 당겨'[209] 한 줄로 서 있는 '12개의 도끼를 화살로 꿰뚫은'[210] 남자만이 자신의 새 남편이 될 자격이 있다고 선포한다. 귀족들은 모두 실패했지만 유일하게 성공한 남자가 있었으니 그가 바로 오디세우스였다.

> "지혜로운 오디세우스는 활을 손에 들고 구석구석 살피고 나서 그대로, 마치 커다란 하프나 노래를 잘 익힌 사람이 양쪽 끝에 잘 꼬인 양의 창자에서 뽑은 실을 현 고리에 쉽게 켕겨 거는 것처럼, 조금도 힘들이지 않고 활시위를 메웠다. 그리고 오른손에 들고 시위의 상태를 살펴보았다. 그러자 시위는 손 밑에서 제비소리 비슷한 소리를 내며 맑게 노래를 불렀는데, 구혼자들은 몹시 마음을 죄며 모두 얼굴빛이 변했다. (…) 그는 빨리 나는(飛) 화살을 집어 들었다. 옆에 놓인 네 발 탁자 위에 그대로 버려두었던 것이었다. 그 밖의 것은 모두 안이 널찍한 화살통 속에 들어 있었다. 이 화살은 곧 아카이아 사나이들이 효력을 시험하기로 되었던 것인데, 그중 한 개가 밖에 나와 있는 것을 활의 한 가운데에 갖다 메우고 활 시위와 화살을 꽉 쥐었다. 그 자리에서 평상에 앉은 채로, 그리고 목표를 똑바로 겨누어 화살을 쏘았다. 그러자 나란히 세워 놓았던 도끼를 하나도 남김없이 빗나가지도 않은 채 꿰뚫어 버렸다."[211]
> – 호메로스의 《오디세이아》(이상훈 옮김. 동서문화사) 중에서

하프의 선율처럼 '제비소리 비슷한 소리'를 타고 흘러간 오디세우스의 첫 번째 화살은 '나란히 세워 놓은' 열두 개의 도끼 과녁을 '남김없이 꿰뚫어 버렸다'. 첫 번째 화살에 이어 두 번째 화살은 구혼자 안티노스의 목[212]을 명중시켰다. 명궁이었던 오디세우스의 이미지가 사람들에게 떠오르는 순간 그는 지체 없이 본모습을 드러낸다. 이 때를 기다리던 아들 텔레마코스는 밖으로 통하는 연회장의 모든 문을 폐쇄하였다. 독 안에 든 쥐떼의 꼴이 된 귀족 구혼자들은 오디세우스의 화살과 텔레마코스의 창에 맞아 모두 절명한다. 그들이 제거하려던 왕자에 의해 오히려 죽음의 역풍을 맞은 것이다.

한편, 스스로 정체를 밝혔음에도 남편의 모습을 계속 의심하는 아내 페넬로페에게 오디세우스는 자신이 '직접 만든 올리브 나무 침실과 침상'[213]의 특징을 정확히 이야기해준다. 제3자가 알 수 없고 아들 텔레마코스도 모르는 부부만의 잠자리 비밀을 들려주자 비로소 페넬로페는 그가 남편임을 확신한다. 그녀를 차지하려던 악한 귀족 88명을 처단하였지만 이타카의 국내 갈등이 완전히 사라진 것은 아니었다. 돌아온 국왕 오디세우스와 백성들 간의 불화가 증폭되었다. 백성들은 자신들이 상전으로 모셨던 귀족 의원들이 하루아침에 사라지자 인생을 지탱하던 기둥이 뽑힌 듯이 실의에 빠져 있었다.

20년이라는 세월의 탓이 컸지만 그들 앞에 다시 나타난 오디세우스도 그들이 알고 있던 예전의 국왕처럼 보이지는 않았을 것이다. 그러나 오디세우스의 귀향 프로젝트를 처음부터 계획하고 총지휘했던 여신 아테나가 마지막까지 신의 권능을 발휘한다. 아테나는 여성다운 덕성의 힘으로 백성들의 격앙된 감정을 어루만지고 오디세우스와의 갈등을 봉합해준다. 양측은 '멘토르의 음성과 모습을 빌어서'214 나타난 아테나에게 설득되어 '화해의 서약'215을 맺는다. 이타카 왕국을 뒤덮고 있던 불안과 불의와 살기의 어둠이 걷히고 마침내 평화의 햇살이 지중해의 물결처럼 흐르기 시작한다.

지중해의 해류를 따라 흐르던 환상의 모험은 오디세우스의 발길이 닿는 곳마다 그의 몸을 산산이 부숴버릴 것만 같은 고난의 폭발물들을 숨겨두고 있었다. 동료이자 백성인 선원들이 하나둘씩 목숨을 빼앗기는 절망적 상황 속에서도 오디세우스는 터져 나오는 슬픔의 폭발음을 뚫고 이타카로 돌아가는 항해를 멈추지 않았다. 그는 인생의 배를 막아서는 '한계'의 풍랑에 부닥쳐도 좌절하지 않았다. **한계의 폭풍을 돌파하려는 끈질긴 노력과 한계의 격랑을 뛰어 넘으려는 불굴의 의지!** 이것은 여신 아테나의 마음을 움직인 오디세우스의 가장 인간다운 미덕이다. '하늘은 스스로 돕는 자를 돕는다'는 한국의 속담을 이타카의 국왕에게 귀향의 선물로 증정하고 싶다.

 행동을 이끄는 교양

"모두에게 꼭같은 피비린내 나는 전쟁은 이제 그만둬."
(전쟁을 중단하고 평화의 시대를 열어가라고 권고하는 여신
아테나의 말)

-《오디세이아》(이상훈 옮김. 동서문화사) 중에서

2장

그곳에
산이 있다

조화 속에 드러나는 '생태주의' 철학

_ 이백의 《이백 시집》

자연의 친구이자 시의 신선神仙**, 이백**(李白, A.D. 701~762)

서기 701년 중앙아시아 '쇄엽'에서 태어난 이백. 자는 태백太白, 호는 청련거사靑
蓮居士다. '쇄엽'은 지금의 키르키스스탄 북부 '토크마크'이며 당시에는 실크로드의
중요한 교역 거점이었다고 한다. 이백은 당나라 현종 시대에 활동했던 천재 시인이
었다. 같은 시대를 살았던 '두보杜甫'와 함께 중국 문학사상 최고의 시인으로 손꼽
힌다. '시성詩聖(시의 성인)'이라 불리는 두보의 시세계가 민중의 삶을 지향한다면 '시
선詩仙(시의 신선)'이라 불리는 이백의 시세계는 낭만적 초월성을 지향한다. '자연'과
조화를 이루는 인간의 삶을 환상적 세계로 묘사했기 때문이다. 이백의 낭만주의와
두보의 사실주의가 조화롭게 균형을 이룸으로써 중국의 시문학은 최고의 경지에 이
르렀고 세계문학의 위치에 오를 수 있었다. 고시古詩와 절구絶句에 탁월했던 이백
은 1,072수의 시작품을 남겼다.

만물과의 화합을 노래하는 책, 《이백 시집》

《이백 시집》 속에 수록된 절구絶句는 '신이 내린 작품'이라는 의미의 신품神品이라 불린다. 강물처럼 흘러가는 유려한 언어가락 속에서 자연과 만물의 생명력이 살아 꿈틀거리는 것을 느낄 수 있기 때문이다. 이백은 삼라만상의 '생명'에게 예술적 기교의 옷을 입혀줌으로써 '자연'의 모든 존재가 소중하다는 것을 일깨워주었다. 인간의 발길이 닿을 수 있는 모든 곳으로 가서, 인간의 손길로 어루만질 수 있는 자연의 모든 생명들과 숨결을 주고받는 이백의 시세계! 광활한 스케일, 막힘없는 자유, 아름다운 조화, 섬세한 감성적 터치, 만물에 대한 애정 등은 그의 시를 중국 최고의 문학으로 평가하기에 손색없는 조건들이다. 〈산중문답山中問答〉과 〈월하독작月下獨酌〉을 비롯한 대표적 작품들이 《이백 시집》 혹은 《이태백 전집》 속에 담겨 현대인들에게 널리 읽히고 있다.

자연 속에서 자족自足하는 안빈낙도安貧樂道의 정신

　이백은 다섯 살 때 아버지를 따라 쇄엽을 떠나 '쓰촨' 성으로 이주한다. 당나라 황실의 먼 친척 가문의 후손이라는 설이 있지만 그를 향한 세상 사람들의 눈길은 그의 '시'와 기인奇人으로서의 삶에 쏠린다. 그는 어떤 사람과도 잘 어울릴 수 있는 호탕하고 자유분방한 기질의 소유자였다. 벼슬과 권력에 집착하지 않고 신선처럼 자연 속에 묻혀 만물의 친구로서 살아갔다. 또한, 그의 삶은 술과 어우러져서 보통 사람이 흉내 낼 수 없는 특이한 인생의 향기를 발산하였다. '아름다운 기인'이라는 호칭이 그에게 어울리지 않을까?

　상상력과 호기심이 유별났던 이백은 유년 시절부터 책읽기, 글쓰기, 지적知的 대화 속에서 살아갈 수 있었다. 이러한 지성적 성장의 길을 걸어가면서 '자연'과 함께 유유자적하게 어울리는 감성적인 삶이 플러스 되어 이백은 시인의 자질을 갖추게 되었다. 또한, 이백은 편견 없이 사람들을 대하고 차별 없이 사람들과 교분을 쌓아가는 개방적 인간관계의 달인이었다. 자연 친화의 삶으로부터 얻은 감성의 에너지와 우호적 인간관계로부터 얻은 덕성의 힘이 유년 시절부터 쌓아온 지적 능력과 결합하여 '시가詩歌'라는 예술의 열매를 맺었다.

　이백의 시는 중국 낭만주의 문학의 최고봉이다. 그의 시는 굴원屈原의 전통적 낭만주의를 계승하면서도 낭만주의 시가를 전통의 굴레로부터 벗어나게 했다. 그는 시의 내용과 형식을 통일함으로써 시를 언어예술의 경지로 끌어 올렸다. 그의 시 속에는 당나라 부흥기의 낙관적 세계관이 담겨 있지만, 봉건질서에 만족하지 못하는 현실비판의식도 공존하고 있다. 이 비판의식은 정치현실을 떠나서 순결한 자연의 세계로 나아가는 원인으로 작용하고 있다. 그러므로 애초부터 현실에 관심이 없었던 일방적 현실도피주의자로 이백을 이해하고 있는 세간의 편견은 수정되어야 한다. 그의 시가를 낭만주의 문학으로 규정한다고 해도 그 '낭만주의'는 현실에 대한 비판과 혐오로부터 비롯된 것이라고 볼 수 있다. 이백은 시의 예술적 기법을 풍부하게 하는 동시에 낭만주의 문학의 영역을 넓힌 시인이다.

뭇새들 높이 떠

날아가고

고요히 흐르는

한 송이 구름.

아무리 바라봐도

싫지 않은 것

오직 저기 저

경정산 그뿐.[216]

- 이백의 시 〈경정산과 마주 앉다〉 이원섭 옮김

衆鳥高飛盡 (중조고비진)

孤雲獨去閑 (고운독거한)

相看兩不厭 (상간양불염)

只有敬亭山 (지유경정산)[217]

- 이백의 시 〈독좌경정산獨坐敬亭山〉 전문

이백의 시는 '자연'을 벗어난 적이 없다. 자연은 과거에도 시인의 친구였고, 지금도 시인의 벗이며, 죽음 이후에도 시인의 몸을 받아줄 반려다. 자연과 시인 간의 교감에서 나타나는 감성의 움직임이 서화가의 붓을 따라 움직이는 듯하다.

제1절의 '뭇새衆鳥'는 인간의 마을에서 고락苦樂을 함께하다가 헤어진 옛 친구들이다. 제2절의 '외로운 구름孤雲'은 그 친구들이 시인으로부터 등을 돌린 후에 시인이 지금 뼈저리게 경험하고 있는 외로운 마음을 말해준다. 그러나 무언가 침울해보이던 분위기는 3절에서 역전된다. 세월이 흘러도 변함없이 그 자리에 우뚝 서서 자신을 맞이하는 '산'에 대해 시인은 감사의 마음을 간접적으로 고백한다. 시인이 사회적 지위를 잃어버려도, 시인의 몸이 병들어도, 그 어떤 조건의 변화에도 개의치 않고 시인을 있는 그대로의 모습으로 받아주는 경정산敬亭山. 그 진실한 친구의 품에 안겨 진정한 평화를 누릴 때에 시인의 외로움이 깨끗이 씻겨진다.

이백의 언어를 움직이는 힘. 그 힘은 무엇일까? 모든 욕심을 비우고 스스로 만족하면서 정서적 안정을 누리는 자족의 정신이 아닐까? 이 자족의 정신을 시인에게 안겨준 존재는 '자연'이다. 도대체 시인은 자연과 어떤 관계를 맺고 어떤 교감을 나누길래 이렇게 신선처럼 자족의 경지에 이른 것일까? '안빈낙도'라고 표현해야만 안성맞춤인 이백의 내면적 평안! 이 자족의 경지를 시인과 자연 간의 상호관계 속에서 이해해보자. '생태주의' 철학이 우리의 이해를 도울 것이다.

데리다와 크로포트킨의 사상으로 이해하는 이백의 시세계

자연은 시인에게 특별한 존재다. 시인은 자연에서 태어나 자연과 도움을 주고받고 자연과 함께 인생의 길을 동행한다. 죽음이 찾아오면 자연 속에 묻혀 자연의 일부분이 된다. 자연을 삶의 근원으로 삼고 자연을 독립적인 세계로 존중하며 자연과 함께 상호의존의 파트너십을 강화하는 시인 이백! 그의 시는 자연친화의 인생을 노래한 '생태적' 언어의 음악이다. 자연과의 섬세한 교감 속에서 생명의 호흡을 주고받는 정서적 상호부조相互扶助를 산수화처럼 담백하게 그려낸 언어의 회화! 그것이 이백의 문학이다. '생태주의' 철학으로 이백의 시를 바라본다면 자연과 조화를 이루는 인생이 참으로 인간답다. 그렇다면 '생태주의' 철학은 어떤 사상일까?

1866년 생물학자 에른스트 헤켈Ernst Haeckel이 '생태학'이라는 개념을 처음으로 제시하였다. 생태주의 철학은 생태학이 인문과학과 결합하여 생겨난 사상이다. 그러나 생태주의를 우리가 알고 있는 생태계의 자연법칙과 혼동하지는 말자. 생태계의 자연법칙은 약육강식의 법칙과 공생共生의 법칙으로 나뉘어져 있다. 상호투쟁의 법칙과 함께 상호부조의 법칙이 생태계를 움직이고 있는 것이다. 이 두 가지 자연법칙 중에서 하나의 종種과 다른 종이 서로 도움을 주고 받는 상호부조와 공생의 관계를 인간과 자연 간의 상호부조 및 공생으로 전용轉用하자는 이성적 요청이 '생태주의'다. 악어와 악어새가 사이좋게 상대방을 도와주는 상호부조의 관계를 형성하는 것처럼 그 상호부조를 자연과 인간의 관계로 확대하자는 것이다.[218]

생태주의 철학에 따르면 인간과 자연은 서로 협력하는 동반자다. 인간은 자연과 함께 사회를 형성하고 사회를 지탱한다. 인간의 힘만으로는 사회를 세울 수도 사회를 유지할 수도 없다. 그러므로 생태주의 철학은 자연을 인간보다 아래로 내려다보면서 지배의 대상으로 삼는 '인간중심주의'를 거부한다. 자연을 인간보다 하위에 두고 지배하려는 인간중심주의는 어떤 판단기준에서 나온 생각일까? 인간에게는 이성이 있지만 자연에게는 이성이 없다고 단정하는 것이 인간중심주의의 출발점이다. 그러나 생태주의 철학에 따르면 이성은 인간과 자연 사이의 우열을 판단하는 기준이 될 수 없다. 이성을 인간에게만 있는 고유한 속성으로 인정한다고 해도, 인간에게 없는 자연의 고유한 속성 또한 인정해야 한다는 것이 생태주의 철학의 판단기준이다.

자연은 인간의 의식주 생활에 필요한 물질적 요소를 공급해준다. 자연은 고운 꽃빛의 씨실과 맑은 향기의 날실로 평화의 옷을 직조하여 인간의 마음에 입혀준다. 생태주의 철학에 따르면 인간은 '돈'으로 살 수 없는 혜택을 자연으로부터 부여 받고 있다. 이 엄연한 진실을 인간은 까맣게 잊고 살아간다. 생태주의 철학은 인간이 걸어가야 할 진정한 이성의 길을 가르쳐준다. 그 길은 자연이 베푸는 은혜에 대한 보답으로써 물 · 공기 · 흙의 생명력을 보호하고 동식물의 생명권生命權을 지켜주는 것이다. **이성의 힘으로 자연을 지배하려는 반이성적反理性的 태도를 지양하고 자연과 인간이 서로 도움을 주고받는 상호부조의 사회를 지향하는 것이다.**

인간과 자연이 상호부조의 관계를 지속적으로 맺어가려면 인간은

표트르 알렉세예비치 크로포트킨(1842~1921) 러시아 출신의 지리학자, 철학자, 아나키즘 운동가다. 그의 저서 《만물은 서로 돕는다Mutual Aid, a Factor of Evolution》는 '상호부조론'을 통하여 생태주의 철학의 발전에 긍정적 영향을 주었다.

자연을 부속물로 여기는 것이 아니라 독립적 세계로 인정해야만 한다. 나무, 새, 꽃, 풀 등을 각각 독립적 존재로 존중해야만 한다. 프랑스의 해체주의 사상가 자크 데리다의 견해와 같이 풀과 꽃과 새와 나무를 각각 나와 다른 존재인 '타자他者'로 보아야만 한다. 자연과 인간은 태생적인 능력도 다르고 생태계 안에서 갖는 역할도 다르다. 타자인 자연과 인간의 '차이'[219]를 인간이 긍정할 때에 자연의 '존재 그 자체'를 있는 그대로 인정할 수 있고 자연의 능력과 역할을 존중할 수 있다.

자연에 대한 이해와 긍정과 존중이 이루어진다면 인간과 자연의 '사이'는 어떻게 변할까? 동등한 수평관계를 유지하면서 자연은 인간에게 변함없이 은혜와 혜택을 베풀고 인간은 자연을 아낌없이 돌보고 보살피는 조화로운 상호관계를 이룰 수 있다. 러시아의 사상가 표트르 알렉세예비치 크로포트킨! 그는 '만물은 서로 돕는다'[220]는 상호부조의 원리를 믿었다.[221] 그의 신념과 같이 인간은 '만물이 서로 돕는' 서클 속에 참여할 수 있다. 인간은 자연과 함께 상호부조의 네트워크를 만들어갈 수 있다. 크로포트킨의 사상에 비추어 본다면 인간이 자연의 생식능력과 자정능력을 보호하기 위해 정성을 기울이는 것이 상호부조의 그물망을 튼실하게 가꾸는 인간의 길이다.

'자연'을 있는 그대로 바라보면서 자연을 타자로 존중하는 정신! 그것이 시인 이백의 정신이다. 자연과의 차이를 이해하면서 자연이 베푸는 은혜의 손길에 고마워하는 마음! 그것이 시인 이백의 마음이다. 자연의 도움에 대한 보답으로 자연의 생명을 소중히 아끼고 보살피는 손길! 그것이 시인 이백의 삶이다. 생태주의 철학이 이야기하는 아름다운 인간의 삶이 이백의 시로 표현되고 있다.

가을 물 보고
백로가 내려와서
마치 흰 서리 날리듯
내려와서
마음 한가함인가,
얼마 동안 가지 않고
물가 모래 위에
홀로 서 있다.[222]

– 이백의 시 〈백로〉전문. 이원섭 옮김

오언절구五言絶句의 시 〈백로白鷺〉에서 '백로'는 '흰 서리 날리듯 내려온' 생명체다. 활짝 펼친 날개를 접어 물가에 내려앉는 백로는 새하얗게 폴폴 날리는 '서리'가 지상으로 하강하는 풍경을 떠오르게 한다. 시인은 백로의 움직임을 관찰한다. 백로의 '마음이 한가하다'고 판단하는 것은 인간이 자신의 주체 속에 가둬 둔 백로를 해방하였음을 뜻한다. 철학자 자크 데리다가 말한 것처럼 시인은 자기중심적인 생각에 집착해왔던 주체를 '해체'[223] 한 것이다. 주체가 해체되면서 백로는 인간의 자기중심적인 생각으로부터 벗어난다. 이 때, 백로는 인간의 주관 속에 갇혀 있는 '대상'이 아니라 인간의 주관적 관념으로부터 해방된 타자他者의 본래 모습을 되찾는다. 자크 데리다가 강조했던 바로 그 '타자'가 기억나는가? 백로는 인간과는 다른 독립적인 존재가 되어 인간과 마주 보는 수평적 위치에서 '홀로 서' 있다.

자크 데리다가 자연을 '타자'로 존중한 것처럼 시인도 백로를 '나'와는 다른 독립적인 존재로 인정한다. 생태주의 철학에서 얘기하듯이 백로는 '인간'인 시인과는 다른 기질, 다른 능력, 다른 역할, 다른 존재양식을 갖고 있다. 데리다가 말했던 '차이'가 백로와 시인 사이에 뚜렷하다. 시인은 이 차이를 인정할 수밖에 없다. 시인은 백로를 인간에게 종속된 대상으로 보지 않는다. 시인에게는 백로가 시를 짓기 위한 소재도 아니고 창작의 도구도 아니다. 그는 '백로'만이 갖고 있는 백로의 고유한 속성을 존중하기 때문이다. 이렇게 백로의 입장에서 백로만이 갖고 있는 것들을 이해하려고 노력하다 보니 '마음이 한가한' 백로의 삶에 공감이 가는 것이 아닐까? 인간과 자연 사이의 차이를 인정하다 보니 어느새 시인의 마음속에는 백로를 같은 마을의 주민처럼 반가워하는 유대감이 백합처럼 피어나고 있다.

'물가 모래 위에 홀로 서서' 한가로운 삶을 누리는 백로! 흰 서리 날리듯 눈부신 날개를 퍼덕이는 백로의 순결한 행복! 백로의 이 행복이 잠시 스쳐 지나가는 순간에 불과한 것일지라도 시인에게는 그 행복을 지켜 주고 싶은 마음이 간절해 보인다. 백로는 '지구'라는 집에서 인간과 함께 도움을 주고받으며 살아가는 '상호부조'의 파트너이기 때문이다. 크로포트킨이 말한 것처럼 '만물이 서로 돕는' 상호부조의 관계를 인간과 자연이 변함없이 유지해나갈 때에 지구는 모든 생명의 행복한 집이 될 것이다. 본래 '생태'를 의미하는 에코eco라는 낱말의 어원은 '집'이라는 뜻을 가진 그리스어 오이코스Oikos임을 기억하자!

> "상호부조야말로 상호투쟁과 맞먹을 정도로 동물계를 지배하는 법칙이라고 말해도 무리가 없는 듯하다. 아니, 진화의 한 요인인 상호부조는 어떤 개체가 최소한의 에너지를 소비하면서 최대한 행복하고 즐겁게 살 수 있게 해준다. 게다가 종種이 유지되고 더 발전하도록 보증해주면서 그러한 습성과 성격을 발전하게 해주기 때문에 어쩌면 상호투쟁보다 더욱 중요할 수도 있다."[224]
>
> – 표트르 알렉세예비치 크로포트킨의 《만물은 서로 돕는다》 중에서

 행동을 이끄는 교양

"아무리 바라봐도 싫지 않은 것, 오직 저기 저 경정산 그뿐."

– 이백의 《이백 시선》(이원섭 옮김. 현암사) 중에서

3장

사느냐
죽느냐

'후마니타스'의 시각으로 바라보는 이성의 길

_ 윌리엄 셰익스피어의 《햄릿》

영국의 국민 작가,

윌리엄 셰익스피어(William Shakespeare, A.D. 1564~1616)

잉글랜드 중부에 위치한 스트랫퍼드 어폰 에이번에서 출생한 셰익스피어. 세계인들이 인정하는 영국의 '국민 작가'다. 그는 희곡과 연극의 현대화에 기여하였고 '소네트'를 통하여 시의 예술적 완성을 이루었다. 풍족한 환경 속에서 다양하고 우수한 교육의 자원들을 공급받았던 셰익스피어. 그는 10세를 전후하여 성서, 고전, 라틴어, 문법, 문학, 수사학, 논리학 등을 부지런히 탐구하였다. 풍부한 지식들이 천부적 글쓰기 능력과 섬세한 감성과 결합하여 그를 영국의 대문호로 성장시켰다. 셰익스피어의 문학에서 중심의 위치를 차지하는 것은 희곡이다. 1623년 초판 전집이 출간된 후에 그의 희곡은 비극과 희극과 역사극으로 나뉘어 전해져 왔다. 셰익스피어의 대표 저서는 '4대 비극'으로 알려진 《햄릿 Hamlet》, 《오셀로》, 《맥베스》, 《리어왕》과 또 다른 비극 《로미오와 줄리엣》 그리고 희극 《베니스의 상인》이다.

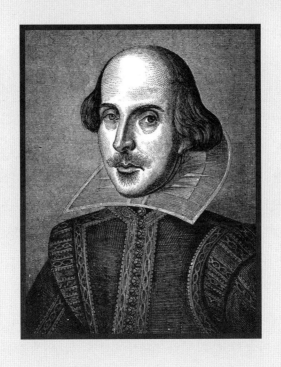

아름다운 인간성의 등불, 《햄릿》

세계인들을 대상으로 윌리엄 셰익스피어의 대표적 작품을 손꼽으라고 앙케이트 조사를 실시한다면 단연 1위에 오를 작품이 희곡 《햄릿》이다. 1603년에 출간된 이 작품의 원제는 '덴마크 왕자 햄릿의 비극'이다. 연극사演劇史에서 거의 최초로 극중인물의 '성격'과 '개성'을 리얼하게 부각시킨 비극이자 연극의 현대성을 구현한 작품으로 평가받고 있다. 덴마크 왕자 햄릿은 종교개혁의 발상지이자 덴마크 청년들이 유학을 가장 선호하는 독일의 '비텐베르크'에서 선진 학문을 배워올 정도로 해박한 지식과 명석한 두뇌를 겸비한 인물이다. 유령이 되어 나타난 부왕으로부터 자신을 살해하고 왕위를 빼앗은 동생 '클로디어스'에게 복수해달라는 부탁을 받은 햄릿. 그는 '인간다움'의 의미와 가치에 대하여 끊임없이 고민하는 청춘의 인생길을 걸어간다. 삼촌 클로디어스의 불의不義로 인하여 어두워진 덴마크 땅에 정의正義의 등불을 밝히려는 햄릿. 그의 고뇌가 아름다운 인간성의 빛을 발한다.

성격극性格劇의 모델, 햄릿의 냉철한 응징의 길

16세기 덴마크 왕국. '햄릿 왕'이 갑작스럽게 세상을 떠났다. 예기치 않았던 그의 죽음으로 덴마크 전역은 혼란에 빠져든다. 선왕의 뒤를 이어 그의 동생인 '클로디어스'가 왕위에 올라 동요하는 덴마크 국민의 불안한 마음을 안정시키기 위해 온갖 노력을 다한다. 형을 잃은 슬픔으로 눈시울이 붉게 물들었다가도 언제 그랬느냐는 듯 입가에 밝은 미소를 띠고 근엄한 목소리로 자신의 위세를 과시한다. 클로디어스가 즉위하자마자 신하들 앞에서 펼치는 연설을 들어보자.

"친애하는 과인의 형님 햄릿의 죽음이/ 아직 기억에도 새로우며, 슬픈 가슴 안고/ 이 나라 전체가 비탄의 얼굴 일색으로/ 모두 찌푸리고 있음이 합당할 테지만,/ 지금까진 분별심이 우애심과 싸운 결과,/ 과인은 가장 현명한 슬픔으로 형님을 생각하며,/ 우리 자신들도 잊지 않았소./
그래서, 전에는 형수요 지금은 왕비인,/ 전운 감도는 이 나라의 왕권 분담자를/ 과인은 이를테면 꺾어진 기쁨으로,/ 한 눈은 행복에 또 한 눈은 수심에 차,/ 장례에 축가를 혼례에 만가를 부르듯,/ 환희와 비탄을 꼭 같은 무게로 달면서/ 부인으로 삼았소. 또 과인은 이 일에서/ 경들의 뛰어난 지혜를 막지 않았고/ 혼사에 기꺼이 반영했소. 모두 고맙소."[225]

– 윌리엄 셰익스피어의 《햄릿》(최종철 옮김. 민음사) 중에서

그는 왕위 계승의 정당성을 은근히 강조하면서 신하들의 열망에 의해 선왕의 왕비였던 형수를 새 왕비로 맞이하게 되었노라고 합리화한다. 하지만 고인이 된 햄릿 왕에게는 아들이 있었다. 주인공 '햄릿' 왕자다. 전제군주제 국가에서 선왕의 왕위는 '세자'인 그의 아들에게 계승되는 것이 일반적이다. 그러나 16세기 덴마크는 세습제가 아닌 '투표 군주제'를 실시했다. 왕정 체제의 덴마크이지만 그곳에도 의회가 있었고 이 국가의회의 대의원들에 의해 투표로 국왕이 선출되었다. 햄릿 왕자는 다년간 신성로마제국의 비텐베르크에서 유학 생활을 하다 보니 대의원들을 움직이는 영향력은 숙부인 클로디어스가 쥐고 있었다. 형과 동생 사이일지라도 정치적으로는 선왕과 경쟁 관계에 있었던 그에게 왕위를 차지할 절호의 기회가 찾아온 것이다. "경들의 뛰어난 지혜를 막지 않고 혼사에 반영했다"고 밝혔듯이 유능한 정치가 클로디어스는 대의원들의 강력한 권고와 희망에 부응하여 못 이기는 척 자신의 형수 '거트루드'를 왕비로 맞이한다. 그러나 사실은 형이 살아 있을 때부터 호시탐탐 형의 왕위와 형수에게 눈독을 들이고 있었다. 그는 탐욕의 노예였기 때문이다.

클로디어스는 명석한 두뇌의 소유자이지만 욕망을 채우기 위해 그 좋은 머리를 인간적인 방향보다는 비인간적인 쪽으로 서슴없이 사용하는 인물이다. 숙부의 비열한 성향을 어느 정도는 알고 있는 사람이 그의 조카 햄릿이다. 그는 클로디어스처럼 우수한 지능을 갖고 있으면서도 숙부가 조카에게 평소에 느끼지 못했던 섬세한 감성과 예민한 감각을 가진 청년이다. 그렇게 선천적인 감수성을 지닌 햄릿이 아버지의 갑작스런 죽음과 예전부터 알고 있던 친삼촌의 욕망

사이에 추악한 함수관계가 있다고 의심을 품는 것은 당연하다. 게다가 햄릿은 클로디어스에게는 전혀 찾아볼 수 없는 정의감으로 똘똘 뭉친 사람이다. 지성과 감성뿐만 아니라 도덕성까지 갖춘 인물이다. 유학을 마치고 본국으로 귀환하면서부터 햄릿의 가슴에서 아버지의 죽음에 대한 의심의 불꽃이 피어오르는 것은 그의 인간 됨됨이로 볼 때 매우 자연스러운 현상으로 보인다. 아버지를 잃은 슬픔이 채 가시지도 않았는데 숙부와 결혼식을 올린 어머니를 바라보는 아들의 심정이 어땠을까? 햄릿의 침통한 목소리를 들어보자.

> "약한 자여, 네 이름은 여자로다. 불과 한 달, 가엾은 아버님의 시신을 니오베처럼 울며불며 따라갈 때 신었던 그 신발이 닳기도 전에 ―아니, 그녀가― 오 하느님, 이성 없는 동물이라 할지라도 더 오래 슬퍼했으련만―헤르쿨레스와 내가 다르듯이, 아버지와는 생판 다른 내 삼촌―아버지의 동생과 결혼했어. 한 달 안에, 쓰라려 불그레한 그녀의 눈에서 가장 부정한 눈물의 소금기가 가시기도 전에 결혼했어―오 최악의 속도로다!"[226]
>
> ― 윌리엄 셰익스피어의 《햄릿》(최종철 옮김. 민음사) 중에서

남편의 장례를 치른 지 '불과 한 달'만에 시동생의 아내가 되어 또다시 왕비의 자리를 고수하는 어머니. 그리스 신화의 니오베[227]처럼 슬픔의 화신이 되어 다른 남자에게는 눈길조차 주지 않을 것만 같았던 거트루드. '그녀'를 바라보면서 햄릿은 자신의 쓸쓸한 마음을 위와 같이 고백하고 있다. 남편과 아들에 대한 인륜을 저버린 것을 비

판하는 냉소적인 독설毒舌이 쏟아진다. "약한 자여, 네 이름은 여자로다"라는 햄릿의 독백에서는 어머니를 향한 연민도 느껴진다. 황후의 자리에 집착하는 욕망 때문에 흔들리는 여자의 마음과 새로운 왕의 권력 앞에 굴복하고 마는 '약한 여자'의 신세를 가련하게 여기는 눈길이 보인다. 그러나 친삼촌과 어머니의 혼인은 햄릿의 뇌리에서 서서히 두 번째의 관심사로 밀려난다.

형의 왕위와 자질을 몹시 질투했던 숙부의 마음을 잘 알고 있는 햄릿. 어느 날 밤 그에게 부왕의 유령이 홀연히 나타난다. 그는 동생 클로디어스가 자신의 귀에 끔찍한 독약을 흘려 넣어 목숨을 앗아갔다는 진실을 아들에게 고백한다. 지울 수 없었던 숙부에 대한 의심이 확신으로 변해간다. 원수를 갚아달라고 힘주어 부탁하면서도 왕비 거트루드만은 지켜달라고 당부하는 부왕. 그에게서 사건의 전모를 파악하게 된 햄릿은 복수를 계획한다. 당직 근무 중이던 근위 대원 '마셀러스'와 '바나도' 그리고 절친인 '호레이쇼'에게 아버지의 유령을 만났다는 사실을 비밀로 지켜달라고 부탁한다. 숙부가 눈치를 채지 못하도록 미친 사람처럼 행동하면서 서서히 복수의 프로젝트를 가동하기 시작한다.

햄릿은 연인 '오필리아'의 사랑마저도 거부할 정도로 광인처럼 행동하면서 클로디어스와 폴로니어스의 의심을 벗어난다. 오필리아를 사랑하면서도 그녀의 사랑을 받아줄 수 없는 이유는 분명하다. 덴마크의 재상이자 오필리아의 아버지 폴로니어스는 클로디어스를 적극적으로 돕는 숙부의 하수인이나 다름없다. 또한, 햄릿이 오필리아의 사랑을 받아준다면 미친 사람처럼 연기하고 있는 것이 거짓으로 들통 날 터이니 그럴 수도 없는 형편이다. 그녀에겐 무척 미안하고 안타까운 일이지만 일단 광인의 행세로 적들의 의심을 피한 햄릿은 연극 배우들을 궁정으로 불러들여 〈쥐덫〉이라는 연극을 공연한다. 클로디어스에게 '쥐덫'을 놓으려는 의도다. 어떤 쥐덫일까? 숙부가 부왕을 의도적으로 살해하였는지를 직접 확인하고 싶었던 햄릿은 숙부와 어머니를 초청하여 연극을 관람하게 한다. 아버지의 유령이 들려준 이야기대로 형의 귀에 독약을 흘려 넣는 동생의 역할을 주연배우에게 맡기고 그의 연기를 지켜보는 클로디어스의 얼굴을 살핀다. 숙부의 표정이 고통스럽게 굳어져가는 것을 포착한 햄릿은 아버지의 말씀이 사실이라는 확신을 얻게 된다.

더는 복수를 미룰 수 없게 된 햄릿은 클로디어스를 제거하기 위해 찾아갔지만 기도하고 있는 그의 모습을 뒤에서 바라보고는 살해하려는 손길을 거둔다. 기도하는 사람을 죽이게 되면 죽임을 당한 사람의 영혼이 천국으로 향한다는 기독교의 관습이 떠올랐기 때문이다. 클로디어스의 천국행을 막기 위해 뽑아들었던 칼을 다시 집어넣은 것이다.[228] 다수의 문학연구가들에 의해 우유부단한 인물로 해석되고 있는 햄릿의 인간상과는 매우 다른 모습이다. 어머니 거트루드를 앞에 세워 놓고 정면으로 비판하다가 커텐 뒤에 숨어서 그들의 대화를 엿듣던 남자를 미련 없이 칼로 찔러 살해하는 단호한 남자! 그가 바로 햄릿이다. 그런데 분노의 화염이 이글거리는 왕자의 칼에 찔린 사람은 클로디어스가 아니라 폴로니어스였다. 그가 누구인가? 연인 오필리아와 그녀의 오빠 레어티스의 부친이 아닌가? 햄릿은 숨어서 엿듣던 사내를 클로디어스로 알고 보복의 칼을 휘두른 것이다.

그만큼 복수를 결행하려는 햄릿의 결단과 의지는 번득이는 칼날처럼 단단하고 견고했다. 그는 갈대와 같이 쉽게 흔들리는 인물이 아니었던 것이다. 셰익스피어의 희곡과 연극이 성격극性格劇의 효시로서 현대극의 출발점이 되었다는 평가에서도 알 수 있듯이 햄릿은 성격과 인물의 전형이다.

사태가 심상치 않다고 판단한 클로디어스는 드디어 햄릿을 제거하려는 계략을 꾸민다. 폴로니어스가 자기 대신 죽음을 당하기 이전부터 그 음모는 진행되어 왔다. 그러다가 오른팔 역할을 하던 폴로니어스가 비참한 죽음을 맞이한 후에는 계획을 더 미루지 않고 실행에 옮긴다. 클로디어스는 폴로니어스를 살해한 죄과를 물어 햄릿을 영국으로 추방한다. 로젠크란츠와 길든스턴을 수행원으로 삼아 햄릿을 동행하게 한다. 이 두 사람은 햄릿의 옛 학교 친구들이지만 지금은 등을 돌려 클로디어스의 충실한 사냥개 역할을 하는 자들이다. 영국의 왕에게 햄릿을 만나자마자 살해하라는 밀서를 수행원을 통해 딸려 보낸 클로디어스. 그러나 다행히도 밀서 안에 담긴 음모를 미리 알아버린 햄릿은 밀서의 내용을 로젠크란츠와 길든스턴을 죽이라는 것으로 변조하여 영국으로 향한다.

항해하던 중에 해적선을 만나 싸움의 소용돌이에 휘말린 햄릿은 해적들과 '접전 중에 혼자 포로가 되고'229 말았다. 그러나 햄릿이 덴마크 왕자라는 사실을 알게 된 해적들은 그를 진심으로 예우하면서 덴마크로 귀환하는 길을 안내한다. 한편, 클로디어스의 음모를 실행하는 로젠크란츠와 길든스턴은 해적들과 싸움이 벌어질 때 그 틈바구니를 스르르 빠져 나가 영국으로 향했다. 두 사람은 어리석게도 죽음의 땅을 향해 인생의 종지부를 찍으러 가고 있었던 것이다. 밀서를 손에 넣은 햄릿이 먼저 선수를 치고 말았으니……. 강인한 의지와 함께 햄릿의 명석한 두뇌까지도 엿볼 수 있는 사건이다.

한편, 오필리아는 햄릿에게 실연의 상처를 받고 아버지마저도 그의 칼에 죽음을 당하자 광증에 사로잡혀 이곳 저곳을 헤매다가 익사하고 만다. 아버지와 누이의 사망 소식을 접한 레어티스는 햄릿에게 가족의 원한을 갚아줄 순간만을 손꼽아 기다린다. 복수의 여신 네메시스가 햄릿에 이어 이제는 레어티스를 충동질하나 보다. 때를 기다리던 레어티스는 오필리아의 장례식에 나타난 햄릿과 심하게 다툰다. 충분히 예상했던 불상사를 통하여 또 다른 음모를 만들어내는 악인 클로디어스! 그는 레어티스의 복수심을 이용하여 자신의 옷자락에 피 한 방울 묻히지 않고 손쉽게 햄릿을 제거하려고 한다. 그는 두 젊은이의 동의를 얻어 결투에 합의하도록 이끈다. 그리고 클로디어스는 햄릿을 죽이기 위해 독을 바른 칼을 레어티스에게 건네준다. 그러나 레어티스가 패배하여 햄릿의 몸에 독이 스며들지 못한다면 클로디어스는 또 어떤 묘수를 쓸까? 워낙 교활한 인물이므로 만일의 경우에 대비하여 철저히 작전을 짜 두었다. 햄릿이 승리한다면 그에게 축하의 뜻으로 건네줄 술잔 속에 독을 섞어 놓은 것이다.

클로디어스의 계산대로, 레어티스의 독 묻은 칼은 햄릿을 찌르고 만다. 이대로 승부가 가려지는가 싶었지만 햄릿은 민첩하게 레어티스의 칼을 빼앗아 그의 몸을 찌른다. 결투가 벌어지는 동안, 왕비 거트루드는 햄릿을 살해하려고 마련된 독배를 영문도 모른 채 마시고는 쓰러져 버린다. 독이 스며들어 서서히 죽어가는 레어티스는 햄릿에게 "끝 곧고 독 묻은" 칼에 찔려서 왕자의 "몸 안에 반 시간의 생명도 안 남았다"고 말해준다.[230] 그리고 이 모든 '흉계의 책임'이 클로디어스에게 있다는 비밀도 들려준다. 그 순간, 햄릿은 레어티스의 독 묻은 칼로 눈 깜짝할 사이에 클로디어스의 몸을 찌른다. 악인의 피와 살 속에 독이 번져간다. 결국은 클로디어스뿐만 아니라 거트루드와 레어티스 그리고 햄릿까지도 숨을 거둔다. 죽음의 도미노 현상인가? 사슬처럼 이어지는 극중 인물들의 죽음은 셰익스피어의 희곡 《햄릿》이 '비극'이라는 것을 실감나게 한다.

그러나 《햄릿》이 셰익스피어의 대표적 비극이자 영국문학의 대명사처럼 불리는 것은 이 작품의 문학성이 타의 추종을 불허할 만큼 뛰어나기 때문이다. 그 드높은 문학성에 대해서는 수많은 영문학자들이 헤아릴 수 없이 많은 연구논문과 저서를 통해 다양하고 폭넓은 해석을 보여주었다. 《지식과 교양》의 저자는 두 번째 단원에서 햄릿의 성격을 르네상스 시대의 인문주의가 표방하는 '인간다움'의 관점으로 바라보려고 한다. '인문주의'라는 이름은 본래 라틴어 '후마니타스humanitas'[231]와 '스튜디아 후마니타티스Studia humanitatis'에서 유래하였다. 후마니타스는 인간다움을, 스튜디아 후마니타티스는 인간다움에 대한 연구 혹은 공부를 의미한다. 14세기 이후 햄릿의 시대에 이르기까지 수많은 인문주의자들이 추구했던 '인간다움'을 실현하는 휴머니즘의 모델로 햄릿을 이해해보자. 우리는 진정한 인간의 참모습에 조금 더 가까이 다가갈 수 있을 것이다.

중세의 권위적 세계관을 극복하는 햄릿의 '르네상스'적 세계관

"사느냐 죽느냐, 그것이 문제로다." 이 유명한 독백은, 부왕을 독살한 숙부의 교활한 악행을 알게 되고 복수를 결심하였지만 응징의 행동을 즉각 실행한다는 것이 그렇게 간단한 문제가 아님을 암시하고 있다. '투표 군주제'를 통하여 모든 대의원의 의견이 수렴된 끝에 클로디어스가 국왕으로 뽑히지 않았는가? 정당한 제도적 절차를 통하여 선출된 국왕을 개인적 복수심에 의해 제거하려고 한다는 것은 오히려 햄릿에게 반역죄의 올무를 씌울 수 있는 명분을 숙부에게 제공할 수도 있다. 왕위를 찬탈한 클로디어스의 범죄를 증명할 증거를 제시하는 것도 어려운 일이다. 그 증거를 햄릿이 공개한다고 해도 신하들로 구성된 모든 대의원이 인정할 수 있는 객관성을 지녀야만 한다. 다행스럽게 클로디어스의 죄악이 밝혀져서 국법으로 그를 단죄한다고 해도 선왕의 죽음 이후 왕위의 공백에 따른 정치적 혼란 상태가 매우 길어질 것이 분명하다. 국력이 약화되어 유럽의 각국으로부터 침략을 받을 수 있는 우려도 증가하게 된다.

그러나 무엇보다도 염려스러운 것은 햄릿 자신이 국법과 의회의 공적 절차를 통하여 숙부를 처벌하려는 것이 아니라 오로지 자신의 인간적 판단과 정의감에 의해 개인적으로 그를 응징하려고 한다는 점이다. 아무리 '인간성'에 호소한다고 해도 개인적 보복은 또 다른 범죄를 낳게 마련이다. 햄릿 자신도 '죄'로부터 자유로울 수 없는 상황에 이른다. 햄릿이 클로디어스를 처단하기로 결심한 이후에도 "사느냐 죽느냐, 그것이 문제로다"라고 외마디를 던지는 데에는 이렇게 복잡미묘한 상황에 따른 깊은 고민이 깔려 있는 것이다. 고뇌할 수밖에 없는 갈등의 벽에 부딪친 것이다.

　그러나 이와 같이 복잡한 상황에 놓인 햄릿을 우유부단한 남자라고 단정 짓는 것은 다소 편협한 해석이라는 것을 앞에서 말한 바 있다. 햄릿은 어머니 거트루드와의 언쟁을 휘장 뒤에서 엿듣는 폴로니어스를 클로디어스로 오인하여 가차 없이 칼로 찔러 살해했었다. 영국 왕에게 보내는 클로디어스의 밀서를 조작하여 로젠크란츠와 길든스턴을 자기 대신에 죽게 만들고도 아무런 미련이 없었던 남자가 햄릿이다. 유약하기보다는 결단력이 강한 젊은이의 기개가 그의 행동에서 뚜렷이 드러난다.

　"사느냐 죽느냐, 그것이 문제로다"라는 햄릿의 말 속에는 갈등과 고뇌보다 더 큰 가치를 부여할 수 있는 인생의 의미가 담겨 있다. 그는 단지 '사는 것'의 이유를 자신의 복수에만 집중시키는 걸까? 그렇지는 않다. 목숨이 끊어지는 순간까지도 최선을 다해 자신의 인생을 '살아내야만' 하는 필연적 이유를 말하고 싶은 것이다. 죽는 것보다는 사는 것이 더 중요한 햄릿의 필연적 이유를 한 번 생각해보자. 마르틴 루터의 프로테스탄티즘이 정착한 비텐베르크에서 개신교 신학뿐만 아니라 르네상스 시대의 인문주의를 폭넓게 익혀온 햄릿. 그는 덴마크의 어느 젊은이도 따라오기 힘든 해박한 지식을 소유하고 있고 철학적 사고능력이 뛰어난 이성적 인간이다. 햄릿이 섬세한 감성과 뜨거운 정열의 소유자라는 것을 부인할 수는 없지만 희곡의 대사에 귀를 기울이다 보면 감성보다는 이성의 냉철함이 번득이는 그의 독백들이 훨씬 더 많이 울려 나온다.

셰익스피어가 창작한 영어 원문 "To be or not to be"를 "사느냐 죽느냐"로 옮기든, "존재하느냐 마느냐"로 옮기든, 어떤 식으로 번역하든지 햄릿의 입장에서는 죽는 것보다는 사는 것에 더 큰 의미를 두고 있다. 존재하지 않는 것보다는 존재하는 것에 더 중요한 의미를 부여하고 있다. 그가 최후의 순간까지도 최선을 다해 자신의 인생을 '살아내야만' 하는 존재의 이유 속에는 매우 이성적이고 철학적인 의미가 담겨있다. 사느냐 죽느냐? 존재하느냐 마느냐? 하는 두 갈래의 갈림길에 서면 결국은 '사는 것'과 '존재하기'를 선택할 수밖에 없다. 사악한 어둠 속에 묻혀버린 진실을 파헤쳐서 덴마크 하늘 아래 밝게 드러내고 그 진실의 힘으로 불의不義를 이겨내는 것이 삶이며 존재하기 때문이다. 진실과 정의를 추구하는 햄릿의 인간성은 어머니 거트루드와의 대화에서도, 숙부 클로디어스의 자질과 인격에 대한 평가에서도 분명히 드러나고 있다.

"아니, 그러고도 타락에 푹 절어, 역한 돼지우리 속에서 아양 떨며 구애하고, 추한 땀 기름 묻은 침대에서 살아요!"[232]

'역적 같은 욕정'[233]에 사로잡힌 여자라고 쏘아 붙이는 것도 부족했던 모양이다. 어머니를 향해 점점 더 경멸스런 쓴소리의 강도를 높여가는 햄릿. 그는 거트루드의 아들이기 이전에 '인간'으로서 어머니의 비인간적 인생을 비판하고 있는 것이다. 남편과의 사랑을 망각의 늪에 묻어버리고 욕정의 노예로 전락한 어머니는 '인간' 햄릿의 눈으로 바라보기에는 인간다움을 배반한 속물이다. 이제는 비인간적

인간들로 구성된 릴레이 팀의 선두 주자로서 손색이 없는 클로디어스를 향해 시선을 돌려볼까?

> "살인자에 악당 놈, 당신(거트루드) 전 주인(전 남편)의 백분의 일만도 못한 놈. 악한 왕의 본보기며, 선반에 올려놓은 귀중한 왕관을 훔쳐, 제 주머니에 처넣은 국가와 통치권의 소매치기—쓰레기 넝마 같은 놈의 왕—"234

어머니를 겨냥한 비판의 화살이 이제는 숙부의 인생의 과녁을 향해 날아간다. 거트루드와 대화를 나누던 햄릿은 클로디어스의 인간됨됨이와 국왕으로서의 자질을 위와 같이 혹독하게 평가절하한다. 맹자가 주장한 것처럼 "민심民心을 천심天心"으로 생각하면서 백성의 삶을 적극적으로 도우려는 왕도정치王道政治의 길을 걸어가려고 노력했던 임금이 햄릿의 아버지였다. 그러나 클로디어스는 이러한 성군聖君의 발뒤꿈치에도 못미치는 사이비 임금이라는 것을 햄릿은 분노에 찬 목소리로 선포한다. '백분의 일만도 못한 놈'이라는 비난 속에는 숙부에 대한 인간 이하의 평가 점수가 고스란히 담겨 있다. 클로디어스는 제왕의 옥좌에 눈이 멀어 인간의 기본적 윤리를 짓밟은 악당일 뿐이다. 아무리 좋게 평가한다고 해도 '소매치기'의 등급을 벗어날 수 없는 '쓰레기 넝마 같은' 불한당이라는 것이다.

> "압제자의 잘못, 잘난 자의 불손, 경멸받는 사랑의 고통, 법률의 늑장, 관리들의 무례함……"235

햄릿은 인간을 인간답게 만드는 생각과 행동으로부터 동떨어진 모습들을 위와 같이 비판하고 있다. 백성의 마음을 살피고 백성의 형편을 도우려는 노력보다는 무소불위의 권력으로 그들을 '압제'하여 사리사욕의 탑을 쌓아가는 '잘못'. 그것을 햄릿은 인간다움으로부터 등을 돌린 임금의 비인간적 정치라고 생각한다. 사람들로부터 똑똑하다고 인정받는 인재가 일상생활에서 만나는 수많은 이들을 안하무인으로 대하는 '불손'. 그것을 햄릿은 인간다움을 그르친 지식인의 비뚤어진 지성이라고 믿는다. 죄를 지은 갑부로부터 받은 거액의 뇌물 때문에 마음이 흔들려서 죄 없는 서민에게 죄의 멍에를 씌울 구실을 찾느라고 '법률'에 따른 공정한 판결을 유보하는 재판관의 '늑장' 대처. 그것을 햄릿은 인간다움의 법전法典을 찢어버린 법조인의 망가진 양심이라고 단정한다. 백성을 하찮게 여기고 착취의 대상으로 이용만 하는 관리들의 '무례함'. 그것을 햄릿은 인간다움을 저버린 관리의 비인간적 공직公職이라고 규정한다.

위와 같이 다양한 지위와 계층에 속한 사람들의 비인간적인 생각과 행동을 햄릿은 가차 없이 비판한다. 그의 거침없는 독설로부터 우리는 그가 '인간답다'고 생각하는 인생에 대하여 계속해서 고민해왔으며 '인생'이라는 꽃밭에서 '인간다움'이라는 꽃을 피우기 위해 노력해왔다는 사실을 알 수 있다. 거트루드와의 대화, 클로디어스의 인격과 자질에 대한 평가, 덴마크 사회에 대한 비판 등을 통하여 우리는 햄릿이 이기적 욕망 때문에 배신과 부정을 서슴지 않는 타락한 인간을 혐오한다는 것을 알 수 있다. 우리는 그가 관습과 인습에 얽매이지 않는 자유로운 인간임을 긍정하게 된다. 우리는 신분의 지위고하를 막론하고 모든 인간의 존엄성과 인격을 존중하는 인간다운 인간의 표상을 햄릿에게서 발견할 수 있다.

《햄릿》을 책으로 읽든 연극공연으로 보든, 독자와 관객은 클로디어스의 허위에 대항하는 햄릿의 진실을, 클로디어스의 권력욕에 맞서는 햄릿의 순수함을, 클로디어스의 불의를 타파하는 햄릿의 정의를 피부로 느낄 수 있다. 그만큼 셰익스피어가 묘사하는 햄릿의 성격이 구체적이고 분명하다. 그는 거트루드와 클로디어스가 갖고 있던 권력 중심의 신분질서와 가톨릭 중심의 중세적 가치관을 극복한 인물이다. 유럽 문명의 새로운 주역인 르네상스와 인문주의의 세계관에 심취하여 신세대의 지식인 그룹에 속한 인물이 햄릿이다. 그는 중세의 지배체제가 약 1천 년 동안이나 유지해왔던 권위적 세계관으로부터 멀어져 있다. 햄릿은 왕자의 신분으로 살아가는 중세적 권력자가 아니다. 르네상스 시대의 인문주의가 추구하는 후마니타스의 가치관에 의해 자유와 진실과 정의 속에서 살고 있는 인간다운 인간, 그가 바로 햄릿이다.

 행동을 이끄는 교양

"압제자의 잘못, 잘난 자의 불손, 경멸받는 사랑의 고통,
법률의 늑장, 관리들의 무례함……."

―《햄릿》(최종철 옮김. 민음사) 중에서

4장

민중의 평등과
자유를 위하여

불평등과 부자유에 맞선 평등과 자유

_ 세르반테스의 《돈 키호테》

유럽 근대문학의 아버지,

미겔 데 세르반테스(Miguel de Cervantes, A.D. 1547~1616)

1547년 스페인의 마드리드 근교 도시 '알칼라 데 에나레'에서 태어난 미겔 데 세르반테스. 그의 아버지는 귀족 출신의 의사였지만 일용직을 면하지 못했기 때문에 부채에 시달리다가 1551년 재산을 차압당하고 투옥되었다. 그 여파로 세르반테스는 유년 시절부터 가난에 시달리며 바야돌리드와 세비야 등 여러 도시를 떠돌아 다녀야만 했다. 그가 정규교육을 받을 수 없던 것도 가난 때문이었다. 독학으로 책을 읽고 글을 쓰던 청년 세르반테스는 1568년 작가 '로페스 데 오요스'의 문하생이 되어 작가의 길에 들어섰다. 해군으로 복무하던 시절에는 해상 전투에서 입은 부상으로 왼손에 장애를 입는 등, 아슬아슬한 인생의 고비를 여러 차례 넘겼다. 그는 세계문학사에서 영국의 윌리엄 셰익스피어와 함께 유럽의 근대문학 시대를 개막한 작가로 평가받고 있다. 세르반테스의 대표 작품으로는 《재치 있는 이달고 라만차의 돈 키호테El ingenioso hidalgo Don Quixote de la Mancha》를 비롯하여 소설 《라갈라테아》(1585)와 다수의 희곡이 있다.

《돈 키호테》, 어떤 작품인가?

장편 소설 《돈 키호테》의 원제는 《재치 있는 이달고 라만차의 돈 키호테》다. 전편은 1605년, 후편은 1615년에 출간되었다. 후편의 제목은 '라만차의 재치 있는 기사 돈 키호테의 다음 부분'이다. 2002년 '노벨 연구소'가 선정한 세계 100대 문학중 1위를 차지함과 동시에 '문학 역사상 가장 위대한 소설'이라는 명예를 얻었다. 주인공인 돈 키호테는 기울어가는 귀족 가문의 후예다. 재산도 많지 않은 까닭에 귀족적인 이미지보다는 오히려 서민적인 이미지가 어울리는 인물이다. 작가 세르반테스의 가정환경이 투영된 모습으로 볼 수 있다. 셰익스피어의 희곡《햄릿》의 주인공 '햄릿'은 고뇌하는 사색형의 인물로 각인되어 있다. 그렇다면 돈 키호테는? 햄릿과는 정반대의 유형인 저돌적인 행동형의 인물로 기억되지 않는가? 물론, 햄릿에게실천적인 행동이 결여되어 있는 것도 아니고 돈 키호테에게 생각의 깊이가 부족한것도 아니다. 다만, 두 인물은 사색과 행동을 대변할 만큼 각각 내면지향적 성격과외부지향적 성격이 유독 강하다. 그러나 햄릿과 돈 키호테의 공통점이 사회적 약자들을 사랑하고 진실과 정의를 추구한다는 점이라는 사실은 부인할 수 없다. 그만큼《돈 키호테》는 《햄릿》과 함께 시대의 사회상과 맞부딪치는 주인공의 '성격'을 강렬하게 부각시킴으로써 근대문학의 효시가 되었다.

《돈 키호테》가 갖는 민중문학의 체험적 배경

유명 작가 로페스 데 오요스의 문하생으로 작가 수업을 받던 세르반테스는 1569년 안토니오 데 시구라와 결투를 벌이다가 그에게 상당한 상해를 입힌 죄목으로 지명 수배를 당한다. 체포된 후 오른손의 절단과 함께 10년간 유배에 처하라는 판결을 받게 되자 이탈리아로 도주를 감행한다. 로마로 도피하여 먼 친척인 추기경 아쿠아비바의 비서가 된 세르반테스는 베네치아에 주둔하던 스페인 해군에 자원입대하였다.[236] 1571년 베네치아와 제노바와 스페인으로 구성된 기독교 연합 해군의 일원이 되어 '레판토' 해전에서 오스만 투르크 해군과 전투를 벌이다가 왼손을 잃었다. '레판토의 외팔이'라는 별명을 얻어 스페인으로 귀국하는 항해 중에 터키 해적에게 포로로 사로잡혀 알제리에서 5년 동안 노예생활을 겪었다. 이처럼 생과 사의 갈림길에서 위험천만한 고비를 가까스로 넘긴 적이 한두 번이 아니었다. 그럼에도 세르반테스가 스페인으로 돌아와서 잠시 접어두었던 작가의 길에 복귀하게 된 것은 인류의 행운이 아닐까? 그가 목숨을 지키지 못했거나 오른손을 잃어버렸더라면 순수한 열정과 과감한 용맹을 겸비한 정의로운 기사 돈 키호테를 만날 수 없었을 테니.

1580년 마드리드로 돌아온 세르반테스는 당시의 심각한 사회문제로 떠오른 참전 군인의 실업 사태에 직면한다. 제2의 가난이 찾아온 것이다. 생활고를 타개하기 위하여 그는 전업 작가의 길을 걷는다. 창작이 생계에 도움이 된다는 보장은 없지만 가장 잘 할 수 있는 일이 '글쓰기' 밖에 없는 것을 어찌하랴? 애초부터 큰 기대는 하지 않았지만 전업 작가의 길은 순탄하지 못했다. 1585년에 발표한 첫 소설 《라갈라테아》는 대중의 관심을 얻지 못했다. 신혼 시절 3년 동안 썼던 20편 이상의 희곡도 문단의 주목을 받지 못했다. 결핍과 실망의 연속이었다. 전쟁에서 가까스로 목숨을 건지고 해적의 노예로 전락하는 등, 인생의 모진 풍파를 넘어 겨우 정착한 작가의 땅에서도 생활고는 여전히 현재진행형이었다. 세르반테스는 전업 작가의 길을 유보하고 또다시 스페인 해군의 일원으로 참여한다. 이번에는 전투병이 아니라 '무적함대'의 식량을 거두고 보급하는 직종에 종사한다. 하지만 훗날의 국민 작가는 불행의 리바이벌을 뼈저리게 경험한다.

해군 보급용 식량을 징발하던 그는 1592년 직권 남용죄를 선고받고 감옥에 수감되었다. 그나마 길지 않은 옥살이를 마치고 자유의 몸이 되었지만 1594년에는 그라나다에서 세금 징수원 업무를 보다가 또 충격적인 피해를 입는다. 그가 징수한 세금을 예치했던 은행이 파산하였는데 하필이면 그 예금을 관리하던 은행원이 도주하는 바람에 결과적으로 세금을 횡령한 죄목을 뒤집어쓰고 감옥으로 돌아갈 수밖에 없었다. 이 정도면 세르반테스의 인생을 '불행의 회전목마'라고 불러도 틀린 말은 아닐 것이다. 고생 끝에 수감 생활을 마치고 자신의 터전인 '세비야'로 돌아왔지만 그의 대명사 돈 키호테가 탄생하기 전까지 그는 이 회전목마를 타고 가난의 광풍 속을 돌고 또 돌아야만 했다.

"눈물 젖은 빵을 먹어 보지 않은 이/ 근심에 찬 여러 밤을/ 울며 지새워 보지 않은 이/ 그대들을 알지 못하리, 천상의 힘들이여."[237]

《파우스트》의 저자로 유명한 요한 볼프강 폰 괴테의 시 중 일부분이다. 홍보석은 석류 속에서 어둠을 마시며 찬란한 빛을 키우는 법이다. 민중의 삶을 보듬어 안는 세르반테스의 사랑은 '인생'이라는 석류 속에서 절망을 마실수록 더욱 아름다운 무늬를 제 몸에 아로새기는 홍보석으로 거듭났다. 끊어질 것처럼 위태로운 동아줄을 붙잡고 있는 민중! 그들의 자유를 억압하는 예속의 사슬을 풀어주고 그들의 골육을 짜내는 불평등의 멍에를 벗겨주려는 세르반테스의 사랑이 '근심에 찬 여러 밤'의 어둠 속에서 '돈 키호테'라는 문학의 홍보석을 잉태하였다. 민중을 향한 작가의 연민과 사랑은 그들의 평등과 자유를 실현하고자 하는 이상理想의 불꽃으로 타오르게 된다.

칸트의 눈에 비친 돈 키호테의 '도덕'

세계인들이 기억하는 돈 키호테는 '꿈'과 이상의 풍차를 향해 돌진하는 저돌적인 인간이다. 몰락한 귀족 가문의 후손으로 늙어버린 남자에게 무슨 '꿈'이 남아 있다는 말인가? 상식적으로는 이해가 되지 않는 상황이다. 그러나 노인이라고 해서 꿈을 꾸지 말라는 법이 있는가? 미국 시인 사무엘 얼먼Samuel Ullman은 그의 시 〈젊음〉에서 "젊음이란 기질이 소심하기보다는 용기에 넘치고, 수월함을 좋아하기보다는 모험을 좇는 것이고 이는 스무 살 청년에게도, 예순 노인에게도 있다. 단지 나이를 먹는다고 늙는 것은 아니다. 이상을 잃어버릴 때 우리는 늙는다"[238]라고 노래하지 않았는가? 백발이 성성한 노인이라도 뚜렷한 이상을 간직하고 있다면 그의 정신은 청춘이 아닌가? 육체의 나이로는 노인임을 부인할 수 없는 돈 키호테. 그러나 그가 가진 정신의 나이는 아직도 청년이다. 사무엘 얼먼의 말처럼 돈 키호테는 용기의 힘으로 모험을 좇는 인간이기 때문이다.

'라만차'라는 조그만 마을이 있다. 유럽 문명의 중심 국가 중 하나인 스페인에서 어느 누구도 주목하지 않는 한적한 시골 동네다. 그곳에 중세의 기사 소설을 손에서 놓지 않는 '알론소 키하나'라는 늙은 귀족이 살고 있었다. 그는 기사 이야기에 심취하다 보니 소설 속 젊은 기사와 늙은 자신을 동일시하는 착각에 사로잡혀 자신의 이름을 스스로 기사 '라만차의 돈 키호테'라 칭한다. 상상으로 지어낸 둘시네아 공주를 자신의 애인이라고 철썩 같이 믿고 그녀를 찾아 사랑의 여정을 떠나는 돈 키호테. 그는 사랑의 힘에 의지하여 세상의 불의를 타파하려는 정의로운 이상의 방랑길을 나선다.

그런데, 당당한 포부를 외치는 기사의 외모가 폭소를 자아낸다. 미약한 노인의 몸에다가 엉성하게 차려 입은 갑옷. 그것은 몰락한 귀족 가문에서 대대로 전해 내려온 낡고 볼품없는 갑옷이었다. 게다가 얼마 못 가서 이 세상을 떠날 것처럼 나이 들고 병약해 보이는 나귀를 명마 '로시난테'라고 부른다. 나귀의 모습이 노쇠한 알론소 키하나와 어쩌면 그렇게 꼭 닮을 수 있을까? 로시난테의 빈약한 등 위에 올라타서 세상의 사악함을 퇴치하겠노라고 외치는 라만차의 돈 키호테! 그런데 그의 말을 믿어줄 사람도, 그의 꿈에 주목할 사람도 도무지 보이지 않는다. 그의 나이, 그의 외모, 그의 사회적 조건을 신뢰하지 않기 때문이다. 돈 키호테의 내면의 뜨락에 피어난 고귀한 이상의 꽃을 발견할 순수한 눈동자가 세상에는 없다는 말인가?

그러나 '돈 키호테'라는 젊은 정신의 파랑새가 '알론소 키하나'라는 낡은 새장의 문을 박차고 사랑과 정의의 하늘을 날아오를 수 있었던 힘은 무엇일까? 그것은 세상 사람들이 자신의 꿈을 알아주지 않는다 해도 민중의 평등과 자유를 실현하는 데 조금이라도 도움을 주려는 진실한 사랑이 아닐까? 둘시네아 공주를 사랑하는 것과 동일한 정성으로 스페인의 민중 한 사람, 한 사람을 차별 없이 존중함으로써 평등한 세상을 열어 가려는 사랑이여! 그의 물리적 연령과 육체의 한계를 뛰어 넘어 이상의 창공을 향해 비상하도록 용기를 불어넣은 이의 이름은 '사랑'이다.

머나먼 방랑길에서 수많은 사람을 만나는 돈 키호테. 그는 겉모습과 권력과 지위와 재산과 명예로 상대방을 판단하거나 평가하지 않는다. 외적 조건의 잣대로 상대방의 존재 가치를 저울질한다면 상대방을 편견의 색안경으로 바라보는 비인간적인 과오를 저지르기 쉽다. 그러나 돈 키호테는 자신을 묶고 있는 선입관의 올무를 스스로 끊어버린 인격자다. 칸트의 말처럼 그는 누구를 만나든지 상대방을 자신의 '의지가 마음대로 할 수 있는 수단으로 사용하려고'[239] 생각한 적이 없다. 그는 자신과 대화를 나누는 상대방이 '인격'과 '인간성'[240]을 가진 인간이라는 것을 잊지 않고 상대방을 '목적 그 자체'로 여겼다.[241]

권력을 강화하고 재산을 불리려는 목적을 이루기 위해 민중을 수단으로 이용하는 높은 신분의 속물들이 우글거리는 세상에서 군계일학처럼 인간의 존엄성을 존중했던 귀족! 그가 바로 돈 키호테였다. 그가 가진 도덕은 민중의 마음을 구슬리기 위해 '지배'의 목적으로 만들어낸 이데올로기가 아니었다. 지배계층의 인물 중 어느 누구도 헤아리지 못했던 민중의 존엄성. 그것을 따뜻한 눈빛으로 어루만지고 감싸 안는 인격의 힘이 돈 키호테의 도덕[242]이었다.

그가 늙고 힘없는 나귀를 선택하여 명마 '로시난테'라는 이름을 지어주며 생명을 귀하게 여긴 것도, 농부 '산초 판사'를 하인으로 삼아 여정을 동행하면서 종이라는 이유로 업신여기지 않고 소중한 친구로 아껴준 것도 돈키호테의 도덕이 얼마나 인간다운 것인지를 증명하는 표본이다.

아널드 토인비의 역사철학으로 이해하는 《돈 키호테》

"불평등한 세상을 바꿀 수 있다고? 세르반테스가 살았던 17세기 초, 아직도 봉건사회의 틀이 그대로 유지되고 있는 스페인에서 의식이 깨어 있는 젊은이들이 무리를 이루어 혁명을 일으켜도 될까 말까한 일을 저렇게 늙은 사내가 감히 도전해보겠다고? 늙어빠진 나귀 로시난테의 몰골을 쏙 빼닮은 저 노인이?"

이와 같이 돈 키호테를 무모한 몽상가로 바라보는 사람들은 그의 외모와 육체만을 보고 편견에 사로잡힌 이들이다. 몽상과 이상은 엄연히 다르다. 몽상은 헛된 꿈이지만 이상은 이루어질 수 있는 가능성을 가진 꿈이다. 정의를 실현하고자 기사도의 출정가를 부르며 세상을 향해 출사표를 던진 돈 키호테! 군주와 귀족에게 얽매인 사슬로부터 민중을 해방하여 자유의 길을 열어주려는 돈 키호테의 이상을 실현 가능성 없는 몽상이나 망상으로 단정 지을 수는 없다. '이상'은 이상주의자 한 사람에 의해서만 실현되는 것이 아니기 때문이다. 돈 키호테가 소설의 마지막 페이지와 함께 세상을 떠났어도 그의 이상은 소설을 통하여 인류에게 대대로 전승되지 않았는가?

불평등한 세상을 평등한 세상으로 개혁하려는 돈 키호테의 이상은 후대의 수많은 혁명가들에게 용기와 의지를 심어주었다. 나는 영국의 역사학자 아널드 토인비Arnold Toynbee의 말을 빌려 돈 키호테가 전해준 개혁의 의지를 '응전'의 정신이라 말하고 싶다. 토인비는 역사학의 기념비와 같은 저서《역사의 연구A STUDY OF HISTORY》에서 다음과 같이 말했다.

"사회는 (…) 그 지속 기간 중 계속하여 문제에 부닥치게 된다. (…) 그 제기되는 문제 하나하나가 바로 그 사회가 견뎌내야 할 시련이다."[243]

토인비는 "사회"의 발전에 장애가 되는 "문제"와 그 문제로 인해 "견뎌내야 할 시련"을 "도전"이라고 말한다. 그가 생각하는 '도전'은 역사를 발전시키는 긍정적인 의미의 도전이 아니라 역사의 발전에 역행하는 부정적인 의미의 도전이었다. 문명의 발전을 가로막고 역사를 퇴행시키는 도전의 행위들은 어떤 것들인가? '동일본 대지진'과 같이 문명세계를 위협하는 자연재해, 히틀러와 스탈린 같은 제왕적 권력자들에 의한 독재정치, 전쟁, 인종차별 등을 심각한 도전의 사례로 볼 수 있다. 토인비는 이러한 도전의 행위들에 맞서 응전하는 것이 역사 발전의 원동력이라고 믿었다. '도전과 응전의 연속'으로 진행되는 것이 토인비가 생각하는 역사였다.

그렇다면, '응전'의 행위란 어떤 것일까? 역사가 발전하는 발걸음에 걸림돌로 작용하는 것이 '도전'이라면 이에 대한 '응전'은 역사의 발전을 돕는 진보적인 행위다. 뉴질랜드의 도시 크라이스트처치[244]와 일본의 도시 '센다이'[245]처럼 대지진으로 무너진 도시를 재건하기 위해 모든 시민이 가족처럼 힘을 모아 문명의 터전을 재창조하는 행위. 1960년대 미국에서 마틴 루터 킹[246] 목사를 중심으로 흑인에 대한 백인의 차별 문화에 대해 항거했던 '흑인 인권운동'.

1980년 쿠데타로 집권한 군부독재 정권에 항거하여 시민의 힘으로 민주주의를 이룩하려고 했던 대한민국의 '5·18 광주 민주화운동' 등은 역사의 발전을 가로막는 '도전'의 주먹질에 대하여 인간다운 카운터펀치를 작렬시킨 '응전'의 사례들이다. 인류가 '도전'에 직면할 때마다 순응하거나 수용하는 입장만을 가졌더라면 버락 오바마[247]와 같은 흑인은 미합중국의 대통령에 취임하는 역사의 주인공이 되지 못했을 것이며, 대한민국의 국민은 여전히 군부독재의 먹구름 속에 갇혀 국민주권의 햇빛을 보지 못했을 것이다.

불평등의 도전에 맞대응하는 평등의 응전[248]. 억압의 도전에 맞서 싸우는 자유의 응전. 불의의 도전에 항거하는 정의의 응전. 이 '응전'의 정신을 돈 키호테로부터 물려 받은 개혁가들이 있었기 때문에 먼 훗날 세르반테스의 조국 스페인에서도 프란시스코 프랑코[249]의 군부독재의 도전에 맞서 끈질기게 응전했던 저항운동이 가능했던 것이다.

신분의 높낮이를 가리지 않고 개인의 인격을 존중하는 돈 키호테. 그런 까닭에 하인 산초 판사와 친구처럼 격의 없이 소통하는 돈 키호테. 평민과 하층 민중의 입장에 서서 그들의 권익을 옹호하며 평등한 세상을 열고자 갈망하는 돈 키호테. 그런 까닭에 민중의 자유를 억압하고 생존의 기반을 침해하는 지배자들의 불의의 도전에 맞서 정의로운 응전의 창을 겨누며 돌진하는 돈 키호테!

아널드 토인비(Arnold Joseph Toynbee, 1889~1975). 영국의 역사학자이며 문화비평가로도 활동했다. 런던 대학교 교수, 영국 왕립 국제문제연구소 연구부장을 역임했다. 그의 저서 《역사란 무엇인가A Study Of History》(전12권)는 역사학의 기념비적 명저로 손꼽힌다. 사진은 역사학자 섬머벨D.C. Somervell에 의해 축약된 《역사의 연구》 축약본 전2권 중 제1권의 표지다.

"행운의 신은 우리가 예상했던 것보다 더 좋은 방향으로 사건을 마련해주는구나. 산초여. 저것 좀 보아라. 그 증거로 서른이 훨씬 넘는 괘씸한 거인들이 모습을 나타내지 않았느냐. 나는 저 놈들과 싸워서 몰살을 시킨 뒤 그것에서 얻은 전리품으로 거부巨富가 되어야겠다. 이 싸움은 정의의 싸움으로, 이런 사악한 씨를 이 지구상에서 뽑아 없애는 것은 신에 대한 커다란 봉사이기도 한 것이다."[250]

— 미겔 데 세르반테스의 《돈 키호테》(김현장 옮김. 동서문화사)

'거인'의 몸집으로 위풍을 뽐내며 서 있는 거대한 30~40개의 풍차들을 보라. 그 중에서도 삼부자三父子 풍차에 주목해볼까? 아버지처럼 보이는 풍차는 스페인의 봉건사회에서 무너지지 않을 것처럼 보이는 신분의 위계질서가 아닌가? 큰 아들 풍차는 이 위계질서가 민중에게 강요하는 불평등이 아닌? 그 옆에 나란히 서 있는 작은 아들 풍차는 불평등의 거센 바람으로 민중의 머리를 짓누르는 부자유가 아닌가? 봉건사회의 '위계질서'라는 아버지 풍차가 낳은 '불평등'과 '부자유'라는 아들 풍차들. 민중의 평등과 자유를 억압하면서 역사의 발전을 가로막는 거인 삼부자 풍차의 거센 바람! 이들이 일으키는 '도전'의 바람을 향하여 로시난테를 타고 두려움 없이 돌격하는 돈 키호테의 용기와 의지는 민중의 평등과 자유를 이루는 날까지 인간의 땅에서 결코 수그러들지 않을 '응전'의 칼과 창이 아닌가?

 행동을 이끄는 교양

"이 싸움은 정의의 싸움으로, 이런 사악한 씨를 이 지구상에서 뽑아 없애는 것은 신에 대한 커다란 봉사이기도 한 것이다."

– 미겔 데 세르반테스의《돈 키호테》중에서

5장

그때 하느님은 어디 있었는가?

여성지배와 민중지배의 사회구조 비판하기

_ 토머스 하디의 《테스》

로컬리즘을 통해 보편적 가치를 조명한 작가,
토머스 하디(Thomas Hardy, A.D. 1840~1928)

하디는 영국 도체스터 근교 스틴스퍼드 Stinsford에서 태어났다. 시를 창작하며 작가 생활을 시작했으나 세월이 흐를수록 소설 쪽으로 창작의 비중을 옮겼다. 그의 소설에서 펼쳐지는 공간은 영국 남부에 위치한 웨섹스 지역이다. 고향인 도체스터 지역의 농촌 풍경을 옮겨 놓은 것이다. 하디는 지역색이 강한 소설을 썼지만 결코 로컬리즘(지역주의)에 갇혀 있지 않았다. 그는 미시적으로 집중하기도 하고 거시적으로 확대하기도 하는 문학적 렌즈의 배율을 자유자재로 조정하는 작가였다. 농촌 마을 같은 작은 공간을 통하여 영국의 심각한 사회문제를 해부하고 '인간성'이라는 인류의 보편적 가치를 조명했다. 케임브리지 대학교와 옥스퍼드 대학교의 명예 문학박사 학위를 받고 왕세자의 방문을 받을 정도로 토머스 하디는 영국 국민의 정신적 멘토가 되었다. 그의 장례가 국장으로 치러지고 유해가 '웨스트민스터' 사원에 안장된 것만으로도 하디의 정신적 영향력이 얼마나 컸던가를 짐작할 수 있다. 하디의 대표 작품으로는 《더버빌 가의 테스 Tess of the D'Urbervilles》(1891)를 비롯하여 《귀향》(1878), 《캐스터브리지의 시장》(1886) 등이 있다.

여성의 인권 해방을 염원한 소설, 《테스》

소설의 원제는 《더버빌 가의 테스》다. 부제는 '충실하게 제시된 어느 순결한 여인'
이다. 이 소설은 여성의 인권, 남녀 간의 불평등, 계층 간의 양극화, 진정한 사랑의
의미 등 다양한 관점으로 개인과 사회의 문제를 바라보고 있다. 주인공 '테스'는 가
정의 생계 때문에 '스토크 더버빌'의 집에서 하녀 일을 하다가 이 집의 아들 '알렉'에
게 성폭행을 당한다. 그 후 사랑하는 남자 '에인젤'을 만나 결혼하면서 자신의 인생
을 행복의 화원으로 바꾸려 한다. 그러나 알렉과의 불미스런 관계가 그녀의 발목을
잡는다. 테스는 정조를 유린당했던 사건 때문에 사랑하는 남자로부터 버림 받고는,
가족의 생계를 책임지기 위해 알렉의 동거녀가 되어 그에게 경제적으로 의존한다.
하지만, 사랑했던 에인젤이 테스를 못 잊어 돌아오자 그녀는 꺼져가던 옛 사랑의 불
씨가 되살아나는 듯 마음이 흔들린다. 처녀 시절부터 '자신을 불행의 올무로 결박한
장본인은 알렉'이라는 마음의 소리를 거부할 수 없는 테스. 그녀는 알렉을 살해하고,
교수대의 이슬로 사라지고 만다. 혹시 테스는 여성의 인권을 보장하지 않는 19세
기 영국 사회의 부조리로 인해 희생된 것이 아닐까? 이 소설은 인간의 존엄성과 개
인의 인권이 얼마나 중요한가를 말해준다.

테스! 사회적 약자로서 겪는 절망과 비련

빼어난 외모와 순수한 마음을 겸비한 '테스'는 가난한 날품팔이 '잭 더비필드'의 장녀. 어느 날 그녀의 아버지는 목사에게서 우연히 자신이 명문으로 알려진 '더버빌' 가문의 후손이라는 말을 듣게 된다. 아버지는 온 세상을 손에 넣은 듯이 기뻐하며 술에 취해 인사불성이 되었다. 가난을 벗어날 수 있을 뿐 아니라 명문가 출신이라는 것을 내세우고 다니면서 움츠렸던 어깨를 당당히 펼 수 있다고 생각했기 때문이다. 술이 깬 다음에는 테스에게 같은 지역에 있는 더버빌 가문의 저택으로 들어가서 하녀 생활을 할 것을 강요한다. 후손 자격으로 더버빌 가문에 빌붙으면 어려운 집안 형편이 나아질 거라고 기대했던 것이다.

그러나 등 떠밀듯 보내진 그 저택은 사실 명문가 '더버빌'이 아닌 스토크 더버빌의 집이었다. 스토크는 19세기 영국의 산업 발전을 통하여 생겨난 자본을 차곡차곡 쌓아 올려 갑부가 된 '산업자본가'였다. 본래 낮은 신분이었지만 산업사회 속에서 갑자기 벌어들인 '돈'의 힘을 통해 가문의 명예를 허위로 포장한 사람이었다. 한국식 어휘를 사용한다면 '졸부'라고 말할 수 있지 않을까? 이 사실을 모르는 아버지의 강요에 의해 테스는 스토크 더버빌의 집에 하녀로 들어가게 되면서부터 기구한 인생의 가시밭길을 걸어간다. 테스의 눈부신 미모에 반해버린 그 집의 아들 '알렉'이 그녀에게 접근한다. 그러나 테스의 마음을 얻기가 힘들어지자 알렉은 어느 날 밤 테스를 숲 속으로 유인하여 정조를 앗아간다. '얇은 비단처럼 섬세하고 눈처럼

깨끗한' 가슴에 절망의 화인火印이 찍혀진다. '어둠이 지배하는' 현
장으로 가 보자.

> "어둠과 적막이 사위를 지배했다. 그들 위로 체이스 숲의 태곳적
> 주목과 떡갈나무가 솟아 있었고, 나뭇가지에는 고요히 잠자리에
> 든 새들이 마지막 단잠에 빠져 있었고, 나무 사이로 여러 종류의
> 토끼들이 슬그머니 오갔다. 그렇다면 누군가 물을지 모르겠다. 테
> 스의 수호천사는 어디 있었는가? 그녀가 소박하게 믿은 하느님은
> 어디 있었는가? (…) 어찌하여 이 아름답고 연약한 몸에, 얇은 비
> 단처럼 섬세하고 아직까지는 눈처럼 깨끗하다고 해야 할 몸에 그
> 렇게 천박한 무늬가 새겨져야만 했을까."251
>
> — 토머스 하디의 《더버빌 가의 테스》(유명숙 옮김. 문학동네).
> 제1단계 '처녀' 중에서 part 11.

테스가 알렉에게 성폭행 당하는 장면을 작가는 직설적으로 표현
하지 않는다. 테스의 '속눈썹에 남아 있는 눈물방울' 속에 슬픔의 빛
이 응결되어 있다. '얇은 비단처럼 섬세하고 아직까지는 눈처럼 깨끗
하다고 해야 할 몸에 천박한 무늬가 새겨지는' 상황이 여성이자 사회
적 약자인 테스의 굴욕을 문학적으로 증언하고 있다. 겁탈당한 것도
모자라서 임신까지 하게 된 테스는 수치심을 이기지 못하고 집으로
돌아온다. 알렉에게 알리지도 않은 채 아이를 출산하고, 자신의 마
음에 입혀진 슬픔을 그대로 아이에게 반영하여 아이의 이름을 '소로
우sorrow'라 불렀다. 아이는 사생아인 까닭에 만인의 축복을 의미하

는 교회의 세례도 받지 못하고 병들어 세상을 떠난다. 원하지 않았던 아이라고 해도 자신의 몸 안에 열 달 동안 품었던 친자식이 아닌가? 테스는 비통한 슬픔에서 헤어 나오지 못하고 한동안 아무 일에도 손을 댈 수 없었다. 그러나 이대로 젊음을 헛되이 보낼 수 없다고 판단한 그녀는 힘을 내서 새 일을 찾는다. 모든 상처를 망각의 바람 속에 흩어버리려고 고향을 떠나 낯선 땅에서 제2의 인생을 시작한다.

어느 낙농장에서 소젖 짜는 일을 하게 된 테스는 낙농 사업을 배우기 위해 이곳에 잠시 머물던 젊은이 '에인젤 클레어'를 만난다. 에인젤은 목사인 아버지 밑에서 경건한 기독교 교육을 받으며 자라난 청년이다. '에인젤'이라는 이름이 가정의 종교적 환경을 그대로 반영하고 있다. 그러나 그는 아버지와는 달리 19세기 유럽 대륙에 불어온 자유주의Liberalism의 바람을 타고 미래의 유토피아를 향해 전진하는 진보적 개혁주의자였다.

테스의 아름다움과 순수함에 마음을 빼앗긴 에인젤은 그녀에게 사랑을 고백하고 청혼한다. 자유와 개혁을 추구하는 진보적 정신을 가진 청년답게 그는 테스의 가정 환경과 사회적 조건에 개의치 않고 정열적인 사랑의 불길 속에 뛰어든다. 사랑을 숨길 수 없었던 테스도 에인젤의 진실한 마음을 믿고 결혼을 결심한다. 신혼의 첫 잠자리에 들기 전에 에인젤은 젊은 날의 여자관계를 고백하고 테스의 이해와 용서를 구한다. 알렉과의 수치스런 관계 때문에 갈등에 시달리던 테스에게도 오욕을 툭툭 털어버릴 수 있는 좋은 기회가 찾아 온 것이다. 그녀는 망설임 없이 에인젤의 과거를 용서하고 또한 자신의 과오를 고백한다. 그러나 진실한 사랑의 힘으로 테스의 과거를 너그럽게 품어 줄 것으로 보였던 에인젤은 뜻밖에도 테스가 정조를 잃어버린 여자라는 사실에 환멸을 느껴 돌연히 신혼의 보금자리를 박차고 브라질로 떠나버린다. 민중의 자유와 평등이 실현되기를 열망하는 진보주의자 에인젤이 알렉의 교활한 폭력에 의해 어쩔 수 없이 처녀성을 빼앗긴 테스로부터 어떻게 등을 돌릴 수 있다는 말인가?

한편, 테스에게 참혹한 아픔을 안겨준 알렉 더버빌은 지난 날의 죄를 참회하고 착실한 종교수업을 통하여 경건한 전도사가 되었다. 에인젤의 아버지 클레어 목사로부터 신학 교육을 받은 것이 변화의 계기가 되었다. 가족의 생계를 위해 농장들을 옮겨 다니면서 일손을 놓지 않던 테스는 어느 날 완전히 달라진 알렉과 재회한다. 그러나 알렉은 아름다움의 빛을 그대로 간직하고 있는 테스를 보자마자 다시 예전과 같은 욕정의 노예로 되돌아간다.

알렉은 전도사의 소명도, 크리스천의 본분도 내던진 채 테스를 소유하려는 생각에만 사로잡힌다. 자신을 붙들어 매기 위해 혈안이 된 알렉을 떨쳐버리려 안간힘을 쓰는 테스는 브라질에 가 있는 에인젤에게 용서를 빌며 제발 돌아와 달라는 편지를 보낸다. 그러나 아무리 기다려도 도무지 오지 않는 답장에 테스의 마음은 숯처럼 타들어간다. 환멸의 늪에 빠져버린 에인젤에게는 테스의 과거가 '주홍 글씨'처럼 지울 수 없는 죄의 표상이 되었나 보다. 에인젤의 과거를 조건 없이 용서했던 테스에게는 너무나 가혹하고 불공평한 처사였다. 남성이 갖고 있는 가치관의 잣대로만 평가받는 것이 여성의 삶인가? 자신의 과오는 까마득히 잊은 채, 테스의 정조만을 문제 삼는 에인젤의 옹졸한 마음과 편협한 행동으로부터 '남성 중심'의 사회에서 살아가던 영국 여성들의 애환이 느껴진다. 물론 이것은 영국에만 한정된 것이 아니라 19세기 유럽의 전반적인 사회문제였다.

아버지 잭 더버필드가 세상을 떠나고 실질적인 가장이 된 테스는 생계에 대한 경제적 부담 때문에 어쩔 수 없이 알렉의 동거 제안을 받아들인다. 에인젤이 별거중인 자신을 완전히 버린 것으로 확신한 자포자기의 심정이기도 했다. 물론, 알렉을 받아들이기 전에 테스는 먼저 에인젤에게 관계를 청산한다는 뜻의 편지를 보내고 그에 대한 미련을 버린다. 그런데, 알렉에게 마음을 붙이려고 노력하면서 그의 경제적 도움으로 가족을 돌보던 테스에게 전혀 기대하지 않았던 사건이 일어난다. 영영 가버린 줄 알았던 에인젤이 테스를 버린 것을 뉘우치고 그녀에게 돌아왔기 때문이다. 브라질에 가 있는 동안 에인젤의 마음을 지배했던 테스. 그녀를 진심으로 사랑한다는 것을 깨닫게 된 에인젤은 영원한 동반자가 되려는 결심을 굳힌다.

에인젤에게 예전과 같은 사랑을 느끼는 테스. 그러나 알렉과 함께 살고 있는 상황을 뒤집을 수 없는 그녀는 에인젤에게 자신을 단념하고 돌아갈 것을 권고한다. 그를 돌려보냈지만 증명할 필요 없는 사랑의 확신이 질풍처럼 몰아치면서 테스는 절망의 나락으로 추락하고 만다. 알렉만 내 인생에 끼어들지 않고 알렉만 내 인생을 막아서지 않았다면 지금쯤 에인젤의 손을 잡고 영원한 행복의 꽃길을 걷고 있을텐데…….

소설《테스》를 문학의 다른 장르로 옮긴다면 '비극'이 안성맞춤일 것이다. 알렉과 심하게 말다툼을 하던 테스는 처녀 시절부터의 해묵은 원한이 겹쳤기 때문인지 분노의 감정을 제어하지 못하고 그를 칼로 찔러 살해하고 만다. 더 늦기 전에 에인젤과 함께해야 한다는 생각에 그를 쫓아가는 테스. 막다른 골목에 몰린 그녀의 얘기를 듣고서 에인젤은 그녀의 살인죄마저도 용서한다. 그는 사랑의 힘으로 테스에게 도피의 길을 열어준다. 두 사람은 남은 인생을 함께 하기로 약속하고 거석 유적지로 유명한 스톤헨지에서 마지막이 될 수도 있는 둘만의 행복을 나눈다. 그러나 결국 그곳에서 경찰에게 체포되고 만다. 물론 수배령이 떨어진 사람은 살인범 테스였다. 사형장의 이슬로 사라지기 전, 테스는 에인젤에게 동생인 '리자'를 아내로 삼아 자신을 사랑하듯이 아껴달라는 부탁을 암시한다.

테스의 죽음은 알렉에 대한 개인적 복수 때문에 어쩔 수 없이 생겨난 결과인가? 그렇지 않다. 테스를 비련의 여주인공으로 만든 책임은 알렉과의 개인적 관계보다는 19세기 영국의 잘못된 사회구조에서 찾아야 한다. 1964년에 '사회 생태론Social Ecology'이라는 철학을 제시하여 자신의 '생태주의' 사상을 세계에 널리 전한 미국의 철학자가 있다. 머레이 북친Murray Bookchin이란 이름을 들어 보았는가? 북(book)친이라니? 말놀이로 이름을 풀이한다면 '책의 친구'인가? 어릴 때부터 여자 친구를 사귀는 데는 관심이 없고 틈만 나면 책을 친구로 사귀었으니 나중에는 아주 똑똑해져서 철학자가 되었나 보다. 우스갯소리로 하는 얘기이지만 틀린 말은 아닐 것이다. 사상가와 작가는 모두 책의 친구가 아닌가? 북친의 대표적 사상인 '사회 생태론'의 시각으로 테스의 인생과 그녀를 압박하는 사회구조의 모순을 해부해보자.

머레이 북친의 '사회 생태론'으로 바라본 '테스'의 모순적 사회

물, 공기, 흙이 심각하게 오염되어 동물과 식물뿐만 아니라 인간마저도 생명의 안전을 위협받는 '생태위기'에 직면하고 있다. 기후 변화와 지구 온난화는 생태위기의 뚜렷한 현상이다. 머레이 북친은 이러한 생태위기의 원인이 잘못된 사회구조에 있다는 것을 이미 반세기 전에 진단하였다. 그는 자신의 저서《사회 생태론의 철학Philosophy of Social Ecology》253에서 "(생태위기를 가져오는) 인간에 의한 자연지배는 인간에 의한 인간지배에 원인을 두고 있다"고 말했다. 그렇기 때문에 인간들 사이의 "위계질서와 지배체제를 비판하고 해체하는 것이 현재의 생태위기를 해결할 수 있는 유일한 길"임을 북친은 강조하였다.254 정치권력과 자본권력을 통해 사회적 약자들을 지배하는 위계질서와 지배체제! 이것은 북친이 지적한 '인간에 의한 인간지배'의 사회구조를 뜻한다.

그렇다면, 인간에 의한 인간지배의 사회구조는 소설《테스》에서 어떤 모습으로 나타날까? 그것은 알렉과 그의 아버지 스토크 더버빌 같은 자본가들이 테스 같은 농민 및 노동자를 착취하는 모습이다. 그런데, 인간에 의한 인간지배의 사회구조를 만든 원인은 '남성에 의한 여성지배'라고 북친은 생각한다. 독재자들이 정치권력으로 국민의 자유와 인권을 억압하거나 자본가들이 자본권력으로 노동자들의 생존권을 착취하는 모든 인간지배의 현상이 '남성에 의한 여성지배'로부터 시작됐다고 보는 것이다. 인과관계의 순서에 따라 얘기한다면 남성에 의한 여성지배의 사회구조로부터 인간에 의한 인간지배의 사회구조가 형성되었고 이것이 '인간에 의한 자연지배'의 사회구조로 전이되어 생태위기에 이르렀다고 북친은 주장하는 것이다. 그가 "생태문제는 사회문제"[255]라고 규정하는 까닭이 여기에 있다.

북친의 눈으로 소설 《테스》를 읽는다면 스토크 더버빌의 집에서 하녀로 일하던 테스가 그의 아들 알렉에게 강간까지 당한 것은 사회구조의 뿌리 깊은 모순을 비추어 준다. 테스가 하녀로서 살아가는 것은 산업자본을 축적한 부르주아의 자본권력에 의해 하층 민중이 지배를 당하는 '인간에 의한 인간지배'의 사회구조를 상기시킨다. 테스가 알렉에게 성폭행을 당하는 것은 여성의 인권을 하찮게 여기고 남성의 부속물로 생각하는 '남성에 의한 여성지배'의 사회구조를 떠오르게 한다. 이 두 가지 사회구조는 서로 연관이 있다. 남성이 여성을 지배하는 사회구조가 부르주아가 하층 민중을 지배하는 사회구조를 낳고 있는 것이다. 북친의 말을 빌려 온다면 '남성에 의한 여성지배'가 '인간에 의한 인간지배'의 출발점이 된 것이다.

테스의 고향인 농촌 마을에 '더버빌'이라는 부르주아 가문이 터전을 잡고 농촌 아가씨를 하녀로 두고 있다는 사실! 이 사실로부터 우리가 알 수 있는 현상은 무엇일까? 19세기 영국에서 산업발전의 속도가 빨라지면서 산업자본의 힘을 바탕으로 공업지역이 확대되어 농업지역을 잠식하는 현상이다. 산업을 통해 엄청난 돈을 벌어들인 자본가의 아들이 농촌 아가씨의 정조를 유린한다는 사실! 이 사실로부터는 어떤 현상을 읽을 수 있을까? 농촌의 땅이 공장지대로 변해 가면서 '자연'이 파괴되고 생태계가 오염되는 현상이다. 산업자본을 소유한 부르주아 가문의 하녀가 그 집의 아들에게 겁탈 당하는 사건은 기계공업의 급진적 발전에 따른 농촌의 붕괴와 자연의 파괴 현상을 상징한다. 머레이 북친이 '사회 생태론'을 통하여 비판했던 '인간에 의한 자연 지배' 현상이 나타나고 있다. 이렇게 농촌이 무너지고 자연과 생태계가 파괴되는 원인은 '인간에 의한 인간지배'의 사회구조에 있다. 자본권력에 의해 농민을 지배하는 인간지배의 구조가 도미노 현상처럼 농촌의 자연을 파괴하는 자연지배의 구조를 낳은 것이다. 또한, 자연지배의 원인이 된 인간지배의 사회구조는 알렉에게 유린당한 테스의 인생이 상징하듯이 '남성에 의한 여성지배'에 근본적 원인을 두고 있다.

이번에는 테스와 에인젤 간의 관계에 주목해보자. 진보적 자유주의자 에인젤! 그는 테스가 겪은 참담한 피해를 그녀에게 직접 듣고서는 크게 실망하여 브라질로 떠나 버리지 않았는가? 그의 행동으로부터 영국과 유럽 사회의 밑바탕에 짙게 깔려있는 인습적 윤리관을 읽을 수 있다. 여성은 처녀의 순결을 지켜야만 하며 그렇지 못할 경우에는 여성의 존재가치는 형편없다고 단정해버리는 인습이 사회의 윤리관으로 굳어져버린 것이다. 에인젤이 단지 순결성을 잃은 겉모습만으로 억울하게 정조를 유린당한 테스를 배척했던 것은 개혁주의 및 자유주의와는 앞뒤가 맞지 않는 모순이다. 이런 모순은 왜 발생한 것일까? '여성지배'의 사회구조 속에 에인젤의 가치관이 깊게 젖어 있다는 생각이 든다. 북친의 시각으로 에인젤을 바라볼 때, 에인젤도 결코 부인할 수 없는 것이 있다. 그가 갖고 있는 남성 중심의 인습적 윤리관이 남성이 여성을 지배하는 것을 당연하게 받아들이는 '남성에 의한 여성지배'의 사회구조 속에서 생겨났다는 사실이다.

20세기 이전에는 동양뿐 아니라 서양에서도 남성이 여성을 지배하는 것을 당연하게 여기는 남성 중심의 가부장적 사고방식이 만연되어 있었다. 여성에 대한 차별은 유럽의 일반적 문화였다. 여성에게는 선거권도 주지 않았던 것이 대표적 사례가 아닌가? 소설《테스》는 19세기 영국과 유럽 사회에 커다란 충격을 주었다. 여성의 인권이 억압당하는 시대에 '테스'라는 청순가련한 주인공을 통해 낡은 인습, 집단적 편견, 잘못된 전통문화, 모순적 사회구조에 대해 반기를 들었던 작가 토머스 하디. 그에게 어울리는 별명은 '휴머니즘의 전사'다.

여성을 인격과 천부인권을 가진 '인간'으로 존중하는 것이 아니라 남성의 부속물로 여기는 악습이 아직도 낡은 유물처럼 지상에 남아 있다. 성차별의 요소들이 사회 곳곳에 숨어 있다. 여성을 대상으로 삼은 성범죄들이 대중매체에 끊임없이 보도되고 있다. 특히, 여성을 성적 수단으로 이용하여 인간의 터전을 자본의 소돔성으로 타락시키는 비인간적인 산업이 디지털 매체의 도움을 받아 호황의 쾌재를 부르고 있다. 테스의 눈시울을 붉게 만드는 일들로 가득 차 있는 시대 속에서 우리는 살아가고 있다. 이러한 현실 속에서 소설《테스》와 작가 토머스 하디의 정신은 시대를 초월하여 여성의 존엄성과 인권을 지켜내는 정신적 파수꾼의 역할을 변함없이 수행하리라 기대해 본다.

 행동을 이끄는 교양

"테스의 수호천사는 어디 있었는가?
그녀가 소박하게 믿은 하느님은 어디 있었는가?"

— 토머스 하디의《더버빌가의 테스》(유명숙 옮김. 문학동네) 중에서

6장

그 순간, 그곳이 바로
자신이 갈 곳임을 깨달았다

'한계'를 이겨내려는 인간의 의지

_ 어니스트 헤밍웨이의 《킬리만자로의 눈》

최고의 정신과 최선의 의지를 지향하는 작가,

어니스트 헤밍웨이(Ernest Miller Hemingway, A.D. 1899~1961)

미국 일리노이 주 '오크파크'에서 출생한 어니스트 밀러 헤밍웨이. 그는 소설가이자 언론인이었다. 제1차 세계대전에 참전하여 구급차의 운전기사로 활동하였으나 심각한 부상을 당하고 귀향하였다. 훗날 군부독재자가 되었던 프랑코를 비판하는 입장에 서서 스페인 내전 현장에 특파원으로 참여하였고, 제2차 세계대전 기간 중에는 노르망디 상륙 작전과 파리 해방 전투에도 몸을 담았다. 그의 지속적인 전쟁 체험은 소설의 스토리 형성에 큰 도움을 주었다. 특히 《무기여 잘 있거라》와 《누구를 위하여 종은 울리나》는 전쟁의 늪에서 피어난 문학의 연꽃이다. 1953년 《노인과 바다》로 퓰리처 상을, 1954년 동일한 작품으로 노벨 문학상을 수상하였다. 그러나 1954년에 두 번의 경비행기 사고를 당하여 중상을 입은 탓에 노벨 문학상 시상식에 참여할 수 없었다. 그의 단편 소설 중 《킬리만자로의 눈 The Snows of Kilimanjaro》과 《노인과 바다》는 드높은 정신의 세계를 향해 비상하려는 인간의 의지를 감동적으로 묘사하였다. 헤밍웨이의 대표 작품으로는 《해는 또 다시 떠오른다》(1926), 《무기여 잘 있거라》(1929), 《킬리만자로의 눈》(1936), 《누구를 위하여 종은 울리나》(1940), 《노인과 바다》(1952) 등이 있다.

드높은 정신의 산정을 향하여 《킬리만자로의 눈》

《킬리만자로의 눈》은 1936년에 발표된 단편 소설이다. 헤밍웨이의 소설 중에서 《노인과 바다》와 함께 독자들로부터 가장 많은 사랑을 받는 작품이다. 작가가 직접 경험했던 아프리카 사냥 여행이 이 소설의 중요한 소재가 되었다. "짐승의 썩은 고기만을 찾아다니는 산기슭의 하이에나. 나는 하이에나가 아니라 표범이고 싶다. 산정 높이 올라가 굶어서 얼어 죽는 눈덮인 킬리만자로의 그 표범이고 싶다." 가수 조용필이 불러서 큰 인기를 얻은 한국 가요 〈킬리만자로의 표범〉은 이 소설에서 모티브를 얻어 작곡되었다고 한다.

폐혈증이 악화되어 죽음을 눈앞에 둔 주인공 '해리'. 그는 지난 일들을 회고하는 가운데 '죽음'이라는 한계의 장벽 앞에서 마지막 순간까지도 불굴의 의지를 불사른다. 활활 타오르는 해리의 정신적 열정이 표범의 눈동자처럼 빛나는 작품이다. 또한, 이 소설은 마지막 페이지를 덮는 순간까지 '인생의 가장 높은 가치를 어디에 두어야 할 것인가?'라는 철학적 질문을 던져준다. 물론 그 질문에 대한 답변을 독자 스스로 고민하게 만드는 작품이기도 하다.

몸은 죽어도 정신은 죽지 않는다

"킬리만자로는 만년설로 덮인 산이며, 해발 19,710피트(공식 해
발고도는 5,895미터)로 아프리카에서 가장 높다고 알려져 있다.
서쪽에 있는 정상은 마사이어로 "응가예 응가이"라 불리는데, '신
의 집'이라는 뜻이다. 정상 근처에는 얼어서 말라 붙은 표범 사체
가 하나 있다. 표범이 그 높은 곳에서 무엇을 찾고 있었는지는 아
무도 밝힐 수 없었다."

- 《킬리만자로의 눈》(구자언 옮김. 더클래식) 중에서

소설의 첫 단락에서 화자는 "표범이 그 높은 곳에서 무엇을 찾고
있었는지는 아무도 밝힐 수 없었다"고 진술한다. 소설을 읽기 시작
하면서부터 다양한 해석의 가능성이 열려 있다.

주인공 '해리'는 관습과 규범에 얽매이지 않고 자신의 기질과 감정
의 흐름에 따라 살아가는 자유분방한 남자다. 여러 여인들과 자유롭
게 사랑을 나누고 방랑자처럼 세계의 곳곳을 두루 여행하는 것이 그
의 인생이다. 그의 발길이 닿는 곳 중에서 가장 사랑하게 된 땅은 아
프리카였다. 탄자니아와 케냐의 국경 지대에 우뚝 서 있는 '킬리만자
로'. 이 산의 만년설이 뚜렷하게 바라다 보이는 벌판에서 사냥을 즐
기던 해리는 아름다운 빛의 옷을 입은 듯한 영양羚羊 무리를 만나 한
눈에 반해버린다. 일생에 단 한 번 체험할 수 있는 아우라[256]를 만난
것처럼 마음이 들뜬 해리는 영양 무리를 사진에 담기 위해 다가서다
가 가시에 무릎이 긁혀 상처를 입는다. 하지만 잠시 머물다 사라질

것만 같았던 그 상처가 폐혈증으로 번질 줄이야!

남자다운 육체의 에너지를 자랑하며 낙천적인 기질을 타고난 까닭에 죽음을 의식하지 않았던 해리에게도 죽음은 삶의 일부가 되어 찾아오고 있었다. 그를 극진히 돌보는 연인 '헬렌'의 아름다운 미소와 포근한 체취를 느낄수록 해리에게는 '저리 가지 않고 오히려 점점 더 가까이 다가오는'[257] 죽음의 모습이 보인다.

하지만 어떻게 된 일일까? 아침에 깨어나 보니 해리는 옛 친구 '콤프턴'의 비행기를 타고 병원으로 향하고 있었다. 콤프턴이 해리를 구조하여 병원으로 이송 중이었던 것이다. 어느덧 그들의 비행기는 킬리만자로 산의 정상에 오르고 있었다. 그렇다면, 해리는 정말로 친구의 도움을 받아 죽음의 고비를 넘긴 것일까? 사실은 해리가 비행기에 몸을 싣고 구조되는 것도, 킬리만자로의 산정에 다다른 것도 모두 '꿈'이었다. 해리는 꿈속으로 빠져 들면서 죽음을 맞이했다. '이상하게도 사람처럼 우는'[258] 하이에나의 울음소리를 들으면서 해리의 육체는 죽고 말았다. 그러나 해리의 정신은 '꿈'의 기류를 따라 흘러 온 비행기를 타고 산정 높이 오르고 있었다.

"바로 그때 그는 자신이 지금 죽음 가까이 다가서고 있다는 생각에 사로잡혔다. 그 생각은 빠르게 들이닥쳤다. 그러나 물이나 바람처럼 들이닥치는 것이 아니라, 갑자기 악취를 풍기는 공허처럼 들이닥쳤다. 묘한 것은 하이에나가 그 공허의 가장자리를 따라 가볍게 미끄러지듯 달려갔다는 것이다."

　　　　　　　　　　－《킬리만자로의 눈》(정영목 옮김. 문학동네) 중에서

해리의 몸은 죽었지만 그의 정신은 최후의 순간까지도 킬리만자로의 만년설처럼 순수한 세계에서 살아가려는 의지를 버리지 않았다. 순수한 세계를 향해 비상하려는 해리의 정신을 작가는 비행기를 타고 킬리만자로의 정상에 도달하는 '꿈'의 모습으로 아름답게 그려냈다. 이보다 더 맑고 깨끗한 환상이 또 어디 있는가?

> "폭풍우를 빠져 나오자 콤프턴은 고개를 돌려서, 씩 웃더니 앞쪽을 가리켰다. 그곳에 눈앞에는 세상처럼 웅장하고, 높고, 햇빛 아래에서 믿기지 않을 정도로 새하얀 킬리만자로의 평평한 정상이 보였다. 그 순간, 해리는 그곳이 바로 자신이 갈 곳임을 깨달았다."[260]
>
> –《킬리만자로의 눈》(구자언 옮김. 더클래식) 중에서

산정의 만년설에 묻혀 잠들어 있는 '표범'. 호흡은 멈추었지만 결코 부패하지 않는 표범의 육체. 그는 눈을 감는 순간까지도 깨끗한 세계에서 살고 싶은 소망을 버리지 않았나 보다. 썩지 않는 표범의 몸은 해리의 정신을 상징한다. 고결한 세계에서 살고 싶어 했던 해리의 의지가 만년설에서 피어난 얼음꽃처럼 눈부시다.

하이데거의 '실존주의' 철학으로 이해하는《킬리만자로의 눈》

실존주의 철학자로 알려진 마르틴 하이데거Martin Heidegger. 하이데거의 철학의 거울에 소설을 비추어본다면 물질의 가치보다 더 중요한 정신의 가치가 만년설의 눈빛雪光처럼 환하게 밝아올 것이다. 하

이데거의 대표 저서 《존재와 시간Sein und Zeit》[261]을 철학적 프리즘으로 삼아 해리의 정신세계를 분석해보자.

하이데거는 인간을 "던져진geworfen"[262] 존재라고 말한다. 자신이 선택하지도 않은 세계 속으로 자신의 의지와는 상관없이 던져졌다는 것이다.[263] 인간이라면 누구나 이러한 '던져짐Geworfenheit'을 거부할 수 없다. 소설의 주인공 해리도 예외는 아니다. 해리는 도무지 이겨낼 수 없는 병마의 세계 속으로 '던져진' 인간이다. 그러나 해리는 죽음에 대한 불안과 고통을 인내하고 또 인내하였다. 해리의 인내는 그를 새로운 '가능성'의 길로 이끄는 가이드가 되었다. **해리는 죽음이라는 한계의 벼랑에 부딪쳤지만 그 벼랑을 넘어설 수 있다는 가능성의 빛을 발견하였다.** 해리는 가능성의 빛 속으로 자신의 모든 의지를 '던지는Entwurf'[264] 정신적 투쟁을 전개한다.

고통스러운 세계 속으로 던져진 해리가 이제는 산정을 향하여 자신의 전부를 '던지는' 표범의 길을 걸어가는가? 해리의 인생으로부터 하이데거가 바라는 인간의 '실존Existenz'을 읽을 수 있다. 한계를 극복할 수 있는 가능성 속으로 인간의 정신적 에너지 전부를 던지고 쏟아 붓는 것이 인간의 실존이다. 한계의 벼랑을 뛰어 넘어 산정의 만년설처럼 고결한 본향의 세계로 나아가기 위해 최선을 다하는 것이다. 그렇다면, 해리는 하이데거가 찾는 인간다운 실존의 표상이 아닌가?

하이데거는 《존재와 시간》에서 "인간은 자신을 선택하고 포착하는 자유를 향해 열려 있다"[265]고 했다. 하이데거의 말에 따르면, **해리가 표범의 발걸음을 따라 만년설의 산정에 오르는 것은 물질과 명예와 권력을**

마르틴 하이데거(Martin Hei-degger, 1889~1976). 독일의 철학자로서 실존주의 사상의 대가로 알려져 있다. 하이데거는 스승인 에드문트 후설의 '현상학'을 더욱 발전시킨 철학적 영향력 때문에 '실존주의적 현상학의 아버지'라 불린다.

향한 세속적 욕망을 바람 속에 흩어 버리고 가장 순수한 본향의 세계로 돌아가는 길을 '선택'한 것이다. 그 선택은 죽음이라는 한계의 장벽에 직면한 인간이 마지막으로 '포착'하는 가장 아름다운 '자유'다.

만년설에 묻혀 결코 썩지 않는 표범의 몸! 모든 욕망이 사라진 순수한 세계에서 살아가길 염원하는 해리의 정신! **"인간은 패배하지 않는다. 차라리 죽을지언정 결코 패배란 없다."**[266] 헤밍웨이의 소설 《노인과 바다》에서 주인공 산티아고가 했던 말을 해리가 이어받은 셈이다. '결코 패배란 없다'는 말 속에 킬리만자로의 산정 높이 걸어 올라가는 표범의 길이 보인다. 그 길은 해리가 선택한 자유의 길이요, 해리가 걸어가는 실존의 길이다. 하이데거가 말하는 인간다운 실존이 해리의 마지막 선택을 통하여 '킬리만자로의 눈'처럼 빛을 발한다.

 행동을 이끄는 교양

"세상처럼 웅장하고, 높고, 햇빛 아래에서 믿기지 않을 정도로 새하얀 킬리만자로의 평평한 정상이 보였다. 그 순간, 해리는 그곳이 바로 자신이 갈 곳임을 깨달았다."

– 어니스트 헤밍웨이의 《킬리만자로의 눈》(구자언 옮김. 더클래식) 중에서

7장

내가 할 수 있다고
말했잖아! 넌 할 수 있어.

변화의 기적을 낳는 사랑의 힘

_ 프랜시스 호지슨 버넷의 《비밀의 화원》

동화적 소설의 어머니,

프랜시스 호지슨 버넷(Frances Hodgson Burnett, 1849~1924)

버넷은 영국 맨체스터에서 출생한 미국의 소설가다. 부친의 타계 이후 1865년 미국 테네시 주로 이주하였다. 영국에서 보낸 유년 시절부터 동화와 소설을 즐겨 읽었던 버넷은 가정의 생계를 유지하기 위해 작가의 길을 걸었다. 애호하는 취미가 직업으로 바뀐 것이다. 버넷이 작가의 이름을 세상에 알린 것은 단행본이 아니라 잡지였다. 주로 여성들이 많이 읽는 잡지에 글을 지속적으로 발표하던 중 그녀의 역량을 인정한 출판사에 의해 단행본이 출간되었다. '버넷'은 그녀가 1873년 의사 스완 버넷과 결혼하면서 얻은 성이다. 그녀는 아일랜드 출신의 오스카 와일드처럼 세계인들에게 동화적 소설의 작가로 인식되어 있다. 어린이들이 작품의 주인공으로 등장하지만 어른들에게도 큰 감동과 교훈을 주기 때문이다. 1924년 뉴욕 주에서 타계했다. 그녀의 대표 작품으로는 《소공자》(1886), 《소공녀》(1888), 《비밀의 화원 The Secret Garden》(1909) 등이 있다.

영문판 《비밀의 화원》표지. 주인공 메리 레녹스가 버려져 있던 화원의 문을 열고 있다.

조화로운 관계의 미학, 《비밀의 화원》

이 작품은 '시크릿 가든'이라는 영문 제목으로 더욱 유명해진 동화적 소설이다. 어머니를 잃어버린 후 우울증에 시달리며 어두운 밀실에서만 생활하던 소년 '콜린'. 그는 나쁜 건강에 부정적 사고방식까지 겹쳐 자신이 '꼽추'의 신세를 면하지 못할 것이라고 인생을 비관한다. 그러나 콜린의 외사촌 '메리'와 하녀 마사의 남동생 '디컨'은 우정이 듬뿍 담긴 대화의 노력을 기울여 마침내 콜린의 정서와 육체를 회복시킨다. 콜린은 메리와 디컨의 정성에 마음이 움직여 어머니가 사랑하던 '비밀의 화원'으로 들어가서 자연의 친구로 변해간다. 《비밀의 화원》은 인간 사이의 대화, 정성, 우정, 사랑이 인간과 세상을 바람직한 방향으로 변화시킬 수 있다는 긍정적 마인드를 일깨우는 작품이다. 또한, 인간은 자연과 떼려야 뗄 수 없는 생명의 '관계' 속에서 살아가고 있다는 진실을 가르쳐주는 명작이다.

사랑은 인간의 생명을 깨운다

프랜시스 호지슨 버넷의 또 다른 소설《비밀의 화원》을 읽으면 사랑의 힘이 얼마나 위대한가를 확신하게 된다. 오늘 우리가 만나는 사랑은 친구 간의 사랑이다. 세상에서는 '우정'이라고 말한다. 메리, 디컨, 콜린이 나누는 우정은 동성과 이성 간의 차이를 초월하는 사랑의 진실과 깊이를 느끼게 해준다.

영국이 인도를 식민지로 지배하던 시절. 10세 소녀 메리 레녹스는 부유한 부모와 함께 인도에서 살고 있었다. 그러나 여행 중 불의의 사고로 부모를 잃고 영국 요크셔에 있는 부유한 귀족 크레이븐의 저택으로 주거지를 옮긴다. 그는 메리의 고모부다. 부모를 여읜 슬픔에다가 갑자기 바뀐 환경에 적응을 못하던 메리는 건강까지 나빠진다. 그러나 하녀 마사와 정원사 벤 할아버지가 따뜻한 말동무로 다가와 주었고 '붉은가슴울새'와 소통하는 사이가 되면서 메리는 점점 건강을 회복한다. 세상을 떠난 고모가 생전에 애정을 갖고 돌보던 '화원'을 우연히 발견한 메리. 그러나 고모가 그곳에서 사고로 유명을 달리한 후 화원은 아무도 돌보지 않는 황량한 곳으로 변해 잠겨 있었다. 메리는 '자연의 친구'라고 해도 과언이 아닌 마사의 동생 디컨과 함께 정성을 다해 화원을 가꾼다. 수북이 자란 잡초와 가시덩굴을 뽑아낸 자리에 새로운 꽃씨를 심고 꽃들이 만발하게 피어나면서 화원은 고모의 생전 모습으로 돌아온다.

콜린은 '몸이 약하고 히스테리가 있는'[267] 소년이다. 어머니가 화원에서 불의의 사고로 세상을 떠난 후부터 콜린의 마음은 굳게 닫

힌 화원의 문처럼 불통의 자물쇠로 잠겨 있다. 그는 '그 어떤 친구도 없고 사람을 참을 수도 없는'[268] 아이라고 자신에 대해 인생을 포기한 사람처럼 말한다. 언젠가는 꼽추가 될 것이라는 말도 빼놓지 않는다. 그러나 메리와 디컨, 두 친구와 대화를 나누면서부터 다른 사람으로 변화되기 시작한다. 순수한 친구와 함께 나누는 대화는 마음의 문을 여는 열쇠가 된다. 그 열쇠를 가진 고마운 친구는 메리와 디컨이다. 콜린을 변화시키는 첫 번째 사랑은 메리와 디컨의 우정이다.

그리스 사람들은 사랑을 세 가지로 구분하여 이해한다. 아가페는 신神이 베푸는 조건 없는 사랑이다. 물론, 신의 사랑을 확신하는 사람이 그 사랑을 동일한 의미로 다른 사람에게 베푸는 이타적인 사랑도 넓은 의미에서 '아가페'라고 한다. '에로스'는 윌리엄 셰익스피어의 소설《로미오와 줄리엣》의 주인공처럼 젊음의 정열을 불사르며 애인을 위해 헌신하는 사랑을 말한다. 에로스와 아가페와 함께 그리스 사람들이 인생의 중요한 사랑으로 생각하는 또 하나의 사랑은 '필리아'다. 이것은 친구 간에 나누는 진실한 사랑, 즉 우정이다.

《비밀의 화원》에서 콜린, 메리, 디컨은 필리아를 빛내는 사랑의 모델이다. 이 작품을 읽어갈수록 독자들은 세 사람의 우정이 참으로 아름다운 사랑이라는 것을 간접적으로 체험하게 된다. 이들과 똑같은 우정의 주인공이 되고 싶은 착한 욕심이 독자들의 마음을 사로잡는다. 병약하여 걷지 못했고, 늘 우울하고 비관적이었던 콜린은 음악의 멜로디처럼 경쾌하게 걸어가는 사람으로 바뀐다. 그는 희망을 잃지 않는 긍정적 사고방식의 주인공으로 다시 태어난다. 위로와 격려를 아끼지 않는 메리와 디컨의 우정! 두 친구의 진실한 사랑이 변화의 기적을 낳는다.

부버의 '대화' 철학으로 이해하는 《비밀의 화원》

마르틴 부버Martin Buber. 그는 오스트리아 출신의 유대인 철학자다. 대표 저서 《나와 너Ich und Du》에 담겨 있는 부버의 사상은 '대화의 철학' 혹은 '만남[269]의 철학'으로 알려져 있다. 때로는 그의 사상을 '관계[270]의 철학'이라 부르기도 한다. 진정한 소통이 이루어지는 대화와 인격적인 만남을 가지려 노력할 때 '나와 너' 사이에 조화로운 '상호관계'[271]가 이루어진다고 부버는 확신에 찬 목소리로 말한다. 부버는 인간이 가질 수 있고 또 가져야 하는 능력 중 가장 중요한 능력을 "관계능력"[272]이라고 강조한다. 관계능력은 소통의 능력과 같다. 만약 부버가 《비밀의 화원》을 읽는다면 메리와 디컨을 관계능력이 탁월한 대화와 소통의 달인들이라고 칭찬하지 않을까?

마르틴 부버는 인간 상호간의 소통을 가로막는 원인이 대화의 상대방을 '그 남자' 혹은 '그 여자'로 여기는 데 있다고 보았다. 상대방을 '여러 가지 사물 중의 하나'로 취급하면서 나의 필요를 채워줄 '대상'이나 '그것' 쯤으로 여기는 까닭에 '나'와 상대방은 동등한 수평관계 속에서 이루어지는 '나―너'[273]의 인격적인 대화를 가질 수 없게 된다는 것이다. 그러나 메리와 디컨은 부버가 흐뭇한 미소를 지을 만한 사람들이다. 그들은 콜린을 독립적 인격체로 존중하였

'대화의 철학' 혹은 '만남의 철학'으로 알려진 오스트리아의 사상가 마르틴 부버(Martin Buber, 1878~1965)

다. 그들은 콜린을 '그 남자 아이'로 여기지 않았다. 은밀한 공간에 틀어 박혀 도무지 바깥으로 나올 줄 모르는 '그것'으로 취급하지도 않았다. 메리와 디컨은 콜린을 '나'와 동등하게 마주 대할 수 있는 '너'로 맞이하였다. 그들은 콜린을 '나'와 언제든지 이야기를 나눌 수 있는 '너'로 존중하였다.

메리와 디컨은 콜린의 과거를 이해하고 콜린의 현재를 있는 그대로 받아들였다. 마르틴 부버는 말을 주고받는 '나'와 상대방이 서로의 '다른 점'279을 이해하고 존중할 때 서로를 소통으로 이끄는 대화가 가능해진다고 믿었다. 콜린과 메리와 디컨. 이 세 친구는 각자 성장한 환경이 다르다. 환경이 다른 만큼 생활방식인 문화도 다를 수밖에 없다. 기질과 성품도 서로 다르다. 기질이 다르다면 타고난 재능도 다르게 마련이다. 머릿속에서 그려보는 인생의 비전도 다르다. 물론, 불의의 사고로 부모를 잃었다는 사실만큼은 콜린과 메리가 다르지 않지만 인생의 경험에서도 세 친구는 다른 점이 많다. 이 '차이'를 이해하고 있는 메리와 디컨은 콜린의 심정과 인생을 존중하려고 노력하였다. 상처의 수렁에서 콜린이 헤어나올 수 있도록 위로의 말과 격려의 손길을 아끼지 않았다.

콜린의 입장에 서서 콜린의 인생을 이해하고 콜린의 아픔에 공감하려는 메리와 디컨의 정성. 그 순수한 정성의 연금술이 슬픔의 밀실에 갇혀 있던 콜린의 언어의 자물쇠를 풀어주는 대화의 황금 열쇠를 만들어 주었다. 메리와 디컨은 콜린의 말에 귀를 기울였다. 콜린의 마음의 뜨락으로 걸어들어가서 콜린의 감정을 어루만지고 콜린의 생각을 하나하나 헤아리며 대화의 꽃길을 동행하였다.

"사람은 '너'에게 응답할 수 있을 때 정신 안에서 살고 있는 것이며 사람은 그의 존재 전체를 기울여 관계에 들어설 때 너에게 응답할 수 있다"[280]고 마르틴 부버는 말하지 않았는가? 메리와 디컨은 콜린의 입술에서 흘러나오는 모든 말에 경청하며 기꺼이 응답하였다. '존재 전체를 기울이라'는 부버의 말처럼 메리와 디컨은 온 정성을 다하여 콜린과의 우호적인 관계에 들어서는 것을 선택하였다.

> "내가 할 수 있다고 말했잖아! 넌 할 수 있어. 할 수 있는 거야. 할 수 있고 말고!"

> ―《비밀의 화원》(박현주 옮김. 현대문학사) 중에서

콜린의 변화를 원했던 메리와 디컨. 두 친구는 콜린을 대수롭지 않은 '그 남자'나 '그것'으로 여기지 않았다. 그들은 콜린을 '나'의 소중한 '너'로서 마주 대하고 콜린에게 존재 전체를 기울였다. 그들은 콜린의 모든 말에 온 정성을 담아 응답하였다. 마침내 콜린은 화원을 향해 쏟아지는 햇살처럼 밝은 성품의 친구로 변화되었다. 온 존재를 기울이는 메리와 디컨의 정성이 콜린을 갱생시키려는 소망을 이루어 냈다.

콜린을 변화시킨 두 번째 사랑은 무엇일까? 그것은 자연과 주고받는 사랑이다. 콜린은 디컨과 메리의 손을 잡고 '비밀의 화원'으로 들어간다. 그곳에서 자연의 친구로 거듭난다. '대장' 여우, '검댕이' 까마귀, '밤톨이'와 '깍지' 다람쥐, 울새, 종달새, 매발톱꽃, 금어초 등과 교감을 나눈다. 나무의 초록빛이 콜린의 혈관 속에서 맑은 시냇물

처럼 흘러간다. 꽃잎의 향기가 콜린의 감각을 깨우면서 그의 정신은 하늘처럼 푸르러진다. 새들의 노래가 콜린의 영혼을 채색하면서 그의 감성은 화가의 캔버스처럼 따스해진다. 어머니를 잃은 콜린의 빈자리에 모성의 손길처럼 자연의 숨결이 포근히 내려앉는다.

　사람뿐 아니라 자연도 '나'와 '더불어 살아가는'[282] 삶의 동반자가 될 수 있다고 마르틴 부버는 말했다. 자연은 사람과 함께 '세상을 만들어가야 하는'[283] 협력자라고 부버는 생각하였다. 그렇다면, 사람의 동반자이며 협력자인 자연은 '나'와 마주하는 '너'가 아닌가? 사람과 자연, 즉 '나와 너'는 도움을 주고 받는 아름다운 상호 관계의 길을 걸어가야 하지 않는가? 그 동행길이 소설 《비밀의 화원》에서 열린다. 콜린과 자연은 '나와 너'의 조화로운 상호 관계를 맺는다. 자연은 자신의 생명력으로 콜린을 치유한다. 콜린은 자연에 대한 고마움의 보답으로 자연을 소중히 아껴준다.

　콜린과 자연 사이에 끊어졌던 관계의 길을 이어준 감동적인 길잡이는 메리와 디컨이다. 두 친구의 우정 깊은 사랑이 자연을 향한 사랑의 길로 콜린을 이끌었다. 인간을 변화시키는 위대한 힘이 있다면 그것은 사랑이다. 사랑은 '인생'이라는 화원에서 피어난 가장 아름다운 꽃이다.

 행동을 이끄는 교양

"내가 할 수 있다고 말했잖아! 넌 할 수 있어. 할 수 있는 거야.
할 수 있고 말고!"

－《비밀의 화원》(박현주 옮김. 현대문학사) 중에서

8장

여러분, 이것이야말로 저의 죄입니다.

불평등한 사회를 바꾸는 개인의 용기

_ 스탕달의《적과 흑》

왕정복고 시대의 공화주의자, 스탕달(Stendhal, 1783~1842)

1783년 프랑스 그르노블에서 출생한 작가 스탕달. 그의 본명은 마리 앙리 벨 Marie-Henri Beyle이다. 그는 프랑스 문학에서 사실주의 시대를 본격적으로 열었다. 유년 시절부터 외조부에게서 받은 계몽사상의 교육은 스탕달에게 시민의 평등과 자유에 대한 비전을 심어주었다. 그의 문학을 '리얼리즘 문학'이라 부르는 까닭이 있다. 그것은 인간의 내면에서 복잡다단하게 얽혀 있는 감정들을 섬세하게 묘사할 뿐만 아니라 선과 악, 미와 추를 가리지 않고 모든 면모를 적나라하게 사실적으로 재생하기 때문이다. 그는 공화정이 무너지고 군주체제로 복귀한 왕정복고 王政復古 시대의 온갖 지배와 억압과 차별의 비인간적 현상들을 외과의사의 메스로 환자의 환부를 도려내듯 예리하게 비판했다. 몽마르트 언덕에 있는 그의 묘비명에는 그가 직접 선택한 것으로 전해지는 '살았노라, 썼노라, 사랑했노라'는 명언이 새겨져 있다. 스탕달의 대표 작품으로는 프랑스 사실주의 문학의 원조로 평가받는《적과 흑 Le Rouge et le Noir》(1830)을 비롯하여 데뷔 소설《아르망스》(1827),《파르마의 수도원》(1839) 등이 있다.

출세의 욕망과 인간다운 비전이 공존하는 인생,《적과 흑》

'1830년 연대사 年代史'라는 부제를 가진 이 소설은 청년 쥘리엥 소렐의 욕망과 비전이 공존하는 작품이다. 그는 높은 신분을 갖기 위해 자신의 마음을 속이는 부정직한 행위를 서슴지 않으면서도 평등한 세상이 이루어지길 열망하는 '공화주의' 이상을 버리지 않는다. 그는 스탕달의 내면세계를 옮겨놓은 인물이다. 프랑스 대혁명에서 나폴레옹 황제체제와 실각 失脚 그리고 왕정복고로 이어지는 프랑스의 시대 상황과 사회적 환경의 측면에서 쥘리엥의 심리를 이해할 수 있다. 라몰 후작의 사위가되어 높은 신분을 얻으려는 그의 야망은 평민 신분으로 인해 어쩔 수 없이 겪어야만했던 지배와 억압과 차별에 대한 본능적 '저항'이었다. 절망과 희망, 출세의 야망과개혁의 비전, 위선과 사랑 등이 사회구조와 부닥치면서 선과 악과 미美와 추醜의다양한 면모를 지닌 인간 '쥘리엥'의 형상이 독자의 뇌리에 새겨진다.《적과 흑》은탁월한 리얼리즘 심리 소설이다.

혁명의 소용돌이에서 피어난 문학의 꽃

스탕달의 장편 소설 《적과 흑》을 이해하기 위해서는 19세기 전
반기의 프랑스 역사와 사회를 먼저 이해할 필요가 있다. 무엇보다
도 1789년 프랑스 대혁명에 의해 일시적으로 수립된 공화주의 체
제, 그 이후 나폴레옹에 의한 프랑스 역사상 최초의 황제체제, 나폴
레옹의 실각 이후 부르봉 왕조가 돌아오면서 시작된 왕정복고 시대
와 이 시대의 반민주적 정치에 항거하여 공화주의를 부활시키려고
했던 '7월 혁명'의 전개 과정에 주목해야 한다. 《적과 흑》은 1830년
7월 혁명 직후에 출간된 까닭에 독자들은 자연스럽게 혁명의 시대
상황을 머릿속에 그려보면서 이 소설을 읽을 수밖에 없었다.

1789년 파리에서 발발한 '프랑스 대혁명'을 통해 시민들이 꿈에
그리던 공화주의 체제가 들어섰지만 자코뱅당의 일당 독재와 '공포
정치'는 정치적 역효과를 나타냈다. 집권당들이 빠르게 교체되는 혼
란 속에서 보나파르트 나폴레옹은 군부의 힘으로 정권을 획득하였
다. 권력을 강화한 나폴레옹은 1799년 제일집정第一執政의 자리에 올
라 모든 권력을 1인 체제로 집중시켰다. 1804년에는 프랑스 대혁명
의 공화주의 정신을 퇴색하게 만드는 황제 체제를 만들어냈다.[284] 나
폴레옹은 독일, 스페인, 이탈리아 등 유럽 각국을 침략하면서 프랑
스 대혁명의 이념을 선전하고 혁명 정신을 전파하는 등 자유주의의
확산에 어느 정도는 기여하기도 했다. 그러나 침략 전쟁, 식민 지배,
식민지 주민들에 대한 학살, 황제로서 휘두르는 무소불위의 독재 권
력 등은 나폴레옹을 '혁명의 전도사'로 인정할 수 없는 어처구니없

는 모순이다. 나폴레옹이 전파한 대혁명의 이념은 식민 지배를 미화하고 통치 기반을 공고히 하는 '지배 이데올로기'로 악용되었다고 평가할 수 있다.

유럽 대륙을 송두리째 집어삼키려던 나폴레옹의 승승장구는 러시아 침략이 벽에 부닥치면서 급격히 꺾였다. 결정적으로는 1815년 6월 영국과 프로이센과 네덜란드로 구성된 대對 프랑스 연합군과의 '워털루 전투'에서 패배하여 권좌를 상실하였다. 그 후 프랑스 정국은 나폴레옹의 제1제정 시대보다 더욱 보수적인 방향으로 회귀하였다. 나폴레옹이 비록 독재권력자임에는 분명하지만 귀족의 권력을 약화시키고 평민들에 대한 억압과 차별을 완화시킨 것만큼은 분명한 사실이었다. 그러나 나폴레옹의 몰락 이후 대혁명 이전의 프랑스 왕정을 이끌었던 부르봉 왕조가 돌아옴으로써 루이 18세의 등극과 함께 '왕정복고'라는 반역사적 시대가 개막되었다.

나폴레옹 시대의 평민들에겐 적색 제복의 군인이 되거나 흑색 제복의 성직자가 되는 신분상승의 두 갈래 길이 열려 있었다. 그러나 돌아온 왕정 체제는 군인이 되는 출셋길을 평민에게서 아예 박탈해 버렸다. 나폴레옹 체제에서는 평민과 시민의 자유로운 여론 조성이 어느 정도는 가능했지만 왕정 체제에서는 표현의 자유가 억압되었다. 왕정과 함께 돌아온 왕족 및 귀족의 구성원들이 언론을 장악했기 때문이다. 루이 18세의 뒤를 이은 샤를 10세는 비판적 여론 조성을 더욱 철저히 차단하고 신분의 위계질서를 더욱 수직적으로 조성하였다. 이러한 반혁명反革命 시대의 반민주적 정치현상들을 더는 인내하기 어려웠던 평민들은 보수 체제에 대해 어떻게 대응하였을까?

마침내 평민들은 무너진 공화주의 체재를 재건하기 위해 1830년 7월 공화주의 혁명을 일으켰다. 이 사건이 바로 그 유명한 '7월 혁명'이다. 안타깝게도 7월 혁명은 절반의 실패와 절반의 성공으로 끝났다. 프랑스 의회에서 헌법이 제정되고 그 토대 위에 루이 필리프를 국왕으로 옹립하는 입헌군주체제가 수립되었으나 혁명의 주체 세력인 평민들과 시민들이 갈망했던 공화주의체제는 세워질 수 없었다. 공화주의의 생명이자 혁명의 정신인 '평등'과 '자유'는 여전히 멀리 있었다. 나폴레옹의 몰락 이후에 전개되는 왕정복고 시대의 극단적 보수 정치. 이에 대해 항거하여 들불처럼 번져가는 공화주의 혁명의 열기가 소설《적과 흑》의 땅 밑을 흐르는 시대적 정서다. 평등과 자유를 열망하는 혁명의 정신은 작가 스탕달을 통하여 작중인물 쥘리엥 소렐에게 남김없이 투영되고 있다.

루소의 공화주의 사상으로 이해하는 쥘리엥의 위선과 용기

스위스 국경 근처에 있는 가공의 도시 '베리에르'에서 가난한 목재상의 셋째 아들로 태어난 청년 쥘리엥 소렐. 목재상의 아들이므로 그의 신분은 평민이다. 평민이라고 해도 부유한 상인 가정에서 자라났다면 상대적인 박탈감이 덜했을 것이다. 그러나 신분이 낮은데다가 가난의 멍에까지 맨 쥘리엥은 인생의 돌파구를 찾기가 매우 어려웠다. 힘겨운 나날이 계속될수록 차별과 불평등이 쥘리엥에게는 혐오스럽게만 느껴졌다. 신분의 위계질서를 진저리치게 싫어하는 쥘리엥의 태도에서 평등과 자유를 추구하는 작가 스탕달의 공화주의적 혁명 의식을 읽을 수 있다. 잘 생기고 다재다능하며 명석한 지능을 갖춘 쥘리엥. 하지만 신분상의 제약 때문에 능력과 장점을 마음껏 발휘하지 못하는 현실을 직시할 때마다 왕정복고 시대의 '귀족중심주의'가 절망스러운 한계의 장벽으로 앞길을 막아선다.

물론, 평민에게 신분 상승의 기회가 전혀 없었던 것은 아니다. 전제정치를 강화하던 왕정 체제는 평민에게 적색 제복의 군인이 되는 길을 막아놓았지만 흑색 제복의 사제 혹은 수도사가 되는 길만큼은 허용해주었다. 쥘리엥도 처음에는 사제가 되기를 갈망하였다. 어차피 군인의 길은 단절되어 있었기 때문이다. 종교적 소명의식보다는 신분 상승의 욕구 때문에 베리에르의 셸랑 사제로부터 신학과 라틴어 교육을 받으면서 수도사가 되는 수련의 길을 착실히 밟아나갔다. 베리에르 시장 '레날'의 자녀에게 라틴어를 가르치는 가정교사로 들어갈 정도로 쥘리엥의 라틴어 실력은 수준급이었다. 빼어난 용모와 명석한 두뇌로 레날 부인을 유혹하여 사랑의 포로로 만들어버리는 쥘리엥. 평소 귀족에게 가졌던 반감이 컸기 때문에 귀족을 농락하려는 마음과 함께 자신의 사회적 성장을 위해 정략적으로 이용하려는 욕심이 앞섰던 것이다. 그러나 머리만 좋은 것이 아니라 섬세한 감성의 소유자이기도 했던 쥘리엥의 마음에 레날 부인은 조금씩 사랑스런 여인으로 다가오고 있었다. 뜨거운 사랑의 불꽃 속에서 몸과 마음을 불살라버리는 쥘리엥과 레날 부인. 두 사람은 간절한 마음을 주고받는 연인이 되었다.

두 사람의 밀애에 대한 소문이 동네에 파다하게 퍼지자 쥘리엥은 불안과 염려의 나날을 보낸다. 연인 관계가 밝혀져서 베리에르 시의 화제가 된다면 성공을 겨냥하는 자신의 앞날을 가로막을 것이 틀림없었다. 레날 부인과의 사랑을 마음속으로는 부인할 수 없지만 신분 상승은커녕 사회적으로 매장당하는 위기만큼은 피해야 하기에 쥘리엥은 처음에 계획했던 사제의 길을 고수하기로 결심한다. 도피하듯이 레날 부인으로부터 등을 돌린 쥘리엥은 '브장송' 신학교에 들어가서 사제의 흑색 제복을 입기 위한 신분 상승 프로젝트를 본격적으로 가동한다. 셸랑 신부로부터 신학 수업과 라틴어 교육을 어느 정도는 받았던 까닭에 브장송 신학교의 수련 과정도 그에게 어려울 것은 없었다. 게다가 평민의 신분 꼬리표를 떼어 버려야 한다는 야망이 그의 우수한 지능과 꾸준한 노력을 도와주는 시너지 효과를 발휘하였다. 불평등한 대우를 몸서리치게 싫어하는 쥘리엥으로서는 신분 상승의 길을 앞만 보고 달려갈 수밖에 없었다. 귀족과 동급의 신분인 수도사가 되어 만인이 우러러 보는 찬란한 '흑색' 제복을 입는 것밖에는 그의 눈에 다른 길이 보이지 않았다.

성공을 위해 선택한 야망의 승부수인 까닭에 《성서》에 기록된 '믿음과 소망과 사랑'[285]이라는 하느님의 가르침을 전파하거나 인간의 영혼을 구원하는 일에는 '궁극적 가치'[286]를 두지 않았다. 흑색 제복을 입는 것은 괄시 받는 신세를 벗어나는 해방의 출구이자 가문의 배경 없이도 신분을 높일 수 있는 성공의 지름길이었다. 우스갯소리를 빌려 말한다면 프랑스의 왕정 시대에 '돈 없고 백 없는 사람'이나 다름없는 쥘리엥이 자신의 의지와 노력으로 손에 쥘 수 있는 유일한 카드였던 것이다. 그러나 이게 웬일인가? 돈 없고 백 없는 쥘리엥에게도 가문의 배경으로 고위 신분을 얻을 수 있는 절호의 기회가 왔다.

성직자의 검은 옷으로 '위선'을 은폐할 필요가 없어진 것이다.

쥘리엥은 브장송 신학교 교장 피라르의 추천장을 받아 라몰 후작의 비서로 일하게 된다. 공작·후작·백작·자작·남작의 5등작에서 '후작'이라면 제2등작에 해당하는 귀족 중의 귀족이 아닌가? 후작의 딸 마틸드를 만나는 순간부터 쥘리엥은 귀족의 그룹에 합류하려는 새로운 계획을 세운다. 유혹의 손짓을 건네는 쥘리엥에게 마틸드는 레날 부인이 그랬던 것처럼 마음을 빼앗긴다. 잘생긴 외모와 실력에 정열까지 겸비한 젊은 남자에게 흠뻑 빠져들어 그의 아이까지 갖게 되는 마틸드. 그녀를 사랑하지 않으면서도 사랑하는 연기의 역할을 맡는 쥘리엥. 신분 상승을 꾀하는 그의 야망은 도대체 어디까지 스스로를 속이는 위선의 행보를 계속할 것인가? 그의 신분이 귀족이 아닌 까닭에 딸 마틸드와의 혼인을 반대하던 라몰 후작도 딸의 간청에 못 이겨 백기를 들고 만다. 게다가 딸이 임신까지 하였으니 혼인을 더는 막을 도리가 없었다. 그는 결혼식을 올리기도 전에 라몰 후작의 권력에 힘입어 경기병 중위의 계급을 얻는다. 후작 가문의 사위가 되어 평민의 위치에서 단 번에 귀족의 위치로 수직 상승하는 엘리베이터 탑승을 눈앞에 둔 행운아 쥘리엥. 그러나 '제2의 신분 상승 프로젝트'가 성공적인 열매를 맺으려는 순간, 예기치 않은 돌발 변수가 터질 줄이야!

라몰 후작에게 보내온 편지가 있었다. 쥘리엥의 연인이었던 레날 부인이 과거의 비밀을 폭로하는 비극의 메신저가 된 것이다. 신분의 차이 때문에 쥘리엥을 사위로 맞아들이기를 꺼려하던 후작은 당당하게 딸의 파혼을 선언할 수 있는 명분을 얻었다. 시인 이은상이 노래한 시조 〈고지가 바로 저긴데〉가 떠오른다. "고지가 바로 저긴데 예서 말 수는 없다."[287] 쥘리엥 소렐도 고지가 바로 저긴데 예서 그만 둘 수는 없다는 심정이 아니었을까? 결혼과 함께 정복할 수 있는 귀족의 고지가 바로 눈 앞에 놓여 있는데 깃발을 꽂지도 못한 채 물러 나야 한다면……. 생각조차 하기 싫은 상황이지만 현실은 냉정했다. 고지를 등 뒤에 두고 신분 하강의 길로 퇴각하는 정도가 아니었다. 평민의 땅으로 돌아가는 것은 두 말할 나위 없고 라몰 후작의 권력에 의해 당장이라도 파멸의 구덩이 속으로 매장될지도 모르는 인생 최대의 위기상황에 부닥친 것이다.

레날 부인이 자신을 벼랑 끝으로 몰아 붙였다는 생각을 지울 수 없었던 쥘리엥은 분노를 억누르지 못한 채 교회에서 기도하고 있던 그녀를 향해 권총을 겨눈다. 울분이 응집된 총알은 레날 부인에게 경상을 입힌 채 그녀의 심장을 비켜갔다. 그러나 현장에서 체포된 쥘리엥은 투옥되고 만다. 감옥에 갇힌 다음부터 신분 상승의 야망으로부터 자유로워지는 쥘리엥. 그의 마음속에 꼭꼭 숨겨두었던 '공화주의'의 비전이 본모습으로 되살아나기 시작한다. 때마침 상처를 치유하고 쥘리엥 앞에 나타난 레날 부인과 예전처럼 진실한 사랑을 확인하면서 오랜만에 찾아든 행복한 평안을 누린다. 법정에 서게 된 쥘리엥은 배심원들을 향해 자신처럼 가난한 평민을 부당하게 억압하는 지배 계급이 바로 그 배심원들임을 당당하게 고발한다.

"배심원 여러분, 저는 사형을 받아 마땅한 자입니다. 그러나 설령, 저의 죄가 보다 더 가볍고 저의 소년 시대가 동정을 받을 만한 가치가 있다 해도 그것을 일체 고려하지 않고, 저에게 죄를 씌우려는 사람들이 있다는 것을 저는 잘 알고 있습니다. (그들은 바로 배심원 여러분입니다. 그들은) 하층 계급에 태어나서 빈곤으로 인한 고통을 받으면서도 다행히 훌륭한 교육의 혜택을 입고, 거만한 부자들이 사교계라고 부르고 있는 그 세계로 신분도 깨닫지 못하고 들어가려는 (저와 같은) 청년들을 저를 통해서 벌하고, 또 앞으로 그런 의지를 꺾어 버리려고 하는 사람들입니다. 여러분, 이것이야말로 저의 죄입니다. 그리고 이러한 죄는 현재 제가 저와 같은 계급의 사람들(평민들)에 의해서 재판을 받지 못하는 이상, (여러분과 같은 계급의 사람들에 의해서) 더 엄중한 벌을 받게 되겠지요. 배심원석을 보아도 평민에서 입신하여 유복한 신분이 되셨다고 여겨지는 분은 한 분도 없고, 모두들 (저에 대한) 분개를 참아넘길 수 없다는 표정을 지닌, 계급의 분들뿐이 아닙니까?' 이십 분에 걸쳐서 쥘리엥은 계속 이렇게 떠들어댔다. 가슴에 꽉 차 있었던 것(비판의 말)을 완전히 토해내버린 것이다."[288]

-《적과 흑》(스탕달 지음, 서정철 옮김, 동서문화사) 참조

쥘리엥의 내면에서 되살아난 '평등'과 '자유'의 비전이 비판의 화살이 되어 배심원들의 지배 과녁을 향해 날아가 박히고 있다. '공화주의'의 활시위를 당겨 쏘아 보낸 그 비판의 화살로 인하여 쥘리엥은 사형 선고를 받는다. 단두대에서 젊음의 꽃뿌리가 꺾여야만 하는 쥘리엥. 그는 야망의 화신이었으나 불평등한 시대와 부조리한 사회 구조가 낳은 희생자이기도 했다. 다행스럽게도 그는 '가슴에 꽉 차

있었던 비판의 말을 완전히 토해내 버리고' 공화주의의 빛을 평민의 하늘 아래 풀어 놓은 '용기'의 소유자가 되었다.

쥘리엥이 신분 상승을 이루기 위해 가파른 길을 올라가는 동안 변색동물처럼 다양한 위선의 색깔로 자신의 인생을 채색해왔던 까닭은 무엇일까? 쥘리엥의 인생으로부터 간접적으로 읽을 수 있는 사회적 현실 세 가지가 있다. 첫 번째 사회적 현실은 신분의 위계질서가 독사처럼 또아리 틀고 있는 왕정 시대의 사회구조 속에서 평민이 개인의 능력을 통해 비전을 성취하기란 거의 불가능하다는 것이다. 두 번째 사회적 현실은 평민이 지위를 높이기 위해서는 스스로를 속이는 '위선'의 옷 바꿔 입기를 반복하는 것도 보기 드문 현상이 아니라는 것이다. 세 번째 사회적 현실은 신분의 제약 없이 정당한 노력으로 합리적 대우를 받는 평등의 시대가 도래하기를 모든 평민이 갈망하고 있다는 것이다. 쥘리엥의 삶 속에는 평민의 몸으로 체득한 체험적 깨달음이 사회적 현실과 함께 용해되어 있다.

프랑스의 계몽사상가 장 자크 루소Jean Jaques Rousseau. 그는 자신의 저서 《인간 불평등의 기원》과 《사회계약론》을 통해 공화주의 비전을 제시한 바 있다. 신분의 평등을 뜻하는 정치적 평등과 평민에 대한 특권층의 착취가 사라지는 경제적 평등이 이루어질 때 궁극적으로 모든 시민의 '사회적 자유'도 실현될 수 있다고 루소는 주장하였다. '공화주의'라는 정치 체제의 토대 위에 세워진 국가라고 한다면 평등이 자유 실현의 전제조건이 될 수밖에 없다는 것이다. 루소의 이러한 '평등적 공화주의' 사상은 1789년에 일어난 프랑스 대혁명의 정신적 원동력이 되었다. 대혁명의 주체 세력인 시민들은 루소가 제

시한 '직접민주주의'와 평등적 공화주의로부터 구舊체제를 혁파해
야만 한다는 혁명의 당위성을 확신하였다.

대혁명을 통해 프랑스 역사상 최초로 이루어졌던 공화주의 사회
여! 왕족과 귀족이 지배하던 낡은 체제의 집을 허물고 평등의 토대
위에 세워졌던 자유의 집이여! 그 집을 재건하기를 꿈꾸는 작가 스
탕달의 염원이 쥘리엥의 안타까운 죽음 속에 '제2의 혁명'의 꽃씨를
묻어두었다. "그래, 탓할 곳이 하나도 없을 만큼 모든 게 잘 된 거야.
이만하면 나도 충분히 용기를 낸 거야"[289]라는 사형 직전의 말에서
알 수 있듯이 쥘리엥은 법정에서 지배 계급을 향해 비판적 고발을 서
슴지 않는 용기를 발휘하였다. 그의 용기는 불평등한 사회를 바꿀 수
있다는 평민의 희망을 일깨운다. '평등적 공화주의'의 입장에서 본다
면 쥘리엥의 죽음조차도 프랑스 역사의 하늘로 다시 한 번 혁명의 꽃
을 피우게 할 '용기'라는 꽃씨를 품고 있다. 작가 스탕달은 쥘리엥이
남겨 놓은 그 용기의 꽃씨를 모든 평민이 사회의 뜨락으로 옮겨 심
어 평등의 꽃빛과 함께 자유의 꽃향기를 누릴 수 있도록 역사의 창
공을 향해 '제2의 혁명'의 꽃을 피워올리기를 갈망하고 있다. 대혁명
이후 40년의 어두운 세월이 지나가고 마침내 1830년 여름의 화원에
서 피어난 '7월 혁명'의 꽃이여!

루소가 주장한 것처럼 정치적 평등과 경제적 평등을 이룸으로써
궁극적으로 모든 시민의 사회적 자유를 실현하려는 '평등적 공화주
의' 혁명이 부활하였다. 스탕달의 소설《적과 흑》은 1827년에 완성
되었으나 책은 1830년 7월 혁명 직후에 출간되었다. 쥘리엥의 용기
는 헛되지 않았다. 7월 혁명의 현장에 참여했던 시민들 중에서 훗날

이 소설을 읽은 독자가 있다면 평등과 자유의 비전을 일깨운 쥘리 엥의 용기가 자신들의 개혁 의지로 전이되는 가슴 뭉클한 유대감을 느꼈을 것이다.

 행동을 이끄는 교양

"'배심원석을 보아도 평민에서 입신하여 유복한 신분이 되셨다고 여겨지는 분은 한 분도 없고, 모두들 (저에 대한) 분개를 참아 넘길 수 없다는 표정을 지닌, 계급의 분들뿐이 아닙니까?' 이십 분에 걸쳐서 쥘리엥은 계속 이렇게 떠들어댔다. 가슴에 꽉 차 있었던 것(비판의 말)을 완전히 토해내버린 것이다."

-《적과 흑》(스탕달 지음, 서정철 옮김, 동서문화사) 중에서

9장

인간다운 인간들이 살아가는 나라다운 나라

공유재산제의 렌즈로 바라보는 공동체의 평등

_ 토머스 모어의《유토피아》

사랑의 힘으로 개혁을 추구했던 지식인,
토머스 모어(Thomas More, 1478~1535)

영국 런던에서 법관 존 모어의 둘째 아들로 태어난 토머스 모어. 그는 헨리 8세 시대에 영국 법조계를 대표하는 대법관이자 법학자였다. 또한, 영국 가톨릭을 대표하는 캔터베리 대주교로서 청빈한 성직자의 모범을 보여준 인물이다. 국무총리의 자리에까지 올라 귀족의 전횡을 견제하고 민중의 궁핍한 생계를 개선하기 위해 노력하였다. 그는 에라스무스와 함께 유럽을 대표하는 인문주의자로 평가될 정도로 법학, 신학, 철학, 문학에 조예가 깊었던 지적知的 거인이었다. 폭넓은 지식의 토대 위에 상상의 벽돌을 쌓아올려 소설의 집을 지은 탁월한 작가이기도 했다. 하지만 말년은 비참했다. 헨리 8세의 재혼에 반대하고 영국 국교회를 수립하는 '수장령'에 맞서다가 처형되었기 때문이다. 그러나 그의 인생은 헨리 8세의 귀족 중심의 정치에 맞서 '민중 중심의 정치'를 펼친 혁명적 항거로 빛을 발한다. 1935년에 교황청으로부터 성인聖人의 칭호를 수여 받은 토머스 모어는 2000년 10월 31일 교황 요한 바오로 2세로부터 또 다시 '정치인들의 거룩한 수호성인'으로 공인받는 영광을 안았다. 그의 대표 저서로는《유토피아 Utopia》와《리처드 3세의 역사》가 있다.

지배와 착취가 없는 평등한 공동체, 《유토피아》

《유토피아》는 라틴어로 저술되어 1516년 벨기에 루뱅에서 출간되었다. 유토피아는 '그 어디에도 없는 곳'이란 뜻을 갖고 있다. 작중인물 '라파엘 히슬로다에우스'는 섬나라 유토피아에서 그곳 주민들과 함께 생활한 체험을 또 다른 작중 인물 '토머스 모어'에게 들려준다. 작가인 모어가 작중 인물로 등장하여 라파엘과 대화를 나눈다. 라파엘의 고백에 따르면 유토피아는 인간이 살아가기에 가장 이상적인 세상이다. 신분의 평등, 물질의 공유, 예의와 존중, 섬김과 봉사, 학문 연구와 독서 등 '인간'을 가장 인간답게 만드는 요소들로 가득 차 있는 공동체가 '유토피아'라고 라파엘은 확신에 찬 목소리로 말한다. 그의 말에 따르면 유토피아인들은 누구나 동등한 대우를 받는다. 재산을 공동으로 소유하고 공동으로 관리하면서 개인과 가정의 필요에 따라 물질을 공평하게 분배한다. 진리가 무엇인지를 깨닫기 위해 책을 읽으면서 '정신적 쾌락'을 만끽하고 이것을 육체적 쾌락보다 더 중요하게 여긴다. 단 한 사람도 결코 수단이나 도구로 이용되지 않으며 가장 중요한 '목적'으로 존중받는다. 소설 《유토피아》는 인간다운 인간들이 살아가는 나라다운 나라의 모델을 보여준다.

영국 사회에 대한 모어의 비판의식과 유토피아

토머스 모어의 소설《유토피아》는 에라스무스[290]의《우신예찬》으로부터 긍정적 영향을 받아 집필되었다. 네덜란드 로테르담 출신의 인문주의자 에라스무스는 토머스 모어와 각별한 친교를 가졌는데, 그의《우신예찬》은 영국에 체류하던 시절 토머스 모어의 집에서 쓰여졌다. 인문주의를 대표하는 두 지식인의 친교 덕택에 유럽의 학문과 정신문명은 발전 가도에 탄력을 얻을 수 있었다.

《유토피아》는 제1권과 제2권으로 나뉘어져 있다. 제1권은 '가장 좋은 나라에 관한 비범한 라파엘 히슬로다에우스의 이야기'다.[291] 영국 사회에 대한 모어 자신의 경험을 바탕으로 영국의 정치와 경제와 법률의 현실을 비판하는 '현실비판'의 내용으로 구성되어 있다. 제2권은 '가장 좋은 나라의 모습에 관한 라파엘 히슬로다에우스의 이야기'다.[292] 영국 사회가 안고 있는 맹점들을 개선한 이후에 열리게 되는 이상적인 사회 '유토피아'를 그려내고 있다.

그가 대법관으로 활동하던 16세기 영국 사회는 '인클로저enclosure 운동'[293]으로 인해 갈등이 증폭되었던 사회였다. 지주였던 귀족들이 플랑드르 지방의 모직공업에 필요한 양모를 공급하기 위해 기존의 농업용 농장에 '울타리를 둘러막고'[294] 양을 기르기 시작했다. 소작농들을 고용하여 곡식을 재배하던 농토가 양모를 생산하기 위한 양의 목축지로 변한 것이다. 농장에서 농업에 종사하던 소작농들은 하루아침에 일자리를 잃어버리고 농장 밖으로 퇴출당했다. 당시에는 귀족들과 농민들이 공동으로 경작할 수 있는 '공유 토지'도 상당히 많았다. 그러나 귀족들은 권력을 악용하여 공유지를 자신들의 사유지로 바꿔버렸다. 공유지에서 귀족의 눈치를 보지 않고 당당하게 농사를 짓던 수많은 자작농조차도 땅을 잃고 방출되었다. 단독으로 토지를 보유한 농민들도 귀족들의 강압, 사기, 폭력 등에 의해 땅을 빼앗기고 쫓겨나는 사태가 속출하였다.[295] 결과적으로는 영국의 농업 공동체가 붕괴되는 현상이 일어나고 말았다.

민중의 대부분을 형성하는 농민들이 실직하여 가난의 도탄에 빠지다 보니 '부랑자'[296]가 되어 유리걸식하는 것은 영국 사회의 흔한 풍경이 되었다. 어쩔 수 없이 '도둑질'[297]을 하다가 적발되어 교수형[298]에 처해지는 농민들도 늘어만 갔다. 구걸이나 절도 행위를 하지 않는 농민들은 도시의 공장으로 흘러 들어가 임금과 노동력을 착취당하는 하층 노동자로 전락하였다. 공장주로부터 받는 대우는 거의 노예 수준이었다. 농민에서 공장 노동자로 어쩔 수 없이 직업을 바꾼 사람들이 너무나 많았는데, 이들의 집단 노동력이 훗날 영국 산업혁명을 일으키는 원동력으로 작용하였다는 점은 '역사의 아이러니'다.

귀족들은 경작지를 목장으로 전환하여 양모를 생산하는 것이 농산물을 생산하는 것보다 훨씬 더 큰 이익을 산출한다는 결론에 이르렀다. 모직 공업이 급속하게 발전하다 보니 재료로 사용되는 양모의 가격이 치솟았기 때문이다. 양모를 팔아넘기면 '떼부자'가 될 수 있다는 약삭빠른 계산이 농민들을 가차 없이 울타리 밖으로 방출하는 직접적인 원인이 되었다. 귀족들이 울타리 안에 맞아들인 새 식구는 양들이었다. 영국 사회의 양극화 현상을 가중시키고 계급 간의 갈등과 대립을 첨예한 상태로 몰고 갔던 이 '인클로저 운동'을 맹렬하게 비판한 지식인이 바로 토머스 모어다. 정치계와 법조계와 종교계를 대표하는 인물이었던 그는 지배세력인 귀족들을 비판하면서 인클로저 운동의 철폐를 위해 고군분투했다. 농민의 권익을 조금이라도 회복하기 위해 모어는 정치적 노력과 함께 문화적 노력을 병행하였다. 《유토피아》의 저술도 그 일환이었는데, 제1권에서 모어는 다음과 같이 인클로저 운동의 불합리함을 문학적인 비유로 질타하고 있다.

"양은 보통 아주 온순하고 조금밖에 먹지 않는 동물인데, 이제 는 아주 게걸스럽고 사나워져서 사람들까지 먹어 치운다고 들 었습니다."[299]

- 《유토피아》(토머스 모어 지음. 나종일 옮김. 서해문집》 중에서

인간을 '게걸스럽게 먹어 치우는 양'은 인클로저 운동을 상징한다. 귀족들이 농장 울타리 안에서 수많은 양들을 키우면서 농민들의 생계가 무너졌음을 풍자하고 있다. 양은 귀족을 풍자하는 상징이기도 하다. 그렇다면 농민들을 울타리 밖으로 쫓아낸 귀족들은 양의 탈을 쓴 늑대인가? 적어도 토머스 모어에게는 귀족들이 농민들의 경제적 기반을 늑탈하는 늑대처럼 보였을 것이다. 이렇게 《유토피아》 제1권에서 토머스 모어는 민중의 삶을 도탄에 빠뜨리는 영국의 잘못된 정치와 불합리한 사회를 집중적으로 비판하고 있다. 《유토피아》 제2권에 등장하는 유토피아인들의 생활은 제1권의 현실비판과 어떤 연관성을 갖는가? 제2권에서 라파엘 히슬로다에우스와 토머스 모어의 대화를 통해 들려주는 '유토피아' 이야기는 모어가

직접 경험하고 비판했던 영국 사회의 불합리한 요소들이 개선된 이후에 생겨날 이상적인 사회를 형상화한다.

지배와 억압이 없고, 착취와 수탈이 사라진 나라! 계급 간의 차등이 없고 모두가 평등한 인권을 향유하는 사회! 재산을 공동으로 소유하고 공동으로 관리하며 공평하게 나눠 갖는 공동체! 영국 사회의 구조적 모순이 개혁되고 극복된 이후에야 기대할 수 있는 이상향으로 떠나보자.

존 스튜어트 밀의 《자유론》과 토머스 모어의 《유토피아》

대한민국 헌법 제1조 1항에는 "대한민국은 민주 공화국이다"라고 명시되어 있다. '민주'라는 낱말 속에는 국민 모두가 국가의 공동 주인이라는 뜻이 담겨 있다. 국민이 국가의 주인인 까닭에 헌법 제1조 2항에서도 "대한민국의 주권은 국민에게 있고 모든 권력은 국민으로부터 나온다"는 국민주권주의를 분명하게 밝히고 있다. 우리는 영국의 공리주의자이자 정치사상가인 존 스튜어트 밀의 《자유론》에서 민주주의의 기본 원칙인 '국민주권주의'의 의미를 살펴보았었다.[300] 현대의 모든 공화국은 '민주주의'라는 정치체제의 정체성을 유지하는 근거를 국민주권주의에 두고 있다. 헌법에 언론, 출판, 집회, 결사의 '자유'를 명시하고 이 포괄적 자유를 국민에게 보장하는 이유도 바로 거기에 있다.

그러나 역사를 돌아보면 공화국의 위정자 중 상당수가 국민으로부터 위임 받은 권력을 남용하여 헌정질서를 문란케 하고 국민의 공적 이익을 침해하는 사례들이 반복되어 왔다. 존 스튜어트 밀이 《자유론》에서 강조했던 위정자의 이익과 국민의 이익 사이에 일치[301]를 도모하려는 노력보다는 위정자가 독재를 통하여 거두는 이익의 독식獨食 구조를 강화하기 위해 국민의 자유와 인권을 볼모로 예속시키는 경우가 허다하였다. 그러나 토머스 모어의 책에서 만나는 유토피아는 국민주권주의 원칙이 철저히 지켜지는 나라다. 주권자인 모든 국민이 권력을 공유하는 가운데 신분과 계급의 위계질서가 없이 평등한 정치 참정권을 행사하는 나라다. 국민의 정치적 평등이 이루어져 있으니 견해와 표현의 자유 또한 보장되는 나라다.

영국의 국민들이 불평등과 불공정에 시달리며 자유를 억압당하고 생계의 기반마저도 무너지는 것을 가슴 아프게 생각했던 토머스 모어. 그는 국민들이 겪는 불평등과 부자유를 개선할 수 있는 대안을 법률의 공정한 적용에서 찾았다. 모어는 법률의 합리적인 제정보다 법률의 공정한 적용이 더 중요하다는 것을 입버릇처럼 강조해왔다. 대법관다운 견해다. 모어는 귀족들의 전횡이 거의 전통으로 굳어져 버린 까닭을 잘 알고 있었다.

나무랄 데 없이 좋은 법률을 만들어 공인하고 공포한들 무슨 소용이 있겠는가? '귀에 걸면 귀걸이 코에 걸면 코걸이'라는 한국의 속담처럼 어느 재판관이 법률의 특정한 조항을 귀족과 왕족 등의 지배층에 유리하도록 교묘하게 '짜맞추기식'으로 해석하여 적용한다면 권력과 금력이 없는 농민들은 두 눈을 뜨고도 고스란히 피해를 감수할 수밖에 없다. 이렇게 '눈 뜨고 코 베어 가는' 엉터리 법률 적용에 의해 생계의 기반을 상실하는 당사자들이 영국 민중이었다. 그것을 언제나 안타깝게 생각해온 토머스 모어는 자신이 구상한 '유토피아'를 법률의 공정한 적용이 이루어지는 세상으로 탈바꿈시켰다.

공공성公共性이 무너진 사회에서 살고 있음을 개탄스러워했던 모어는 자신이 대법관으로서 품었던 공공성의 이상을 섬나라 유토피아에서 가상의 현실로 실현하고 있다. 그렇다!《유토피아》제2권에서 만나는 유토피아 주민들은 합리적인 법률의 공정한 적용을 받음으로써 부당한 피해를 입지 않고 그들의 개인적 자유와 인권을 보호받을 뿐만 아니라 공공의 이익도 특정한 개인에 의해 침해를 받지 않는 '평등'을 누리고 있다. 현대의 민주공화국 국민들이 걸어 나가는 민주주의의 길이 이곳 유토피아에서는 막힘없이 뻗어가고 있다. 유토피아 주민들이 표현의 자유, 모임의 자유, 종교의 자유를 퍼팩트하게 보장받는 데엔 그럴만한 필연적 이유가 있다. 법률의 조항들을 어느 누구에게나 예외 없이, 왜곡 없이 객관적으로 적용하여 공정한 효력을 발생시키는 '평등'이 이루어져 있기 때문이다.

공유와 나눔을 통해 경제적 평등을 누리는 사회

몸으로 어떤 감각을 느끼는 정도를 체감도體感度라고 한다. 유토피아 주민들이 상대적 박탈감을 전혀 느끼지 않고 스스로 평등하다는 것을 몸으로 느낄 수 있는 사회적 체감도는 과연 어느 정도일까? 라파엘이 전해주는 '평등'에 대한 그들의 사회적 체감도는 '높다'라는 말로도 부족하다. 평등한 나라에 살고 있다는 확신이 그들의 몸속에 체화되어 있다는 표현이 적절할 것이다. **공동체의 중대한 사안을**

결정하는 회의이든, 정기적인 회의이든 모든 주민들이 모든 회의에 동등한 권리를 갖고 참여하여 동등한 발언권을 행사한다. 즉 그들은 차등 없고 차별 없는 참정권을 행사하는 정치적 평등을 누리고 있다.

그들은 법률의 공정한 적용을 받아 사회 전반에 걸쳐 '평등'의 네트워크 안에서 살아간다. 그러나 평등에 대한 그들의 사회적 체감도를 확신의 단계로 상승시키는 확실한 근거는 '공유재산제'의 실현이다. 라파엘은 본인이 직접 경험한 유토피아의 공유재산제에 대하여 조금은 감동적인 흥분이 섞인 목소리로 모어에게 다음과 같이 말한다.

"나는 몇 안 되는 법률로 그토록 훌륭하게 통치되는 유토피아인들의 아주 현명하고 경탄할 만한 제도들을 곰곰이 생각하게 되는 겁니다. 그들 사이에서는 덕 있는 사람이 보상을 받으면서도, 모든 것을 평등하게 나누어 가지며 누구나 다 풍족하게 살지요. (…) 아무리 풍부한 재화가 있다 하더라도, 모든 개개인이 무슨 구실이든 내세워 될 수 있는 대로 많은 것을 자기 쪽으로 끌어 모으려 할 때는 몇 명 안 되는 사람들이 모든 것을 나누어 가지게 되고, 나머지 사람들은 가난을 면치 못하게 됩니다. (…) 이래서 나는 사유재산제가 완전히 폐지되지 않는 한 재화의 공정한 분배는 이루어질 수 없고, 사람들의 생업 또한 행복하게 이루어질 수 없다고 확신합니다. 사유재산제가 존속하는 한, 인류 가운데 절대다수를 차지하는 가장 선량한 사람들이 빈곤과 극심이라는 피할 수 없는 무겁고 괴로운 짐에 의해서 억압받게 될 것입니다."[302]

－《유토피아》(토머스 모어 지음, 나종일 옮김, 서해문집) 중에서

라파엘 히슬로다에우스는 유토피아 주민들의 공유재산제를 '경탄할 만한 제도'라고 칭찬한다. 공유재산제의 반대 개념인 사유재산제의 폐해를 지적하면서 이것의 '완전한 폐지'만이 국민을 얽매고 있는 '빈곤'의 멍에를 풀어주고 국민을 '행복'의 뜨락으로 인도하는 지름길임을 역설한다. 그런데 라파엘은 모어의 사상을 대변하는 분신이다. 모어는 라파엘의 입을 빌려 공유재산제의 정당성을 강력하게 주장하고 있는 것이다.

재산을 모든 주민이 공동으로 소유하고 공동으로 관리하면서 회의를 열어 각 개인과 가정의 필요가 합당하다고 합의할 때에는 누구에게나 차별 없이 물질을 나눠 주는 공동체가 유토피아다. 공평한 분배의 원칙이 원만하게 지켜지는 것 또한 법률의 공정한 적용과 밀접한 관계가 있다. 법의 본질은 정의이고 법의 목적은 공공성이 아닌가? 유토피아 주민들이 생활 전반에 걸쳐 재산의 공유와 합리적인 '나눔'의 문화를 유지할 수 있는 비결은 정의와 공공성에 대한 연대의식으로 똘똘 뭉쳐 있는 평등의 일체감이다.

 행동을 이끄는 교양

"그들 사이에서는 덕 있는 사람이 보상을 받으면서도, 모든 것을 평등하게 나누어 가지며 누구나 다 풍족하게 살지요."

-《유토피아》(토머스 모어 지음, 나종일 옮김, 서해문집) 중에서

10장

이것이 바로
우리 시대의 이야기야!

최초의 근대 사실주의 소설

_ 대니얼 디포의 《로빈슨 크루소》

정치평론가이자 경제학자, 대니얼 디포(Daniel Defoe, 1660~1731)

영국 런던에서 양초 도매업자의 아들로 태어난 대니얼 디포. 그는 청교도 문화로부터 큰 영향을 받았다. 아들이 목사가 되기를 바라는 아버지의 뜻에 의해 찰스 모든 목사의 장로교 신학교에 입학하였지만 적응하지 못하고 상업으로 방향을 돌렸다. 23세에 직물상을 개업하여 상인의 길을 걸었지만 실패의 연속이었다. 사업이 지지부진하여 인생의 침체기에 빠졌을 때 시작한 정치평론이 그에게 활력소를 불어넣었다. 지속적으로 이루어진 경제학 연구로 인하여 대니얼 디포의 정치평론은 객관적 현실 감각을 가질 수 있었다. 주간 시사잡지 《리뷰》를 창간하여 본인의 글을 직접 게재하면서 활발한 정치평론 활동을 펼쳤지만 청교도와 비국교도를 배척하는 권력자에게로 정권이 이동할 때마다 그의 평론은 탄압을 받았다. 정치적 박해로 인해 투옥과 석방을 반복하다가 59세 되던 1719년에 소설 《로빈슨 크루소Robinson Crusoe》를 발표하여 세계인의 기억 속에 '작가'라는 타이틀을 뚜렷이 새겨주었다. 대니얼 디포의 소설을 읽는 사람은 정치평론가이자 경제학자로서 그가 걸어왔던 인생의 발자취를 느낄 수 있다. 그의 대표 저서로는 《로빈슨 크루소》를 비롯하여 《싱글턴 선장의 생애와 모험과 해적 수기》, 《참으로 훌륭한 잭 대령의 대단한 삶 이야기》 등이 있다.

정신문화의 빛나는 유산, 《로빈슨 크루소》

대니얼 디포의 장편 소설 《로빈슨 크루소》는 조너선 스위프트의 《걸리버 여행기》와 함께 영국의 18세기를 대표하는 고전으로 손꼽힌다. 주인공이자 화자인 로빈슨 크루소가 28년간의 무인도 표류 생활을 독자에게 직접 '실화'의 스토리로 들려주는 자전적 自傳的 소설의 구조를 보여준다. 원제는 《요크 사람 로빈슨 크루소의 생애와 이상하고도 놀라운 모험 The Life and Strange Surprising Adventures of Robinson Crusoe of York》이다. 이 소설은 단순한 '모험소설'이 아니다. 인생에 있어서 개인의 인내와 의지가 얼마나 중요한가를 일깨워줄 뿐만 아니라 정치, 경제, 사회, 문화 등에 대한 폭넓은 이해까지도 가능하게 해주는 교양의 고전으로 손색이 없다. 특히, 정치평론가로서 활동할 뿐만 아니라 경제학에도 조예가 깊었던 대니얼 디포의 경제학적 마인드를 눈여겨 볼만한 작품이다. 실제로 막스 베버 Max Weber가 《프로테스탄티즘의 윤리와 자본주의 정신》에서, 카를 마르크스 Karl Marx가 《자본론》에서 로빈슨 크루소를 거론하였다. 《로빈슨 크루소》는 인문과학 및 사회과학과의 연관 속에서 풍부한 지식과 교양을 얻을 수 있는 정신문화 精神文化의 유산이다.

대중이 실화로 믿어버린 가짜 여행기

미겔 데 세르반테스의《돈 키호테》를 근대문학의 마당을 열었던 소설이라고 한다면 대니얼 디포의《로빈슨 크루소》는 최초의 '근대 사실주의 소설'로 평가된다.《로빈슨 크루소》를 우리말로 옮긴 윤혜준 교수는 이 소설이 주인공이자 화자인 로빈슨의 '실제 자서전' 형태를 띨 뿐만 아니라 다채롭게 변화하는 사건들을 매우 사실적으로 서술하는 '서사' 구조를 갖고 있기 때문이라고 '근대 사실주의 소설'로서의 근거를 제시하였다.[303]

그를 대중의 스타로 만들어준 이 소설은 1719년 서점에서 첫 선을 보였을 때부터 "나를 주목해주세요"라고 애교 섞인 호소가 들릴 듯한 홍보의 문장들이 대중의 관심을 끌어 당겼다. 사실 이 소설의 원제는 서두에 소개한 것보다 훨씬 더 길다. 마치 장편 소설을 하나의 ZIP파일에 압축시킨 요약문 같다. 대중의 흥미를 유발하기에 충분한 새로운 접근법이었다. 원제를 읽어보자.

"요크 사람 뱃사람 로빈슨 크루소의 생애와 이상하고도 놀라운 모험, 그는 아메리카 해안 큰 강 오루노크 하구 가까이의 한 무인도에서 완전히 홀로 28년을 살았음. 배가 난파되어 그를 제외하고 나머지는 모두 죽었고 혼자 해안으로 표류하였음. 그가 해적들에 의해 어떻게 마침내 희한하게 구출되었는지 이야기까지 포함함. 본인 스스로 썼음."[304]

원제를 읽는 순간에 독자는 이 책을 실존 인물의 체험 수기라고 생각할 수밖에 없다. '본인 스스로 썼다'고 하니 이보다 더 확실한 증거가 또 어디 있겠는가? 실존 인물이기 때문에 로빈슨은 주인공, 화자, 작중인물이라는 3자의 역할을 맡기에 안성맞춤이다. 그러나 '로빈슨 크루소'라는 이름은 작가 대니얼 디포의 상상에 의해 창조된 이름이다. 작가는 문학적 픽션의 이름을 특정한 개인의 실명實名으로 둔갑시켰다. 문학의 관점에서 본다면 실존 인물을 허구의 인물로 변형시키는 것이 문학의 기본적 단계다. 그런데 대니얼 디포는 한 단계 더 상승하여 허구의 인물을 독자에게 실존 인물로 믿게 만드는 고차원적 픽션의 효과를 발휘한 것이다. 상상의 즐거움을 만끽하면서 픽션의 이야기를 논픽션의 실화처럼 종이 위에 풀어가던 대니얼 디포의 만년필 감촉이 매우 유연하게 느껴진다.

칠레 해역의 무인도에 표류했던 영국인 알렉산더 셀커크가 4년간 섬에서 사투를 벌이다가 극적으로 구조되어 귀향했던 실화가 있었다. 영국의 대중에게도 어느 정도는 알려진 이야기라고 한다. 그러나 이 실화는 문학의 재료로 채택되어 대니얼 디포의 상상력의 공장 속으로 옮겨져 문학적으로 가공되었다. 일단, 대니얼 디포는 문학의 기본 단계를 간과하지 않았다. 1단계에서 그는 팩트를 활용하여 픽션을 창조한 것이다. 그러나 소설《로빈슨 크루소》가 대중의 폭발적인 인기를 끌었던 요인들 중 한 가지는 '로빈슨'이라는 실존 인물의 인생 고백을 눈앞에서 직접 듣고 있다는 대중의 믿음이었다. 대니얼 디포의 상상은 문학의 1단계를 뛰어 넘어 가공의 인물을 논픽션의 당사자로 둔갑시키는 고차원적 픽션의 단계로 날아올랐다.

문학이 대중문화의 꽃으로 피어나다

대중문화의 시각으로 바라본다면《로빈슨 크루소》는 시민의 허기진 교양을 채워줄 지성적 상품이었다. 주인공 로빈슨은 가공의 흔적이 완전하게 세탁된 실존 인물로서 영국 및 유럽 각국의 대중과 현실적인 만남을 갖고 있었다. 작품의 원제와 스토리의 전개상황을 읽어본 독자들은 로빈슨을 영국의 실존 인물로 오해하고 말았다. 행복한 착각인가? 로빈슨이 가공의 인물로 밝혀진 뒤에 독자들은 '속았다'는 집단적 반응을 보였다고 한다.

한때는 '사기詐欺 여행기'라는 오명汚名의 얼룩이 묻기도 했다. 그러나 발간된 지 한 달 만에 2쇄 발행에 돌입하고 발간 첫 해에만 5쇄를 찍을 정도로《로빈슨 크루소》는 런던을 비롯한 주요 도시의 시민들을 사로잡았다.[305] 이 소설은 18세기 초반 영국의 대중문화를 이끄는 기수였다. 약 100년 전에 윌리엄 셰익스피어의 4대 비극이 영국의 국민문학으로 방점을 찍은 이후 이처럼 짧은 기간 동안 단 한 권의 책에 시선이 몰렸던 사례는 없었다.

당시에는 저작권 보호에 관한 제도적, 법적 장치가 없었기 때문에《로빈슨 크루소》의 복제본과 해적판이 대량으로 유통되었다. 유럽 각국의 여러 도시에서, 원본의 장정보다 더 고급스럽게 보이는 다양한 판본들이 속속 복제품으로 출시되어 유럽인들의 눈을 사로잡았다. 문장이 삭제되거나 표현이 변형된 해적판도 다수였다. 이와 같은 짝퉁《로빈슨 크루소》의 판본들이 원본의 판매 양상과 크게 다르지 않을 정도로 쇄를 거듭하며 대량으로 연속 간행되었다.[306] 자본을 모으기 위해 책을 도구로 이용하는 출판문화가 이미 수백 년 전부터 생겨났던 것이다. 출판사도 기업이므로 사업적 이익을 도외시할 수는 없다. 그러나 미국의 사회윤리학자 라인홀드 니부어[307]의 개념을 빌려 말한다면 '자본'은 출판사가 추구하는 '궁극적 가치'[308]가 될 수 없다. 출판의 궁극적 가치는 책을 통하여 정신문화를 발전시키는 것이다. 자본은 이 숭고한 목적을 실현하기 위해 도움을 주는 '도구적 가치'[309]로 기능해야 한다.

출판 시장의 정화가 필요하다고 판단한 대니얼 디포는 원본을 발간했던 바로 그 해에 속편《로빈슨 크루소의 후속 여행》을 발표했다. 원작의 문학적 DNA를 올바르게 판별할 수 있는 감식안을 대중에게 심어주기 위한 필수적 조치였다. 미겔 데 세르반테스도 위작偽作《돈 키호테》의 속편이 출판 시장에 나돌게 되자 원작의 정통성을 확립하기 위해《돈 키호테》제2권을 발표하지 않았는가? 유사한 현상이 영국의 출판 시장에서 발생했다는 사실이 흥미롭다.

비록 복제본 혹은 해적판《로빈슨 크루소》가 대량으로 유통되어 원작의 얼굴에 그늘을 드리웠다고 해도 대중문화의 관점에서는 문화적 가치를 창출하는 긍정적 효과를 볼 수 있었다. 변형된 책 속에도 원본의 내용은 상당 부분 담겨 있기 때문이다. 또한, 유럽의 대중문화 시장에서《로빈슨 크루소》가 일으킨 문화 마케팅 효과가 컸다는 점도 부인할 수 없다.《로빈슨 크루소》에는 대중의 마음을 사로잡을 수밖에 없는 소설의 노하우가 있었던 것이다.

《로빈슨 크루소》에서 얻는 대중의 지식과 교양

수많은 독자들이 픽션을 실화로 받아들일 정도로 대중의 두터운 공감대를 형성한 《로빈슨 크루소》만의 노하우는 무엇일까?

첫 번째로는 28년간 무인도에서 보낸 로빈슨의 일상생활이 때로는 일기의 내용처럼 때로는 생활수기처럼 아주 자세하게 기록되어 있다는 점이다. 그런데, 문장마다 생활 현장의 현실감을 재생하는 일상적 어법語法에 충실하다. 이것이 대중에게 가까이 다가갈 수 있는 요소로 작용하였다. 두 번째로는 식인종들에게 먹잇감이 될 뻔한 원주민을 구조하여 그를 금요일이[310]라고 부르며 문명인으로 변화시키는 로빈슨의 노력이 영국인들의 공감을 얻었다.

"금요일이와 나의 관계가 보다 더 친밀해지고 개가 내가 자기한테 하는 말을 거의 다 알아들을 수 있고, 나한테 비록 엉터리 영어이기는 하나 유창하게 말도 할 수 있게 된 후부터는, 개한테 내가 살아온 얘기를, 적어도 내가 이곳에 오게 된 것과 연관된 만큼은 들려주었고, 내가 여기서 어떤 식으로 살았고 얼마 동안 여기서 살았었는지 얘기해줬다. (…) 나는 개한테 유럽 나라들, 특히 내 고국 영국 얘기를 해주었고 사람들이 거기서 어떻게 살고 하나님을 어떻게 섬기며 사람들끼리 같이 지내는 방식은 어떤지, 또한 우리가 전세계 곳곳으로 배를 타고 다니며 무역을 한다는 것을 설명해주었다."[311]

－《로빈슨 크루소》(대니얼 디포 지음, 윤혜준 옮김, 을유문화사) 중에서

원주민 '금요일이'와 친밀한 인간관계를 가꾸면서 그에게 영국인의 생활방식, 종교, 무역 등 영국의 문명세계 전반에 대하여 가르쳐주는 로빈슨 크루소. 그의 정성을 간접적으로 체험하면서 대중은 영국인으로서의 정체성과 자부심을 느꼈다. 또한, 금요일이와 함께 지내는 동안 식인종들로부터 스페인 선교사와 금요일이의 부친을 구조하여 그들과 함께 무인도를 개척해나가는 로빈슨의 열정이 영국인의 동료의식을 일깨웠다. 17세기 이후 영국 사람들은 새로운 땅으로 진출하여 영토를 넓히고 문명을 확대하는 가운데 국가와 개인의 부富를 쌓으려는 사고방식을 갖고 있었기 때문이다.

대중의 마음을 끌어당긴 이 소설의 세 번째 노하우는 무엇일까? 로빈슨은 무인도의 몸에 문명의 옷을 입히는 개화 과정을 통하여 사유재산을 쌓아나갔다. 그는 부의 축적을 하나님의 은총으로 받아들이고 감사하는 마음을 하나님에게 올린다. 경건하고 진실한 로빈슨의 생활방식이 개신교인들의 마음을 움직였다. 종교개혁가 장 칼뱅[312]의 개신교 윤리와 사상에 토대를 둔 로빈슨의 경제생활은 당시에 영국 국교회와 대립을 거듭하던 청교도 세력을 감동시켰다. 독일의 사회학자 막스 베버는 바로 이 부분을 주목하여 《프로테스탄티즘의 윤리와 자본주의 정신》에서 로빈슨 크루소를 언급한 것이다.

영국의 정치, 경제, 사회, 문화 등 모든 방면에 대한 대중의 정서를 누구보다도 잘 알고 있는 작가가 대니얼 디포였다. "이것은 바로 우리 시대의 이야기야!"라고 탄성을 지를 수밖에 없는 '가장 영국적인 이야기'가 대중의 마음을 점령하였다. 게다가 화자인 로빈슨이 자신의 이야기가 '실화'임을 강조하는 초강수를 두었으니 대중은 감칠맛 나는 논픽션을 읽는다는 확신을 가질 수밖에 없었다.

　대중을 감쪽같이 속일 정도라면 이 소설이야말로 고도의 기교를 발휘한 셈이다. 본래 픽션FICTION에 '허구'라는 뜻이 있듯이, 문학작품이란 작가의 아름다운 거짓말을 벽돌로 쌓아올린 감동의 집이다. 로빈슨을 실존 인물로 기억하던 독자들이 그가 가공의 인물로 드러난 순간 '속았다'는 반응을 보였다고 해서 그것을 '괘씸하다'는 뜻으로 해석할 수는 없다. 오히려 어느 독자이든 제2의 로빈슨, 제3의 로빈슨이 될 수 있다는 개연성을 가슴 깊이 느꼈을 것이다. 대중은 로빈슨의 무인도 체험을 자신의 것으로 받아들여 더욱 유익한 교훈을 얻었을 것이다. 끊기지 않는 인내, 꺾이지 않는 의지, 식을 줄 모르는 열정, 원주민을 동료로 끌어안는 인류애, 문명사회를 건설하는 개척 정신과 공동체 정신, 나라의 정치와 경제를 발전시키는 데 필요한 지식, 시민사회의 상생의식을 키울 수 있는 교양 등《로빈슨 크루소》는 대중의 지성과 인성을 성장시킨 멘토의 책이었다.

 행동을 이끄는 교양

"우리는 이 세상에서 우리 앞에 닥칠 일을 너무나 모르고 지내니 그만큼 더 우리는 이 세상을 만드신 위대한 조물주에게 즐거운 마음으로 의지해야 할 이유가 큰 것이라."

－《로빈슨 크루소》(대니얼 디포 지음, 윤혜준 옮김, 을유문화사) 중에서

11장

악을 이기는 최강의 무기는 사랑이다!

사회의 구조적 모순을 고발한다!

_ 빅토르 위고의 《레 미제라블》

프랑스 문학의 대부, 빅토르 위고(Victor Marie Hugo, 1802~1885)

프랑스 브장송에서 군인의 아들로 태어난 빅토르 마리 위고. 그가 어린 시절을 보내고 정착하여 살았던 곳은 파리였다. 시인으로 창작 생활을 시작한 위고는 프랑스 낭만주의 문학을 주도한 대표적 작가였다. 1830년 그의 희곡 《에르나니》는 고전주의의 지배적 영향력을 낭만주의로 옮겨놓은 결정적 작품이었다. 세월이 흐를수록 민중의 삶에 대한 관심과 사랑이 낭만주의와 결합하면서 위고의 작품세계는 휴머니즘의 꽃을 피웠다. 민중의 권익을 옹호하고 공화주의를 추구했던 그의 정신은 전제정치를 비판하는 경향으로 나아갔다. 1851년 나폴레옹 3세의 쿠데타와 독재정치의 개막을 비판한 것이 화근이 되어 해외로 추방당해 19년 동안 영국 해협의 섬에서 고독한 삶을 보냈다. 그러나 이 시기는 위고의 창작 생활에서 가장 풍성한 수확기였다. 《레 미제라블》을 비롯한 명작들이 이 시기에 탄생했기 때문이다. 프로이센과 프랑스 간의 '보불 전쟁'으로 인해 나폴레옹 3세의 정권이 몰락한 1870년 빅토르 위고는 민중의 대대적 환영을 받으며 파리로 돌아왔다. 민중을 향한 사랑, 민중의 평등, 민중의 자유를 문학을 통해 노래하고 인생을 통해 실천했던 국민문학가의 귀향이었다. 위고의 대표 작품으로는 《레 미제라블 Les Misérables》(1861)을 비롯하여 《파리의 노트르담》(1831), 《바다의 노동자》(1866) 등이 있다.

이보다 더 감동적인 사랑은 없다, 《레 미제라블》

'레 미제라블'은 '가련한 사람들'이란 뜻으로 번역된다. 주인공의 이름 '장 발장'으로 더욱 알려져 있는 소설이다. 때로는 이 이름이 소설의 제목으로 전용轉用되고 있다. 프랑스 대문호 빅토르 위고의 대표작이며 프랑스 문학의 대명사라 해도 과언이 아닌 작품이다. 죄를 용서 받고 진실한 사랑의 의미를 깨달은 장 발장이 예수 그리스도와 하느님의 마음을 닮아가면서 조건 없는 사랑을 베푸는 성자의 길을 걸어간다. 미리엘 신부의 용서와 사랑으로 변화된 장 발장은 그가 받은 사랑을 남김없이 실천하여 그를 혐오하던 자베르 경감마저도 변화시킨다. 이 소설은 사랑이 변화의 기적을 낳는다는 숭고한 메시지를 전해준다. 나폴레옹 3세에 의해 해외로 추방된 이후 19년의 망명생활 중에 무려 17년 동안 창작의 에너지를 쏟아 부은 결실이었다. 피와 살을 갖고 있는 인간이라면 감동의 눈물을 흘리지 않을 수 없는 '사랑의 경전' 같은 소설이다. 그러나 《레 미제라블》은 '사랑'이라는 테마에만 갇혀 있는 소설이 아니다. 민중의 생활을 중심으로 19세기 프랑스의 역사, 사회, 문화, 사상 등을 총체적으로 집약해 놓은 방대한 '인간학적 人間學的 문학'이라는 찬사가 어울릴 것이다.

용서에서 시작되는 사랑

나폴레옹이 워털루 전투에서 패배하여 권좌에서 물러난 1815년. 바로 그 해에 아무에게도 주목받지 못하는 46세의 남자가 19년간의 옥살이를 마치고 사회로 나온다. 그의 이름은 장 발장. 굶주린 조카들을 먹이기 위해 단 한 개의 빵을 훔친 절도죄가 그의 청춘을 앗아간 죄목이 되었다. 출소 후 이곳저곳을 떠돌던 장 발장은 19년 전과 다름없는 세상의 몰인정을 경험한다. "나는 심지어 개만도 못하구나!"[313] 고통스런 외침 소리가 그의 입에서 터져 나왔다. 초라한 행색의 부랑자로 보이는 낯선 사람을 아무도 반겨주지 않았다. 그러나 냉혹한 현실 속에서도 얼어붙은 몸을 녹일 수 있는 온정의 불꽃은 남아 있었다.

"네 이웃을 네 자신 같이 사랑하라"[314]는 예수 그리스도의 가르침을 생활 속에서 실천하는 사람이 있었다. 미리엘 주교였다. 그는 인자한 언어로 장 발장의 마음을 안정시키고 따스한 손길로 음식과 잠자리를 베풀었다. 미리엘의 눈에 비친 장 발장은 귀한 인간성을 가진 사람이었다. 미리엘의 마음속에 들어온 장 발장은 그와 동등한 '형제'[315]였다. 이렇게 후한 대접과 인격적인 존중을 받았음에도 장 발장은 성당의 은그릇을 훔친다. 밀려오는 생계의 염려가 그의 본능적 욕망을 충동질한 것이다. '배낭 속에 은그릇을 집어넣고'[316] 도주하던 장 발장은 세 명의 헌병에게 붙들려 미리엘 주교 앞에 다시 서게 된다. 배은망덕을 직접 경험한 미리엘의 입에서 독설이 흘러나올 줄 알았지만 의외의 상황이 전개된다.

"아! 당신이구려!" 그는 장 발장을 바라보며 외쳤다. "당신을 보니 기쁩니다. 그런데 어찌 된 일이오? 나는 당신에게 촛대도 드렸는데, 그것도 다른 것과 마찬가지로 은이니, 200프랑은 능히 받을 수 있을 거요. 어째서 그것도 그 식기들과 함께 가져가지 않았소?"[317]

– 《레 미제라블 1》(빅토르 위고 지음, 정기수 옮김, 민음사) 중에서

은그릇을 훔쳐간 장 발장의 죄를 덮어주면서 은그릇과 함께 은촛대마저도 선물로 주었거늘 어째서 가져가지 않았느냐고 되묻는 미리엘 주교의 즉흥 연기! 이보다 더 감동적이고 '존경스러운'[318] 연극이 또 어디 있단 말인가? 미리엘의 용서를 받은 장 발장은 진정한 '사랑'이 무엇인지를 알게 된다. 보답과 대가를 바라지 않는 조건 없는 사랑. 그것은 눈물로 얼룩진 장 발장의 46년 인생에서 처음으로 받은 최고의 선물이었다.

"형제가 내게 죄를 범하면 몇 번이나 용서하여 주리이까 일곱 번까지 하오리까?"[319]라는 사도 베드로의 질문에 대하여 예수 그리스도는 "일곱 번뿐 아니라 일곱 번을 일흔 번까지라도 용서하라"[320]고 대답하였다. 7번의 용서를 70회에 걸쳐 베푼다면 총 490번의 용서를 해야 한다는 결론에 이른다. 용서 490번은 완전한 용서를 의미한다. 아무리 극악무도한 죄를 저지른 사람이라도 용서를 통하여 사랑을 받을 자격이 있다는 것이다. 실제로 한국의 개신교 목사 손양원[321]은 자신의 두 아들을 살해한 공산주의자 안재선을 용서하고 양아들로 삼았다고 한다. '어떻게 그런 일이 가능한가?'라고 의아해하는 사람

들이 많겠지만 진정한 사랑의 길은 용서를 출발점으로 삼는다는 것
을 뚜렷이 보여주는 사례다.

장 발장은 미리엘의 용서에서 흘러나온 사랑의 생명력으로 새 사
람이 된다. 자신이 받았던 사랑의 힘으로 불우한 사람들을 돕고 어
두운 세상의 등잔에 희망의 불을 밝힐 것을 결심한다.

사랑은 변화의 기적을 낳는 모태

당시에는 전과자가 사회에서 직업을 갖는 것이 법으로 금지되어
있었다. 그런 까닭에 장 발장은 '마들렌'으로 이름을 바꾸고 신분을
세탁한다. 프랑스 북부 지방에서 이타적인 마음으로 주민과 마을을
위해 헌신하던 장 발장은 덕망과 사회적 기여를 인정받아 시장의 자
리에 오른다. 그러나 바늘로 찔러도 피 한 방울 나오지 않는 냉혈한
으로 소문난 경감 자베르는 마들렌을 만나는 순간부터 예전의 장 발
장 모습을 떠올린다. 장 발장의 범죄와 감옥 생활을 기억하고 있던
자베르는 마들렌 시장의 정체를 의심한다.

전과자가 신분을 세탁하여 시장이 된 것은 당시의 법률에 비추어
볼 때 중대한 범죄였다. 자베르의 의심의 레이더에 포착된 장 발장
은 불안한 나날을 보낸다. 그러나 뜻밖의 행운이 찾아온 듯했다. 자
신의 외모와 흡사하여 체포된 남자 덕분에 정체가 드러날 위기를 겨
우 벗어난 것이다. 하지만 마들렌 시장은 자신 때문에 억울한 옥살
이를 해야 할 낯선 남자의 얼굴이 머릿속에서 지워지지 않았다. 가난
하고 힘없는 민중의 설움을 누구보다도 잘 알고 있는 장 발장이 어

떻게 그 남자를 외면할 수 있다는 말인가? 고민을 거듭하던 장 발장은 정체를 밝히고 남자에게 자유의 길을 열어준다. 민중을 돕는 일에 쓰려고 열심히 모아둔 재산을 훗날의 대의를 위해 잠시 숨겨두고는 순순히 체포에 응하는 장 발장. 감옥에 갇혀 있던 그는 자신이 꼭 해야 할 일을 위해 스스로 탈옥을 감행한다.

그가 '꼭 해야 할 일'이란 어느 여인과의 약속을 지키는 것이었다. 마들렌 시장으로 활동하던 시절에 만났던 불우한 여인 팡틴. 그녀를 도와주던 장 발장은 그녀의 임종 직전에 딸 '코제트'를 보살펴 달라는 부탁의 유언을 듣고 약속의 손을 맞잡았었다. 탈옥의 1차 목적은 이 약속을 지키는 것이었고 원대한 목적은 죽는 날까지 소외된 민중을 돌보는 것이었다. 돈을 벌기 위해서라면 사람을 청소도구처럼 가차 없이 이용하는 악랄한 여관 주인 테나르디에 부부. 그들은 코제트를 맡아 양육해달라는 조건으로 팡틴에게서 돈을 받아 챙기고 있었다. 그러나 양육은 허울 좋은 명분에 불과했다. 코제트는 인간성을 저버린 부부의 밑에서 하녀나 다름없는 고된 나날을 보내고 있었다. 사악한 테나르디에 부부가 만족할 정도로 두둑한 돈을 쥐어 준 장 발장은 코제트를 딸로 받아들이고 아낌없는 사랑으로 자식을 보살핀다.

한편, '인정사정 볼 것 없다'는 한국 영화 제목을 연상케 하는 냉혈한 자베르 경감이 장 발장의 체포를 포기할 리 없었다. 파리에서 코제트와 함께 행복한 가정의 꽃밭을 가꾸어가던 장 발장에게 자베르의 포위망이 좁혀져 온다. 이것을 감지한 장 발장과 코제트는 수도원으로 들어가 몸을 숨긴다. 수도원에서 여러 해를 보내는 동안 코제트는 눈부신 미모의 처녀로 성장한다. 순결한 성품에 어울리는 자태였다. 수도원 생활을 청산하고 도시로 돌아와 소시민으로 살아가던 두 사람에게 혁명주의자 마리우스가 나타난다. 그는 이 소설의 작가 빅토르 위고와《적과 흑》의 작가 스탕달처럼 공화주의의 비전을 가진 청년이었다. 코제트와 마리우스는 순수하면서도 정열적인 사랑 속에 빠져든다.

1832년 6월 공화주의 세력이 '6월 봉기'를 일으킨다. 여기에서 잠시 '6월 봉기'의 정치적·사회적 배경을 살펴보자. 1830년 7월 이른바 '7월 혁명'으로 알려진 공화주의 혁명에 의해 샤를 10세 치하의 왕정복고체제가 종식되고 루이 필리프를 '프랑스 국민의 왕'으로 추대하는 입헌군주체제가 수립되었다. 1789년 프랑스 대혁명에 의해 일시적으로 세워졌던 공화주의 사회가 재현되지 못한 것만큼은 분명한 사실이었다. 7월 혁명의 주체인 공화주의자들은 이것을 '실패'로 받아들였다. 완전한 공화주의를 실현하는 날까지 혁명은 계속되어야 한다는 공화주의자들과 민중의 연대의식이 1832년 6월 5일 파리에서 대대적인 항쟁을 전개하였다. 루이 필리프가 이끄는 군주제를 폐지하기 위해 일어선 것이다. 그러나 이튿날인 6월 6일 공화주의 봉기는 국왕의 군대에 의해 진압되어 실패로 돌아간다.

코제트의 연인 마리우스는 '6월 봉기'에 참여했다. 봉기가 전개되는 도중에 국왕 측의 첩자로 의심받아 붙들려 있던 자베르를 누군가가 구해주었다. 장 발장이었다. 그는 자베르를 깨끗이 용서하고 조건 없는 사랑의 힘으로 자유의 길을 열어주었다. 자베르는 말로 표현할 수는 없는 감동과 함께 양심의 가책을 받았다. "너희 원수를 사랑하며 너희를 박해하는 자를 위하여 기도하라"[322]는 예수 그리스도의 말이 떠오른다. '마들렌'이라는 이름으로 불우한 자들을 위해 헌신하던 시절부터 코제트를 양녀로 맞아들여 성숙한 처녀로 키워내기까지 장 발장의 인생을 불안의 올가미와 공포의 사슬로 결박해왔던 자베르. 세상의 일반적인 눈길로 볼 때는 장 발장에게 원수와 다를 바 없는 존재였다. 그러나 장 발장의 마음의 우물 속에 넘치는 사랑의 생수는 마를 날이 없었다. 미리엘 주교의 용서를 통해 받아들인 하느님의 조건 없는 사랑이 자베르를 용납하고 그를 소중한 형제로 끌어안는 기적을 가능케 했다.

자베르는 단 한 번도 사회적 약자의 편에 서지 못하고 오히려 '법'이라는 이름으로 약자를 단죄하는 일에만 앞장섰던 '사랑 없는' 인생을 진심으로 뉘우친다. 그는 장 발장에게서 받은 용서와 사랑의 힘으로 새로운 눈을 뜬다. 사랑 없는 정의는 인간을 위하는 것이 아니며, 인간다운 정의는 사람을 살리는 사랑임을 깨닫게 된다. 자베르가 이 각성의 빛을 따라 제2의 인생길을 걸어갔더라면 얼마나 좋았겠는가? 안타깝게도 그는 가책을 떨쳐버리지 못한 채 센 강에 투신한다. 장 발장은 진압군에 맞서 싸우다 부상을 당한 마리우스를 지하 수로를 통해 구출하여 이동하던 중에 출구에서 자베르를 다시 만나 그의 도움으로 안전하게 피신하였다. 센 강에 몸을 던지기 전에 자베르가 속죄하는 심정으로 장 발장에게 안겨준 처음이자 마지막 감사의 선물이었다.

칸트는 "인간의 본성은 고결하다"[323]고 말했다. 인간의 본성은 이성을 갖고 있는 이성적인 본성[324]이기 때문에 고결할 수밖에 없다는 것이다. 이성적인 본성을 칸트는 "인격"[325]이라 불렀고 모든 인간의 인격은 "목적 그 자체로 존재"[326]한다고 확신하였다. 회심 이후 장발장의 인생을 칸트의 사상에 비추어 보면 중요한 사실이 드러난다. 장 발장의 본성이 고결하다는 것과 그의 인격이 수단이 아닌 목적으로 존중받을 만큼 존엄하다는 것이다. 그렇다면 이렇게 고결하고 선한 인간성을 가진 한 인간이 어째서 19년 동안이나 범죄자로 감옥에 갇혀 있어야만 했는가? 단순히 유리창을 깨고 빵을 훔친 죄 때문이었다고 말할 수는 없다.

> "여자와 어린이, 하인, 약자, 빈자, 무식자들의 과오는 남편과 아버지, 주인, 강자, 부자, 학자들의 탓이다.(미리엘 주교의 말)"[327]
>
> –《레 미제라블 1》(빅토르 위고 지음, 정기수 옮김, 민음사) 중에서

미리엘 주교의 비판적 발언에서 사회적 약자가 저지른 '과오'의 원인이 밝혀진다. 권력자와 부유층에게 유리하도록 법과 제도를 남용하면서 민중의 권익을 억압하는 수단으로 법과 제도를 악용하는 사회의 구조적 모순이 장 발장을 범죄자로 추락시킨 것이다. **법과 제도를 만인에게 차별 없이 적용하는 사회의 정의를 실현하기 위해서는 인간의 인격과 인권을 보호하는 '인간 사랑'이 법과 제도를 움직이는 불변의 척도가 되어야 한다.** '정의'라는 집은 사랑이라는 토대 위에서만 튼실하게 세울 수 있다. 장 발장이 제도권의 성직자는 아니었지만 성자로서 살아갈 수 있었던 것은 그의 내면에 본래부터 존재하던 선한 인간성의 샘물을 끌어올린 마중물이 있었기 때문이다. 그 마중물의

이름은 '사랑'이다. 이 지상에서 사랑을 받을 자격이 없는 자는 단 한 사람도 없다. 또한, 사랑을 베풀 자격은 누구에게나 있다. 레프 톨스토이가 《사람은 무엇으로 사는가》에서 천사 미하일을 통해 말한 것처럼 사람의 마음속에는 본래부터 사랑이 있고 "오로지 사랑에 의해서만 살아가는" 존재가 사람이기 때문이다.

 행동을 이끄는 교양

"무식한 자들에게는 가급적 여러 가지 것을 가르쳐주어야 한다. 무상 교육을 하지 않는 것은 사회의 죄다. 사회는 스스로 만들어낸 암흑에 책임을 져야 한다. 마음속에 그늘이 가득 차 있으면 거기에서 죄가 범해진다. 죄인은 죄를 범한 자가 아니라, 그늘을 만든 자다."

-《레 미제라블 1》(빅토르 위고 지음, 정기수 옮김, 민음사) 중에서

12장

언어만 잘 간직한다면 감옥의 열쇠를 가지고 있는 것입니다.

역사와 문화를 보존하는 모국어의 소중함

_ 알퐁스 도데의 《마지막 수업》

모국어의 촛불로 조국의 어둠을 밝힌 소설가,

알퐁스 도데(Alphonse Daudet, 1840~1897)

프랑스 남부의 '님'에서 출생한 소설가, 극작가, 시인이다. '알레스'에서 중학교 사환으로 일하던 도데는 1857년부터 파리로 진출하여 본격적으로 작가 생활을 시작했다. 첫 작품집은 시집 《사랑에 빠진 연인들》이었지만 세계의 독자들에게는 소설가로 기억되고 있다. 그의 단편소설은 미국 작가 오 헨리의 단편과 함께 대한민국 독자들의 꾸준한 사랑을 받고 있다. 1860년대 에밀 졸라의 자연주의 문학으로부터 많은 영향을 받아 사건과 현상을 있는 그대로 보여주면서도 서정적 묘사를 가미하여 독자들의 감성을 자극하였다. 특히 《마지막 수업 La Dernière Classe》은 프로이센의 지배를 받는 프랑스인들에게 모국어 교육의 중요성을 통하여 민족의식과 애국심을 불러 일으켰다. 알퐁스 도데의 대표 작품으로는 《마지막 수업》이 수록된 단편집 《월요 이야기》(1873)을 비롯하여 《별》이 수록된 《풍차 방앗간에서 온 편지》(1866), 희곡 《아를의 여인》(1872) 등이 있다.

모국어 사랑으로 민족의식을 각성시킨 소설,《마지막 수업》

소설 《마지막 수업》은 '어느 알자스 소년의 이야기'라는 부제를 갖고 있다. 한 나라
의 모국어가 얼마나 중요한지를 일깨워주는 작품이다. 프로이센과의 '보불 전쟁'에
서 패배한 프랑스는 프로이센에게 '알자스-로렌' 지역을 넘겨준다. 알자스에서 살
아가는 소년 프란츠. 그가 프랑스어를 가르치는 아멜 선생님의 '마지막 수업'에 참
여하면서 마음속에서 피어나는 생각들이 소설을 읽는 모든 독자의 가슴을 뭉클하
게 한다. 일제강점기의 식민 지배를 경험했던 한국인들에게는 더욱 두터운 공감대
를 갖게 하는 작품이다. 1871년 프로이센의 점령지로 전락한 알자스 지역의 학교
에서 프랑스어 교육을 할 수 없게 된 것은 1930년대 후반부터 해방 이전까지 일제
가 단행한 '조선어 말살' 정책의 역사적 상황과 유사하다. 식민 국가의 모국어를 제
거함으로써 국민의 민족정신과 문화의식과 역사의식을 소멸시키려는 지배 전략이
었다. 《마지막 수업》은 모국어가 그 나라의 주권과 문화와 역사를 낳고 기르는 모태
와 같다는 것을 가르쳐 준다

주권의 상실과 모국어 교육의 폐쇄, 그 역사적 배경

1870년부터 그 이듬해까지 프랑스는 프로이센의 침공으로 전쟁을 치른다. 이른바 '보불 전쟁'이다. 1871년 1월에는 파리가 함락되었다. 프로이센의 국왕 빌헬름 1세는 베르사유 궁전에서 황제로 즉위하며 독일의 통일을 선포했다. 그 해 5월 10일 프랑크푸르트에서 체결된 프로이센(통일 독일)과 프랑스 간의 조약에 의해 프로이센은 알자스–로렌 지방을 차지하였고 50억 프랑의 전쟁 배상금을 받았다. 프로이센의 속국으로 전락한 프랑스. 빼앗긴 알자스-로렌 지역에서는 모국어인 프랑스어를 자유롭게 사용할 수 없는 상황이 되고 말았다.

알자스에 '프란츠'라는 소년이 살고 있었다. '숲 가장자리에서 들려오는 티티새의 노랫소리'[328]가 국어 수업의 '분사 규칙보다 훨씬 좋아 보일'[329] 정도로 공부보다는 자유롭게 뛰어노는 것을 더 좋아하는 아이다. 하필이면 프랑스어를 가르치는 아멜 선생님이 '분사법에 대해 질문을 하기로'[330] 되어 있는 바로 그날 프란츠는 학교에 몹시 늦게 갔다. 지각해서 야단 맞을까 봐 두려웠지만 '분사법에 대해 아무것도 몰랐기에'[331] 질문을 받을 것이 더 두려워졌다. 그런데 교실이 가까워질수록 평소와는 다른 무거운 분위기를 느낄 수 있었다. '일요일 아침처럼 조용하기만 했다.'[332] 교실 문을 열고 들어가 보니 아멜 선생님은 특별한 옷차림으로 교단에 서 있었다. 장학사들이 오는 날이나 상장을 주는 날에만 입던 푸른색 프록코트와 얇은 가슴 주름 장식이 접힌 셔츠 그리고 수를 놓은 검은색 비단 모자를 쓰고 있었던 것이다.[333] 일부러 교실을 찾은 마을 어른들 몇 명도 '슬픈 표정'[334]으로 앉아 있었다. 아멜 선생님은 교실의 학생들과 어른들에게 '부드럽고 엄숙한 목소리로'[335] 말했다.

"여러분, 이것이 저와 여러분과의 마지막 수업입니다. 모든 알자스와 로렌 지방의 학교에서는 독일어로만 수업을 하라는 명령이 베를린으로부터 왔기에……. 내일은 새로운 선생님이 오실 겁니다. 오늘이 여러분의 마지막 프랑스어 수업입니다. 그러니 모두들 열심히 들어주시기 바랍니다."

－《마지막 수업》(알퐁스 도데 지음, 조정훈 옮김, 더클래식) 중에서

아멜 선생님의 말처럼 프랑스어 수업은 이 시간을 끝으로 마지막이었다. 선생님이 예복 차림으로 정장을 한 것도 '마지막 수업에 경의를 표하기 위한' 것이었고 마을 어른들이 평소에 비어 있던 교실의 뒤편 의자에 앉아 선생님의 말에 귀를 기울인 것도 '사십 년 동안 충실히 봉사하신 선생님에 대한 감사와 사라진 조국에 대한 의무감의 표시'[336]였음을 프란츠는 비로소 알게 되었다. 프란츠는 지금까지 모국어인 프랑스어를 건성으로 배우고 넘어간 것에 대해 진심으로 뉘우쳤다. 그만큼 프란츠의 마음도 무척 괴로웠던 것이다. 그 아이도 프랑스어로 프랑스의 문화와 역사를 배우고 있는 프랑스인이기 때문이다. 앞으로 프랑스어를 배울 수 없게 되었다는 사실이 충격적으로 다가올 수밖에 없었다.

아멜 선생님은 마지막 프랑스어 수업에서 학생들의 인생에 가장

큰 선물이 될 가르침을 들려준다. 소설에서는 화자가 간접화법으로 전하고 있지만《지식과 교양》의 저자는 아멜 선생님의 감동적인 가르침을 직접화법으로 전환해본다.

> "프랑스어는 세상에서 가장 아름답고 가장 정확하고 가장 확실한 언어입니다. 우리는 프랑스어를 잘 간직해야 하며 절대로 잊어서는 안 됩니다. 어떤 민족이 노예가 되더라도 자신들의 언어만 잘 간직한다면 감옥의 열쇠를 가지고 있는 것입니다."[337]
>
> ─《마지막 수업》(알퐁스 도데 지음, 조정훈 옮김, 더클래식) 중에서

아멜 선생님은 식민지의 백성으로 살아간다고 해도 주권을 되찾기 위해서는 모국어를 지켜내야 한다고 강조한다. 모국어는 그 나라의 역사와 문화의 뿌리이기 때문이다. 훌륭한 가르침을 끝으로 저 건너편 '교회 시계의 정오를 알리는'[338] 종소리가 울린다. 때마침 '훈련을 마치고 돌아오는 프로이센 군대의 나팔 소리'[339]도 들려온다. 군인들에게는 휴식을 알리는 경쾌한 소리이지만 교실에 있는 모든 프랑스인의 마음에는 쇠못이 박히는 소리였다. 아멜 선생님은 모든 것을 잃어버린 듯이 침통한 표정으로 고개를 떨구었다. 그는 곧 이어 '매우 창백한 얼굴로 교단에서 일어나더니'[340] 무언가 말을 이어가려고 했다. 그러나 극도의 상실감이 '목을 막아버린 듯 더 이상 말을 잇지 못하는'[341] 아멜 선생님은 속으로 울고 있는 것 같았다. 그는 떨리는 손을 들어 교실의 칠판에 '자신이 쓸 수 있는 가장 커다란 글씨'[342]의 프랑스 문자를 다음과 같이 힘주어 썼다.

'프랑스 만세! Vive La France!'[343]

선생님의 마지막 가르침과 칠판에 적힌 마지막 프랑스 문자는 프란츠에게 큰 깨달음을 선사하였다. 평소에 모국어와 조국과의 연관성에 대해 전혀 생각할 수 없었던 프란츠. 그는 이 마지막 수업을 통하여 프랑스어 속에 담겨 있는 프랑스인의 정서, 프랑스인의 문화, 프랑스의 역사가 얼마나 소중한 것인지를 실감했다.

모국어 교육을 금지하면 그 나라의 문화가 아무리 우수하다고 해도 문화의 내용을 후손에게 물려줄 수 없고 그것을 선조로부터 물려받을 수도 없다. 모국어는 그 나라의 문화를 전하고 수용하는 가장 중요한 매체이기 때문이다. 모국어 학습을 폐쇄하면 그 나라의 역사가 아무리 자랑스럽다고 해도 식민지의 학교에서 침략자에 의해 역사의 사실을 왜곡 당한다. 모국어는 그 나라의 역사를 보존하는 가장 진실한 보고寶庫이기 때문이다.

알퐁스 도데의 《마지막 수업》과
윤동주의 《하늘과 바람과 별과 시》

일제강점기 한국인들도 프랑스와 비슷한 역사적 상황을 경험했다. 한국어 교육을 빼앗기고 한국인의 정서를 억압당하며 한국인의 문화를 말살당하고 한국의 역사를 왜곡당하는 시련을 겪었다. 시집 《하늘과 바람과 별과 시》를 남긴 시인 윤동주. 모든 한국인으로부터 민족의 시인으로 존경받는 그는 나라의 주권과 모국어를 빼앗기고 나서 '부끄러움'의 열병에 '괴로워'했다. 그의 대표시로 알려진 〈서시〉의 길을 따라가 보자.

죽는 날까지 하늘을 우러러
한 점 부끄럼이 없기를,
잎새에 이는 바람에도
나는 괴로워했다.
별을 노래하는 마음으로
모든 죽어가는 것을 사랑해야지
그리고 나한테 주어진 길을
걸어가야겠다.

오늘밤에도 별이 바람에 스치운다.
- 윤동주의 〈서시〉, 시집 《하늘과 바람과 별과 시》 중에서

윤동주는 인생의 마지막 순간까지도 사랑하려는 의지를 포기하지 않았다. 그렇다면 시인의 사랑을 받는 '모든 죽어가는 것'은 무엇인가? 윤동주가 항일의 대표적 시인임을 전제로 한다면 한국인의 생명, 한국의 주권, 한국인의 자유, 한국의 자연이라고 말할 수 있다. 그러나 이 '죽어가는 것'에서 한국인의 모국어를 제외할 수 없다. 윤동주는 그 누구보다도 모국어 교육의 상실을 슬퍼한 청년이기 때문이다. 그는 한국인들끼리 정서적 교감을 나누는 매체가 모국어라고 생각했다. 그는 한국인들끼리 사랑을 주고받는 통로 역할을 하는 것

이 모국어라고 믿었다. 그러므로 윤동주는 일제의 조선어 말살 정책[346]을 통하여 각급 학교에서 한국어 교육이 죽어가는 것을 바라볼 때마다 한국인들의 정서적 소통이 단절되고 한국인들의 사랑의 핏줄이 끊어지는 것을 볼 수 있었다.[347]

윤동주의 시 〈별 헤는 밤〉에서 시인은 '소학교 때 책상을 같이 했던 아이들의 이름'과 '가난한 이웃 사람들의 이름'[348]을 하나씩 불러 보면서 그들을 향한 그리움을 절절하게 노래하는 까닭은 무엇인가? 이름을 부르는 행위와 그리움 사이에는 상실감으로 인한 슬픔이 깊게 배어 있다. 시인은 무엇을 잃어버렸기에 그토록 큰 슬픔을 겪는 가? 그것은 바로 한국의 언어다. 그는 모국어의 상실로 인해 고향의 사람들과 나누던 정서적 교감과 사랑의 길이 끊어지고 있음을 뼈저리게 느끼는 것이다. 윤동주는 어릴 적부터 한국어로 그들의 이름을 불러주면서 한국어의 이름 속에 자신의 사랑을 담아 그들에게 안겨 주었기 때문이다. 그러므로 시인은 자신의 골방에서 혼자 그들의 얼굴을 떠올리며 나지막히 한국어로 그들의 이름을 불러볼수록 한국어를 말살하려는 일제에 대한 분노와 함께 더욱 결연한 항거의 의지를 다지게 된다. 그것이 시인에게 '주어진 길'이기도 하다.[349]

일제가 한국어를 말살하려고 수단과 방법을 가리지 않았던 이유는 너무나 분명하다. 윤동주와 아멜 선생님과 프란츠가 믿고 있는 것처럼 모국어는 그 나라 사람들의 정서와 사랑을 주고받는 매체이기 때문이다. 알자스 지역을 점령한 프로이센 정부가 학교에서 프랑스어 교육을 원천 봉쇄한 것과 같이 일제가 조선어 말살 정책을 통하여 한국인의 이름, 한국인의 말, 한국인의 글을 사용할 수 없게 만든 것은 한국인의 민족정신을 약화시키고 한국적 정서를 메마르게 하여 한국인들 간의 사랑을 단절시키는 데 목적을 두었다.[350] 그러므로 시인 윤동주가 "나한테 주어진 길을 걸어가야겠다"고 다짐하면서 향하는 '길'은 한국의 주권을 되찾기 위해 항거하는 길인 동시에 한국인의 모국어를 지켜내는 길이기도 하다.

아멜 선생님이 마지막 프랑스어 수업에서 학생들에게 '프랑스어를 잘 간직해야 하며 절대로 잊어서는 안 된다'고 힘주어 말한 것은 프랑스어를 지켜내는 것이 프랑스의 주권을 회복하는 지름길이며 그것이 모든 프랑스 학생들에게 '주어진 길'임을 가리킨다. 아멜 선생님의 가르침을 따라 프랑스의 학생들이 걸어가야 할 길도 윤동주의 길과 다르지 않다. 그 길은 침략자의 탄압에 의해 '죽어가는' 조국의 백성과 조국의 자연을 사랑하는 길인 동시에 말살당하는 모국어를 끝까지 사랑하는 길이기도 하다. 모국어 속에 그 나라 국민의 삶과 정신이 존재하고 모국어 속에 그 나라의 역사와 문화가 살아 있음을 윤동주뿐만 아니라 그들도 똑똑히 알고 있기 때문이다.

 행동을 이끄는 교양

"어떤 민족이 노예가 되더라도 자신들의 언어만 잘 간직한다면 감옥의 열쇠를 가지고 있는 것입니다."

-《마지막 수업》(알퐁스 도데 지음, 조정훈 옮김, 더클래식) 중에서

13장

나는 세 살짜리 어린아이 그대로였으나 3배나 현명했다

비이성적 성장에 대한 이성적 비판

_ 귄터 그라스의 《양철북》

역사의식의 토대 위에 휴머니즘의 집을 지은 작가,

귄터 그라스(Günter Grass, 1927~2015)

1927년 독일 단치히(지금의 폴란드 그단스크)에서 태어난 귄터 그라스. 그는 소설뿐만 아니라 희곡과 시의 창작에도 열정을 기울였던 만능 작가였다. 하버드 대학교에서 명예박사 학위를 수여받기도 했다. 1954년 전후戰後 독일 작가 동맹인 '47 그룹'에 가입하여 소설가 하인리히 뵐과 함께 문학을 통한 독일의 과거사 청산에 주력하였다. 그는 독일 사회민주당(SPD) 지지자로서 '신新나치주의'를 비판하고 외국인에 대한 차별주의를 극복하는 일에 주력해왔다. 그의 문학은 히틀러와 나치의 반역사적 만행에 대한 반성과 속죄를 바탕으로 이념, 민족, 인종을 초월하여 인간의 존엄성과 천부인권을 옹호하는 박애주의를 노래하였다. 그의 대표 작품으로는 《양철북 Die Blechtrommel》(1959)을 비롯하여 《넙치》(1979), 《게 걸음으로 가다》(2002), 《귄터 그라스 시 전집》(1971) 등이 있다. 상암동 월드컵경기장에서 열린 2002 한·일 월드컵 개막식에서 자작시 〈밤의 경기장〉을 낭송하여 한국인들의 기억 속에도 뚜렷이 살아 있는 작가다.

인간다운 성장의 길을 제시하는 소설, 《양철북》

1959년에 발표된 소설이다. 귄터 그라스는 이 소설로 1999년 노벨 문학상을 수상하였다. 주인공 오스카 마체라트는 3세에 일부러 지하실 계단에서 추락하여 성장을 멈춘다. 의도적으로 성장을 제어한 까닭은 무엇일까? 그것은 히틀러와 나치가 추구하는 패권주의적 성장에 동참하지 않겠다는 의지를 보여준 것이다. 침략을 통한 번영이야말로 기형적이고 부조리한 성장이 아니겠는가? 나치는 민족주의를 내세워 독일 국민의 전폭적 지지를 받았다. 그러나 무력을 통해 세계를 지배하려는 것은 민족주의가 될 수 없다. 진정한 민족주의는 코스모폴리타니즘(세계시민의 정신)을 배반하지 않기 때문이다. 이런 관점에서 본다면 나치의 민족주의는 전체주의, 군국주의, 패권주의일 뿐이다. 그것은 국민을 지배하기 위한 이데올로기이며 세계를 지배하기 위한 정치적 명분일 뿐이다. 오스카가 두드리는 양철북 소리는 개인을 획일화시키는 전체주의 체제에 대한 비판의 메시지이며 독재 권력을 질타하는 저항의 북소리다.

오스카, 왜 성장을 멈추었는가?

《양철북》은 문학이라는 렌즈를 통하여 20세기 전반기 독일과 유럽의 정치, 역사, 사회를 포괄적으로 볼 수 있는 소설이다. 위정자의 비뚤어진 정치의식, 국민의 편협한 민족의식, 개인의 속물근성 등이 기형적으로 결합할 때 인간의 공동체는 상상하기 힘들 정도의 비극에 직면할 수 있음을 경고하는 작품이다. 이 소설이 세계문학사에서 걸작으로 평가받는 이유이기도 하다.

주인공이자 화자인 30세의 오스카 마체라트. 그는 정신병원에서 회고 형식으로 지난 시절의 이야기를 들려준다. 그의 회고담 속에는 독일의 과거사가 담겨 있다. 그 이야기가 독자의 눈시울을 젖게 만들다가도 눈살을 찌푸리게 만들고 다시 독자의 고개를 끄덕이게 하다가 독자의 분노를 터뜨린다. 단순한 것 같으면서도 다양함이 묻어나오고 지루함이 느껴지는가 싶으면 어느새 새로운 재미를 더해준다. 풍자, 반어, 은유, 상징 등의 문학적 기교가 풍부하여 소설의 미학적 측면에서도 높은 경지에 오를 작품으로 평가된다.

소설은 오스카의 외조부 콜야이체크의 이야기로부터 시작된다. 폴란드의 민족운동가로 활동하던 그는 독일 경찰에게 쫓겨 도주하다가 감자밭으로 들어온다. 그곳에 앉아 감자를 굽고 있던 처녀인 오스카의 외조모와 마주치자마자 다급한 나머지 그녀의 치마 속에 몸을 숨긴다. 콜야이체크를 쫓던 경찰은 그를 이리저리 찾아보지만 치마에 폭 감싸여 있는 그를 짐작조차 못한다. 오스카의 외조모가 경찰을 따돌리던 와중에 남자의 욕망이 발동했던지 그 좁은 공간 속에서도 콜야이체크는 여인의 몸속에 씨앗을 심는다. 이런 기구한 운명의 통로를 통하여 오스카의 어머니 아그네스 콜야이체크가 태어난다.

아그네스에겐 연인이 있었다. 사촌인 폴란드인 얀 브론스키다. 그러나 그녀는 경제적 능력을 갖춘 독일 상인 알프레드 마체라트를 남편으로 받아들인다. 그러면서도 얀과의 불륜을 이어간다. 아그네스를 놓고 연적으로 대립하는 알프레드와 얀 간의 관계는 제2차 세계대전이 발발하기 이전 독일과 폴란드 간의 반목을 상징적으로 보여준다. 어머니 아그네스와 독일인 알프레드 그리고 폴란드인 얀 간의 다소 추잡하게 얽히고설킨 삼각관계 속에서 마침내 1924년 자유도시 단치히에서 주인공 오스카가 태어난다. 법적인 아버지는 알프레드이지만 어머니와 얀과의 지독한 불륜의 사랑을 잘 알고 있는 오스카는 얀 아저씨가 자신의 친아버지일지도 모른다는 생각을 한다.

태어날 때부터 비범한 지성을 타고난 천재 오스카는 어른들이 살아가는 세상이 몹시 타락했다고 판단한다. 선천적으로 발달한 이성의 눈으로 바라보았을 때 어른들의 인생길은 윤리적으로도 인간적으로도 추악한 길을 걷고 있었다. 어른들은 부당하고 부정한 방법으로 돈을 벌기 위해 혈안이 되어 있었다. 쾌락의 욕구를 채우기 위해서라면 가족 간, 지인 간의 예의와 윤리조차도 헌신짝 버리듯이 무시해버렸다.

"할머니 콜야이체크가 울부짖는 슈테판에게 치마를 붙잡힌 채 가게로 양초를 사러 갔다가 밝은 초를 들고 돌아와 방을 밝혔을 때, 생일 축하주에 몹시 취한 나머지 사람들은 기묘하게 짝을 지어 두 사람씩 엉겨 있었다. 생각한 대로 어머니는 블라우스 옷깃을 풀어 헤치고 얀 브론스키의 무릎 위에 웅크리고 앉아 있었다. 그레프 부인 속으로 숨어 들어갈 듯이 하고 있는, 다리가 짧은 빵집 주인 알렉산더 셰플러의 모습은 꼴불견이었다. 마체라트는 그레트헨 셰플러의 말 이빨과 같은 금니를 핥고 있었다."[351]

- 《양철북》(귄터 그라스 지음, 최은희 옮김, 동서문화사) 중에서

오스카의 눈에 비친 어른들의 세상은 혐오스럽기 짝이 없는 비인 간적 소굴이었다. 어른들이 추구하는 인생의 성장과 세계의 발전. 그 것은 정신의 깊이가 결여된 채 물질의 소유와 육체의 쾌락만을 추구 하는 기형적 성장이었다. 이성의 에너지가 고갈된 채 안락만을 지향 하는 비인간적 발전이었다. 오스카가 일부러 지하 창고의 계단에서 시멘트 바닥 위에 거꾸로 떨어져[352] 성장을 멈춘 까닭이 그의 고백 에서 명쾌하게 드러난다. 그의 진심어린 목소리에 귀를 기울여보자.

"나는 북에 매달려 세 살 생일 이후 단 1센티미터도 자라지 않았 다. 나는 세 살짜리 어린아이 그대로였으나 3배나 현명했다. 다시 말해 나는 어른보다 키는 작으나 어른들을 능가하며, 자기 그림 자를 어른의 그림자로 재려고 하지 않고, 어른들은 백발이 될 때 까지 발육 등등의 어리석은 말을 해야 하는 데 반해서 (나는) 내 면적으로 외면적으로도 모두 완전하며, 어른이 때로는 괴로운 꼴 을 당하면서 경험한 일을 확인하는 것만으로 충분하고, 해마다 큰 신을 신고 큰 바지를 입고서 그저 얼마쯤 성장했다는 사실을 증명

할 필요 따위가 없어진 것이다."[353]

- 《양철북》(귄터 그라스 지음, 최은희 옮김, 동서문화사) 중에서

일부러 성장을 멈추었지만 오스카의 내면은 스스로 '완전하다'고 말할 정도로 성숙해 있었다. 단지 몸집이 아이에 머물러 있어 외형만 왜소할 뿐이었다. 반면에 어른들은 '백발이 될 때까지 발육'하기 위해 기를 쓰는 까닭에 몸집이 어른에 어울리고 외형도 큼직하다. 그러나 어른들의 내면은 '어리석고' 미성숙하다. 물질의 소유에 집착하여 양적 팽창과 경제적 성장을 쫓아가면서도 육체의 쾌락을 즐기기 위해서라면 인내심도, 예의도, 도덕도 바닥에 내팽개친다. 외면과 내면이 엇박자를 내고 있는 것이다. 따라서 어른들이 추구하는 발육을 오스카는 매우 기괴하고 기형적인 성장으로 판단한다. 그렇다면 도대체 누가 성숙한 어른이고 누가 유치한 아이라는 말인가?

에리히 프롬의 사상으로 이해하는 《양철북》

오스카는 작가 귄터 그라스의 정신세계를 대변하는 인물이다. 그의 입장에서는 제2차 세계대전 전후의 독일 어른들이 이성의 힘이 결여된 아이로 보인다. 오스카가 두드리는 양철북은 인간의 이성 능력을 판별하는 이성적 척도이기도 하다. 그 척도로 재어 보았을 때 당시의 독일 어른들이 이성의 길을 역행하는 비이성적 길을 걸어간 '몸집 큰 아이'였다는 것을 증명할 만한 사례가 역사의 계기판에 자명하게 표시된다. 다름 아닌 히틀러와 나치를 맹목적으로 추종한 반역사적 행위다.

1920~30년대 독일 국민은 경제적 어려움에 부딪쳤다. 실업난은 당시 독일의 대표적 사회문제가 되었다. 국민의 생계가 휘청거리는 상황에서 그들 모두에게 일자리와 복지를 약속하는 사나이가 메시아처럼 나타났다. 아돌프 히틀러였다. 독일 국민은 자신들의 살림을 안정된 기반 위에 올려놓겠다는 그의 약속을 철석같이 믿어버렸다. 그러다 보니 이성의 눈을 잃고 경제적 안정의 신기루에 취해 히틀러가 깔아놓은 전쟁의 화염길을 비판의식 없이 따라갔다.

오스카가 두드리는 양철북은 독일 어른들의 생각과 판단이 얼마나 비이성적이고 반역사적인지를 판별하는 척도의 기능과 함께 또 하나의 중요한 기능을 탑재한다. 그것은 어른들이 걸어가는 비뚤어진 성장의 길을 비판할 뿐만 아니라 그들을 파멸의 종착역으로 인도하는 히틀러와 나치를 거침없이 질타하는 '항거의 북'으로서의 기능이다.

> "어린아이의 양철북을 쳐서 나와 어른들 사이에 필요한 거리를 만들어낼 수 있는 능력은 내가 지하실 층계에서 추락한 뒤 바로 무르익었고, 또한 동시에 소리를 고음으로 유지하고 진동시키면서 노래하고 외치며, 외치면서 노래부를 수 있게 되었다. 그래서 고막을 쨍쨍 울리는 나의 북을 아무도 빼앗으려고 하지 않았다. 북을 빼앗으면 큰 소리를 지르고, 큰 소리를 지르면 아무리 비싼 것이라도 박살이 나버리기 때문이다. 나는 노래로 유리를 부술 수 있었다. 내 고함은 꽃병을 깨트렸다. 내 노래는 유리창에 금이 가게 하여 바깥바람이 멋대로 드나들게 했다."[354]
>
> ―《양철북》(귄터 그라스 지음, 최은희 옮김, 동서문화사) 중에서

오스카는 양철북을 두드리면서 노래를 부르고 북을 빼앗기면 어김없이 소리를 지른다. 부르는 노래가 흘러가 닿은 유리마다 부서지고, 지르는 소리가 날아가 꽂힌 유리마다 박살이 나버린다. 그는 나치의 집단주의적 행사에 몰래 숨어들어 양철북의 리듬소리로 집회를 방해하면서 무도회를 연출하듯 대중을 자유로운 왈츠의 분위기로 이끈다.[355] 노래도, 소리도, 양철북의 리듬도 어느 것 하나 예외 없이 오스카가 쏘아 보내는 비판의 화살이자 그가 높이 치켜드는 옐로카드를 상징한다.

정치심리학의 대가 에리히 프롬이 《자유로부터의 도피》에서 비판하였듯이 히틀러는 정치적 '사디스트'처럼 국민의 자유를 억압하고 인권을 말살하는 독재자였다. 그런데도 독일 국민은 히틀러에게 자발적으로 인권과 자유를 헌납하는 정치적 '마조히스트'가 되고 말았다.[356] 그가 자신들에게 넉넉한 물질을 안겨줄 것이라는 맹신의 쾌감 때문에 희대의 전범戰犯에게 '자동인형'[357]처럼 복종하고 말았던 것이다.

에리히 프롬의 또 다른 저서의 '소유냐 존재냐'[358]라는 제목이 시사하듯, 당시 독일 국민들은 물질의 '소유'에 집착한 나머지 히틀러가 이끄는 대로 침략전쟁을 통해 경제적 발전과 양적 팽창을 추구하는 잘못된 '성장'의 길을 걸어갔다. 그러므로 오스카가 양철북을 두드리는 행위는 그러한 기형적 성장의 길을 '자동기계'[359]처럼 질주하는 독일 국민의 집단적 광기를 전면적으로 거부하는 저항의 몸짓이다.

목적, 소유, 욕망, 쾌락, 전진, 상승, 팽창……. 이러한 서글픈 개념들은 히틀러의 전체주의에 길들여진 독일의 기성세대를 머릿속에 떠올릴 때마다 오스카의 내면에 각인되는 절망적 기호들이다. 그의 양철북에서 울려나오는 소리는 독일 국민들이 인간답지 못한 획일적 행보를 멈추고 인간다운 이성의 길로 돌이킬 것을 촉구하는 애국적 탄원의 메시지이기도 하다. 그 메시지는 군부독재의 암흑기를 겪었던 대한민국 국민에게 그와 같은 반민주적 정치의 반복을 언제나 경계해야 한다는 초시대적 교훈으로 다가온다.

 행동을 이끄는 교양

"오스카는 사람들 앞에서 북으로 무엇을 친 것인가? 그는 스승 베브라의 충고에 따라서 (나치) 의식의 진행을 마음대로 하고, 연단 앞의 군중을 춤추게 하였던가? 그는 기지가 풍부하고 교활한 대관구 교육부장 뢰프자크의 계획을 엉망으로 만들었던가? 간소한 요리를 먹는 1935년 8월의 어느 일요일과 그 뒤 여러 차례에 걸쳐서 그는 붉은색과 흰색으로 돼 있으면서도 폴란드의 것이 아닌 양철북으로 (나치의) 갈색 시민 집회를 혼란에 빠뜨려 해산시켰던가?"

-《양철북》(귄터 그라스 지음, 최은희 옮김, 동서문화사) 중에서

14장

혁명은 세계를 어떻게 바꾸었는가?

유기체로 이해하는 세계의 역사

_ 에릭 홉스봄의《혁명의 시대》

변혁과 발전의 유기체적 연관성을 보여준 역사가,
에릭 홉스봄(Eric Hobsbawm, 1917~2012)

1917년 이집트 알렉산드리아에서 오스트리아인 어머니와 유대인 아버지 사이에서 태어난 에릭 홉스봄. 그는 영국 케임브리지 킹스칼리지에서 역사학을 전공하였다. 청소년 시절부터 카를 마르크스의 사상에 심취하여 그의 저서들을 탐독하고 스스로를 '마르크스주의자'라 불렀다. 대학 시절에는 '대학생 마르크스주의자들'과 스터디를 통해 마르크스의 사상에 기초한 세계관을 확고히 다져나갔다. 그는 20세기 최고의 마르크스주의 역사가로 평가 받을 정도로 철학과 역사학 양쪽 분야를 섭렵한 대가였다. 그의 역사 서술은 유럽에서 남아메리카에 이르는 전세계적 범위와 17세기부터 20세기 전체를 관통하는 근대 및 현대를 망라하고 있다. 정치, 경제, 사회, 문화, 종교, 예술 등 거의 모든 영역에 관한 지식의 벽돌들을 역사학의 토대 위에 쌓아 올려 인류의 '역사'가 유기적 연관체계의 '집'임을 보여주었다. 홉스봄의 대표 저서로는 역사 4부작《혁명의 시대 The Age of Revolution》,《자본의 시대》,《제국의 시대》,《극단의 시대》를 비롯하여《역사론》,《노동하는 인간》,《산업과 제국》등이 있다.

인류사회를 변혁시킨 혁명의 실체를 조명하는 책《혁명의 시대》

에릭 홉스봄의《혁명의 시대》는 '1789~1848'이라는 부제를 갖고 있다. 프랑스 대혁명이 일어났던 1789년부터 1848년까지의 시대를 다루고 있다. 홉스봄은 이 책에서 영국의 산업혁명과 프랑스 대혁명이라는 두 개의 커다란 혁명을 중심축으로 삼아 논의를 전개한다. 그는 '산업자본주의'의 발전이 이 두 개의 혁명과 필연적인 연관성을 갖고 있다는 중요한 사실을 알려준다. 산업혁명과 자본주의 간의 연관성은 대중이 잘 알고 있는 기본적 지식이다. 그러나 프랑스 대혁명이 산업혁명과 어떤 연관성을 띠고 있으며 양쪽 혁명 간의 보완 관계 속에서 자본주의가 어떻게 발전해 나가는지 그 과정을 추적했다는 점에서《혁명의 시대》는 홉스봄의 독창적인 접근 방식과 폭넓은 역사학적 스케일을 보여준다. '이중二重혁명'과 자본주의 간의 상호 관계를 알아나갈수록 유럽을 포함한 세계의 발전 과정에 대한 이해가 깊어진다. 근대시민사회의 탄생에 미친 혁명의 영향과 역사적 의의를 구체적으로 파악하려면《혁명의 시대》를 읽어야 한다.《혁명의 시대》는 혁명 자체만을 중점적으로 서술하는 혁명사의 책이 아니다. 산업혁명과 프랑스 대혁명이 유럽의 자본주의 정치경제를 발전시켜 나가면서 그 영향력을 파급시킨 결과로 자본주의 정치경제의 시스템이 세계적 범위로 넓어져가는 연속적 과정을 고찰한 책이다. '자본주의 세계사'의 역사서라고 말할 수 있다. 그만큼 이 책의 서술 범위는 폭넓다. 자본주의 정치경제의 발전이 전쟁, 평화, 민족주의, 토지, 노동빈민, 종교, 예술, 과학, 민중의 삶 등에 어떤 영향을 주었는지 그 영향을 구체적으로 알기 쉽게 설명한다. 방대하면서도 광범위하고 대중적인 역사서가《혁명의 시대》다.

역사와 사회와 세계는 유기체적 시스템이다

영국의 역사학자 에릭 홉스봄. 그는 미국의 역사학자 하워드 진[360]과 함께 대표적인 진보주의 역사학자로 알려져 있다. 물론 역사학 분야뿐 아니라 인문과학과 사회과학으로 범위를 넓혀 세계의 진보적 지성을 손꼽을 때마다 노엄 촘스키, 에드워드 사이드, 하워드 진 등과 함께 빠짐없이 거론되는 인물이다. 홉스봄의 역사 4부작 '시대' 시리즈는 19세기 장기長期 역사로부터 20세기 단기 역사에 이르는 현대사를 망라하고 있다. 《혁명의 시대, 1789~1848》, 《자본의 시대, 1848~1875》, 《제국의 시대, 1875~1914》, 《극단의 시대, 1914~1991》가 바로 그것이다. 이 4권의 저서는 한국어로도 번역 출간된 바 있다. 지역들 간의 연관성, 시대 간의 연관성, '혁명'이라는 커다란 사건이 지역과 시대에 미치는 파급력과 그 이후의 변화 양상을 종합적으로 이해할 수 있는 시리즈다.

홉스봄은 자본주의가 유럽 사회를 완전히 지배하게 되는 시대를 1789년부터 1914년까지로 보았다. 125년의 기간이므로 그가 규정한 것처럼 장기의 역사라고 말할 수 있다. 그는 이 장기의 역사를 3단계로 나누어 '혁명의 시대'와 '자본의 시대'와 '제국의 시대'로 구분하였다. 각각의 시대가 세 권의 저서 제목이 된 것이다. 이 세 권의 책에서 홉스봄은 세계의 자본주의가 발전하는 과정[361]을 종합적으로 면밀하게 설명하고 있다. 우리가 살펴보려는 책 《혁명의 시대》는 장기 역사 중 첫 번째 시대인 1789년부터 1848년까지의 역사를 다루고 있다. 홉스봄이 이 기간을 첫 번째 시대로 보고 있는 이유는 무엇일까? 이 60년 동안 산업자본주의가 유럽의 생산체계와 생산양식을 혁신적으로 바꿔놓으면서 유럽을 자본주의 사회로 변화시켰기 때문이다. 농업, 수공업, 상업을 중심으로 움직이던 유럽이 자본적 공업 중심 산업사회로 완전히 이동했던 시대이기도 하다.

홉스봄은 1789년부터 1848년까지의 시대를 자본주의가 승리한 시대[362]로 보고 있다. 이 시대에 유럽을 완전한 자본주의 사회로 변혁시킨 결정적 역할을 했던 사건은 영국의 산업혁명과 프랑스 대혁명이었다고 홉스봄은 말한다. 그는 이 양쪽 혁명을 '이중혁명'[363]이라고 명명하였다. 《혁명의 시대》를 읽어나가다 보면 이중혁명이 근대시민사회의 본격적 출발점이 되었다는 역사적 사실을 알게 된다. 또한, 이중혁명으로부터 영향을 받은 근대 세계의 사회, 정치, 경제, 문화가 어떤 모습으로 변화되어갔는지를 '영향 관계'를 통하여 파악할 수 있다. 혁명사를 다룬 역사서들 중 다수의 책이 혁명 그 자체에 집중하느라 혁명과 세계와의 관계를 종합적으로 바라보지 못하는 한계를 보여주기도 하지만 《혁명의 시대》는 이런 책들과 뚜렷한 차별성을 보여준다.

홉스봄은 프랑스 대혁명으로 인해 변화된 프랑스의 사회구조에만 집중하지 않았다. 이웃의 유럽 국가들과 세계 전반에 어떤 변혁의 물꼬를 틀게 만들었는가에 관해서도 고찰하고 있다. 세계와 역사를 유기체적 시스템으로 파악하고 있는 점이 이채롭다. 게다가 프랑스 대혁명과 영국의 산업혁명이 서로 어떤 연관성을 갖고 있는지에 대해서도 역사학의 현미경으로 들여다보고 있다.

이중혁명은 세계의 자본주의를 어떻게 발전시켰는가

  산업혁명과 프랑스 대혁명은 서로 다른 국가에서 일어난 다른 성격의 혁명이다. 그러나 홉스봄은 양쪽 혁명이 어떤 영향관계로 이어져 있는가를 해부하고 있다. 양쪽 혁명은 별개의 역사적 사건이지만 홉스봄은 양자가 결코 분리될 수 없는 통합적 연관성을 갖게 되었다고 이해한다. 그가 양쪽 혁명을 '이중혁명'이라 부르는 까닭도 여기에 있다. 영국의 산업혁명은 자본주의 경제구조를 낳았고 프랑스 대혁명은 부르주아 중심의 자본주의 정치구조를 낳았다. 프랑스 대혁명의 전개 과정에서 산업혁명의 영향이 크게 작용하였다는 사실을 알 수 있다.

  영국에서 일어난 산업혁명의 바람은 도버 해협을 건너 프랑스 땅으로 불어간다. 산업혁명의 영향은 프랑스에서 '부르주아'라는 '중류계급'[364], 즉 시민계급을 움직였다. 중세 때부터 도시에서 성장해 왔던 부르주아는 경제적 능력이 컸던 반면 정치력은 미약했다. 왕정 체제에서 왕족도 귀족도 아닌 그들이 강한 정치력을 가질 수는 없었다. 그런데 그들에게 경제력과 함께 정치력의 양 날개를 달아준 사건이 일어났다. 1789년의 프랑스 대혁명이다. 대혁명을 주도한 주체 세력이 바로 그들, 부르주아였다. 혁명을 일으킬 수 있도록 그들에게 정신적 동기를 제공한 사건과 사상은 산업혁명과 계몽사상이었다. 부르주아 세력은 장 자크 루소와 볼테르 등의 계몽사상가로부터 '평등'과 '자유'의 이념을 배웠다. 그들은 이성의 힘을 바탕으로 봉건적 질서를 뿌리째 뽑아내고 천부인권이 실현되는 유토피아를 지상에 건설할 수 있다고 믿었다. 계몽사상이 그들에게 확신을 불어넣었다. 영국의 산업혁명도 그들의 신념을 혁명으로 옮기는 실천적 동기를 제공하였다. 그들은 산업혁명이 영국 사회를 혁신적으로 바꿔놓은 데서 신선한 충격을 받았다. 낡은 세상을 새로운 세상으로 변화시키는 정치의 힘을 뒷받침하는 것은 자본의 힘이라는 것을 그들은 산업혁명으로부터 배울 수 있었다. 정치력만 미약했을 뿐 이미 경제력을 갖고 있었던 부르주아 세력은, 자본의 힘을 바탕으로 사회를 변혁시키는 정치력까지도 발휘할 수 있다는 자신감을 얻게 되었다.

부르주아 세력은 구舊체제를 혁파하고 새로운 시민사회를 건설할 수 있는 추진력을 계몽사상과 산업혁명으로부터 얻었다. 그들은 경제력과 정치력이라는 양 날개를 달게 되었다. 정통주의 역사학자들이 프랑스 대혁명을 '부르주아 혁명'365 혹은 부르주아 계급의 혁명으로 간주하는 역사적 배경에는 이와 같이 산업혁명의 영향이 존재하고 있었다. 정통주의 역사학자들뿐 아니라 카를 마르크스도 프랑스 대혁명 같은 부르주아 혁명이 유럽의 봉건주의를 자본주의로 변화시킨 결정적 역할을 했다고 보고 있다. 마르크스의 견해로부터 부르주아를 움직인 산업혁명의 영향력을 감지할 수 있다. 마르크스주의자인 홉스봄 또한 프랑스 대혁명을 통하여 '부르주아 자유주의'366라는 자본주의 사회의 정치형태가 생겨났다고 판단하였다. 홉스봄이 바라보기에는 부르주아 세력이 대혁명을 통해 쟁취한 자유와 평등은 하층 민중을 포함한 인민 전체의 자유와 평등이 아니었다. 그것은 '부르주아'라 불리는 부유한 시민계급 혹은 중류계급의 자유와 평등이었다. 그의 견해를 들어보자.

"1789~1848년의 위대한 혁명은 '공업 자체'의 승리가 아니라 '자본주의적' 공업의 승리였으며, 자유와 평등 일반의 승리가 아니라 '중류계급' 또는 '부르주아적 자유사회'의 승리였다."[367]

－《혁명의 시대》(에릭 홉스봄 지음, 정도영 · 차명수 옮김, 한길사) 중에서

나폴레옹의 제1제정, 왕정복고, 루이 필리프의 군주제 등 봉건적 정치의 시대로 프랑스 역사가 퇴행하는 시련 속에서 부르주아 자유주의는 단명에 그쳤지만 이것이 자본주의 사회의 정치 모델이 된 것만큼은 분명하다. 이후 프랑스 대혁명의 영향을 받은 세계 각국은 부르주아 중심의 정치구조를 갖추게 되었고 근대시민사회에서 '부르주아 정치'의 발전이 갈수록 뚜렷해졌다. 이런 까닭에 홉스봄은 산업혁명과 프랑스 대혁명의 이중혁명을 자본주의 사회의 정치경제를 규정하는 통합적인 혁명[368]으로 보고 있는 것이다.

산업혁명과 프랑스 대혁명은 각각 자본주의 경제와 자본주의 정치의 전형적 모델이 되었다. 유럽뿐만 아니라 유럽 바깥의 지역들도 산업혁명의 영향과 프랑스 대혁명의 영향을 받으면서 변혁의 물결을 탔다는 것은 널리 알려진 역사적 사실이다. 이중혁명의 영향을 받은 세계의 각 지역에서 자본주의 정치경제의 사회 시스템이 구현되었다. 근대 세계에서는 일반적 공업이 아니라 자본주의적 공업[369]이 압도적으로 나타났다. 비非유럽 지역의 국가들도 그들이 존립하고 발전하기 위해서는 산업혁명을 통해 생겨난 유럽의 경제와 산업기술을 적극적으로 받아들여야 한다는 생각으로 자본주의 발전의 길에 동참하였다. 그 사례로 홉스봄은 이집트의 정치지도자 모하메드

알리 같은 인물을 소개하고 있다.[370]

이중혁명의 복합적 영향을 받은 근대 세계에서는 국민 전체의 자유와 평등[371]이 아니라 부르주아의 자본적 경제력을 동반한 부르주아의 자유와 평등이 이루어졌다. 이중혁명의 영향을 받은 지역들이 혁명의 본고장은 아니라고 해도 혁명의 영향을 받은 결과물로서 자본주의 정치경제의 시스템을 갖게 된 것이다. 이중혁명에 따른 세계의 자본주의 발전 과정에 비추어 볼 때 산업혁명과 프랑스 대혁명은 통합적 이중혁명이면서도 세계사를 아우르는 보편적인 혁명[372]이라는 것이 홉스봄의 견해다.

자본주의가 낳은 제국주의에 대한 비판

유럽에서 자본주의를 압도적으로 승리하게 만든 결정적 원동력은 산업혁명과 프랑스 대혁명이었다. 그리고 이러한 이중혁명의 영향에 따른 자본주의적 팽창의 결과로 나타난 결과물 중 하나가 제국주의였다. 홉스봄은 산업혁명이 유럽의 생산양식과 생산기술을 바꿔놓은 이후 유럽의 자본주의적 팽창이 가속화되었고 이러한 양적 팽창의 급격한 물결이 유럽 열강으로 하여금 아프리카와 아시아 등의 타지역에 대한 제국주의를 추진하게 하였음을 지적하고 있다.[373]

비유럽 지역에서 자본주의가 발전하게 된 것은 제국주의와 깊은 연관성이 있다. 자본주의를 앞세운 유럽 열강이 자신들의 자본주의 몸집을 공룡처럼 키우려는 전략적 '필요'[374]가 작용하였다. 그 필요의 그물망 속에 비유럽 국가들이 걸려들었다. 유럽 열강은 비유럽 세계를 지배하면서 자원의 확보를 위해 비유럽 국가들의 땅을 수탈할 뿐만 아니라 자본주의적 판매 시장으로 이용하기까지 했다. 시장의 수요를 높이기 위하여 산업혁명을 통해 개발한 기술을 비유럽 지역에 옮겨 심고 그 기술을 비유럽인들이 활용할 수 있도록 '재조직하는'[375] 과정이 지속적으로 전개되었다. 유럽의 바깥 세계에서 이루어진 자본주의적 발전은 제국주의 정책에 의해 기술과 시장의 맞물림 속에서 전 세계의 규모로 확대될 수밖에 없었던 것이다.

> "세계혁명은 영국과 프랑스라는 두 개의 분화구로부터 밖으로 확산되었기 때문에, 세계혁명이 당초 유럽으로부터 세계의 다른 지역으로 확장되고 유럽이 그 밖의 지역들을 정복하는 형태를 취했던 것 역시 불가피한 일이었다. 이 세계혁명이 가져온 가장 두드러진 세계사적 결과는 몇몇 서구 정권(특히 영국)에 의한 지구의 지배가 확립되었다는 사실이며, 이것은 사상 유례 없는 일이었다. 서구의 상인들, 증기엔진, 선박 및 화기 앞에서 – 그리고 서구의 사상 앞에서 – 낡은 문명과 제국들은 항서降書를 쓰고 몰락해갔던 것이다. 인도는 영국의 식민지가 되었고, 이슬람 국가들은 위기로 인해 동요했으며, 아프리카는 노골적인 정복을 면할 수 없게 되었다. 거대한 중국조차도 1832~1842년에 서구제국이 자신을 착취할 수 있도록 국경을 개방해야만 했다."[376]
>
> ―《혁명의 시대》(에릭 홉스봄 지음, 정도영·차명수 옮김, 한길사) 중에서

홉스봄의 설명에서 느껴지듯이 그의 역사학 렌즈는 세계혁명(산

업혁명과 프랑스 대혁명) → 유럽의 자본주의적 발전 → 유럽의 제국주의 → 아시아와 아프리카의 시장화 및 자본주의적 발전으로 이어지는 세계사의 흐름에 대하여 비판의 빛을 투사한다. 홉스봄은 카를 마르크스의 세계관을 계승한 마르크스주의 역사가다. 그는 마르크스주의 시각으로 이중혁명의 자본주의적 방향성을 비판적으로 바라보고 있다. 그렇다면 '제국주의'에 대한 홉스봄의 비판은 이중혁명이 발전시킨 근대 자본주의 세계에 대한 비판까지도 포괄하고 있다고 말할 수 있다. 그는 이 책의 전체에 걸쳐 진보주의의 생명인 비판적 초점을 잃지 않고 있다. 실제로 제국주의 지배는 한국의 역사와도 관련이 있지 않는가? 《혁명의 시대》를 읽는 한국 독자들은 일제강점기에서부터 시작된 한국의 자본주의적 발전 과정에 대해서도 성찰해볼 수 있는 좋은 기회가 될 것이다.

그러나 홉스봄이 산업혁명과 프랑스 대혁명으로부터 뻗어나간 세계의 발전 양상에 대하여 '비판'의 입장만을 보여준 것은 아니다. 자본주의적 발전 과정에서 나타난 서구의 지배와 제국주의 및 식민주의 양상에 대해서는 비판적이었지만 혁명이 세계 각국의 정치적 발전에 미친 긍정적 효과에 대해서도 이야기하고 있다. 홉스봄은 프랑스 대혁명이 1789년 이후 "세계의 모든 혁명운동에 모델을 제공했다"[377]고 높이 평가하면서 남아메리카 국가들의 해방 운동과 인도의 힌두 개혁운동 및 초기 인도 민족주의 등을 프랑스 대혁명의 '직접적인 영향'을 받은 혁명운동의 사례로 손꼽는다.[378] '제국주의'적 지배를 거부하고 '식민주의'적 종속으로부터 벗어나려는 민족국가들의 해방 운동을 고무하는 멘토 역할을 했던 사건이 프랑스 대혁명이었던 것이다.

산업혁명과 프랑스 대혁명으로부터 흘러온 영향의 물결이 세계 각국에 자본주의 정치경제의 시스템을 구현하는 과정에서 제국주의와 식민주의 같은 폐단이 발생한 것은 부인할 수 없는 역사적 사실이다. 그러나 과거에 식민지였던 수많은 민족국가들이 지금은 압제의 사슬과 종속의 멍에로부터 벗어나서 주권국의 지위를 누리고 있지 않는가? 주권국으로 변혁되기까지 이들에게 지속적으로 '자유'의 샘물을 흘려보낸 민족운동의 원천은 프랑스 대혁명이었음을 기억하자. 현재 이 주권국가들도 혁명의 본고장인 영국과 프랑스처럼 자본주의 정치경제의 시스템으로 움직이고 있다. 그러나 이들의 헌법에서 공통적으로 나타나는 '국민주권주의'라는 민주주의의 원칙도 프랑스 대혁명이 수확한 '공화주의'의 결실임을 잊어서는 안 될 것이다.

에릭 홉스봄의 명저 《혁명의 시대》를 읽으면 인류 사회에서 혁명이 꼭 필요한 이유를 알게 된다. 혁명은 어제의 낡은 인류 사회를 오늘의 새로운 인류 사회로 바꿔놓은 변혁의 뿌리이며, 혁명은 기울어가는 오늘의 인류 사회를 내일의 건강한 인류사회로 거듭나게 하는 갱생의 근원이라는 것을…….

 행동을 이끄는 교양

"인류가 농경, 야금술, 문서, 도시 및 국가를 창안했던 아득한 옛날 이래 인류 역사상 가장 커다란 변혁이 1789~1848년에 걸쳐 일어났음을 헤아릴 수 있을 것이다. 이 혁명은 전全 세계를 변혁시켰으며 현재도 계속 변혁시키고 있다."

-《혁명의 시대》(에릭 홉스봄 지음, 정도영·차명수 옮김, 한길사) 중에서

15장

허상을 넘어 실체를 직시하라

계몽과 해방에 대한 지극히 인간적인 소망

_ 에드워드 사이드의 《오리엔탈리즘》

동양에 대한 서양의 사고방식과 지배방식을 해부한 사상가

에드워드 사이드(Edward W. Said, 1935~2003)

1935년 팔레스타인 땅의 예루살렘에서 태어난 에드워드 사이드. 그는 유년 시절에 이집트로 이주하여 카이로의 빅토리아 대학교에서 공부하였다. 그 후 미국으로 옮겨 프린스턴 대학교와 하버드 대학교에서 영문학 및 비교문학을 전공하였다. 하버드에서 박사학위를 취득한 후 컬럼비아 대학교의 영문학 및 비교문학 교수, 하버드 대학교 객원 교수로 강의하였다. 문학 평론가로서 활동하였지만 문명 비평가로서 세계적 명성을 얻었다. 2003년 백혈병으로 세상을 떠나기 전까지 서양의 제국주의와 식민주의의 피해자였던 동양과 제3세계 지역의 문명 및 문화의 가치를 옹호하고 서양 중심주의를 비판하는 담론을 전파하였다. 1978년에 출간된 《오리엔탈리즘 Orientalism》은 동양 및 제3세계에 대한 서구세계의 지배 역사와 지배 논리를 비판하는 세계적 고전이 되었다. 사이드의 대표 저서로는 《오리엔탈리즘》 외에도 《세계, 텍스트, 비평》(1983), 《문화와 제국주의》(1993), 《지식인의 표상》(1994)이 있다.

동양에 대한 편견과 허상의 역사를 비판한 명저《오리엔탈리즘》

오리엔탈리즘이란 서양인들이 동양과 동양인들의 이미지를 왜곡하고 날조하여 동양에 대한 그들의 사고방식과 지배방식을 정당화시킨 일종의 '지배 이데올로기'를 의미한다. 산업혁명 이후에 영국을 비롯한 유럽 열강이 기술과 기계의 힘을 동원하여 아시아를 비롯한 제3계의 국가들을 식민지로 삼아 자본주의 시장을 확대해나갔던 '제국주의'의 뿌리가 다름 아닌 오리엔탈리즘이다. 서양은 본질적으로 우월한 세계이지만 동양은 본질적으로 열등한 세계이므로 마땅히 서양의 지배를 받아야만 발전의 길을 걸어갈 수 있다는 서양 중심적 사고방식이 동양에 대한 지배방식을 낳았다고 사이드는 이 책에서 비판하고 있다. 아시아, 아프리카, 남미의 국가들을 정치적으로, 경제적으로, 문화적으로 지배하려는 미국의 일관된 정책도 사이드의 견해로는 오리엔탈리즘의 작용이다. 그의 시각으로 바라본다면 명분과 타당성을 모두 잃어버린 미국의 이라크 전쟁과 아프가니스탄 전쟁 등은 오리엔탈리즘이 낳은 파행적 결과물이다. 사이드의 책《오리엔탈리즘》을 읽는 독자들은 제국주의 시대부터 지금까지 지속되고 있는 서구 열강의 패권주의적 지배구조로부터 동양과 제3세계의 정치적, 경제적, 문화적 자주권自主權을 해방시켜야 한다는 교훈을 얻게 된다.

서양 중심주의를 어떻게 극복할 것인가

오리엔탈리즘! 에드워드 사이드의 저서 이름이자 그의 사상을 총체적으로 집약한 학문적 개념이다. 인류의 문명과 문화에 대하여 깊은 관심을 갖고 공부해온 사람이라면 읽기도 하고 듣기도 했던 개념일 것이다. 역사학, 사회학, 인류학, 문화학 등의 학문적 관점을 가지고 서양과 동양의 문명을 전문적으로 탐구하는 학자라면 어김없이 연구 대상으로 삼아야 할 사상이기도 하다. 사이드의 학문과 사상에 대한 전문가 박홍규 교수는 '오리엔탈리즘'이라는 용어를 한국어로 번역하기란 매우 부적절하다고 말한다. '동양학'도, '동양주의'도 모두 합당한 번역 용어가 될 수 없으며 이런 이름으로 옮긴다면 사이드가 '오리엔탈리즘'이라는 개념 속에 담아놓은 의미와는 상당히 동떨어진다는 것이다.[379]

동양인, 동양 문명, 동양 문화, 동양 사회, 동양 역사에 대해 갖고 있는 서양인들의 가치관은 편견으로 가득 차 있고 심각하게 왜곡되어 있다는 것이 사이드의 생각이다. 그러므로 오리엔탈리즘을 동양학이라든가 동양주의 등으로 번역한다면 사이드의 비판적 관점을 제대로 재생할 수 없게 된다. 또한, 이미 오리엔탈리즘은 전 세계 학술용어로 공인받은 개념이기 때문에 원어 제목을 그대로 표기하는 것이 마땅하다고 생각된다. 박홍규 교수의 번역서도 '오리엔탈리즘'이라는 제목으로 출간되어 있다.

오리엔탈리즘이란 동양에 대한 서양의 사고방식이자 지배방식이다. 사이드는 오리엔탈리즘을 "동양을 지배하고 재구성하며 억압하기 위한 서양의 방식"[380]이라고 정의하였다. 동양의 문명과 문화는 서양의 그것보다 열등하므로 개화와 발전을 위해서는 마땅히 서양의 지배를 받아야 한다는 논리다. 동양에 대한 서양의 지배를 정당화시키는 이데올로기라고 말할 수 있다. 오리엔탈리즘은 서양 중심주의 혹은 서구 우월주의에 의해 '동양'으로 통칭되는 비非서양 지역을 식민지로 삼아 제국주의적 지배를 더욱 강화하고 패권주의적 팽창을 더욱 확대하려는 일종의 문명 전략이다. 사이드의 비평개념을 빌려 말한다면 그것은 '문화제국주의'[381]의 또 다른 이름인 것이다.

그런데, 오리엔탈리즘은 같은 이름의 저서로 출간된 후에 문명비평의 '담론談論'[382]이 되었다. 담론으로서의 '오리엔탈리즘'은 긍정적 기능을 발휘한다. 이 경우 오리엔탈리즘은 동양에 대한 왜곡된 인식이 동양에 대한 서양의 지배를 오랜 세월 동안 고착시켜왔다는 사실을 세계인들에게 일깨워주는 역사적 교사의 역할을 한다. 서양은 동양에 대한 잘못된 인식을 동양인들에게 세뇌시키는 지배정책을 통하여 동양을 정치적 식민지로, 경제적 식민지로, 문화적 식민지로 묶어 두려는 식민주의를 문어발식으로 확장해왔다. 그러므로 오리엔탈리즘은 동양인들이 스스로 그 왜곡된 인식의 틀로부터 자신들을 해방하여 정치, 경제, 사회, 문화, 언어 등 모든 분야에서 서양에 종속되어 있는 식민구조를 타파해야 한다는 것을 가르쳐 주는 담론이 되었다. 오리엔탈리즘은 사이드가 집중적으로 탐구해온 '탈脫식민주의'와 떼려야 뗄 수 없는 연관성을 갖게 되었다. 즉 오리엔탈리즘은 동양에 대한 서양의 사고방식이자 지배방식이면서도 동시에 그것을 비판하는 담론의 기능을 발휘한다. 서양 중심주의에 대해 안티Anti를

가하여 서양의 지배구조를 부수고 식민주의로부터 동양을 벗어나게
하는 정치적, 문화적 해방의 출구를 열어주는 담론인 것이다. 철학
에도 조예가 깊었던 에드워드 사이드! 그의 오리엔탈리즘 이론 속에
대철학자 헤겔(G. W. F. Hegel)의 변증법 사상이 녹아 있음이 느껴진다.

비극 〈페르시아인들〉과 영화 〈300〉을 통한 오리엔탈리즘 이해

에드워드 사이드는 서양인들이 갖고 있는 동양의 이미지를 그들
스스로 날조한 것이라 비판한다. 고대부터 서양인들은 동양의 역사
를 잘 모르는 까닭에 동양의 문명과 문화에 대한 지식도 얄팍하기 짝
이 없었다. 아득한 그리스와 로마제국 시절에도 동양의 문명은 찬란
히 번성하고 있었지만 서양인들은 그것을 탐색하려는 노력도 없이
관념적인 상상만을 키워왔다. 그들의 상상의 세계 속으로 들어온 동
양의 이미지는 주로 두 갈래로 갈라졌다. '신비' 아니면 '야만'이다.
먼저 신비의 이미지를 생각해보자. 서양인들은 동양을 신비한 세계
로 규정하고 동경하면서 탐험의 대상으로 삼았다. 물론 이 탐험의 욕
구는 훗날 정복과 지배의 탐욕으로 자라났다. 콜럼버스와 바스코 다
가마가 인도를 신세계로 규정하고 탐사의 고삐를 늦추지 않았던 것
도 동양을 신비한 신세계로 동경한 데서 시작되었다.

18세기말 독일의 노발리스Novalis, 영국의 윌리엄 워즈워스William
Wordsworth와 새뮤얼 코울리지Samuel Coleridge 등 서양의 낭만주의 작
가들도 동양, 특히 인도를 신비의 이상향으로 동경하였다. 그곳이 어
떤 세계인지도 구체적으로 알지 못한 채 '마술적 관념론'[383] 속에서

상상의 디자인으로 인도를 장식해왔던 것이다. 동양을 신비의 세계로 규정하고 상상의 대상으로 삼는다면 당연히 동양이라는 세계는 서양인들의 관념 속에서 그 실체가 왜곡되거나 변조될 수밖에 없다. 서양인들이 원하는 이미지의 붓으로 동양을 겹겹이 덧칠하는 행위들이 반복될 뿐이다.

그런데 에드워드 사이드는 낭만주의 시대 훨씬 이전인 고대 시절부터 서양의 작가들을 포함한 지성세계가 동양에 대한 이미지를 관념적 상상 속에서 왜곡시켜 왔다고 비판한다. 사이드는 그 대표적 사례를 기원전 그리스의 최고 비극 작가로 손꼽히는 아이스킬로스의 《페르시아인들》과 유리피데스의 《바커스의 여인들》로 제시한다. 동양을 야만의 세계로 단정하는 오리엔탈리즘의 씨앗은 그리스 시대부터 유럽의 땅에 뿌려졌다.

서양인들이 만들어낸 동양의 '야만' 이미지를 본격적으로 이야기해보자. 아이스킬로스의 비극 《페르시아인들》은 그리스와 페르시아 간의 '제2차 페르시아 전쟁'을 소재로 다루고 있다. 기원전 5세기에 벌어진 이 전쟁에서 페르시아 대군이 패배한 것은 잘 알려진 사실이다. 아이스킬로스는 그리스 군대의 승리를 부각시키는 것보다는 동양세계를 대표하는 페르시아를 매우 적대적이고 이질적이며 폭력적 이미지로 그려내고 있다. 사이드는 바로 이 점에 주목하고 있다.

"이제 아시아의 모든 땅은
공허 속에서 울부짖는다.
크셀크세스가 초래했다. 오오!

크셀크세스가 파괴했다 우우!

크셀크세스의 계획은 모두

바다 속의 배에서 잘못되었다."[384]

- 재인용, 《오리엔탈리즘》(에드워드 사이드 지음, 박홍규 옮김, 교보문고) 중에서

　페르시아 제국의 황제 크세르크세스[385]가 이끄는 페르시아 군대가 그리스 연합군에게 '살라미스 해전'에서 참패한 후에 페르시아 국민들이 겪는 비참한 슬픔을 묘사하고 있다. 아이스킬로스는 비극의 합창단을 내세워 페르시아 국민들의 비탄을 노래하고 있다. 사이드가 인용한 부분을 포함하여 작품 전반에 나타난 페르시아의 이미지는 어떤 것인가? 그것은 페르시아라는 제국의 실체와 너무나 동떨어져 있다. 사이드는 아이스킬로스가 서양인들의 '상상력을 매개로 하여'[386] 페르시아의 이미지를 서양 편향적으로 만들어내고 있다고 보았다. 기원전 5세기의 페르시아는 어떤 제국이었는가? 아시아, 동양, 동방의 세계를 대표하는 명실상부한 대제국이었다. 문학과 철학과 신학 등의 인문과학뿐 아니라 기하학, 수학, 물리학, 천문학 등의 자연과학에 이르기까지 학문의 수준만 보더라도 결코 서양의 그것에 뒤지지 않는 문명의 힘을 갖춘 나라였다. 그러나 아이스킬로스의 비극 작품에 등장하는 페르시아는 그리스와 문명적 교감을 나눌 수 없는 '적대적인 이질적'[387] 세계로 그려져 있다.

　물론 비극의 합창단이 페르시아 국민들의 대리 역할을 맡고는 있지만 그 국민들의 입으로 조국인 페르시아의 '공허'를 이야기하면서 그것을 '아시아 모든 땅'의 공허로 몰아가고 있는 작품의 방향성

을 사이드의 입장에서는 어떻게 판단할까? 그는 페르시아 국민들의 '비탄'을 통하여 아시아의 모든 땅인 동양세계를 저급한 세계로 비하하는 아이스킬로스의 서양 중심적 '상상'을 비판하고 있다. 사이드는 아이스킬로스의 서양 편향적 상상이 동양에 대한 서양인들의 문명적 편견을 대변한다고 보았다. 페르시아의 맞상대였던 그리스는 아시아의 모든 땅과 비교되는 유럽의 모든 땅을 대표한다. 사이드의 눈에 비친 그리스는 서양 그 자체다. 페르시아가 대변하는 아시아의 모든 땅이 '공허 속에서 울부짖는' 세계로 그려지는 반면에 그리스가 대변하는 유럽의 모든 땅은 복락의 문명세계로 관객들에게 인식된다.

2007년에 개봉된 잭 스나이더 감독의 영화 〈300〉을 기억해보자. 스파르타 국왕 레오니다스가 이끄는 전사 300명이 제2차 페르시아 전쟁에서 페르시아 대군과 용맹히 맞서 싸우다가 장렬하게 전사하는 역사적 스토리를 스크린으로 옮겼다. 이 영화에서 그려진 황제 크세르크세스와 페르시아 제국의 이미지도 아이스킬로스의 작품에서 나타난 것과 다르지 않다. 세계사의 기록에 따르면 관용적 성품을 가진 것으로 알려진 크세르크세스는 이 영화 속에서 완전히 다른 인간으로 변신한다. 부하 장군들의 미흡함이 드러나는 즉시 일말의 망설임도 없이 그들의 목을 베어버리는 무자비한 야만인이다. 야만스런 행동에 걸맞게 옷차림도 야만인답다. 머리카락은 한 오라기도 남김없이 밀어 버렸고 남성의 생식기만 겨우 가릴 정도로 옷조차도 거의 입지 않았다. 대제국의 황제라고는 전혀 생각할 수 없는 상식 밖의 차림새를 보여준다. 크세르크세스의 입에서 나오는 모든 말도 야만적인 행색에 딱 어울리는 언어다. 인간의 정감을 단 1퍼센트도 느낄 수 없는, 오로지 전쟁을 위해서 만들어진 로봇의 기계음들이 그의 입에서 쇳소리를 서걱거리며 흘러나온다. 이와는 대조적으로 스파르타의 국왕 레오니다스와 그의 부하들은 부드러움과 강인함이 교차하면서 이해심과 너그러움을 겸비한 인물들로 그려져 있다.

영화 〈300〉은 이성과 감성이 적절히 조화를 이룬 레오니다스와 스파르타인들을 통하여 서양이라는 성숙한 문명세계의 모습을 부각시킨다. 이와는 대조적으로 이성의 빛이라고는 전혀 찾아볼 수 없는 야만적인 크세르크세스와 페르시아인들을 통하여 동양이라는 반反문명세계의 모습을 비추어준다. 이 얼마나 놀라운 일인가? 파괴자 크세르크세스가 아시아의 모든 땅을 '공허의 울부짖음' 속에 빠뜨렸다고 노래했던 아이스킬로스의 상상이 되살아난 것인가? 2,500여 년이 지난 21세기의 서양 후손들에게까지 동양에 대한 이미지가 계승된 것인가? 사이드는 고대에서부터 현대에 이르기까지 동양에 대한 서양인들의 문명적 편견이 전승되어 왔다는 것을 밝혀내고 있다. 문명적 편견은 그들의 상상을 어떻게 움직였는가? 동양의 세계를 상상하면서 그들의 관념 속에서 아시아를 저열하고 저급한 세계의 '표상'으로 확대해온 것이다. 이러한 상상과 표상의 상호작용[388]에 의해 서양인들은 아시아를 마땅히 지배할 수 있는 땅으로 규정하게 되었고 그들의 지배를 정당화하는 '오리엔탈리즘'이라는 지배방식을 만들어낸 것이다.

비판과 저항에서 열리는 휴머니즘의 길

앞에서 이야기한 것처럼 동양이 갖는 '야만'의 이미지는 서양인들에 의해 왜곡된 정도를 넘어서 날조된 것이라고 사이드는 주장한다. 그는 자신이 '오리엔탈리스트'라고 규정한 아서 제임스 밸푸어[389] 같은 정치가가 이집트에 대한 영국의 지배를 정당화하면서 '영국인들의 우월성과 이집트인의 열등성을 지극히 당연한 것이라고 생각하는'[390] 발상을 소개하고 있다. 밸푸어는 이집트와 이집트인들을 동양이자 동양인들로 규정하면서 비하의 발언을 서슴지 않는다. 오리엔탈리즘에 빠져 있는 서양인들은 서양세계 이외의 지역을 본질적으로 서양보다 열등하거나 저급할 수밖에 없는 '동양'으로 획일화시킨다. 그렇다면 그들의 사고방식 속에서 동양은 서양의 지배를 받아야 하는 모든 세계의 표상인 것이다. 사이드가 전한 밸푸어의 말을 들어보자.

> "그러나 어떤 운명의 변화에도 우리가 서양적 관점에서 자치라고 부를 수 있는 것을 스스로의 노력으로 확립할 수 있었던 동양 민족은, 단 하나라도 찾아볼 수 없습니다. 그것이 사실입니다."[391]
> - 《오리엔탈리즘》(에드워드 사이드 지음, 박홍규 옮김, 교보문고) 중에서

사이드가 비판하는 대표적 오리엔탈리스트 밸푸어의 말에서 객관적 타당성이 발견되는가? 그가 비판의 메스로 도려낼 수밖에 없는 밸푸어의 발언은 '스스로의 노력으로 자치를 확립할 수 있었던 동양

민족이 단 하나도 없다'는 망언이다. 동양 민족 가운데 자치의 능력을 스스로 발휘한 민족이 전혀 없다는 것은 동양의 역사에 대한 무지와 잘못된 인식을 드러낸다. 전통적으로 물려받은 오리엔탈리즘의 사고방식이 동양에 대한 밸푸어의 편견을 고착시켰다고 볼 수 있다. 사이드는 또 다른 오리엔탈리스트이자 정치가 크로머를 비판하고 있다. 동양에 대한 크로머의 견해를 들어보면 밸푸어보다 더 심각한 편견의 올무에 얽매여 있음을 알 수 있다.

> "크로머에 의하면 이와 같이 동양인이나 아랍인은 우둔하고 '활력과 자발성이 없으며', '정도에 지나친 아부'와 음모, 교활, 동물학대를 일삼는다. 동양인들은 도로도, 포장도로도 제대로 찾아 걸을 수 없다. 동양인은 상습적으로 거짓말을 하고 '둔감하고 의심이 많으며', 모든 점에서 앵글로색슨 인종의 명석함, 솔직함, 고상함과 대조적이다."[392]
>
> ‒《오리엔탈리즘》(에드워드 사이드 지음, 박홍규 옮김, 교보문고) 중에서

사이드는 간접화법의 형태로 크로머의 비뚤어진 동양관東洋觀을 우리에게 소개한다. 크로머의 견해에 따르면 동양인은 문명인의 능력이 없는 것뿐만 아니라 아예 야만과 비인간적 상태에서 헤어 나오지 못하는 족속이라는 것이다. 크로머는 또 '나는 동양인의 일반적인 행동방식이나 대화방식, 사고방식이 유럽인의 그것과는 정반대라는 사실에 주목하여 스스로 만족하고 있다'[393]고 발언하기도 했다. 사고방식과 대화방식과 행동방식에 있어서 본질적으로 동양인은 유

럽인과 정반대라는 오리엔탈리즘의 사고방식을 객관적 거리감 없이 계승한 후에 그것을 사실로 믿어버린 것이다. 크로머의 의식 속에서 맹목적 신앙으로 굳어진 동양에 대한 편견은 그 다음 단계에 어떤 양상으로 작용하였을까? 그의 왜곡된 동양관은 동양인에 대한 식민지배를 정당화하는 지배논리로 자라났다. '동양인이란 그저 영국 식민지에서 그가 스스로 통치한 인적 자원일 뿐이라고 항상 생각했음을 (크로머 자신이) 숨기고자 하지 않는다'[394]는 사이드의 지적에서 드러나듯이 크로머가 갖고 있는 오리엔탈리즘의 사고방식은 그의 지배방식으로 상승하였다.

밸푸어와 크로머. 사이드가 비판하는 이 정치가들의 행태는 오리엔탈리즘의 성격이 무엇인지를 명확하게 보여주는 동시에 오리엔탈리즘의 전통이 서양의 고대 시절부터 근대에 이르기까지 독초의 뿌리를 깊게 내려 왔다는 사실을 알려준다. 아이스킬로스의 작품과 같은 고대 문학에서도 사례가 발견되었듯이 서양인들이 문명의 힘을 바탕으로 동양·동양인·동양세계에 대한 이미지를 수천 년에 걸쳐 날조하고 왜곡해왔다는 역사적 사실이 민낯을 드러낸다.[395]

에릭 홉스봄의 《혁명의 시대》에서 탐색한 서양의 근대 역사를 이야기해보자. 18세기 후반 영국의 산업혁명 이후에 산업자본주의가 급진적 속도로 발전하면서 전 세계의 범위로 퍼져 나갔다. 유럽 열강은 아시아 대륙에 자본주의 시장을 확대하기 위하여 아시아 각국을 정복과 지배의 대상으로 삼았다. "서구 자본주의 기업의 진보를 방해하는 것이 시간을 제외하고는 없었던 것처럼, 서구의 정부나 실업가들이 유리하다고 생각하는 영토의 정복을 방해하는 것은 아무

것도 없었다"[396]는 홉스봄의 견해처럼 영국을 필두로 하는 제국주의 국가들은 정부와 기업의 연합에 의해 아시아의 식민지를 '시장화'하는 작업에 박차를 가하였다. 서양을 향해 자랑할 만한 문명의 내용과 우수한 문화 컨텐츠는 많았지만 당시에는 유럽의 산업혁명에 의해 생겨난 '증기엔진, 선박, 화기'[397] 같은 기술체계를 갖고 있지 못했던 아시아 대륙! 이 동양의 세계는 유럽인들에게 그저 야만의 땅으로 비추어질 뿐이었다. 서둘러 개발하여 서양의 자본주의 시장으로 변화시켜야 할 야만의 세계일 뿐이었다. 그러므로 18세기 이후 서양의 근대사 속에 등장하는 동양은 마땅히 서양의 지배를 받아야 할 열등한 세계로 규정될 수밖에 없었다.

중국의 신안과 서안 지역에서 발견된 종이는 기원전 50년경에 제조된 것으로 밝혀졌다.[398] 유럽도 중국을 통해 종이를 받아들일 만큼 고대 시절부터 서양이 마땅히 배워야 할 문명과 문화의 컨텐츠를 보유하였던 세계가 동양이건만……. 에드워드 사이드는 서양의 근대사 속에 왜소하게 웅크리고 앉아 있는 동양의 모습을 보았다. 사이드가 생각하기에는 서양의 근대사 속으로 들어온 동양은 실체로서의 문명세계가 아니라 '허상'으로서의 지배 대상일 뿐이었다. 서양은 본질적으로 우월하고 동양은 본질적으로 열등하다는 이분법적 기준으로 동양을 바라보는 시각이 서양인들의 역사관으로 굳어지다 보니 동양에 대한 사고방식이 동양인들에 대한 지배방식을 낳게 된 것이다. 그것이 곧 사이드가 말하는 '오리엔탈리즘'이다.

《슬픈 열대》에서 우리는 브라질 내륙지방의 원주민들을 비롯한 아메리카 토착민들을 야만인으로 멸시해왔던 서양 백인들의 문화적 편견을 극복해야만 한다는 레비-스트로스의 충고를 귀 담아 들었다.[399] 피부색이 다른 사람들에 대하여 백인들이 갖는 집단적 편견도 사실은 오리엔탈리즘의 연장선이다. 흑인들을 차별하는 백인들의 태도는 동양인들을 대하는 그들의 태도와 그다지 다르지 않다. 로드니 킹[400] 사건처럼 지금까지도 미국을 비롯한 서양세계에서 사라지지 않고 있는 흑인에 대한 차별의 문화는 서양 이외의 지역을 출생의 뿌리로 두고 있는 사람들에 대한 해묵은 편견이 작용한 결과다. 그것은 오리엔탈리즘이라는 독초가 서양세계에 깊숙이 뿌리 박혀 있다는 증거다. 인류의 역사를 망치는 이 비인간적인 사고방식과 지배방식을 마지막까지도 비판하고 이에 대해 저항할 필요가 있다.[401] 편견과 멸시와 차별과 지배와 폭력으로 점철되어온 서양의 역사를 변혁시키려는 계몽운동과 해방운동이야말로 서양인들의 양심으로부터 박애의 물줄기를 끌어 올리는 마중물이 될 것이다. 휴머니즘의 생명력을 지속시키는 길도 이 운동에서 시작되리라.[402]

 행동을 이끄는 교양

"우리의 인류의 역사를 망치는 비인간적인 행위와 부정에 마지막 저항을 말하는 한 휴머니즘은 유일하게 계속되어야 한다."

- 《오리엔탈리즘》(에드워드 W. 사이드 지음, 박홍규 옮김, 교보문고)의 '2003년 후기' 중에서

참고문헌

공자,《논어》, 김형찬 옮김, 홍익출판사, 1999.

권터 그라스,《양철북》, 최은희 옮김, 동서문화사, 1987.

그림 형제,《그림 동화집 I》, 홍성광 옮김, 팽귄 클래식 코리아, 2011.

김동택,〈이중혁명과 자본주의 세계의 형성〉, 에릭 홉스봄,《혁명의 시대》, 정도
　　영 · 차명수 옮김, 한길사, 1998.

다산 정약용,《목민심서》, 이을호 옮김, 현암사, 1972.

대니얼 디포,《로빈슨 크루소》, 윤혜준 옮김, 을유문화사, 2008.

라인홀드 니부어,《도덕적 인간과 비도덕적 사회》, 이한우 옮김, 문예출판사,
　　1992.

레비-스트로스,《슬픈 열대》, 박옥줄 옮김, 한길사.

르네 데카르트,《방법서설》, 이현복 옮김, 문예출판사, 1997.

마르틴 부버,《나와 너》, 표재명 옮김, 문예출판사, 1993.

마르틴 하이데거,《존재와 시간》, 이규호 역, 청산문화사, 1974.

머레이 북친,《사회생태론의 철학》, 문순홍 옮김, 솔, 1997.

미겔 데 세르반테스,《돈 키호테 1》, 김현창 옮김, 세계문학전집 4, 동서문화사,
　　1981.

박찬국,《하이데거의 '존재와 시간' 읽기》, 세창미디어, 2013.

발리스 듀스 지음,《현대사상》, 남도현 옮김, 개마고원, 2002.

빅토르 위고,《레 미제라블 1》, 정기수 옮김, 민음사, 2012.

사사키 다케시 외,《절대지식 세계고전》, 윤철규 옮김, 이다미디어, 2015.

《성경전서》개역개정판, 대한성서공회, 2005.

송용구,《대중문화와 대중민주주의》, 담장너머, 2009.

송용구,〈독일과 한국의 생태시 비교 연구〉,《카프카연구》제28집, 한국카프카
　　학회, 2012.

송용구,《인문학, 인간다움을 말하다》, 평단, 2017.

송용구,《인문학 편지》, 평단, 2014.

스탕달,《적과 흑》(세계문학전집 8), 서정철 옮김, 동서문화사, 1981.

E/T. 시튼 편찬,《인디언의 복음》, 김원중 옮김, 두레, 2000.

아널드 토인비 지음. D. C. 서머벨 엮음,《역사의 연구 1》, 박광순 옮김, 범우사, 1992.

아리스토텔레스,《시학》, 천병희 옮김, 문예출판사, 2002.

아서 밀러,《세일즈맨의 죽음》, 강유나 옮김, 민음사, 2009.

아우구스티누스,《고백록》, 김광채 옮김, CLC, 2004.

안병주,〈유가儒家사상〉,《세계의 대사상》제26권 중에서, 徽文출판사, 1976.

알퐁스 도데,《마지막 수업》, 조정훈 옮김, 더클래식, 2015.

어니스트 헤밍웨이,《노인과 바다》, 양병탁 옮김, 동서문화사, 2017.

어니스트 헤밍웨이,《킬리만자로의 눈》, 구자언 옮김, 더클래식, 2014.

에드워드 사이드,《문화와 제국주의》, 박홍규 옮김, 문예출판사, 2005.

에드워드 사이드,《오리엔탈리즘》, 박홍규 옮김, 교보문고, 2007.

에리히 프롬,《소유냐 존재냐》, 차경아 옮김, 까치글방, 2002.

에리히 프롬,《자유로부터의 도피》, 원창화 옮김, 홍신문화사, 1988.

에리히 프롬,《자유에서의 도피》(세계사상전집 49), 고영복 옮김, 학원출판공사, 1983.

에릭 홉스봄,《혁명의 시대》, 정도영 · 차명수 옮김, 한길사, 1998.

요한 볼프강 폰 괴테,《괴테 시 전집》, 전영애 옮김, 민음사, 2009.

요한 볼프강 폰 괴테,《젊은 베르테르의 슬픔》, 안장혁 옮김, 문학동네, 2010.

윌리엄 셰익스피어,《햄릿》, 최종철 옮김, 민음사, 1998.

윤동주,《하늘과 바람과 별과 시》, 소와다리, 2016.

잉게 숄,《아무도 미워하지 않는 자의 죽음》(원제 백장미), 송용구 옮김, 평단, 2012.

이마누엘 칸트,《도덕 형이상학을 위한 기초 놓기》, 이원봉 옮김, 책세상, 2002.

이백,《이백 시선》, 이원섭 역해(譯解), 현암사, 2003.

이승하,〈악이나 죄에서 우리를 끌어올려주는 건 '부활' 같은 사랑〉(가톨릭 문화 산책 50),《가톨릭 평화신문》1251호, 2014년 2월 9일.

자크 데리다,《해체》, 김보현 옮김, 문예출판사, 1996.

장 자크 루소,《사회계약론》(세계사상전집 25), 최석기 옮김, 학원출판공사, 1984.

장영희,《축복》, 비채, 2006.

제인 오스틴,《오만과 편견》, 북트랜스 옮김 · 신경렬 펴냄, 북로드, 2013.

제인 오스틴, 《오만과 편견》, 원유경 옮김, 열린책들, 2010.

존 스튜어트 밀, 《자유론》, 김형철 옮김, 서광사, 1992.

차경아, 《서사극 이론》, 문예출판사, 1996.

카를 마르크스, 《자본》Ⅲ-1, 강신준 옮김, 도서출판 길, 2010.

카를 마르크스, 《자본》Ⅲ-1.2, 강신준 옮김, 도서출판 길, 2010.

카를 마르크스, 《자본》Ⅲ-2, 강신준 옮김, 도서출판 길, 2010.

P. A. 크로포트킨, 《만물은 서로 돕는다》, 김영범 옮김, 르네상스, 2005.

토머스 모어, 《유토피아》, 나종일 옮김, 서해문집, 2005.

토머스 하디, 《더버빌가의 테스》, 유명숙 옮김, 문학동네, 2011.

톨스토이, 《부활》상, 이대우 옮김, 열린책들, 2010.

톨스토이, 《부활》하, 이대우 옮김, 열린책들, 2010.

프란츠 카프카 지음, 《변신》, 이재황 옮김, 문학동네, 2005.

프랜시스 호지슨 버넷, 《비밀의 화원》, 박현주 옮김, 현대문학, 2013.

플라톤, 《국가》(세계사상전집 5), 윤용석 옮김, 학원출판공사, 1984.

플라톤, 《대화편》, 최명관 옮김, 창, 2008.

해리엇 비처 스토, 《톰 아저씨의 오두막 2》, 이종인 옮김, 문학동네, 2011.

헨리크 입센, 《인형의 집》, 안미란 옮김, 민음사, 2010.

호메로스, 《일리아스/오디세이아》, 이상훈 옮김, 동서문화사, 1978.

후주

1) 시인時人. 그 당시의 사람들이다.

2) 안병주, 〈유가儒家사상〉, 《세계의 대사상》 제26권 중에서, 徽文출판사, 1976, p. 17.

3) 공자, 《논어》, 김형찬 옮김, 홍익출판사, 1999, p. 15.

4) 무제(武帝, B.C. 156~87). 본명은 '유철'이다. 흔히 '한漢무제'로 불리는 인물이다. 선 왕인 경제의 열한 번째 아들로 태어나 황제의 자리에 오른 뒤 대외적으로는 북쪽의 흉 노족을 정벌하고 동쪽의 위만조선을 정벌하는 등 제국의 영토를 광범위하게 확장하 였다. 내부적으로는 절대권력 체제를 수립하고 무소불위의 권력을 휘두른 까닭에 사 마천의 《사기史記》에서 비판의 대상이 되기도 하였으나 유학의 학문적 체계를 형성한 군주였다는 역사적 의의도 남겼다.

5) 동중서(董仲舒, B.C. 176~104). 중국 전한 중기의 대표적 유학자이다. 유학이 중국 학 문의 근본으로 자리 잡는 데 결정적 역할을 하였다. 무제를 도와서 유교와 유학을 제 왕의 통치 기반으로 조성하는 데에도 기여하였다. 사마천이 지은 《사기》의 〈열전列 傳〉 편에 등장할 정도로 전한 시대를 대표하는 사상가였다.

6) 정현(鄭玄, A.D. 127~200). 《논어》의 진본으로 인정받는 노나라 시대의 《노론魯論》과 제나라 시대의 《제론齊論》 그리고 공자의 옛집에서 발견된 것으로 전해지는 《고론古 論》을 통합하여 지금의 《논어》를 정리한 인물이다.

7) 유종원(柳宗元, A.D. 773~819). 중국 당나라의 시인이자 문필가. 당송팔대가唐宋八 大家의 한 사람이다.

8) 증자(曾子, B.C. 505~435). 노년의 공자에게서 가르침을 받은 막내 세대의 제자이다. 그는 공자의 사상과 가르침을 계승하고 본격적으로 전파하여 유학의 학파인 '유가儒 家'를 형성한 전국시대의 사상가이다. 그가 이룩한 '유가'의 학맥과 학풍은 공자의 손 자인 자사子思와 맹자에게로 계승되어 유학이 중국 학문의 근본이자 으뜸이 될 수 있 었다. 《논어》, 《맹자》, 《중용》과 함께 유교의 경전인 사서四書에 속하는 《대학大學》의 저자이기도 하다.

9) 안병주, 〈유가사상〉, 《세계의 대사상》 제26권 중에서, 徽文출판사, 1976, p. 17.

10) 아성亞聖. 맹자를 공자 다음의 성인이자 현자로 추앙하는 이름이다.

11) 〈마태복음〉 20장 28절, 《성경전서》 개역개정판, 대한성서공회, 2005, p. 34.

12) 중원中原. 황하(黃河) 유역의 남쪽과 북쪽 지역을 아우르는 땅이다. 일반적으로는 드 넓은 중국 땅 전체를 의미한다.

13) 삼국시대三國時代. 중국의 후한後漢이 멸망하고 '위', '촉한', '오'의 세 나라가 중국 대륙의 패권을 놓고 겨루던 시대를 말한다.

14) 책사策士. 책략과 계책을 고안하여 적재적소에 사용할 줄 아는 사람이다. 역사에서 는 제왕의 오른팔 역할을 맡은 신하 혹은 대장군의 참모 위치에 있는 부하 장수가 주 로 '책사' 역할을 맡았다.

15) 프랜시스 베이컨(Francis Bacon, A.D. 1561~1626). 영국의 경험주의 철학자.

16) 공자, 《논어》, 김형찬 옮김, 홍익출판사, 1999, p. 146.

17) 안병주, 〈유가사상〉, 《세계의 대사상》 제26권 중에서, 徵文出판사, 1976, p. 18.

18) 공자, 《논어》, 김형찬 옮김, 홍익출판사, 1999, p. 16.

19) 공자, 《논어》, 김형찬 옮김, 홍익출판사, 1999, p. 25.

20) 사마천, 《한 권으로 보는 사기》, 김진연 · 김창 옮김, 서해문집, 2004, p. 27.

21) 켄 블랜차드가 저술한 책이다. 출판사 '21세기 북스'에서 번역, 출간되었다.

22) 그림 형제. 일반 독자들에게 《그림 동화》로 알려진 《어린이와 가정을 위한 동화》를 편찬했던 독일의 야코프 그림(Jakob Grimm: 1785~1863)과 빌헬름 그림(Wilhelm Grimm: 1786~1859).

23) 〈재투성이 아가씨〉. 프랑스의 민담 수집가이자 동화 작가 '샤를 페로'의 민담집에 담 겨 있는 〈신데렐라〉 이야기를 각색하여 동화로 변형한 작품이다.

24) 그림 형제, 《그림 동화집 I》, 홍성광 옮김, 팽귄 클래식 코리아, 2011, p. 113.

25) 아우구스티누스, 《고백록》, 김광채 옮김, CLC, 2004, p. 91.

26) 아우구스티누스, 《고백록》, 김광채 옮김, CLC, 2004, p. 201~202.

27) 공자, 《논어》, 김형찬 옮김, 홍익출판사, 1999, p. 146.

28) 세이레네스. '세이레네스'라는 이름이 19세기 유럽에서 경보장치 '사이렌'으로 차 용되었다.

29) 아우구스티누스, 《고백록》, 김광채 옮김, CLC, 2004, p. 329.

30) 소크라테스(B.C. 469~399). 그리스 철학의 본격적 출발점이자 서양 철학의 원조로 평가받는 인물이다. 그는 '아테네' 정부에 의해 독배를 드는 순간까지도 제자들과 평 소처럼 질문과 대답을 주고받는 '대화법' 교육을 진행했다.

31) 플라톤, 《대화편》, 최명관 옮김, 창, 2008.

32) gnōthi seauton. 원래 고대 그리스 델포이의 아폴론 신전에 새겨져 있던 말이었으나 소크라테스가 이 말을 자기 철학의 출발점으로 삼으면서 더욱 유명해졌다.

33) 이마누엘 칸트, 《도덕 형이상학을 위한 기초 놓기》, 이원봉 옮김, 책세상, 2002, 82쪽.

34) 이마누엘 칸트, 《도덕 형이상학을 위한 기초 놓기》, 이원봉 옮김, 책세상, 2002, 84쪽.

35) 실러는 독일어로 다음과 같이 말했다. "Alle Menschen werden Brüder, wo dein

sanfter Flügel weilt."

36) 이마누엘 칸트,《도덕 형이상학을 위한 기초 놓기》, 이원봉 옮김, 책세상, 2002, 49쪽.

37) 이마누엘 칸트,《도덕 형이상학을 위한 기초 놓기》, 이원봉 옮김, 책세상, 2002, 84쪽.

38) 이마누엘 칸트,《도덕 형이상학을 위한 기초 놓기》, 이원봉 옮김, 책세상, 2002, 84쪽.

39) 이마누엘 칸트,《도덕 형이상학을 위한 기초 놓기》, 이원봉 옮김, 책세상, 2002, 84쪽.

40) 이마누엘 칸트,《도덕 형이상학을 위한 기초 놓기》, 이원봉 옮김, 책세상, 2002, 85쪽.

41) 이마누엘 칸트,《도덕 형이상학을 위한 기초 놓기》, 이원봉 옮김, 책세상, 2002, 85쪽.

42) 공자,《논어》, 김형찬 옮김, 홍익출판사, 1999, p. 146.

43) 공자,《논어》, 김형찬 옮김, 홍익출판사, 1999, p. 138.

44) "자기를 이겨내고 예로 돌아가는 것."《논어》의 〈안연〉 편에는 '극기복례克己復禮'
라고 기록되어 있다.

45) 공자,《논어》, 김형찬 옮김, 홍익출판사, 1999, p. 138.

46) 이마누엘 칸트,《칸트의 말》, 하야마 나카바 엮음 · 김치영 옮김, 삼호미디어, 2014,
p. 69.

47) 공자,《논어》, 김형찬 옮김, 홍익출판사, 1999, p. 26.

48) 이마누엘 칸트,《도덕 형이상학을 위한 기초 놓기》, 이원봉 옮김, 책세상, 2002, 84쪽.

49) 이마누엘 칸트,《도덕 형이상학을 위한 기초 놓기》, 이원봉 옮김, 책세상, 2002, 84쪽.

50) 이마누엘 칸트,《도덕 형이상학을 위한 기초 놓기》, 이원봉 옮김, 책세상, 2002, 82쪽.

51) 존 스튜어트 밀,《자유론》, 김형철 옮김, 서광사, 1992, p. 17.

52) 존 스튜어트 밀,《자유론》, 김형철 옮김, 서광사, 1992, p. 17.

53) 국민주권주의國民主權主義 국가의 정치에 있어서 주권이 국민에게 있으며 국민이
정치의 주요 현안에 대한 최종적인 결정권을 가지고 있다는 사상이다. 헌법을 제정하
는 권력을 포함하여 일체의 국가권력이 국민에게 있다는 것을 인정하는 '민주주의'의
또 다른 이름이기도 하다.

54) 천부인권天賦人權 사람이 하늘에게 부여한 평등한 권리다. 18세기 영국의 존 로크,
프랑스의 볼테르, 장 자크 루소 등 계몽사상가들에 의해 널리 전파된 인권사상을 '천
부인권설'이라고 한다.

55) 존 스튜어트 밀,《자유론》, 김형철 옮김, 서광사, 1992, p. 18.

56) 존 스튜어트 밀,《자유론》, 김형철 옮김, 서광사, 1992, p. 19.

57) 에리히 프롬(Erich Fromm, 1900~1980). 독일의 인문주의 사상가로서 '프랑크푸르

트 학파'의 일원이었다. 정신분석학 및 심리학의 관점으로 '정치'를 분석하여 '정치심리학'의 지평을 열었다. 위정자들의 지배 욕구와 국민들의 물질적 욕망이 결합할 때 국민은 자신의 '자유'를 위정자의 권력에 종속시키는 현상이 발생할 수 있다고 경고하였다.

58) 에리히 프롬, 《자유로부터의 도피》, 원창화 옮김, 홍신문화사, 1988. p. 173.

59) 에리히 프롬, 《자유로부터의 도피》, 원창화 옮김, 홍신문화사, 1988. p. 157.

60) 대한민국 헌법 제1조 2항. 대한민국의 주권은 국민에게 있고, 모든 권력은 국민으로부터 나온다.

61) 존 스튜어트 밀, 《자유론》, 김형철 옮김, 서광사, 1992, p. 19.

62) 민주공화국. 대한민국의 헌법 제1조 1항에 "대한민국은 민주공화국이다"라고 명시되어 있다.

63) 르네 데카르트, 《방법서설》, 이현복 옮김, 문예출판사, 1997, p. 185.

64) 르네 데카르트, 《방법서설》, 이현복 옮김, 문예출판사, 1997, p. 168.

65) 르네 데카르트, 《방법서설》, 이현복 옮김, 문예출판사, 1997, p. 159.

66) 르네 데카르트, 《방법서설》, 이현복 옮김, 문예출판사, 1997, p. 168.

67) 르네 데카르트, 《방법서설》, 이현복 옮김, 문예출판사, 1997, p. 168. 이 규칙을 일명 '명증성明證性의 규칙'이라고 부른다.

68) 르네 데카르트, 《방법서설》, 이현복 옮김, 문예출판사, 1997, p. 168. 이 규칙을 일명 '분석 및 분할의 규칙'이라고 부른다.

69) 사사키 다케시 외, 《절대지식 세계고전》, 윤철규 옮김, p. 415.

70) 르네 데카르트, 《방법서설》, 이현복 옮김, 문예출판사, 1997, p. 169. 이 규칙을 일명 '종합의 규칙'이라고 부른다.

71) 사사키 다케시 외, 《절대지식 세계고전》, 윤철규 옮김, p. 415.

72) 아이작 뉴턴(Isaac Newton, 1642~1727). 영국의 수학자, 물리학자. 인류에게는 '만유인력의 법칙'을 발견한 위대한 과학자로 알려져 있다. 미적분학을 창시하여 수학의 발전에 크게 기여하였고 '만유인력의 법칙'과 '뉴턴 운동의 법칙'으로 고전역학古典力學을 구축하였다. 과학사科學史의 기념비적 저서인 《자연철학의 수학적 원리》는 그의 대표 저서다.

73) 만유인력萬有引力의 법칙. 1666년 사과나무 그늘에 앉아 있던 아이작 뉴턴은 사과가 땅으로 떨어지는 것을 보았다. 그는 지구와 사과 사이에 서로 상대를 끌어당기는 힘, 즉 인력引力이 작용하고 있다고 생각하였다. 뉴턴은 우주에 존재하는 모든 물체들 사이에는 서로의 질량을 곱한 것에 비례하고 거리의 제곱에 반비례하는 '인력'이 작용한

다고 주장하게 되었다. 그 힘을 '만유인력', 그 힘이 작용하는 우주의 자연법칙을 '만유인력의 법칙'이라 명명하였다.

74) 사사키 다케시 외,《절대지식 세계고전》, 윤철규 옮김, p. 415.

75) 사사키 다케시 외,《절대지식 세계고전》, 윤철규 옮김, p. 415.

76) 르네 데카르트,《방법서설》, 이현복 옮김, 문예출판사, 1997, p. 169.

77) 르네 데카르트,《방법서설》, 이현복 옮김, 문예출판사, 1997, p. 169.

78) 지동설을 주장한 과학자들로는 폴란드의 니콜라우스 코페르니쿠스, 이탈리아의 갈릴레오 갈릴레이, 신성로마제국(독일)의 요하네스 케플러 등을 손꼽을 수 있다.

79) 에리히 프롬,《자유로부터의 도피》, 원창화 옮김, 홍신문화사, 1988, p. 157.

80) 맘몬mammon. 본래는 천사였으나 하늘로부터 추방되어 악마가 되었다고 전해진다. 물질적인 탐욕과 물질에 편승한 부정직不正直을 관장하며 두 개의 새(鳥) 머리와 검정색 몸과 발톱을 가졌으며 손과 발이 있다고 한다. 존 밀턴은《실낙원》의 제1권에서 맘몬에 대해 "하늘에서 떨어진 천사 가운데 이와 같이 치사한 근성을 가진 자는 없었다."라고 묘사한 바 있다.《신약성서》의 마태복음 6장 24절에는 "한 사람이 두 주인을 섬기지 못할 것이니 혹 이를 미워하며 저를 사랑하거나 혹 이를 중히 여기며 저를 경히 여김이라 너희가 하나님과 재물을 겸하여 섬기지 못하느니라."고 기록되어 있다. 마태복음의 이 부분에서 사람이 '섬김'의 대상으로 삼는 '재물'이 곧 맘몬이다. 그러므로 '맘몬'은 인간이 섬기고 숭배할 정도로 신격화 되어 있는 물질의 신, 즉 물신物神이다. 이성을 잃어버릴 정도로 인생의 전폭적 가치를 물질의 소유에 부여하는 물질적 탐욕과 물질만능주의 및 물신주의物神主義를 상징하는 낱말이 맘몬이다.

81) 제1차 세계대전. 1914년 7월 28일 세르비아에 대한 오스트리아의 선전포고로 시작되어 1918년 11월 11일 독일의 항복으로 끝난 4년간의 전쟁이다. 영국, 프랑스, 러시아로 구성된 연합국과 독일, 오스트리아의 동맹국이 맞대결한 전쟁으로서 제국주의 국가들 간의 세력 다툼이었다.

82) 프란츠 카프카 지음,《변신》, 이재황 옮김, 문학동네, 2005, p. 7.

83) 프란츠 카프카 지음,《변신》, 이재황 옮김, 문학동네, 2005, p. 9.

84) 프란츠 카프카 지음,《변신》, 이재황 옮김, 문학동네, 2005, p. 9.

85) 토머스 모어,《유토피아》, 나종일 옮김, 서해문집, 2005, p. 112.

86) 프란츠 카프카 지음,《변신》, 이재황 옮김, 문학동네, 2005, p. 123.

87) 프란츠 카프카 지음,《변신》, 이재황 옮김, 문학동네, 2005, p. 117.

88) 프란츠 카프카 지음,《변신》, 이재황 옮김, 문학동네, 2005, p. 117.

89) 장 자크 루소,《사회계약론》(세계사상전집 25), 최석기 옮김, 학원출판공사, 1984,

p. 158.

90) 장 자크 루소,《사회계약론》(세계사상전집 25), 최석기 옮김, 학원출판공사, 1984, p. 164.

91) 잉게 숄,《아무도 미워하지 않는 자의 죽음》(원제 백장미), 송용구 옮김, 평단, 2012, p. 74~75.

92) 장 자크 루소,《사회계약론》(세계사상전집 25), 최석기 옮김, 학원출판공사, 1984, p. 169.

93) 장 자크 루소,《사회계약론》(세계사상전집 25), 최석기 옮김, 학원출판공사, 1984, p. 170.

94) 장 자크 루소,《사회계약론》(세계사상전집 25), 최석기 옮김, 학원출판공사, 1984, p. 170.

95) 다산 정약용은 순조 1년인 1801년 '신유박해' 사건으로 18년간 유배 생활을 했다. 신유박해는 노론세력의 '벽파僻派'가 정조대왕을 받드는 남인 세력의 '시파時派'를 제거한 사건이다.

96) 다산 정약용,《목민심서》, 이을호 옮김, 현암사, 1972, p. 132.

97) 구실아치. 조선 시대에 각 관아의 목민관 밑에서 육방六房에 속하여 일을 맡아보던 사람.

98) 다산 정약용,《목민심서》, 이을호 옮김, 현암사, 1972, p. 132.

99) 다산 정약용,《목민심서》, 이을호 옮김, 현암사, 1972, p. 132.

100) 다산 정약용,《목민심서》, 이을호 옮김, 현암사, 1972, p. 136.

101) 다산 정약용,《목민심서》, 이을호 옮김, 현암사, 1972, p. 141.

102) 다산 정약용,《목민심서》, 이을호 옮김, 현암사, 1972, p. 145.

103) 다산 정약용,《목민심서》, 이을호 옮김, 현암사, 1972, p. 145.

104) 다산 정약용,《목민심서》, 이을호 옮김, 현암사, 1972, p. 147.

105) 다산 정약용,《목민심서》, 이을호 옮김, 현암사, 1972, p. 151.

106) 공자의 '인仁'과 '예禮'의 개념에 관한 이해는 이 책《지식과 교양》의 제1부 〈마음을 헤아리는 지식〉의 제1장과 제3장을 참조할 것.

107) 인의仁義. 맹자의 제자들이 맹자의 가르침을 엮은 책이《맹자》다. 이 책의 〈양혜왕梁惠王〉편에서 맹자는 전국시대 양梁 나라의 혜왕惠王에게 어짊(仁)과 의로움(義)으로 백성을 다스리라고 조언하고 있다. '인의'는 맹자의 유학을 대표하는 핵심 개념이다.

108) 공자,《논어》, 김형찬 옮김, 홍익출판사, 1999, p. 146.

109) 해리엇 비처 스토, 《톰 아저씨의 오두막 2》, 이종인 옮김, 문학동네, 2011, p. 390~391. "내가 선택한 영광스러운 아프리카! 나는 마음속에서 아프리카를 향해 이런 영광스러운 예언의 말을 건넨다네. '너는 버림받은 몸이었다. 보기도 싫어하여 찾는 이도 없는 몸이었다. 그런데 나 이제 너를 길이 존귀하게 해주리니 대대로 사람들이 너를 반기기라.'"

110) 해리엇 비처 스토, 《톰 아저씨의 오두막 2》, 이종인 옮김, 문학동네, 2011, p. 387.

111) 해리엇 비처 스토, 《톰 아저씨의 오두막 2》, 이종인 옮김, 문학동네, 2011, p. 389.

112) 해리엇 비처 스토, 《톰 아저씨의 오두막 2》, 이종인 옮김, 문학동네, 2011, p. 330. 《톰 아저씨의 오두막》의 제39장 제목은 '작전'이다. 톰이 캐시와 에멀린을 탈출시키는 작전을 의미 한다.

113) 해리엇 비처 스토, 《톰 아저씨의 오두막 2》, 이종인 옮김, 문학동네, 2011, p. 345.

114) 해리엇 비처 스토, 《톰 아저씨의 오두막 2》, 이종인 옮김, 문학동네, 2011, p. 397~399.

115) 해리엇 비처 스토, 《톰 아저씨의 오두막 2》, 이종인 옮김, 문학동네, 2011, p. 258.

116) 해리엇 비처 스토, 《톰 아저씨의 오두막 2》, 이종인 옮김, 문학동네, 2011, p. 256.

117) 해리엇 비처 스토, 《톰 아저씨의 오두막 2》, 이종인 옮김, 문학동네, 2011, p. 298.

118) 장 자크 루소, 《사회계약론》(세계사상전집 25), 최석기 옮김, 학원출판공사, 1984, p. 158.

119) 학문. 하인리히 하이네는 독일 사실주의 문학의 시대를 열었던 시인이었지만 괴팅엔 대학에서 법학박사 학위를 받은 법학의 전문가였다.

120) 하인리히 하이네(Heinrich Heine, 1798~1859). 독일의 시인으로 전제군주제와 신분제를 혁파하고 평등한 사회를 건설하려는 혁명적 문학단체 '청년독일파'를 이끌었다. 자유주의는 청년독일파가 추구하는 기본 강령이었다.

121) 세계시민世界市民. 독일의 관념론 철학자이자 계몽사상가 이마누엘 칸트(Immanuel Kant)가 제시한 사상이다. '코스모폴리타니즘' 사상과 동질적이다.

122) 카를 마르크스, 《자본》III-1, 강신준 옮김, 도서출판 길, 2010, p. 37, 51, 94, 197, 228, 260, 264.

123) 카를 마르크스, 《자본》III-1, 강신준 옮김, 도서출판 길, 2010, p. 38, 41, 46, 94, 124, 215, 224.

124) 카를 마르크스, 《자본》III-1.2, 강신준 옮김, 도서출판 길, 2010, p. 17, 394, 395, 529, 886.

125) 카를 마르크스, 《자본》III-1, 강신준 옮김, 도서출판 길, 2010, p. 52, 156, 158, 224,

225, 347.

126) 카를 마르크스,《자본》III-2, 강신준 옮김, 도서출판 길, 2010, p. 1094.

127) 카를 마르크스,《자본》III-2, 강신준 옮김, 도서출판 길, 2010, p. 1095.

128) 플롯Plot. 연극의 사건진행 혹은 줄거리를 뜻하는 연극 전문용어.

129) 헨리크 입센,《인형의 집》, 안미란 옮김, 민음사, 2010, p. 10.

130) 여필종부女必從夫. 유교 사회의 도덕률 중의 한 가지로서 아내는 반드시 남편을 따라야 한다는 뜻을 갖고 있다.

131) 산업혁명과 프랑스 대혁명. 18세기말 영국에서 일어난 산업혁명과 프랑스 대혁명은 유럽의 근대문명을 태동시킨 가장 대표적인 사건이다. 역사학자 에드워드 핼릿 카(E. H. Carr)는 그의 저서《역사란 무엇인가What is History?》에서 이 두 가지 사건을 근대 문명의 발전에 결정적 영향을 미친 사건으로 의미를 부여하였다.

132) 헨리크 입센,《인형의 집》, 안미란 옮김, 민음사, 2010, p. 12.

133) 헨리크 입센,《인형의 집》, 안미란 옮김, 민음사, 2010, p. 11.

134) 헨리크 입센,《인형의 집》, 안미란 옮김, 민음사, 2010, p. 13.

135) 헨리크 입센,《인형의 집》, 안미란 옮김, 민음사, 2010, p. 12.

136) 헨리크 입센,《인형의 집》, 안미란 옮김, 민음사, 2010, p. 10, 13.

137) 헨리크 입센,《인형의 집》, 안미란 옮김, 민음사, 2010, p. 10.

138) 헨리크 입센,《인형의 집》, 안미란 옮김, 민음사, 2010, p. 14.

139) 헨리크 입센,《인형의 집》, 안미란 옮김, 민음사, 2010, p. 14, 15.

140) 헨리크 입센,《인형의 집》, 안미란 옮김, 민음사, 2010, p. 109.

141) 헨리크 입센,《인형의 집》, 안미란 옮김, 민음사, 2010, p. 109.

142) 헨리크 입센,《인형의 집》, 안미란 옮김, 민음사, 2010, p. 111.

143) 헨리크 입센,《인형의 집》, 안미란 옮김, 민음사, 2010, p. 113.

144) 헨리크 입센,《인형의 집》, 안미란 옮김, 민음사, 2010, p. 122.

145) 헨리크 입센,《인형의 집》, 안미란 옮김, 민음사, 2010, p. 123.

146) 아널드 토인비 지음. D. C. 서머벨 엮음,《역사의 연구 1》, 박광순 옮김, 범우사, 1992, p. 103. 참조.

147) 제인 오스틴,《오만과 편견》, 원유경 옮김, 열린책들, 2010, p. 16.

148) 제인 오스틴,《오만과 편견》, 원유경 옮김, 열린책들, 2010, p. 16.

149) 제인 오스틴,《오만과 편견》, 원유경 옮김, 열린책들, 2010, p. 17.

150) 제인 오스틴,《오만과 편견》, 원유경 옮김, 열린책들, 2010, p. 17.

151) 제인 오스틴,《오만과 편견》, 북트랜스 옮김 · 신경렬 펴냄, 북로드, 2013, p. 309.

152) 제인 오스틴, 《오만과 편견》, 북트랜스 옮김 · 신경렬 펴냄, 북로드, 2013, p. 300.

153) 제인 오스틴, 《오만과 편견》, 북트랜스 옮김 · 신경렬 펴냄, 북로드, 2013, p. 300.

154) 제인 오스틴, 《오만과 편견》, 북트랜스 옮김 · 신경렬 펴냄, 북로드, 2013, p. 305.

155) 제인 오스틴, 《오만과 편견》, 북트랜스 옮김 · 신경렬 펴냄, 북로드, 2013, p. 312.

156) 제인 오스틴, 《오만과 편견》, 북트랜스 옮김 · 신경렬 펴냄, 북로드, 2013, p. 400.

157) 〈마태복음〉 6장 3~4절, 《성경전서》개역개정판, 대한성서공회, 2001, p. .

158) 제인 오스틴, 《오만과 편견》, 북트랜스 옮김 · 신경렬 펴냄, 북로드, 2013, p. 404.

159) 제인 오스틴, 《오만과 편견》, 북트랜스 옮김 · 신경렬 펴냄, 북로드, 2013, p. 402.

160) 제인 오스틴, 《오만과 편견》, 북트랜스 옮김 · 신경렬 펴냄, 북로드, 2013, p. 457.

161) 제인 오스틴, 《오만과 편견》, 북트랜스 옮김 · 신경렬 펴냄, 북로드, 2013, p. 405.

162) 제인 오스틴, 《오만과 편견》, 북트랜스 옮김 · 신경렬 펴냄, 북로드, 2013, p. 472. 참조. "너는 네 남편이 진정으로 존경할 만한 사람이 아니면 결코 행복할 수 없는 녀석이지. 그러니 너보다 성품이 더 뛰어난 사람하고 결혼해야 해."(베넷 씨가 딸에게 들려주는 결혼의 조언)

163) 이승하, 〈악이나 죄에서 우리를 끌어올려주는 건 '부활' 같은 사랑〉(가톨릭 문화산책 50), 《가톨릭 평화신문》 1251호, 2014년 2월 9일. 참조.

164) 이승하, 같은 글. 참조.

165) 요한 볼프강 폰 괴테, 《젊은 베르테르의 슬픔》, 안장혁 옮김, 문학동네, 2010. 참조.

166) 톨스토이, 《부활》상, 이대우 옮김, 열린책들, 2010, p. 95. "그의 마음속에 도사리고 있던 동물적 자아가 고개를 쳐들며, 처음 고모 집을 방문했을 때는 물론 오늘 아침 교회에서도 고개를 내밀었던 정신적 자아를 마구 짓밟아 버렸다. 지금 그의 마음속에는 단 하나, 저 무서운 동물적 자아만이 활개를 치고 있었다."

167) 톨스토이, 《부활》상, 이대우 옮김, 열린책들, 2010, p. 230. 네흘류도프와 카추샤가 서로 사랑했다는 것은 그녀의 회고 속에서 더욱 분명해진다. "한때 자신을 사랑했고 또 자신의 사랑을 받던 멋진 청년, 그가 눈뜨게 해준 감정과 사고의 새롭고 경이로운 세계에 대한 추억이 먼저 그녀의 머릿속에 어렴풋이 떠올랐다."

168) 톨스토이, 《부활》상, 이대우 옮김, 열린책들, 2010, p. 104.

169) 톨스토이, 《부활》상, 이대우 옮김, 열린책들, 2010, p. 105.

170) 톨스토이, 《부활》상, 이대우 옮김, 열린책들, 2010, p. 229.

171) 톨스토이, 《부활》상, 이대우 옮김, 열린책들, 2010, p. 61.

172) 톨스토이, 《부활》상, 이대우 옮김, 열린책들, 2010, p. 227~228.

173) 톨스토이, 《부활》하, 이대우 옮김, 열린책들, 2010, p. 657.

174) 톨스토이, 《부활》하, 이대우 옮김, 열린책들, 2010, p. 657.

175) 톨스토이, 《부활》하, 이대우 옮김, 열린책들, 2010, p. 670.

176) 톨스토이, 《부활》하, 이대우 옮김, 열린책들, 2010, p. 672.

177) 톨스토이, 《부활》하, 이대우 옮김, 열린책들, 2010, p. 673.

178) 톨스토이, 《부활》하, 이대우 옮김, 열린책들, 2010, p. 674.

179) 톨스토이, 《부활》하, 이대우 옮김, 열린책들, 2010, p. 674. 톨스토이가 《부활》의 마
지막 페이지에 인용한 이 《신약성서》의 내용은 〈마태복음〉 6장 33절에 기록되어 있다.

180) 톨스토이, 《부활》하, 이대우 옮김, 열린책들, 2010, p. 674.

181) 톨스토이, 《부활》하, 이대우 옮김, 열린책들, 2010, p. 674.

182) 《신약성서》 중 〈마태복음〉 28장, 〈마가복음〉 16장, 〈누가복음〉 24장, 〈요한복음〉 20
장에 예수의 부활 사건이 상세히 기록되어 있다.

183) 아서 밀러, 《세일즈맨의 죽음》, 강유나 옮김, 민음사, 2009, p. 160~161.

184) 아서 밀러, 《세일즈맨의 죽음》, 강유나 옮김, 민음사, 2009, p. 162.

185) 아서 밀러, 《세일즈맨의 죽음》, 강유나 옮김, 민음사, 2009, p. 162.

186) 아서 밀러, 《세일즈맨의 죽음》, 강유나 옮김, 민음사, 2009, p. 174.

187) 아리스토텔레스, 《시학》, 천병희 옮김, 문예출판사, 2002. 참조.

188) 차경아, 《서사극 이론》, 문예출판사, 1996. 참조.

189) 에드워드 사이드, 《문화와 제국주의》, 박홍규 옮김, 문예출판사, 2005. 참조.

190) 에드워드 사이드, 《오리엔탈리즘》, 박홍규 옮김, 교보문고, 2007. 참조.

191) E/T. 시튼 편찬, 《인디언의 복음》, 김원중 옮김, 두레, 2000, p. 245.

192) E/T. 시튼 편찬, 《인디언의 복음》, 김원중 옮김, 두레, 2000, p. 262.

193) E/T. 시튼 편찬, 《인디언의 복음》, 김원중 옮김, 두레, 2000, p. 169.

194) C. 레비-스트로스, 《슬픈 열대》, 박옥줄 옮김, 한길사, p. 223.

195) C. 레비-스트로스, 《슬픈 열대》, 박옥줄 옮김, 한길사, p. 370~371.

196) C. 레비-스트로스, 《슬픈 열대》, 박옥줄 옮김, 한길사, p. 512.

197) C. 레비-스트로스, 《슬픈 열대》, 박옥줄 옮김, 한길사, p. 512.

198) C. 레비-스트로스, 《슬픈 열대》, 박옥줄 옮김, 한길사, p. 512.

199) C. 레비-스트로스, 《슬픈 열대》, 박옥줄 옮김, 한길사, p. 697.

200) C. 레비-스트로스, 《슬픈 열대》, 박옥줄 옮김, 한길사, p. 696.

201) C. 레비-스트로스, 《슬픈 열대》, 박옥줄 옮김, 한길사, p. 697.

202) C. 레비-스트로스, 《슬픈 열대》, 박옥줄 옮김, 한길사, p. 697.

203) C. 레비-스트로스, 《슬픈 열대》, 박옥줄 옮김, 한길사, p. 697.

204) 〈율리시즈〉. 1954년에 개봉된 마리오 카메리니 감독의 영화. 커크 더글라스가 율리
시즈 역할을 맡아 열연하였다. '율리시즈'란 이름은 오디세우스의 로마식 이름 '울리
세스Ulisses'의 영어 이름이다. 아일랜드 출신의 작가 제임스 조이스의 소설《율리시
즈》로도 유명해진 이름이다.

205) 호메로스,《일리아스/오디세이아》, 이상훈 옮김, 동서문화사, 1978, p. 649.

206) 호메로스,《일리아스/오디세이아》, 이상훈 옮김, 동서문화사, 1978, p. 649.

207) 호메로스,《일리아스/오디세이아》, 이상훈 옮김, 동서문화사, 1978, p. 712.

208) 호메로스,《일리아스/오디세이아》, 이상훈 옮김, 동서문화사, 1978, p. 854.

209) 호메로스,《일리아스/오디세이아》, 이상훈 옮김, 동서문화사, 1978, p. 854.

210) 호메로스,《일리아스/오디세이아》, 이상훈 옮김, 동서문화사, 1978, p. 854.

211) 호메로스,《일리아스/오디세이아》, 이상훈 옮김, 동서문화사, 1978, p. 864.

212) 호메로스,《일리아스/오디세이아》, 이상훈 옮김, 동서문화사, 1978, p. 866.

213) 호메로스,《일리아스/오디세이아》, 이상훈 옮김, 동서문화사, 1978, p. 888.

214) 호메로스,《일리아스/오디세이아》, 이상훈 옮김, 동서문화사, 1978, p. 911. '멘토르'
는 오디세우스의 친구다. 오디세우스가 트로이 원정을 떠나기 전 아들 텔레마코스의
교육을 부탁할 정도로 학식과 인격을 겸비한 지식인이었다. 오디세우스가 왕좌를 비
운 동안 멘토르는 텔레마코스를 훌륭한 왕의 재목으로 길러냈다.《오디세이아》가 세
계에 알려진 후 멘토르는 가장 존경받는 스승의 모델이 되었다. '멘토'는 멘토르의 영
어식 이름이다.

215) 호메로스,《일리아스/오디세이아》, 이상훈 옮김, 동서문화사, 1978, p. 911.

216) 경정산敬亭山. 중국의 안휘성(安徽省) 선성현(宣城縣) 북쪽에 위치한 산.

217) 이백,《이백 시선》, 이원섭 역해(譯解), 현암사, 2003, p. 78.

218) 송용구, 〈독일과 한국의 생태시 비교 연구〉,《카프카연구》제28집, 한국카프카학
회, 2012, p. 385.

219) 차이. 자크 데리다의 철학 개념. 한국의 철학계에서는 '차연'으로 번역되어 있다.

220) 만물은 서로 돕는다Mutual Aid, a Factor of Evolution. 1902년에 출간된 표트르 알렉
세예비치 크로포트킨의 저서 제목이다.

221) P. A. 크로포트킨,《만물은 서로 돕는다》, 김영범 옮김, 르네상스, 2005. 참조.

222) 이백,《이백 시선》, 이원섭 역해(譯解), 현암사, 2003, p. 80. 이 시의 원제는 〈백로
사白鷺鷥〉다.

223) 자크 데리다,《해체》, 김보현 옮김, 문예출판사, 1996. 참조.

224) P. A. 크로포트킨,《만물은 서로 돕는다》, 김영범 옮김, 르네상스, 2005. p. 31~32.

225) 윌리엄 셰익스피어,《햄릿》, 최종철 옮김, 민음사, 1998, p. 18~19.

226) 윌리엄 셰익스피어,《햄릿》, 최종철 옮김, 민음사, 1998, p. 25.

227) 니오베 그리스 신화에 나오는 여인. 태양의 신 아폴로와 달의 여신 다이아나에 의해 목숨을 빼앗긴 자녀들의 죽음 앞에서 울음을 그치지 못하다가 돌로 변하였지만 니오베의 눈물은 돌에서도 계속 흘러나왔다고 한다.

228) 윌리엄 셰익스피어,《햄릿》, 최종철 옮김, 민음사, 1998, p. 125. "지금 하면 딱 맞겠다. 지금 기도 중인데. 그래 지금 할 거야. (칼을 뽑는다) 그럼 놈이 천당 간다. 그래서 내가 복수한다. 그건 따져봐야지. 악당이 내 아버질 죽였는데 그 대가로 유일한 아들인 내가, 바로 그 악당놈을 천당으로 보낸다. 아니, 이건 청부 살인이지 복수가 아냐."

229) 윌리엄 셰익스피어,《햄릿》, 최종철 옮김, 민음사, 1998, p. 162.

230) 윌리엄 셰익스피어,《햄릿》, 최종철 옮김, 민음사, 1998, p. 204.

231) 송용구,《인문학 편지》, 평단, 2014, p. 4. 후마니타스는 기원전 55년 로마의 철학자, 문필가, 정치가, 웅변가였던 키케로Cicero가 정의한 개념이다. 그로부터 약 1400년이 지난 14세기에 이탈리아 인문주의자 페트라르카Francesco Petrarca가 '스튜디아 후마니타티스'라는 개념을 제시했다고 한다. 르네상스 시대에 유럽의 문명 지형도를 바꿔놓은 인문주의의 화두는 바로 '인간'이었다. "인간이란 어떤 존재인가?", "가장 인간다운 인간이란 어떤 인간인가?", "진정한 인간성이란 무엇인가?" 등 인문주의는 인간에 초점을 맞춘 인간학人間學이었다.

232) 윌리엄 셰익스피어,《햄릿》, 최종철 옮김, 민음사, 1998, p. 130.

233) 윌리엄 셰익스피어,《햄릿》, 최종철 옮김, 민음사, 1998, p. 130.

234) 윌리엄 셰익스피어,《햄릿》, 최종철 옮김, 민음사, 1998, p. 131.

235) 윌리엄 셰익스피어,《햄릿》, 최종철 옮김, 민음사, 1998, p. 95.

236) 송용구,《인문학, 인간다움을 말하다》, 평단, 2017, p. 57. 참조.

237) 요한 볼프강 폰 괴테,《괴테 시 전집》, 전영애 옮김, 민음사, 2009, p. 749. 이 시는〈하프 켜는 노인이 부르는 노래〉로, 소설《빌헬름 마이스터의 수업시대》13장에 수록되어 있다고 역자譯者는 전한다.

238) 장영희,《축복》, 비채, 2006, p. 73. 영문학자이자 수필가 장영희 교수는 이 시의 제목을 '젊음'이라고 번역하였지만 또 다른 영문학자 조신권 교수는 이 시를 '청춘'이라고 번역하였다.

239) 이마누엘 칸트,《도덕 형이상학을 위한 기초 놓기》, 이원봉 옮김, 책세상, 2002, 82쪽.

240) 이마누엘 칸트,《도덕 형이상학을 위한 기초 놓기》, 이원봉 옮김, 책세상, 2002, 84쪽.

241) 이마누엘 칸트,《도덕 형이상학을 위한 기초 놓기》, 이원봉 옮김, 책세상, 2002, 85쪽.

242) 도덕. 이마누엘 칸트는 그의 저서 《도덕 형이상학을 위한 기초 놓기Grundlegung zur Metaphysik der Sitten》에서 인간의 '인격'과 그 '인격 안에 있는 인간성'을 '수단'이 아닌 '목적 그 자체'로 여기고 존중하는 것이 '도덕'이라고 말한다.

243) 아널드 토인비 지음. D. C. 서머벨 엮음, 《역사의 연구 1》, 박광순 옮김, 범우사, 1992, p. 103.

244) 크라이스트처치Christchurch. 뉴질랜드 남섬의 북동쪽 연안에 위치한 인구 약 36만 명(2015년 추계)의 도시다. 링컨 대학, 캔터베리 대학, 크라이스트 대학 등을 중심으로 교육이 발달하였지만 공공 정원과 휴양지가 도시 전체 면적의 1/8을 차지할 정도로 '생태도시'의 자태를 자랑한다. '평원의 정원도시'라는 별칭을 갖고 있다. 2010년 9월초부터 2011년 2월 하순까지 강도 7.1에서 6.3의 연속적 지진으로 도시 전체가 심각한 파괴와 인명 피해를 겪었다.

245) 센다이. 일본의 미야기 현의 현청 소재지이며 도호쿠 지방의 중심 도시다. 인구는 약 108만명(2015년 추계)이다. 2011년 3월 11에 발생한 진도 9.0~9.1의 '도호쿠 지방 태평양 해역 지진'으로 인해 동일본 지역이 엄청난 피해를 입었고 그 중 센다이와 같은 해안 도시는 '쓰나미'에 의한 피해가 컸다. 도시 내륙 10km 지점까지 해일이 밀어 닥쳤다고 한다.

246) 마틴 루터 킹Martin Luther King, Jr. 미국의 침례교 목사이자 인권 운동가다. 미국 내 흑인 인권 운동을 주도한 대표적 리더로 손꼽힌다. 1964년 노벨 평화상을 받았다.

247) 버락 오바마Barack Hussein Obama, Jr. 미국의 제44대 대통령으로 2009년 1월부터 2017년 1월까지 연임하였다. 현재까지는 미국 역사상 최초의 유일한 흑인 대통령으로 기록되어 있다.

248) A. J. 토인비, 《역사의 연구 I》, 홍사중 옮김, 동서문화사, 2016, p. 88-111.

249) 프란시스코 프랑코(1892~1975, Francisco Paulino Hermenegildo). 스페인의 악명 높은 파시스트. 1936년 '인민 전선' 정부를 상대로 군부 쿠데타를 일으키고 '스페인 내란'을 주도하여 1937년 정권을 탈취한 뒤에 스페인의 총리이자 국가 원수로서 1975년까지 무려 38년간 스페인의 민주주의를 말살하고 수많은 살상의 범죄를 저질렀다. 권좌에서 물러난 후에는 전범戰犯으로 규정되었다.

250) 미겔 데 세르반테스, 《돈키호테 1》, 김현창 옮김, 세계문학전집 4, 동서문화사, 1981, 50쪽.

251) 토머스 하디, 《더버빌가의 테스》, 유명숙 옮김, 문학동네, 2011, p. 114~115.

252) 머레이 북친Murray Bookchin. 뉴욕에서 출생한 미국의 철학자. 가난 때문에 10대의 시절을 '노동'으로 보내야만 했다. 주물공장과 자동차공장에서 쌓은 노동자의 경험과

카를 마르크스의 사상이 북친의 노동운동 및 사회주의 운동에 큰 영향을 주었다. 1950
년대 후반부터는 사회주의와 아나키즘의 관점으로 환경 및 생태계를 바라보면서 생
태문제와 환경문제를 '사회문제'로 규정하는 이론의 토대를 형성하였다. 머레이 북친
의 대표 저서로는《생태사회를 향하여Toward an Ecological Society》(1980),《사회 생
태론의 철학The Philosophy of Social Ecology》(1990),《사회 생태론과 코뮌주의Social
Ecology and Communalism》(2007) 등이 있다.

253)《사회생태론의 철학》. '변증법적 자연주의에 관한 에세이'라는 부제를 갖고 있다.
머레이 북친이 1964년에 제시하였던 '사회 생태론Social Ecology'을 가장 명확하게 설
명한 책이다.

254) 머레이 북친,《사회생태론의 철학》, 문순홍 옮김, 솔, 1997, p. 244.

255) 머레이 북친,《사회생태론의 철학》, 문순홍 옮김, 솔, 1997, p. 234.

256) 아우라. 예술 작품에서 감히 모방하거나 흉내 낼 엄두가 나지 않을 정도로 고고한
분위기를 말한다. 독일의 철학자이자 문예비평가인 발터 벤야민Walter Benjamin의 문
예 이론에서 유래된 용어이다.

257) 어니스트 헤밍웨이,《킬리만자로의 눈》, 구자언 옮김, 더클래식, 2014, p. 46.

258) 어니스트 헤밍웨이,《킬리만자로의 눈》, 구자언 옮김, 더클래식, 2014, p. 49.

259) 어니스트 헤밍웨이,《킬리만자로의 눈》, 정영목 옮김, 문학동네, 2012, p. 32.

260) 어니스트 헤밍웨이,《킬리만자로의 눈》, 구자언 옮김, 더클래식, 2014, p. 49.

261) 마르틴 하이데거,《존재와 시간》, 이규호 역, 청산문화사, 1974. 참조.

262) 한국의 철학계에서는 '피투被投'로 번역되어 있다.

263) 발리스 듀스 지음,《현대사상》, 남도현 옮김, 개마고원, 2002, 56쪽. 참조.

264) 한국의 철학계에서는 '기투企投'로 번역되어 있다.

265) 박찬국,《하이데거의 '존재와 시간' 읽기》, 세창미디어, 2013, 106쪽. 참조.

266) 어네스트 밀러 헤밍웨이,《노인과 바다》, 양병탁 옮김, 동서문화사, 2017. 참조.

267) 프랜시스 호지슨 버넷,《비밀의 화원》, 박현주 옮김, 현대문학, 2013. 참조.

268) 프랜시스 호지슨 버넷,《비밀의 화원》, 박현주 옮김, 현대문학, 2013. 참조.

269) 마르틴 부버,《나와 너》, 표재명 옮김, 문예출판사, 1993, p. 17.

270) 마르틴 부버,《나와 너》, 표재명 옮김, 문예출판사, 1993, p. 8.

271) 마르틴 부버,《나와 너》, 표재명 옮김, 문예출판사, 1993, p. 12.

272) 마르틴 부버,《나와 너》, 표재명 옮김, 문예출판사, 1993, p. 52.

273) 마르틴 부버,《나와 너》, 표재명 옮김, 문예출판사, 1993, p. 13.

274) 마르틴 부버,《나와 너》, 표재명 옮김, 문예출판사, 1993, p. 13.

275) 마르틴 부버,《나와 너》, 표재명 옮김, 문예출판사, 1993, p. 13.

276) 마르틴 부버,《나와 너》, 표재명 옮김, 문예출판사, 1993, p. 19.

277) 마르틴 부버,《나와 너》, 표재명 옮김, 문예출판사, 1993, p. 6,7,8.

278) 마르틴 부버,《나와 너》, 표재명 옮김, 문예출판사, 1993, p. 13.

279) 마르틴 부버,《나와 너》, 표재명 옮김, 문예출판사, 1993, p. 85. 부버는 '다른 점'을 독일어로 'Anders-sein'이라고 말한다.

280) 마르틴 부버,《나와 너》, 표재명 옮김, 문예출판사, 1993, p. 52.

281) 프랜시스 호지슨 버넷,《비밀의 화원》, 박현주 옮김, 현대문학, 2013, p. 282.

282) 마르틴 부버,《나와 너》, 표재명 옮김, 문예출판사, 1993, p. 12.

283) 마르틴 부버,《나와 너》, 표재명 옮김, 문예출판사, 1993, p. 14.

284) 나폴레옹에 의해 수립된 역사상 최초의 황제체제를 '제1제정帝政'이라 부른다.

285) 믿음과 소망과 사랑. 사도 바울이《신약 성서》의〈고린도 전서〉13장에 기록한 기독교의 핵심 교리다.

286) 라인홀드 니부어,《도덕적 인간과 비도덕적 사회》, 이한우 옮김, 문예출판사, 1992, p. 236.

287) "고난의 운명을 지고 역사의 능선을 타고/이 밤도 허위적거리며/가야만 하는 겨레가 있다/고지가 바로 저긴데 예서 말 수는 없다." 노산 이은상의 시조〈고지가 바로 저긴데〉의 첫 수, 국어국문학자료사전, 1998. 참조.

288) 스탕달,《적과 흑》(세계문학전집 8), 서정철 옮김, 동서문화사, 1981. p. 405~406. 참조.

289) 스탕달,《적과 흑》(세계문학전집 8), 서정철 옮김, 동서문화사, 1981. p. 426. 참조.

290) 에라스무스(Erasmus, 1466~1536). 가톨릭의 사제로서 르네상스 시대의 대표적 인문주의자다. 그는《우신예찬》에서 가톨릭 교회의 부패를 비판하고 타락한 성직자들의 이중성을 풍자하였다. 그는 마르틴 루터를 비롯한 종교개혁자들에게 큰 영향을 미쳤으나 종교개혁 자체에는 반대하였다. 그가 원한 것은 가톨릭 내부의 쇄신이었다.

291) 토머스 모어,《유토피아》, 나종일 옮김, 서해문집, 2005. p. 14.

292) 토머스 모어,《유토피아》, 나종일 옮김, 서해문집, 2005. p. 70.

293) 토머스 모어,《유토피아》, 나종일 옮김, 서해문집, 2005. p. 29.

294) 토머스 모어,《유토피아》, 나종일 옮김, 서해문집, 2005. p. 29.

295) 토머스 모어,《유토피아》, 나종일 옮김, 서해문집, 2005. p. 29. 역자 나종일 교수는 이 부분을 다음과 같이 옮기고 있다. "토지 보유 농민들이 쫓겨나고, 사기나 잔인한 폭력 등에 의해 자기 소유물을 빼앗기거나 계속적인 괴롭힘에 시달리다 못해 그것을 팔

수밖에 없는 사람들이 생겨나고 있습니다."

296) 토머스 모어,《유토피아》, 나종일 옮김, 서해문집, 2005. p. 30.

297) 토머스 모어,《유토피아》, 나종일 옮김, 서해문집, 2005. p. 28.

298) 토머스 모어,《유토피아》, 나종일 옮김, 서해문집, 2005. p. 30.

299) 토머스 모어,《유토피아》, 나종일 옮김, 서해문집, 2005. p. 29.

300)《지식과 교양》의 제1부 제4장을 참조할 것.

301) 존 스튜어트 밀,《자유론》, 김형철 옮김, 서광사, 1992, p. 20.

302) 토머스 모어,《유토피아》, 나종일 옮김, 서해문집, 2005. p. 58~60.

303) 대니얼 디포,《로빈슨 크루소》, 윤혜준 옮김, 을유문화사, 2008, p. 459.

304) 대니얼 디포,《로빈슨 크루소》, 윤혜준 옮김, 을유문화사, 2008, p. 459.

305) 대니얼 디포,《로빈슨 크루소》, 윤혜준 옮김, 을유문화사, 2008, p. 456, 460. 참조.

306) 대니얼 디포,《로빈슨 크루소》, 윤혜준 옮김, 을유문화사, 2008, p. 460. 참조.

307) 라인홀드 니부어(Reinhold Niebuhr, 1894~1962). 미국의 사회윤리학자, 개신교 목
사, 신학자, 정치평론가. 대표 저서로《도덕적 인간과 비도덕적 사회Moral Man Im-
moral Society》가 있다.

308) 라인홀드 니부어,《도덕적 인간과 비도덕적 사회》, 이한우 옮김, 문예출판사, 1992,
p. 236.

309) 라인홀드 니부어,《도덕적 인간과 비도덕적 사회》, 이한우 옮김, 문예출판사, 1992,
p. 238.

310) 금요일이. 원주민을 구조한 날이 '금요일'이기에 그에게 '금요일이(Friday)'라는 이
름을 붙여 주었다.

311) 대니얼 디포,《로빈슨 크루소》, 윤혜준 옮김, 을유문화사, 2008, p. 460. p. 316,317.

312) 프랑스의 종교개혁가 장 칼뱅Jean Calvin을 영어권 지역의 주민들은 존 캘빈John
Calvin이라 부른다. 그의 대표 저서《기독교 강요綱要》에 담겨 있는 캘빈의 개신교 사
상과 윤리를 '캘비니즘calvinism'이라 한다.

313) 빅토르 위고,《레 미제라블 1》, 정기수 옮김, 2012, p. 128.

314) 〈누가복음〉 10장 27절,《성경전서》 개역개정판, 대한성서공회, 2001, p. 110.

315) 빅토르 위고,《레 미제라블 1》, 정기수 옮김, 2012, p. 144. "사제님은 제 이름이 무
엇인지 알고 계셨습니까?" "그렇소." 주교는 대답했다. "당신은 나의 형제요."

316) 빅토르 위고,《레 미제라블 1》, 정기수 옮김, 민음사, 2012, p. 187.

317) 빅토르 위고,《레 미제라블 1》, 정기수 옮김, 민음사, 2012, p. 191.

318) 빅토르 위고,《레 미제라블 1》, 정기수 옮김, 민음사, 2012, p. 191. "장 발장은 두 눈

을 뜨고 그 존경스러운 주교를 바라보았는데, 그 표정은 그 어떤 말로도 표현할 수 없었다."

319) 〈마태복음〉 18장 21절,《성경전서》개역개정판, 대한성서공회, 2001, p. 30.

320) 〈마태복음〉 18장 22절,《성경전서》개역개정판, 대한성서공회, 2001, p. 30.

321) 손양원(1902~1950). 경상남도 함안 출생. 호는 산돌. 장로교 목사. 여수 '애양원' 교회의 담임목사로서 나병환자들을 돌보는 일에 헌신하였다. 대표 저서는《사랑의 원자탄》이다.

322) 〈마태복음〉 5장 44절,《성경전서》개역개정판, 대한성서공회, 2001, p. 7.

323) 이마누엘 칸트,《도덕 형이상학을 위한 기초 놓기》, 이원봉 옮김, 책세상, 2002, 49쪽.

324) 이마누엘 칸트,《도덕 형이상학을 위한 기초 놓기》, 이원봉 옮김, 책세상, 2002, 84쪽.

325) 이마누엘 칸트,《도덕 형이상학을 위한 기초 놓기》, 이원봉 옮김, 책세상, 2002, 84쪽.

326) 이마누엘 칸트,《도덕 형이상학을 위한 기초 놓기》, 이원봉 옮김, 책세상, 2002, 84쪽.

327) 빅토르 위고,《레 미제라블 1》, 정기수 옮김, 민음사, 2012, p. 31.

328) 알퐁스 도데,《마지막 수업》, 조정훈 옮김, 더클래식, 2015, p. 7.

329) 알퐁스 도데,《마지막 수업》, 조정훈 옮김, 더클래식, 2015, p. 7.

330) 알퐁스 도데,《마지막 수업》, 조정훈 옮김, 더클래식, 2015, p. 7.

331) 알퐁스 도데,《마지막 수업》, 조정훈 옮김, 더클래식, 2015, p. 7.

332) 알퐁스 도데,《마지막 수업》, 조정훈 옮김, 더클래식, 2015, p. 8.

333) 알퐁스 도데,《마지막 수업》, 조정훈 옮김, 더클래식, 2015, p. 9.

334) 알퐁스 도데,《마지막 수업》, 조정훈 옮김, 더클래식, 2015, p. 9.

335) 알퐁스 도데,《마지막 수업》, 조정훈 옮김, 더클래식, 2015, p. 10.

336) 알퐁스 도데,《마지막 수업》, 조정훈 옮김, 더클래식, 2015, p. 11.

337) 알퐁스 도데,《마지막 수업》, 조정훈 옮김, 더클래식, 2015, p. 12.

338) 알퐁스 도데,《마지막 수업》, 조정훈 옮김, 더클래식, 2015, p. 14.

339) 알퐁스 도데,《마지막 수업》, 조정훈 옮김, 더클래식, 2015, p. 14.

340) 알퐁스 도데,《마지막 수업》, 조정훈 옮김, 더클래식, 2015, p. 14.

341) 알퐁스 도데,《마지막 수업》, 조정훈 옮김, 더클래식, 2015, p. 15.

342) 알퐁스 도데,《마지막 수업》, 조정훈 옮김, 더클래식, 2015, p. 15.

343) 알퐁스 도데,《마지막 수업》, 조정훈 옮김, 더클래식, 2015, p. 15.

344) 송용구,《대중문화와 대중민주주의》, 담장너머, 2009, p. 97.

345) 윤동주,《하늘과 바람과 별과 시》, 소와다리, 2016, p. 15.

346) 조선어말살정책. 일제는 1938년 '창씨개명創氏改名'을 시작으로 그 이전까지 부분

적으로 이루어지던 조선어 교육을 전면적으로 폐지하였다. 모든 학교에서 조선어 사용을 금지하며 일본어만을 국어로 사용하는 제도를 강제로 시행하였다. 소학교(지금의 초등학교) 어린이들조차도 조선어 사용이 적발되면 체벌을 가하였다. 〈조선일보〉와 〈동아일보〉를 비롯한 한글 신문들과 〈문장〉을 비롯한 한글 문학 잡지들을 강제로 폐간하였다. 한민족의 민족정신이 전파되는 통로를 없애려는 식민지배의 전략이었다.

347) 송용구, 《인문학 편지》, 평단, 2014, p. 281. 참조.

348) 윤동주, 《하늘과 바람과 별과 시》, 소와다리, 2016, p. 41.

349) 송용구, 《인문학 편지》, 평단, 2014, p. 281. 참조.

350) 송용구, 《인문학 편지》, 평단, 2014, p. 280. 참조.

351) 귄터 그라스, 《양철북》, 최은희 옮김, 동서문화사, 1987, p. 67.

352) 귄터 그라스, 《양철북》, 최은희 옮김, 동서문화사, 1987, p. 61.

353) 귄터 그라스, 《양철북》, 최은희 옮김, 동서문화사, 1987, p. 59.

354) 귄터 그라스, 《양철북》, 최은희 옮김, 동서문화사, 1987, p. 62.

355) 귄터 그라스, 《양철북》, 최은희 옮김, 동서문화사, 1987, p. 121~122..

356) 에리히 프롬, 《자유에서의 도피》(세계사상전집 49), 고영복 옮김, 학원출판공사, 1983, p. 206~207.

357) 《자유로부터의 도피》, 원창화 옮김, 홍신문화사, 1988, p. 173.

358) 에리히 프롬 지음, 《소유냐 존재냐》, 차경아 옮김, 까치글방, 2002. 참조.

359) 《자유로부터의 도피》, 원창화 옮김, 홍신문화사, 1988, p. 157.

360) 하워드 진(Howard Zinn, 1922~2010). '미국 현대사의 양심'이라 불리는 진보주의 역사학자로서 보스턴 대학교 명예교수였다. 대표적 저서로는 《미국 민중의 역사》가 있다.

361) 김동택, 〈이중혁명과 자본주의 세계의 형성〉, 에릭 홉스봄, 《혁명의 시대》, 정도영 · 차명수 옮김, 한길사, 1998, p. 39.

362) 김동택, 〈이중혁명과 자본주의 세계의 형성〉, 에릭 홉스봄, 《혁명의 시대》, 정도영 · 차명수 옮김, 한길사, 1998, p. 40.

363) 에릭 홉스봄, 《혁명의 시대》, 정도영 · 차명수 옮김, 한길사, 1998, p.68.

364) 에릭 홉스봄, 《혁명의 시대》, 정도영 · 차명수 옮김, 한길사, 1998, p. 68.

365) 에릭 홉스봄, 《혁명의 시대》, 정도영 · 차명수 옮김, 한길사, 1998, p. 158.

366) 에릭 홉스봄, 《혁명의 시대》, 정도영 · 차명수 옮김, 한길사, 1998, p. 68, 155.

367) 에릭 홉스봄, 《혁명의 시대》, 정도영 · 차명수 옮김, 한길사, 1998, p. 68.

368) 김동택, 〈이중혁명과 자본주의 세계의 형성〉, 에릭 홉스봄, 《혁명의 시대》, 정도영 ·

차명수 옮김, 한길사, 1998, p. 41.

369) 김동택, 〈이중혁명과 자본주의 세계의 형성〉, 에릭 홉스봄, 《혁명의 시대》, 정도영 · 차명수 옮김, 한길사, 1998, p. 41.

370) 에릭 홉스봄, 《혁명의 시대》, 정도영 · 차명수 옮김, 한길사, 1998, p. 289.

371) 김동택, 〈이중혁명과 자본주의 세계의 형성〉, 에릭 홉스봄, 《혁명의 시대》, 정도영 · 차명수 옮김, 한길사, 1998, p. 41.

372) 김동택, 〈이중혁명과 자본주의 세계의 형성〉, 에릭 홉스봄, 《혁명의 시대》, 정도영 · 차명수 옮김, 한길사, 1998, p. 41.

373) 에릭 홉스봄 《혁명의 시대》, 정도영 · 차명수 옮김, 한길사, 1998, p. 70~71. 참조.

374) 김동택, 〈이중혁명과 자본주의 세계의 형성〉, 에릭 홉스봄, 《혁명의 시대》, 정도영 · 차명수 옮김, 한길사, 1998, p. 61.

375) 김동택, 〈이중혁명과 자본주의 세계의 형성〉, 에릭 홉스봄, 《혁명의 시대》, 정도영 · 차명수 옮김, 한길사, 1998, p. 60.

376) 에릭 홉스봄 《혁명의 시대》, 정도영 · 차명수 옮김, 한길사, 1998, p. 70.

377) 에릭 홉스봄 《혁명의 시대》, 정도영 · 차명수 옮김, 한길사, 1998, p. 148.

378) 에릭 홉스봄 《혁명의 시대》, 정도영 · 차명수 옮김, 한길사, 1998, p. 147.

379) 에드워드 사이드, 《오리엔탈리즘》, 박홍규 옮김, 교보문고, 2007, p. 623.

380) 에드워드 사이드, 《오리엔탈리즘》, 박홍규 옮김, 교보문고, 2007, p. 18.

381) 에드워드 사이드, 《문화와 제국주의》, 박홍규 옮김, 문예출판사, 2005. 참조.

382) 에드워드 사이드(Edward W. Said), 《오리엔탈리즘》, 박홍규 옮김, 교보문고, 2007, p. 18. "오리엔탈리즘을 하나의 담론으로 검토하지 않는 한, 계몽주의 시대 이후의 유럽문화가 동양을 정치적 · 사회적 · 군사적 · 이데올로기적 · 과학적 · 상상적으로 관리하거나 심지어 동양을 생산하기도 한 거대한 조직적 규율이라는 점을 이해할 수 없다고 나는 주장한다."(에드워드 사이드)

383) 마술적 관념론. 독일 낭만주의 문학의 원조로 평가받는 시인 노발리스와 평론가 프리드리히 슐레겔, 빌헬름 슐레겔 형제 등이 창안한 낭만주의 창작 방법론이다. 작가가 미지의 대상을 동경하면서 그 대상을 자신의 관념 속으로 옮겨놓고 현세를 초월하는 동화적 상상의 대상으로 변용變容시키는 문학적 행위다.

384) 에드워드 사이드, 《오리엔탈리즘》, 박홍규 옮김, 교보문고, 2007, p. 108.

385) 크세르크세스. 페르시아 제국 아케메네스 왕조의 황제로서 세계사에는 크세르크세스 1세로 기록되어 있다. 페르시아의 전성기였던 기원전 480년에 '제2차 페르시아 전쟁'을 일으켜 그리스 땅을 침략했다. 아테네와 스파르타를 중심으로 결성된 그리스 연

합군 '헬라스 동맹'과의 '살라미스' 해전에서 대패하여 철수하였다. 《구약성경》에 등
장하는 에스더의 남편인 아하수에로 왕이다.

386) 에드워드 사이드, 《오리엔탈리즘》, 박홍규 옮김, 교보문고, 2007, p. 108.

387) 에드워드 사이드, 《오리엔탈리즘》, 박홍규 옮김, 교보문고, 2007, p. 108.

388) 에드워드 사이드(Edward W. Said), 《오리엔탈리즘》, 박홍규 옮김, 교보문고, 2007,
p. 110. 동양에 대한 서양인들의 상상과 표상이 동양에 대한 왜곡된 이미지를 만들어
왔다는 사이드의 견해에 대해서는 이 책의 제2장 〈상상의 지리와 그 표상: 동양을 동
양화하는 것〉을 참조할 것.

389) 아서 제임스 밸푸어 Arthur James Balfour, 1848~1930. 영국의 정치가이자 외상을
지냈다. 1917년 '밸푸어 선언'을 통해 팔레스타인 땅에 유대인 국가를 수립하는 기초
를 제공한 인물이다(제1장 '동양인에 대한 인식'에서 에드워드 사이드의 각주 참조)

390) 에드워드 사이드, 《오리엔탈리즘》, 박홍규 옮김, 교보문고, 2007, p. 69.

391) 에드워드 사이드, 《오리엔탈리즘》, 박홍규 옮김, 교보문고, 2007, p. 69.

392) 에드워드 사이드, 《오리엔탈리즘》, 박홍규 옮김, 교보문고, 2007, p. 69.

393) 에드워드 사이드, 《오리엔탈리즘》, 박홍규 옮김, 교보문고, 2007, p. 79.

394) 에드워드 사이드, 《오리엔탈리즘》, 박홍규 옮김, 교보문고, 2007, p. 78.

395) 에드워드 사이드, 《오리엔탈리즘》, 박홍규 옮김, 교보문고, 2007, p. 81. 참조.

396) 에릭 홉스봄, 《혁명의 시대》, 정도영 · 차명수 옮김, 한길사, 1998, p. 70~71.

397) 에릭 홉스봄, 《혁명의 시대》, 정도영 · 차명수 옮김, 한길사, 1998, p. 70.

398) 세계사에는 서기 105년 후한後漢의 채륜이 종이를 발명했다고 기록되어 있다.

399) C. 레비-스트로스, 《슬픈 열대》, 박옥줄 옮김, 한길사, 1998. 참조.

400) 로드니 킹 Rodney Glen King, 1965~2012. 아프리카계 미국인 건설인이다. 1991년
3월 2일 운전을 하던 그는 신호를 어겼다는 이유로 백인 경찰들에게 구타를 당했고 청
각 장애인이 되었다. 그럼에도 가해자인 경찰들은 무죄 선고를 받았다. 이 일은 흑인
에 대한 인종차별의 불만을 갖고 있던 흑인 사회를 자극하여 'LA 폭동'을 유발하였다.

401) 에드워드 사이드(Edward W. Said), 《오리엔탈리즘》, 박홍규 옮김, 교보문고, 2007,
p. 620. 참조. "결론적으로 말해 가장 중요한 것은, 우리의 인류의 역사를 망치는 비인
간적인 행위와 부정에 마지막 저항을 하는 한 휴머니즘은 유일하게 계속되어야 한다
는 점이다."(에드워드 사이드)

402) 에드워드 사이드(Edward W. Said), 《오리엔탈리즘》, 박홍규 옮김, 교보문고, 2007,
p. 621. 참조. "계몽과 해방에 대한 인간적이고 휴머니즘적인 소망을 쉽게 미루어서는
안 된다."(에드워드 사이드)

★☆ 지식을 더하고 교양을 기르는 인류의 고전 100권 ☆★

고도를 기다리며_사뮈엘 베케트

고백록_아우구스티누스

꿈의 해석_지그문트 프로이트

그리스·로마 신화》

나와너_마르틴 부버

날개_이상

노인과 바다_어니스트 헤밍웨이

노자 도덕경_노자

논어_공자

닥터 지바고_보리스 파스테르나크

대지_펄 S. 벅

대화편_플라톤

데미안_헤르만 헤세

도덕적 인간과 비도덕적 사회

　_라인홀드 니버(니부어)

도덕 형이상학을 위한 기초 놓기

　_이마누엘 칸트

돈 키호테_미겔 데 세르반테스

동물농장_조지 오웰

동방견문록_마르코 폴로

두보 시집_두보

레 미제라블_빅토르 위고

로빈슨 크루소_대니얼 디포

마지막 수업_알퐁스 도데

만물은 서로 돕는다

　_표트르 알렉세예비치 크로포트킨

맹자_맹자

모비딕_허먼 멜빌

목민심서_정약용

몬테크리스토 백작_알렉상드르 뒤마

문명의 충돌_새뮤얼 헌팅턴

문학과 예술의 사회사社會史

　_아르놀트 하우저

방법서설_르네 데카르트

백범일지_김구

변신_프란츠 카프카

부활_레프 톨스토이

비밀의 화원_프랜시스 호지슨 버넷

빌헬름 텔_프리드리히 실러

사기史記_사마천

사천의 착한 사람_베르톨트 브레히트

사회계약론_장 자크 루소

사회생태론의 철학_머레이 북친

삼국유사_일연

삼국지연의_나관중

설국_가와바타 야스나리

세일즈맨의 죽음_아서 밀러

순수이성비판_이마누엘 칸트

슬픈 열대_C. 레비-스트로스

신곡神曲_단테

실낙원_존 밀턴

신약성경_마태 외外

안네의 일기_ 안네 프랑크

양철북_ 귄터 그라스

어린 왕자_ 생텍쥐페리

역사_ 헤로도토스

역사란 무엇인가_ 에드워드 핼릿 카

역사의 연구_ 아널드 토인비

열하일기_ 박지원

예언자_ 칼릴 지브란

유토피아_ 토머스 모어

오디세이아_ 호메로스

오리엔탈리즘_ 에드워드 사이드

오만과 편견_ 제인 오스틴

오셀로_ 윌리엄 셰익스피어

오이디푸스 왕_ 소포클레스

왕자와 거지_ 마크 트웨인

월든_ 헨리 데이빗 소로

위대한 유산_ 찰스 디킨스

이방인_ 알베르 카뮈

이백 시집_ 이백

이솝 우화집_ 이솝

인형의 집_ 헨리크 입센

일리아스_ 호메로스

임꺽정 林巨正_ 홍명희

자본론_ 카를 마르크스

자유로부터의 도피_ 에리히 프롬

자유론_ 존 스튜어트 밀

적赤과 흑黑_ 스탕달

전쟁과 평화_ 레프 톨스토이

젊은 베르테르의 슬픔
_ 요한 볼프강 폰 괴테

정신현상학_ G. W. F. 헤겔

제3의 물결_ 앨빈 토플러

제인 에어_ 샬롯 브론테

존재와 시간_ 마르틴 하이데거

종種의 기원_ 찰스 다윈

죄와 벌_ 도스토예프스키

주홍글씨_ 너새니얼 호손

지킬 박사와 하이드씨
_ 로버트 루이스 스티븐슨

천로역정_ 존 버니언

침묵의 봄_ 레이첼 카슨

킬리만자로의 눈_ 어니스트 헤밍웨이

테스_ 토머스 하디

톰 아저씨의 오두막_ 해리엇 비처 스토

파우스트_ 요한 볼프강 폰 괴테

팡세_ 블레즈 파스칼

폭풍의 언덕_ 에밀리 브론테

풀잎_ 월트 휘트먼

프로테스탄트 윤리와 자본주의 정신
_ 막스 베버

하늘과 바람과 별과 시_ 윤동주

해체_ 자크 데리다

햄릿_ 윌리엄 셰익스피어

헬렌 켈러 자서전_ 헬렌 켈러

혁명의 시대_ 에릭 홉스봄